사람은 아마 사람 사이에서 살아야 하듯
드라마도 오직 사람들 속에 있어야 한다고 생각합니다.
함께 해주셔서 진심으로 감사했습니다.

신하은 ―2024.10

바이칼 호수 만큼 사랑하는 것차를 만나,

혜진이를 만나, 황반장을 만나, 공진그를 만나

행복했던 뜨거운 여름날을 잊지 못할겁니다.

갯마을 차차차와 혜진이를 사랑해주신 많은분들께

감사합니다.

바이칼 호수 만큼 행복하세요.

여러분의 윤혜진, 신아나

4in na

2021. 10

홍반장 처럼 " 지금   내   삶이 좋다 " 라고
말할 수 있는   인생이면   좋겠습니다.

2021. 10.

갯마을 차차차

1

신하은 대본집

갯마을 차차차 1

초판 1쇄 인쇄 2021년 10월 25일
초판 1쇄 발행 2021년 11월 8일

지은이 | 신하은
펴낸이 | 金滇珉
펴낸곳 | 북로그컴퍼니
책임편집 | 김나정
디자인 | 김승은
주소 | 서울시 마포구 와우산로 44(상수동), 3층
전화 | 02-738-0214
팩스 | 02-738-1030
등록 | 제2010-000174호

ISBN 979-11-6803-004-6 03810

· 이 책의 원작은 시네마서비스 영화 〈홍반장〉입니다.

· 블로그: blog.naver.com/blc2009
· 인스타그램: @booklogcompany
· 페이스북: facebook.com/blc2009
· 유튜브: 북로그컴퍼니

갯마을
차차차
1

신하은 대본집

북로그컴퍼니

처음 이 드라마를 하기로 했던 때가 기억이 납니다.

패딩이었나 코트였나, 두꺼운 외투를 입고 있던 한겨울이었어요. 제안을 받고 고민하다가 거절하기로 결정했는데, 어쩌다 보니 수락을 해버렸습니다. 솔직히 고백하자면 다소 즉흥적인 결정이었어요. 그리고 진짜 고민은 그때부터 시작됐습니다.

원작이 되는 영화의 러닝타임은 108분. 따뜻하고 매력적이지만 드라마로 옮기기엔 이야기가 작았습니다. 이 친구를 무럭무럭 키울 수 있는 힘이 나에게 있을까, 의구심이 들었습니다. 그리고 몹시 TMI입니다만, 사실 전 시골에 살아본 적이 없습니다. 바닷가 마을의 정서를 구현하고 그곳에서 살아가는 사람들의 이야기를 글에 담아내야 하는데, 가짜를 쓰게 될까 봐 겁이 났습니다. 머리 빠개지게 고심하던 저는 깨달았습니다. 이 약점을 극복하는 방법은 하나밖에 없다는 것을요.

바로 사람 공부였습니다.

그때부터 사람에 대해 계속 생각했습니다.

좋은 사람, 나쁜 사람, 고루한 사람, 깨인 사람, 속물적인 사람, 현학적인 사람…

들여다보면 볼수록 사람은 마치 만화경萬花鏡과 같아서 특정한 형상으로 단정 지을 수가 없었습니다. 그래서 결심했습니다.

이 이야기는 오롯이 사람으로 채워야겠다고 말입니다.

그 결과, 여러분도 아시다시피 저희 드라마에는 극성이라곤 없습니다.

대단한 사건 사고가 일어나지도 않습니다. 그저 사람과 사람이 얽혀 빚어지는 크고 작은 소동과 감정의 진폭이 전부입니다. 드라마는 곧 '갈등'이라고 배웠는데, 대본을 쓰며 제 발등을 얼마나 찍었는지 모릅니다.

그럼에도 불구하고 이 이야기는 그래야 할 것 같았습니다.

진짜 어딘가에 있을 법한 마을, 우리 앞집, 옆집에 살고 있을 것만 같은 사람들.

그리고 결핍을 가진 불완전한 두 주인공.

이들이 사랑으로 서로를 구원하는 이야기면 충분하다고 생각했습니다.

비록 조금은 슴슴하고 느릴지라도 말입니다.

저는 영상화되지 못한 대본은 힘이 없다고 생각합니다.

대본은 제가 그린 최초의 밑그림일 뿐,

많은 분들의 채색으로 〈갯마을 차차차〉가 색깔을 낼 수 있었습니다.

정말 많은 분들께 빚을 졌습니다.

대본집을 드리면 일단 놀리기부터 하실 유제원 감독님, 존경합니다.

열심히 대본만 쓸 수 있게 멋진 멍석을 깔아주신 조문주 CP님, 너무 든든했습니다.

매주 아름다운 부제를 써주시고 다양한 콘텐츠를 기획해주신 이상희 PD님, 진심으로 감사합니다.

저희 드라마에는 '애드리브'가 참 많습니다.

책상머리에 앉아 있는 제 상상력으론 절대 구현할 수 없는 현장의 감각들입니다.

처음에 배우님들께 말씀드렸습니다. 이 대본에 있는 모든 여백은 여러분들의 것이라고. 놀라운 해석과 빛나는 순발력을 보여주신 모든 배우님들께 감사의 말씀을 전합니다.

이분들이 얼마나 찬란한 연기를 해주셨는지 대본집을 통해 모든 분들이 확인하셨으면 좋겠습니다.

저희 드라마는 대부분 포항 로케이션으로 진행했습니다.
초반엔 유독 비가 많이 왔고, 중반엔 너무 더웠고, 후반에 다시 비가 왔습니다.
산 위로 배를 올리고, 오징어 동상을 세우고, 야외 세트를 지어야 했습니다.
작업실에서 매일 일기예보만 들여다보며 죄인의 마음이었습니다.
이 잊지 못할 뜨거운 여름을 함께 해주신 모든 스태프분들께
함께 일할 수 있어 영광이었단 말씀 꼭 드리고 싶습니다.

저는 작가이기 이전에 참으로 사소한 인간입니다.
희로애락이 취미요, 일희일비가 특기입니다. 걱정이 많고, 자책을 자주 합니다.
그래서 제 글이 드라마가 되는 것이 아직은 무겁고, 무섭습니다.
아마 앞으로도 쭉 그럴 것 같습니다.
두려움의 무게를 알기에 돌다리 두드려가며 조심스럽게 쓰겠습니다.
그렇게 글을 쓰다 방지턱에 걸리는 순간이 오면, 여러분께 받은 응원을 떠올리겠
습니다. 그 힘으로 울퉁불퉁한 시간을 어떻게든 넘을 수 있을 것 같습니다.

신하은

일러두기

1. 이 책의 편집은 신하은 작가의 집필 방식을 따랐습니다.

2. 드라마 대사는 글말이 아닌 입말임을 감안하여, 한글맞춤법과 다른 부분이라 해도
   그 표현을 살렸습니다. 지문의 경우 한글맞춤법을 최대한 따르되, 어감을 살리기 위해
   고치지 않고 그대로 둔 경우도 있습니다.

3. 대사와 지문에 등장하는 말줄임표나 쉼표, 느낌표와 마침표 등의 문장부호 역시 작가
   의 집필 의도를 살리기 위해 그대로 실었습니다.

4. 이 책은 작가의 최종 대본으로, 방송된 부분과 다를 수 있습니다.

5. 본문 내 인용된 저작물은 저작권사의 인용 사용 허가를 받아 수록했습니다.

차 례

"더 많이 사랑하는 것 외에 다른 사랑의 치료약은 없다."

- 헨리 데이비드 소로우*

만약 당신에게 조만간 라틴댄스 강습에 등록하겠다는 원대한 꿈과 계획이 있다면,
삼바, 룸바, 자이브 대신 '차차차Cha-Cha-Cha'를 추천하겠다.
그 이유는
첫째, 비교적 쉬워서 파트너의 발을 가장 덜 밟을 것이기 때문에.
둘째, 근심을 털어놓고 슬픔을 묻어놓고 싶기 때문에.
셋째, 다 모르겠고 가장 흥겹고 신나기 때문에.

～～

이 이야기는 청호시 공진동에서 벌어지는 활기차고 리드미컬한 갯마을 스토리다.
대문은 없고 오지랖은 쩔고 의좋은 형제처럼 음식 봉다리가 오가는 이곳에서
평균체온이 1도쯤 높을 게 분명한, 뜨끈한 인간들의 '만유人력'이 작동한다!

삶의 템포가 정반대인 두 남녀가 신나게 서로의 발을 밟아대는 불협화음 러브스
토리다.
성취지향형 여자 '윤혜진'과 행복추구형 남자 '홍반장'의 호흡은 그야말로 최악.

～～～～～

* 극 중 두식이 즐겨 읽는 『월든』의 저자이자, 미국의 시인.

리듬은 놓치고 박자는 틀리고 엉망진창인데, 그게 어쩐지 재미있어지기 시작한다.
조금 안 맞아도 삐걱거려도 그 나름대로 운치가 있다.
남자의 여유로움은 근사하고 여자의 분주함은 달콤해지는데...
밀고 당기다 꼬이고 엉켜버린 이들의 티키타카 로맨스가 4분의 4박자로 펼쳐진다!

매 순간 모두가 주인공이 될 수 있는 휴먼스토리다.
사람은 누구나 인생이라는 무대에 오른다. 그 위에서만큼은 자기 자신이 주인공
이다.
모든 존재는 저마다의 가치가 있다는 것을,
때론 진주보다 햇볕에 반짝이는 모래알이 더 빛이 난다는 것을 보여주는
평범한 사람들의 위대하고도 특별한 일상이 밀려온다!

~~~~

애석하게도 이 드라마에 춤은 포함되어 있지 않다.
그러나 파도가 실어 오는 이 귀엽고 유쾌한 바닷가 마을 이야기에 귀 기울이다
문득 당신의 마음이 춤추기 시작한다면 그것으로 충분할 것이다.

등장인물

윤혜진 ～～～ (34세) - 치과의사

그녀가 걸어가면, 아주 잠깐 세상이 슬로모션으로 움직이는 착각이 든다.

기분 좋은 목소리에는 시를 노래하는 듯한 음률이 느껴진다. 보조개가 보이게 웃을 때면, 주변의 조도照度가 100럭스쯤 밝아지는 것 같다. 예쁘다는 말로는 모자란, 사랑스러움의 의인화 그 자체다. 그런데 또 하필 직업까지 치과의사다. 명문대 치의대를 우수한 성적으로 졸업, 서른 살에 전문의를 취득했다. 현재는 페이닥터로 억대 연봉을 받고 있다.

여기까지가 혜진에 대한 객관적인 정보다.

이렇게 완벽해 보이는 그녀의 실체는 사실... 모순덩어리다!

교과서 위주로 공부하고 전공만 판 덕분일까. 일반상식이 부족하다. 다른 책은 거들떠도 안 보는 편이다. 술 좋아하는데 잘 못 마시고, 특히 와인 좋아하는데 잘 모른다. 저소득층 아동부터 아프리카 학교 짓기까지 각종 단체에 성실히 정기후원을 하고 있지만, 명품이라면 사족을 못 쓰는 쇼핑 중독자다. 고생 한 번 안 해본 공주님처럼 보이지만 실은 자수성가의 아이콘이다.

혜진은 태어나서 단 한 번도 대충 살아본 적이 없다.

어릴 적부터 형편이 여유롭지 못했다. 어머니는 학교 급식실에서 일했고 아버지는 중소기업에 다녔다. 부유하진 않아도 소박하고 화목한 가정이었다. 그러나 혜진의 나이 여섯 살 때 어머니가 복막암 판정을 받았고, 어머니는 혜진의 초등학교 입학식을 보겠다는 약속을 지키고 세상을 떠났다. 2년 투병생활의 끝이었다. 어머니가 떠난 뒤 여덟 살 혜진의 목표는 엄마 없는 아이 소리를 듣지 않는 것, 홀로 남은 아버지를 속상하게 하지 않는 것이 되었다. 숙제도 잘하고 준비물도 잘 챙기고, 공부도 달리기도 1등만 했다. 열심히 노력하고 준비해가면 스스로가 초라하지 않았다. 항상 칭찬을 받을 수 있었다. 그런 혜진이 유일하게 어쩌지 못했던 것이 바로 소나기다. 갑작스레 쏟아지는 빗속에서 우산을 들고 친구들을 데리러 오는 다른 엄마들을 보며, 혜진은 교실에 숨어 몰래 울었다. 맑은 날에도 우산을 챙기는 혜진의 습관은 그때부터 시작됐으리라. 혜진에게 비는 외로움이었고, 불안함이었다. 그렇게 혜진은 빨리 철이 들었다. 다가오는 친구들이 많았지만 적당히 잘 지낼 뿐 그 누구에게도 마음을 터놓지 않았다. 중학 시절부터 지치지도 않고 졸졸 쫓아다니던 미선이 그녀의 거의 유일한 친구다.

이과였고 공부를 잘했으니 의사가 돼야겠다고 생각한 건 어쩌면 당연한 일. 혜진은 무사히 치의학과에 합격했고, 그녀가 대학에 들어간 해에 아버지는 명신과 재혼했다. 명신이 싫은 건 아니지만 허물없이 지내기엔 어려워 독립을 했다. 그로 인해 혜진의 대학생활은 조금 더 빠듯해졌다. 대학등록금과 생활비가 버거웠던 탓이다. 넉넉지 못한 아버지에게 손을 벌리고 싶지 않았다. 과외를 여러 개 했고, 장학금을 놓치지 않기 위해 학업도 병행해야 했다. 늘 바빴던 탓에 혜진의 대학 시절 별명은 '신데렐라'였다. 수업 때도 학과 행사에서도 언제나 시간에 쫓기듯 사라졌기 때문이다. 유리구두를 신은 것처럼 혜진은 늘 종종거리며 살았다. 그런 혜진에게도 사랑이 찾아와 연애를 시작했지만, 그로 인해 자신의 초라함을 경험하게 된다. 그때 혜진을 위로해준 이가 바로 대학 선배 성현이다. 따뜻하고 배려 넘치는 성현에게 특별한 감정을 갖게 되지만, 혜진은 자신의 마음을 애써 모른 척했다. 자신에게 상처를 준 전 남자친구의 친구였기 때문이고, 가장 들키고 싶지 않은 모습을 들켜버린 까닭이다. 결국 성현이 군대에 가며, 두 사람의 관계는 흐지부지된다.

지난했던 20대를 지나 서른이 넘은 혜진은 이전과는 전혀 다른 삶을 살게 된다.

학자금 대출을 갚고, 원룸을 벗어나 오피스텔로 이사하고, 해외여행을 가며, 명품도 산다. 세상에 예쁜 게 너무나도 많다는 사실을 알아버렸다. 그래도 나름대로 합리적 소비를 지향한다. 해외직구를 선호하며, 할인코드와 쿠폰 먹이기에 제법 소질이 있다. 와인을 마시고, 각종 취미생활도 즐기게 되었다. 요가와 필라테스, 주짓수부터 폴 댄스까지 섭렵했다. 생활이 안정을 찾고 꽤 많은 사람을 소개받았지만, 지난 상처 때문인지 연애가 쉽게 이뤄지지 않았다. 그렇다고 또 비혼주의자는 아니다. 지금은 그저 스스로에게 온전히 집중하는 생활도 나쁘지 않다고 생각한다.

현재의 혜진에게 돈과 성공은 매우 중요한 가치다.

초중고 12년에 대학생활 6년, 거기다 4년의 수련 과정까지 무려 22년의 시간을 모두 지금 이 순간을 위해 바쳤다 해도 과언이 아니다. 노력에 대한 보상은 당연히 이루어져야 한다. 소소한 행복이니 하는 건 루저들의 자기위안일 뿐, 인정욕구와 사회적 성취는 인간에게 가장 중요한 목표 아닌가! 혜진에겐 이미 인생계획이 다 짜여 있다. 페이닥터 생활을 5년쯤 더 한 뒤 서울에 자신의 병원을 개원할 참이다. 그런데 이 계획이 틀어져버린다.

그것도 내면에 숨어 있던 2%의 정의로움 때문에!

과잉진료를 강요하는 원장을 들이받고, 우여곡절 끝에 공진에 치과를 개원하게 된다. 그런 혜진 앞에 '홍반장'이란 정체불명의 남자가 나타난다. 고등학교 졸업한 후로 처음 들어보는 반장이란 직책, 멀쩡하게 생겨서는 동네 잡다구리한 일이나 맡아 하는 반백수! 말싸움으로 어디 가서 안 져본 혜진을 KO시켜버리는 짜증 나는 말발의 소유자. 자꾸만 선을 넘어와 온갖 일에 참견하고 오지랖을 부리는 남자. 온갖 소문을 몰고 다니는 이 미스터리한 남자가 너무너무 거슬리다가... 궁금해지기 시작한다.

홍두식 ～～～～ (35세) - 청호시 공진동 5통 1반 반장

그 남자의 이목구비에는 서사書事가 있다.

조각 같은 콧날에는 그리스 비극의 짙은 비애가 배어 있고, 소년 같은 미소는 첫사랑의 향수를 불러일으킨다. 심연을 아는 깊은 눈빛에 절로 "당신의 눈동자에 건배"(《카사블랑카》의 명대사)를 외치고 싶어지는 이 남자를 사람들은 '홍반장'이라고 부른다!

그렇다. 모름지기 반장이란, 행정구역 동·리·통·반 중 반의 대표를 뜻하는 말로 동네에서 입김 좀 세다는 중년 어른들의 전유물 아니던가. 게다가 일 년에 두 번, 명절 상여금 5만 원이 수당의 전부라 봉사라 봐도 무방한 명예직이건만... 두식은 벌써 몇 년째 청호시 공진동 5통 1반의 반장으로 활동 중이다. 공진에는 불가능을 가능으로 만드는 마법의 주문이 있으니, 그건 바로 "도와줘요 홍반장"이다. 두식은 어디선가 누군가에 무슨 일이 생기면 틀림없이 나타난다. 도배, 미장, 배관 공사부터 전자기기 수리까지 못 하는 게 없으며 좀도둑을 잡고 선로에 떨어진 노인을 구했다. '용감한 시민상'을 두 차례나 수상한 바 있다. 공진에서는 두식이 슈퍼맨이고 스파이더맨이다. 그리고 이 완벽한 남자의 공식적인 직업은... 무직이다.

극과 극은 통한다고, 직업은 없으나 하는 일은 무한대에 가깝다.

두식은 바로 자발적 프리터족이다!

짜장면 배달에, 슈퍼 카운터에, 뱃일, 라이브카페 일까지 각종 아르바이트로 생계를 유지하는데, 페이는 더도 덜도 말고 딱 최저시급 8720원만 받는다.

완벽한 하드웨어에 비해 소프트웨어가 떨어지는 게 아닌가 하는 의심은 넣어두시길 바란다.

두식은 이미 여섯 살에 천자문을 모두 외워 신동 소릴 들었고, 아홉 살 때 IQ검사에서 148을 기록했다. 어디 그뿐인가. 수산경매사, 공인중개사, 타일·미장·도배 기능사, 배관기능사, 한식조리기능사, 색종이접기지도사, 과일플레이팅자격증 등 가진 자격증만도 셀 수가 없다. 수준급 암산 능력에 발명 특허도 몇 개 있다. 술을 담글 줄 알고 다도에 조예가 깊으며, 향초와 비누도 만든다. 전매특허 요리에 비밀 레시피가 수두룩하다. 러시아에서 온 외국인 노동자와는 제법 프리토킹이 가능하다. 고가의 카메라를 몇 대 보유하고 있으며 사진도 잘 찍는다. 어디 그뿐인가. 보들레르부터 칸트까지 인문학에 대한 조예마저 깊다. 화룡점정으로 그는 서울대 기계공학과를 나왔다.

모르는 것도 못 하는 것도 없는 이 특별한 남자는 바로 여기 공진에서 나고 자랐다.

할아버지와 아버지는 배를 탔는데, 여섯 살 때 풍랑으로 부모님을 잃었다. 두식을 혼자 남겨놓고 배를 탈 수 없던 할아버지는 어업을 정리하고 기름집을 차려 두식을 애지중지 길렀다. 그러나 그런 할아버지마저 두식이 열여섯이던 2002년 돌아가셨다. 잊을 수 없는 그날은 월드컵 8강 스페인전이 열린 날이었다. 그 뒤로 두식은 마을의 품앗이로 컸다 해도 과언이 아니다. 중학 시절 강원도 수학경시대회에서 입상하는 등 공부에 재능이 있었지만, 일찍 자립해야겠단 생각에 공업고등학교에 입학했다. 그러나 같은 반 친구에게 폭력을 행사하던 선주의 아들을 말리던 도중 공고를 무시하는 모욕적 언사를 듣는다. 그의 콧대를 꺾기 위해 오기로 다시 공부를 했고 보란 듯이 서울대에 합격했다. 타고나길 배짱이 두둑하고 한 번 한다면 하는 성격이다. 기본적으로 평화주의자지만, 싸움 실력도 보통이 아니다. 이 밖에도 공진에는 두식에 대해 전해져 내려오는 전설이 한 트럭이다. 그러나 두식에 대해 유일하게 알려지지 않은 것이 있으니, 그건 바로 대학 졸업 후 5년간의 공백이다.

북파간첩이었다, 국정원 비밀요원이었다, 에베레스트를 정복했다와 같은 전설부터 감옥에 다녀왔다, 정신병원에 입원해 있었다 류의 소문까지...

별의별 얘기가 다 전해지나, 그에 대해 두식은 단 한 번도 입을 연 적이 없다.

다만 확실한 건, 그 5년이 두식의 인생을 바꿔놓았다는 것이다.

고향으로 돌아온 두식은 할아버지와 함께 살던 집을 고치고 그대로 눌러앉았다. 한동안 집에 칩거해 있던 두식을 마을 사람들은 아무 말 없이 들여다보고 음식을 해다 먹였다. 길고양이를 돌보듯 무심하고 따뜻하게. 어느새 두식은 혼자 사는 할머니 집의 전구를 갈아드리고, 고장 난 보일러를 고쳐주게 되었다. 슈퍼 카운터를 봐주고 택배 배달도 대신 해주었다. 그리고 그게 곧 생활이 되어버렸다. 두식은 사람들을 도와 적절한 시급을 받으며, 일하고 싶을 때 일하고 쉬고 싶을 때 쉬는 자유로운 생활을 누린다. 일이 끝나면 할아버지가 남긴 배를 수리하거나 서핑을 하며 자기만의 시간을 보낸다. 자연스럽게 흘러가는 대로 그저 그렇게 놔두는 것, 이게 바로 두식이 선택한 삶의 방식이다.

두식은 이 안에서 비로소 자신이 인생의 주인이 되었다는 느낌을 받는다.

이 남자, 작고 사소한 것에서 행복을 찾고 주변을 끊임없이 돌아본다. 타고난 오지랖으로 이웃의 모든 대소사에 관여한다. 대놓고 다정하거나 살뜰하진 못해도 투박하게 따뜻하다. 그러나 그 안에는 어쩌지 못할 외로움이, 결핍이 내재돼 있다.

이런 두식 앞에 그와는 전혀 다른 여자 혜진이 나타난다. 서울에서 와 굳이 이 공진에 치과를 개업한 여자. 소셜 포지션 타령하며 '사짜' 부심을 부리고 더럽게 비싼 구두를 신는 여자. 사람들을 향해 금을 딱 그어놓고 깍쟁이같이 구는 여자. 그런 주제에 쓸데없이 성실하고 자기 삶에 열정적인 여자. 비가 올까 봐 항상 가방에 우산을 넣어갖고 다니는 이 여자가 자꾸만 두식의 신경을 건드리기 시작한다.

지성현 ～～～～ (35세) - ovN의 스타 PD

요즘 방송계에서 '지성현'이라는 이름 석 자를 모르면 간첩이다.

ovN의 예능 PD로 〈최초의 맛〉, 〈무엇이든 먹어보살〉 등을 성공시킨 예능계 마이더스의 손, 그가 바로 성현이다. 사람의 먹고 사는 얘기를 따뜻하고 소소하게 그려

내는 관찰예능, 친인간적 콘텐츠로 공전의 히트를 기록하고 있다. 게다가 화면에 언뜻 비친 그의 외모가 너무나도 훈훈했기에 더 유명해져버렸다.

그의 인생은 언제나 예측불허였다. 스티븐 스필버그를 좋아하던 소년은 영화감독이 되고 싶었다. 어른이 되어선 기자를 지망하며 언론사 시험을 준비했고, 결국은 엉뚱하게도 예능 PD가 되었다.

인생은 항상 자신을 더 재미있는 쪽으로 데려간다는 믿음이 있다. 건축가 아버지와 아동심리학과 교수 어머니 아래서 자랐다. 통제보다는 자율을 지향하는 집안 분위기 덕에 자유로우면서도 건전하게 성장했다. 새롭고 낯선 것을 좋아해 여행을 즐긴다. 대학 시절 휴학하고 세계 일주를 다녀온 적이 있다. 생긴 것과 달리 먹는 걸 좋아하는 식도락가다. 바쁜 와중에도 식사만큼은 제대로 챙겨 먹어야 하는 타입이다. 굶으면 예민해지고, 맛없는 걸로 배 채우는 건 혐오한다. 먹는 것과 여행을 좋아하다 보니 PD가 되어서도 그런 프로그램을 하게 되었다. 가장 보편적인 것에서 특별한 게 나온다고 믿는다. 스스로 잘 모르고 자신도 없는 실험적인 프로그램을 위해 수백 명 스태프들을 고생시킬 순 없다고 생각한다. 이처럼 스태프들의 처우를 중요하게 생각하지만, 본의 아니게 자주 민폐를 끼친다. 그건 바로 성현이 해맑은 워커홀릭이기 때문이다.

촬영, 편집, 회의, 답사로 이루어진 단조로운 삶을 살고 있는데, 그 과정을 진심으로 즐긴다. 함께 일하는 동료들도 비즈니스 관계가 아닌 진짜 친구처럼 생각하기에, 아이디어 회의가 꼭 수다 떠는 것 같다. 좋은 생각이 떠오를 때면 밥 먹다가도 화장실에 갔다가도 메시지를 보내는 관계로 단체채팅방 지분율을 70% 넘게 차지한다. 거기다 점잖은 외모와 달리 애교 섞인 말투와 각종 이모티콘을 작렬해 후배들이 눈살을 찌푸리곤 한다. 창의적 인간인 것과 별개로 행정 처리에 미숙하고 타고난 길치이며, 뭘 먹을 땐 그렇게 잘 흘린다. 작가 지원과 조연출 도하의 도움 어린 손길이 없었더라면 진즉에 도태됐을 것이다. 그럼에도 불구하고 사람들은 모두 성현을 좋아한다. 그건 바로 권위적이지 않고 투명한 그의 성정 덕분이다. 방송사에서 온갖 일그러진 인간 군상을 경험한 사람들에게 성현은 청정구역에 가깝다. 성현은 누군가 A라고 말하면 A'나 A"를 의심하지 않고 A라고 받아들이는 사람이다. 마음에 꼬인 구석이 하나도 없다. 그래서 선입견도 편견도 없다. 어떤 의견이라도 귀 기울여 수용할 줄 아는 사람이다. 대부분의 취향을 모두 존중해주는 편인데, 유일하게 고집을 피우는 분야가 바로 음식이다. '탕수육은 부먹, 밥은 고두밥, 대광어는 숙성회' 이 부분에 대해서는 절대 양보가 없다. 토론하다 불리해지면 백종원 선생님에게 전화를 거는 게 버릇이다.

꿀 떨어지는 목소리의 소유자로, 대학 시절 방송국에서 아나운서로 활동했다. 인기가 많아 얼마나 많은 고백을 받고 거절했는지 차마 셀 수도 없다. 성현이 혜진을 만난 건 한 교양수업에서였다. 혜진의 첫인상은 '피곤해 보인다'였다. 질끈 묶은 긴 머리에 수수한 복장, 어딘가 지쳐 보였지만 눈빛만큼은 반짝이는 게 인상적이었달까. 게다가 한 끼를 먹어도 맛있는 걸 먹어야 하는 자신과 달리, 주머니에 소시지 몇 개로 식사를 대신하는 모습이 새로웠다. 조별발표를 준비하며 혜진에게 호감을 갖게 되었을 무렵, 성현은 청천벽력 같은 사실을 알게 된다. 혜진에게 남자친구가 있고, 그가 바로 성현의 고등학교 동창인 강욱이었던 것! 엇갈린 인연에 애태우고 있을 무렵, 성현은 강욱이 주최한 모임에서 다시 두 사람을 만나게 되고… 그날 혜진의 옷차림과 낡은 신발이 조롱의 대상이 되는 것을 목격한다. 화가 났지만 자신이 나서면 혜진이 더 상처를 입을까 봐 모른 척해야만 했다.

그리고 며칠 뒤 강욱의 생일날, 예쁘게 꾸미고 와 강욱에게 일갈을 가하는 혜진을 목격한다. 성현은 스스로 자존심을 지키는 혜진의 태도에 다시 한번 반한다. 그때부터 두 사람은 자주 같이 밥을 먹는 사이가 되지만 연인으로 발전하진 못했다. 성현 앞에서 자신의 바닥을 보인 혜진은 조심스러웠고, 혜진을 배려하려던 성현은 선뜻 고백을 할 수 없었다. 좋은 선후배 사이라는 울타리에 머물며 만남을 이어가던 두 사람은 성현이 군대에 가고 혜진이 바빠지며 흐지부지되고 만다. 그러나 성현의 가슴에는 그 십 년도 더 된 인연이 아련하게 남아 있다. 아마도 첫사랑이리라.

대한민국 최고의 아이돌 DOS 멤버 두 명이 바닷가 마을에서 밥 해먹고 생활하는 아날로그 버라이어티 〈갯마을 베짱이〉를 기획, 그 배경으로 공진을 선택한다. 원래 계획한 답사 장소는 다른 곳이었지만, 길치인 성현이 운전하다 길을 잘못 들어 공진항을 발견했다. 그런데 그곳에서 혜진과 재회한다. 언젠가 꼭 한 번 만나고 싶다 생각한 적은 있지만 그게 여기일 줄은 몰랐다. 성현은 생각한다. 운명이 자신을 여기로 데려다놓은 게 아닐까 하고. 혜진에게 직진하기로 결심하지만, 혜진이 다른 곳을 보고 있음을 깨닫는다. 프로그램을 물심양면으로 도와준 공진의 홍반장 두식. 의리 있는 두식과도 벌써 우정이란 게 생겨버렸는데, 이 삼각관계 어쩐지 녹록치 않을 것 같은 예감이 든다.

표미선 〰️〰️〰️ (34세) - '윤치과' 치위생사. 혜진의 친구

중학교 2학년 때 혜진과 짝으로 만나 15년 넘게 친구로 지내고 있다. 공부 잘하고 얼굴도 예뻐 다들 어쩐지 어려워하던 혜진을 막 대하며 친해졌다. 깍쟁이 같아 보여도 알고 보면 마음 여리고 착하다는 걸 본능적으로 알아봤다. 공부보다는 노는 쪽에 특화되어 있다. 학창시절부터 책상 밑으로 만화책을 숨겨 보던 만화광답게 여전히 순정만화를 사랑한다. 푼수기 넘치는 사차원. 뇌와 입이 연결되어 있어 필터링을 잘 못하는 팩트폭격기다. 뼈 때리는 조언을 아끼지 않는데, 의외로 철학적인 구석이 있다.

3년제 치위생과를 나와 10년째 치위생사 생활을 하고 있다. 투철한 직업정신의 소유자로, 손이 꼼꼼하고 환자들에게도 친절하다. 간식을 좋아해 초콜릿, 과자를 입에 달고 사는데, 살이 안 찌는 축복받은 체질이다. 그러나 세상은 어찌나 공평하던지 이는 또 그렇게 잘 썩는다.

셀카를 굉장히 잘 찍는다. 오랫동안 연마해온 특급기술이다. 감각이 있어 SNS 피드도 예쁘게 잘 꾸민다. 그 덕에 5만 명 이상의 팔로워를 보유하고 있다. '사랑이 없는 인생은 여름이 없는 계절과 같다'라는 말을 제일 좋아한다. 연애지상주의자로 열여덟 살 이후로 남자친구가 없던 적이 없다. 그 다사다난했던 연애사 끝에 얻은 결론은 '남자는 얼굴'이다. 그렇게 데이고 까여도 여전히 나쁜 남자가 좋고, 잘생긴 남자는 더 좋다. 남자친구가 바람을 피우자 홧김에 혜진을 따라 공진으로 내려온다. 그리고 이 마을에서 자신의 취향인 홍콩 미남상 은철을 만나 한눈에 반한다. 처음엔 얼굴에 반했을 뿐인데, 진짜로 빠져들게 되자 본인도 크게 당황한다.

김감리 〰️〰️〰️ (80세) - 할머니 3인방의 대장

공진의 원로이자, 사람들의 정신적 지주이며, 할머니들의 대장 격이다. 본래는 해녀 출신으로 지금은 소일거리로 생선이나 오징어 손질을 하며 살아간다. 열아홉에 시집을 갔으나 남편이 딴 살림 차려 집을 나가버렸다.

물질로 번 돈으로 자녀들을 악착같이 공부시켜 다 도시로 보내놓았다. 딸은 세종에서 공무원 생활을 하고, 아들은 서울에서 회계사를 한다. 자식 농사 잘 지은 게 인생의 자랑이다. 내 팔자는 기구했지만, 그 복이 다 자식에게로 갔다고 생각하면 마음에 위안이 된다.

그녀의 이름 감리는 태극기의 상징 건곤감리乾坤坎離에서 따온 것이다. 아버지가 한국광복군 출신의 애국지사였으나 작전 수행 중 돌아가셨다. 감리가 어머니 배 속에 있었을 때의 일이다. 어릴 적 천자문을 뗀 두식이 감리의 아버지가 독립운동가였다는 증거를 발견했다. 그걸 계기로 아버지가 독립유공자로 인정받으며 보훈급여금을 받게 됐다. 돈보다도 아버지의 이름을 찾아준 두식에 대한 고마움이 있다. 열여섯에 할아버지를 잃고 혼자가 된 두식이 생인손 앓듯 아프다. 그래서 그 이후로 쭉 친손주처럼 살뜰하게 챙기고 있다.

요 근래 이가 시원찮아져 딱딱한 걸 못 먹지만 치과는 비싸다며 손사래를 친다. 제일 좋아하는 음식은 오징어다.

이만이 ～～～～ (76세) - 할머니 3인방의 둘째

맏딸로 태어나 이름이 만이지만, 할머니 3인방에선 애석하게도 둘째를 맡고 있다. 동네 형님 감리에게는 서열이 밀려 꼼짝도 못 한다. 대신 막내 숙자에게 강하다. 옛날에는 덕장을 했으나 지금은 다 정리하고 감리와 함께 가끔 오징어 할복장에 나간다. 평생 비린내를 온몸에 묻히고 살아 자주 씻는 습관이 있다. 장점보다 단점을 귀신같이 보는 비관적 성격이다. 칭찬에 인색하나, 본인에겐 관대한 편이다. 매사에 투덜거리고 불평불만이 많다. 레깅스만 입고 조깅하는 혜진을 보고 속곳만 입고 돌아다닌다며 기겁을 한다.

평소엔 강원도 사투리를 쓰지만, 어머니 고향이 벌교라 전라도 사투리도 할 줄 아는 언어 능력자다.

박숙자 ～～～～ (70세) - 할머니 3인방의 막내

할머니 3인방 중 막내일 뿐만 아니라, 이 마을 할머니 할아버지 중에서도 막내다. 오십 년 전 경기도에서 시집와 거의 표준어를 쓴다. 나이가 일흔인데 아직도 막내인 게 분통 터진다. 같이 늙어가는 처지에 무릎 아프고 관절 시린 건 매한가진데 경로당에 가면 밥하고 청소 다 해야 된다. 형님들이 전화하면 가끔 일부러 안 받을 때도 있다. 그래놓고는 심심해서 결국은 쪼르륵 형님들에게 가서 논다. 기본적으로 천진난만하고 소녀 같다.

오춘재 ～～～～ (49세) - 라이브카페 겸 호프집 주인. 전직 가수

밝을 때는 커피 팔고, 어두워지면 술을 판다. 나이보다 한참 어려 보이며 우수에 젖은 눈동자, 사연 있어 보이는 외모의 소유자다. 실제 90년대 히트곡 하나를 내놓은 채 사라져버린 비운의 가수로 예명은 '오윤'이다. 윤이라 불러달라고 하지만 동네 사람들은 모두 "춘재!" 하며 본명으로 부른다. 〈달밤에 체조〉라는 노래로 1993년 〈가요톱텐〉에서 2위까지 했으나(당시 1위는 서태지와 아이들이었다!) 매니저에게 사기를 당하며 연예계 활동이 중단되었다. 그 뒤로 나이트와 행사무대를 전전하다가 바다가 좋아 공진에 정착했다.

공진에서 그의 노래를 알아주던 유일한 팬과 결혼해 라이브카페 '한낮에 커피 달밤에 맥주'를 열었지만, 딸 주리를 얻자마자 상처했다. 그 딸이 벌써 열네 살이 되었는데, 워낙 되바라져서 도무지 감당이 안 된다. 눈물이 많고 감정기복이 심한 편이다. 과거의 영광에 젖어 살고 있으며 언젠가 〈슈가피플〉에서 자길 불러주기만을 기다리고 있다. 바리스타, 라이브, 주방 일까지 전천후 만능인 두식을 이 동네에서 제일 많이 부르는 사람이다.

장영국 ～～～ (42세) - 공진동 동장

7급 공무원으로 공직생활을 시작해 작년, 만으로 40세에 청호시 최연소 동장이 되었다. 감수성 풍부한 문학소년 출신으로 걱정거리가 있으면 잠을 못 자는 세상 예민한 성격이다. 소심하고 남의 눈치를 많이 본다. 15년 전, 첫사랑에 실패하고 소꿉친구였던 화정과 결혼했다. 결혼 5년 만에 귀한 아들 이준을 얻고 잘 사는 듯했으나 3년 전 화정과 이혼했다. 대외적인 이혼 사유는 성격 차이지만, 사실 화정과 왜 이혼했는지 본인도 잘 모른다. 뜨겁진 않아도 평탄하게 살았던 것 같은데, 하루아침에 화정의 태도가 돌변해버렸다. 처음에는 화정과 생활반경이 같은 것이 껄끄러워 다른 지역으로 발령을 신청했다. 그러나 티오가 나지 않아 일이 년 기다리다 보니 서로 얼굴 마주치는 일이 익숙해졌고 결국 계속 공진에 살고 있다. 아들 이준을 끔찍이 사랑해 떠날 수 없었던 것도 있다. 화정과 쿨한 관계를 유지하는 듯 보였으나, 동장이 되면서부터 화정이 껄끄럽고 불편해진다. 시청 눈치 보랴 전 와이프 눈치 보랴 인생이 괴로워지기 시작한다. 이때 여전히 미혼인 첫사랑 초희가 공진으로 돌아온다. 하필이면 아들 이준의 담임선생님으로.

여화정 ～～～ (42세) - 공진동 5통 통장. '화정횟집' 사장

공진에서 나고 자란 토박이로 5통 통장을 맡고 있다. 옛날에 두식의 할아버지가 돌아가셨을 때 헐값에 인수하다시피 한 기름집이 잘돼 살림이 폈다. 보은하는 마음으로 두식을 동생처럼 귀하게 여긴다. 의리가 있고 화통한 여장부 스타일이다. 열심히 일해 지금은 상가와 집을 여럿 가진 횟집 오너다. 혜진의 집과 치과의 건물주이기도 하다. 지역 사랑이 대단해서 자원봉사 하는 의미로 통장 일을 시작해 벌써 3번째 연임 중이다. 이제 그만 물러나 두식에게 통장직을 넘겨주고 싶은데, 두식이 한사코 거절하고 있다. 소꿉친구였던 영국과 결혼했으나 3년 전 이혼했다. 이혼 후, 둘 다 계속 공진에 머무르며 지방에선 흔치 않게 헐리웃식 관계를 유지하고 있다. 화정이 양육 중인 아들 이준의 학교행사를 두 사람이 함께 참관할 정도도. 그러나 영국이 동장으로 임명되며 공적으로 부딪치기 시작한다. 화정 본인은 동을 위해 건

의사항을 요구하는 것이라 하지만, 어째 끝나지 않은 부부싸움의 향기가 난다. 게다가 영국의 첫사랑 초희까지 공진에 컴백한 후로는 사는 게 골치 아파진다.

유초희 ～～～～ [39세] - 청진초등학교 교사

꽃다운 20대에 첫 발령받았던 청진초등학교에 불혹을 앞두고 돌아온다. 세월이 변했지만, 여전히 누군가의 첫사랑인 듯 청순한 분위기를 물씬 풍긴다. 다정한 목소리에 아이들을 좋아하니 초등학교 교사가 천직이다. 15년 전 처음 공진에 왔을 때 화정의 집에 세 들어 살며, 그녀를 친언니처럼 따랐다. 화정의 소꿉친구였던 영국과도 친해져 셋이 항상 붙어 다녔다. 돌이켜보면 그때가 인생에서 가장 행복했던 때인 것 같다. 자신을 향한 영국의 마음을 눈치챘을 무렵, 어머니가 뇌출혈로 쓰러지며 공진을 떠난다. 반신불수가 된 어머니는 초희의 병수발을 받다 작년에 돌아가셨다. 외로운 마음에 공진으로 돌아왔다가 이혼한 화정, 영국과 재회하며 미처 끝나지 않은 삼각관계에 휘말리게 된다.

조남숙 ～～～～ [41세] - '공진반점' 사장. 상가번영회 회장

중국집 사장으로 상가번영회 회장을 맡고 있다. 이 지역 토박이로 부모님이 하시던 중국집을 물려받았다. 통장인 화정과는 묘한 라이벌 관계다. 빠른 연생이라 학교를 일찍 들어가 화정과는 동창이지만 자신이 1살 어리단 사실을 은근 강조한다. 입도 싸고 엉덩이도 가벼워, 공진의 소문은 모두 남숙을 통한다. 남 얘기만큼은 『천일야화』의 '셰에라자드'보다 더 오래 할 자신이 있다. 이 동네의 상징인 두식이 화정과 친한 것을 공공연히 질투하며, 그와 친해지고 싶어 한다. 가게도 없는 두식을 상가번영회 명예회원이자 총무로 받아들인 것도 그 때문이다. 밉살스런 짓을 하며 동네를 시끄럽게 하기 일쑤지만, 그런 남숙에게도 씻을 수 없는 아픈 상처가 있다.

최은철 ～～～ (30세) - 공진파출소 순경. 금철의 동생

어려서부터 누가 봐도 형 금철보다 나았다. 외모가 훌륭한 것은 물론 뺀질거리는 형과는 달리 정직하고 준법정신이 투철했다. 일찍이 여덟 살 때 빨간불에 횡단보도를 건너려는 형의 목덜미를 잡아당겨 목숨을 구한 바 있다. 현실 형제답게 금철과는 별로 말을 섞지 않는다. 오히려 친형보다 두식을 더 좋아하고 잘 따른다.

무엇이든 열심히 하는 성실한 타입이다. 하루에 15시간씩 공부에 매진한 끝에 순경시험에 합격, 어엿한 경찰공무원이 되었다. 융통성이 없고 곧이곧대로인 성격에 한 우물만 파는 타입이다. 잘생겼지만 엄청난 철벽남이라 제대로 연애를 해본 경험이 없다. 사극 마니아로 한복이 잘 어울리는 여자가 이상형이다. 우아하고 근엄하면서 말씨가 차분하고 온화한 카리스마까지 갖춘다면 더 좋겠다. 예를 들면 〈왕이 된 남자〉의 '소운'처럼. 그런데 이상형과는 정반대인 미선과 엮이며, 마음이 혼란해지기 시작한다.

최금철 ～～～ (35세) - 철물점 사장. 두식의 친구

두식과는 불알친구다. 골목대장 자리를 놓고 잠시 다투었으나 두식보다 잘하는 게 하나도 없는 관계로 바로 밀렸다. 그 뒤로는 현실에 순응해 살아가고 있는 중이다. 고등학교를 졸업하자마자 큰 꿈을 품고 서울로 상경했으나 1년 만에 빈털터리가 되어 고향으로 돌아왔다. 동네 동생 윤경과 속도위반으로 결혼했다. 코흘리개 꼬맹이라고 생각했는데 어쩌다 보니 불이 붙어버렸다. 현재는 9살 딸 보라와 배 속에 둘째까지 있는 어엿한 가장이다. 나름 사랑꾼이긴 한데, 어딘가 세심하지 못하다. 아버지가 하시던 철물점을 물려받아 운영하고 있으며, 배 수리에 필요한 물건도 들여온다. 그러나 팔기만 할 뿐, 손재주는 없는 기계치다. 뺀질거리는 성격에 그릇이 작고 욕심이 많아 내 것 챙기는 걸 최우선으로 삼지만, 두식에겐 찍소리도 못 한다. 각종 물건을 거의 원가에 납품 중이다.

함윤경 〰〰〰 (31세) - '보라슈퍼' 사장. 금철의 아내

동네에서 제일 큰 슈퍼마켓을 운영한다. 스무 살에 동네 오빠 금철과 결혼해 딸 보라와 배 속에 둘째가 있다. 뜨개질을 좋아하고 조근조근 예쁘게 말하는 젊은 새 댁처럼 보이지만, 사실 윤경에겐 놀라운 비밀이 숨겨져 있다. 공진 최고의 날라리 출신으로 한때 껌 좀 씹었다. 결혼과 동시에 화려했던 과거를 모두 정리했으나, 흥분하면 소싯적 모습이 튀어나온다. 말괄량이 딸 보라를 다정하게 타이르지만 피는 못 속이는 것 같아 뜨끔할 때가 있다. 몸이 무거워 두식에게 카운터며 배달이며 자주 신세를 진다. 동네에 젊은 사람이 별로 없어 혜진이 이사 오자 몹시 친해지고 싶어 한다.

반용훈 〰〰〰 (36세) - 공진동 주민센터 주무관

공진동 동장 영국의 오른팔이다. 비위가 몹시 약하고 변화를 싫어하며 눈치가 없다. 화정을 볼 때마다 자꾸만 자동으로 '사모님' 소리가 튀어나와 죽겠다. 더위를 많이 타서 조금만 움직여도 땀이 줄줄 난다. 손수건이 금세 축축해져 두세 개씩 갖고 다닌다. 대부분의 일을 책상에 앉아서 처리하려고 하며, 외부업무를 극도로 싫어한다. 그래서 걸핏하면 쳐들어오는 두식을 무서워한다. 점심메뉴 정하는 게 인생의 가장 중요한 일이다.

오주리 〰〰〰 (14세) - 중학생. 춘재의 딸

예습복습 공부는 안 하지만, 중2병은 선행학습 중인 미친 열네 살. 콤플렉스는 삐죽 튀어나온 덧니. 말 씹기가 취미요, 말대꾸가 특기다. 항상 앞머리에 대왕 헤어롤을 말고 다니며, 헤어 스타일링이 제대로 안 되면 학교를 결석해버리는 극단적 성향의 소유자다. 가끔은 두식조차 상대하기 버거울 정도다. 춘재의 말론 태어나자마자 엄마를 잃은 게 안타까워 오냐오냐 키운 자기 잘못이란다. 아이돌 그룹 DOS의

광팬으로 장래희망은 DOS의 스타일리스트가 되는 것이다. 공진에서 패션잡지를 정기 구독하는 유일한 인물로 이 동네에서 혜진의 옷, 가방, 구두 브랜드를 알아보는 단 한 사람이다. 물론 명품들을 실제로 본 적이 없어 처음엔 짝퉁이라 주장하긴 했다. 서울에서 온 혜진을 고까워했으나, 혜진이 DOS 멤버 준을 치료해줬단 사실을 안 뒤로 혜진을 존경하게 된다.

장이준 ～～～ [9세] - 화정과 영국의 아들

화정과 영국이 결혼 5년 만에 얻은 귀한 아들이다. 부모에게 폭풍 같은 사랑을 받고 자랐지만 애교라곤 전혀 없는 애늙은이 타입이다. 타고나길 둔감하고 선비처럼 점잖은 성정이라 어린 아들 앞에서 나이 먹은 부모가 재롱을 떨곤 한다. 그마저도 크게 리액션이 없다. 일찍이 백일이 지나면서부터 주사를 맞고도 울지 않았다고 한다. 3년 전, 부모의 이혼에 잠시 충격을 받는 듯했으나 딱 일주일을 앓아눕고 일어나 부모의 인생을 존중한다는 현답을 내놓았다. 그 뒤로 학부모 참관일에 이혼한 부모가 함께 오는 자신의 운명을 겸허히 받아들이고 있다. 동네에 또래친구는 보라 하난데 정신연령이 안 맞지만 항상 붙어다닌다. 일찍이 『소학小學』과 『명심보감明心寶鑑』을 독파했으며 사자성어를 즐겨 사용한다. 또한 명필이다. 1학년 때 시작한 서예가 딱 적성에 맞았다. 자신을 치료해준 혜진과 새로 온 담임선생님 초희가 모두 마음에 든다.

최보라 ～～～ [9세] - 금철과 윤경의 딸

또래의 여자 친구들이 파란 엘사 드레스 입고 〈렛 잇 고〉, 〈인투 디 언노운〉 부를 때 태권도복에 파란 띠 묶고 개다리춤 추는 초딩이다. 시끄럽고 부산스럽기가 비글 같다. 아침에 학교 갈 때 머리를 아무리 예쁘게 빗어 보내도 집에 올 땐 항상 산발이 되어 있다. 조심성 없고 품 안에 들어온 건 뭐든지 부서뜨리는 마이너스의 손이다. 자신이 슈퍼집 딸인 걸 자랑스러워하며 걸핏하면 가게에서 과자며 젤리를 가져다 학교에 뿌린다. 금철과 윤경 모두 자기를 안 닮았다고 주장하고 있다. 생각이 없고 단순하며 딱 그 나이대 아이처럼 해맑다. 돌부처 같은 이준과 정반대지만, 제법 조화롭게 지낸다. 아무도 몰랐지만, 노래할 때는 꾀꼬리 같은 목소리가 난다.

윤태화 〰〰〰 (65세) - 혜진의 아버지

말이 없고 무뚝뚝하며 감정표현에 서툴다. 그리고 생각보다 잘 삐친다. 경제적으로 풍요롭다거나 사회적으로 큰 성공을 하진 못했지만 그래도 정직하고 올바르게 살아왔다는 신념이 있다. 무엇보다 딸 혜진이 있어 자신의 인생은 충분히 가치 있다고 생각한다. 혜진을 세상에서 가장 사랑하며 못해준 게 많아 늘 미안하지만, 쑥스러워 표현해본 적은 없다. 아내를 잃고 10년간 홀로 생활하다가 명신을 만났다. 만난 지 얼마 안 돼 재혼을 결심했지만, 혜진이 아직 미성년자고 한창 예민한 시기니 성인이 된 뒤로 미루자는 명신의 마음이 고마웠다. 혜진이 대학에 들어간 뒤, 명신과 재혼해 한적하게 살아가고 있다. 활동적인 명신과 달리 정적인 사람이라 집에서 혼자 바둑 기보를 보거나 난 가꾸는 일에 골몰해 있다. 그저 혜진이 좋은 사람을 만나 행복해지길 바란다.

이명신 〰〰〰 (58세) - 태화의 아내. 혜진의 새어머니

똑 부러지고 당찬 성격이다. 스스로에게 부끄러울 일은 하지 않는다는 게 신조인 멋진 여성이다. 전직 조리사였으며, 현재는 각종 봉사활동을 다니며 지낸다. 활동적인 성격으로 이것저것 배우러 다니는 걸 즐긴다. 30대 중반에 자녀가 없는 채로 이혼한 경력이 있다. 처음 태화와 만났을 당시 혜진이 고등학생이라 충격을 주고 싶지 않다며 오랫동안 결혼을 미뤘다. 새로 생긴 딸 혜진이 예쁘고 기특하지만, 너무 가까이 다가가면 부담이 될까 봐 적당한 거리를 지킨다.

왕지원 ～～～ (35세) - 〈갯마을 베짱이〉 메인작가

경력 11년 차 베테랑 작가다. 성현이 조연출이던 시절부터 만나 7년째 인연을 이어가고 있다. 성현의 아이디어를 현실화시켜주는 소울메이트 같은 파트너다. 촬영 장소 조율부터 사전답사까지 온갖 업무를 도맡아서 하며, 편집실에서도 함께 살다시피 한다.

성현 못지않은 워커홀릭으로 일할 땐 안경과 헤어밴드를 필수템으로 장착한다. 온 앤 오프가 확실해 그렇지 상당한 미인이다. 최근 지원의 화두는 첫째, 30년짜리 아파트 대출금. 둘째, 반려묘 구름이와 노을이의 건강. 셋째, 자신을 공적 영역으로만 대하는 성현이다.

김도하 ～～～ (30세) - 〈갯마을 베짱이〉 조연출

ovN에 입사한 지 3년 차 되는 PD로 〈갯마을 베짱이〉 조연출을 맡고 있다. 일도 좋지만, 자신의 인생도 중요한 90년대생이다. 방송사의 살인적 스케줄 속에서 워라밸을 찾기 위해 고군분투 중이지만 영 쉽지 않다. 바로 해맑은 워커홀릭 성현 때문! 걸핏하면 날아오는 성현의 메시지로 인해 노이로제에 걸려 있다. 그러나 롤모델인 선배 성현을 진심으로 좋아하고 따른다. 프로그램을 준비하며 도움을 주는 두식과도 친해지게 되는데, 자유로운 두식의 삶이 부럽다. 개인주의자처럼 보이지만, 틈만 나면 편찮으신 아버지에게 들르는 효자다.

준 ～～～ (23세) - 그룹 DOS*의 메인래퍼. <갯마을 베짱이> 출연 멤버

DOS의 메인래퍼이면서 음악 프로듀서 역할까지 겸하고 있다. 타고난 재능에 노력파이기까지 하다. 스타일리시한 외모와 독보적인 패션 감각의 소유자로 명품 브랜드의 앰버서더로 활약하고 있다. 특히 자기관리가 철저하기로 유명하다. 데뷔를 위해 극한의 체중감량을 했으며 현재도 365일 다이어트 중이다. 성현과는 형 동생 하는 사이로 프로그램 게스트로 나갔다가 친해졌다.

인우 ～～～ (23세) - 그룹 DOS의 서브보컬. <갯마을 베짱이> 출연 멤버

본명은 정인우. 남자판 국민 첫사랑이라 불리는 꽃미남이다. 싹싹하고 명랑한 성격으로 낯가림이 없다. 친화력이 좋은 탓에 여자 아이돌과도 친분이 있는 편이라 팬들이 늘 경계한다. 평소 요리하는 걸 좋아한다며 자신만만하게 셰프 역할을 맡지만, 요리를 인터넷으로 배운 탓에 응용이 안 된다. 음식을 몇 번 망한 뒤 감리에게 레시피를 물어보지만 '요만치', '조금만', '코딱지만큼' 추상적인 계량법에 자주 당황한다.

～～～～～

* 대세 남성 아이돌 그룹. 준, 인우, 강윤, 유케이, 재후 총 5명의 멤버로 구성되어 있다. DOS(Disk Operating System)라는 그룹명은 컴퓨터공학과 출신의 소속사 대표가 정했으며, 가요계의 핵심 운영체제가 되겠다는 포부를 담고 있다. 정작 멤버들은 1990년대 후반에서 2000년대생으로 구성되어서 DOS가 뭔지 모르는 게 함정이다. 공식 팬클럽 이름은 '해커'다.

용어정리

S#   장면(Scene)을 의미하며 같은 장소, 같은 시간 내에서 이루어지는 일련의 행동이나 대사가 한 씬을 구성한다.

insert   화면의 특정 동작이나 상황을 강조하기 위해 삽입한 화면. 인서트 화면이 없어도 장면을 이해하는 데에는 별다른 지장이 없으나 인서트를 삽입함으로써 상황이 명확해지는 한편 스토리가 강조된다.

cut to   가까운 공간 안에서의 각도 전환을 의미한다.

flash cut   화면과 화면 사이에 들어가는 순간적인 장면. 극적인 인상이나 충격 효과를 주기 위해 삽입되는 매우 짧은 화면을 지칭한다.

flash back 회상을 나타내는 장면. 지금 일어나고 있는 사건의 인과를 설명할 때 쓰이기도 하고, 인물의 성격을 설명하기 위해 쓰이기도 한다.

몽타주   따로따로 편집된 장면들을 짧게 끊어 붙여서 하나의 긴밀하고 새로운 장면을 만드는 기법을 뜻한다.

오버랩   현재의 화면이 사라지면서 뒤의 화면으로 바뀌는 기법이다.

(N)   내레이션을 지칭하는 용어로, 장면 밖에서 들려오는 목소리를 나타낸다.

(E)   효과음(Effect)을 뜻하며, 보통 등장인물은 보이지 않고 소리만 나는 경우에 사용한다.

(F)   필터(Filter)의 약자로, 전화기 너머의(필터를 거쳐 들려오는) 목소리 등을 표현할 때 쓴다.

1화

진짜 뭐 하는 사람이야?
대체 그쪽 정체가 뭐냐구.

나? ...홍반장!

S#1. 한강 산책로 (아침)

고층빌딩과 한강이 어우러진 초봄 이른 아침의 풍경.
운동복 차림의 혜진, 운동화 끈을 단단히 묶고 달리기 시작한다.
찬 공기를 상쾌하게 느끼며 여유롭게 나아가는 혜진.
중간에 혜진과 비슷한 색의 단체복 입은 마라톤부 여고생들이 혜진을 앞질러 가면 혜진, 갑자기 혼자만의 승부욕에 불이 붙어 속도를 올린다.
기어이 마라톤부 학생들 다 제치는 혜진.
자전거 타고 쫓아가던 코치가 혜진의 뒷모습을 보며 학생들에게 외친다.

코치   그래! 저 친구처럼 달려야지. (하다가) ...근데 쟤 누구냐?

학생들, 영문 모르는 표정으로 모르겠단 고갯짓하고
뿌듯한 미소를 지으며 계속 달리는 혜진, 햇살 속에 건강하게 빛난다.

S#2. 오피스텔 로비 및 엘리베이터 안 (아침)

조깅을 끝낸 혜진, 발그레한 뺨으로 오피스텔 엘리베이터에 올라탄다.
혜진, 25층을 누르고 엘리베이터 문이 닫히려는 찰나,

연옥(E)   잠깐만요.

혜진, 열림 버튼을 눌러주면 중년 여성이 종종걸음으로 엘리베이터에 탄다.

연옥   고맙습니다.

혜진, 화답하듯 가볍게 목례하고 엘리베이터 문 닫히고 올라가기 시작한다.
연옥, 버튼 누르려다 25층에 불 들어온 걸 본다.

연옥   (반가움으로) 같은 층 사시나 보네.
혜진   (예의로) 아, 네.
연옥   아유, 반가워요. 나는 2503혼데 내 집은 아니고 잠깐 딸네 집에.
        길게는 아니고 며칠만 있을 거예요.
혜진   (적당히 친절하게) 네에.
연옥   운동하고 오시는 길인가 보다. 아가씨가 참 예쁘네.
        우리 딸이랑 나이가 비슷해 보이는데, 시집은 갔어요?
혜진   (그냥 웃으며) 아... 아니요.
연옥   하긴, 요샌 능력만 있음 혼자 살아도 되지 뭐.
        우리 딸은 광고회사 다니는데, 아가씬 무슨 일해요?
혜진   아... (프라이버시를 얘기하고 싶지 않아 억지웃음 짓는데)
연옥   (다시 묻는) 직업이 뭐냐구요.
혜진   (미소로 얼버무리듯) ...그냥 회사 다녀요.

마침 다행스럽게 엘리베이터가 도착했다는 알림음이 울린다.

S#3.   오피스텔 복도 및 혜진의 집 현관문 앞 (아침)

혜진, 빠르게 2502호 앞에 도착하는데

문 앞에 아직 수거 안 한 짜장면 그릇과 배달 온 샐러드 봉투가 놓여 있다.
혜진, 샐러드 봉투 집어 드는데 어느새 2503호 앞에 온 연옥이 다시 말을
건다.

연옥   어머나, 바로 옆집이었네.
혜진   네.
연옥   (짜장면 그릇과 봉투 보며) 요새 사람들 너무 시켜 먹더라.
         건강 생각하면 좀 해 먹어 버릇해야 좋은데.
혜진   (뭐라 대답하기 난감하고)
연옥   아, 내가 밑반찬 해온 것 좀 나눠드릴까?
혜진   아니요, 괜찮아요. 말씀만이라도 감사합니다.
         (황급히 비밀번호 누르고) 그럼 이만.

혜진, 가볍게 목례하고 재빨리 열린 문 안으로 들어간다.
연옥, "예에" 하는 사이 혜진의 집 현관문이 닫힌다.
2502호 명패 비춰지다가, 얼마나 시간이 흘렀을까.
닫혔던 문 열리며 아까와는 전혀 다른 모습의 혜진이 나온다.
완벽하게 세팅된 커리어우먼의 모습이다!

S#4. 고층빌딩 건물 앞 (아침)

혜진, 도심 한복판의 고층빌딩 입구로 또각또각 들어선다.
여유롭고 자신만만한 걸음걸이다.

S#5. 대형치과 로비 및 혜진의 방 (아침)

혜진의 발걸음에 따라 병원 로비가 넓게 펼쳐진다.
로비의 커피머신 앞에서 치위생사와 간호조무사가 커피를 내리고 있다.

치위생사	(장난스럽게) 저희 아직 영업 전인데.
혜진	그래서 왔죠. 모닝커피 맛집이라길래.
조무사	(웃으며) 한 잔 뽑아드려요?
혜진	네. 엄청 진하게, 각성용으로!
치위생사	오늘도 출근 전에 조깅하셨어요?
혜진	그럼요. 기상특보가 뜨지 않는 한은 매일 하려고 노력 중이에요.
조무사	하여튼 부지런하셔. 여기요. (웃으며 커피 건네면)
혜진	고마워요! (복도에서 나오는 다른 치위생사 보며) 박쌤도 좋은 아침!

혜진, 커피 들고 어느 방으로 들어가면 '전문의 윤혜진' 명패 놓인 책상이 보인다. 의학 서적들과 턱뼈 및 치아모형 등이 놓여 있는 세련된 공간.
커피와 가방 내려놓고 가운을 걸치면 혜진, 완벽한 의사의 모습이 된다!
그때 밖에서 노크와 함께 들려오는 소리.

| 조무사(E) | 선생님. 오늘 예약하신 김연옥 환자 오셨어요. |
| 혜진 | (시계 보고) 일찍 오셨네? |

S#6. 대형치과, 진료실 (아침)

혜진, "안녕하세요." 영업용 미소를 장착하고 들어서는데
유닛체어에 아까 만났던 연옥이 앉아 있다.

| 연옥 | (눈 휘둥그레지며) 어? 아까 아침에... |

혜진, 뜻밖의 재회에 잠깐 당황하지만 이내 활짝 웃으며 자연스럽게 말한다.

| 혜진 | 어떻게 또 여기서 뵙네요. |
| 연옥 | 회사 다니신다더니, 의사 선생님이셨네. |

혜진   (민망하지만 웃음으로 넘기며) 일단 엑스레이부터 찍으실까요?

S#7. 대형치과, 로비 (낮)

조무사가 병원 비치용 패션잡지(3월호) 비닐을 뜯고 정리하고 있다.
혜진, 상담이 끝나고 로비에서 연옥과 인사를 나누고 있다.

연옥   선생님, 감사합니다. 하도 안 좋은 데가 많아서
        돈 더 많이 나올 줄 알았는데 이렇게 잘 봐주시고.
        저 비싸면 안 할라 그랬거든요. 이거 우리 딸이 해주는 거라.
혜진   (친절하게) 따님이 아주 효녀시네요.
        그럼 조심히 들어가시고 다음번 치료 때 뵙겠습니다.
연옥   예에.

연옥, 몇 번이고 목례한 뒤 가면 혜진, 돌아서다 잡지 정리하는 조무사를 본다.

혜진   잡지 새로 왔네요? (하고는 옆에서 같이 비닐 뜯는다)
조무사   (웃으며) 안 도와주셔도 되는데.
혜진   (비닐 뜯은 잡지 표지의 구두 보고) 이 구두 진짜 예쁘지 않아요?
        나 이거 직구사이트 장바구니에 담아놓고 몇 달째 쳐다만 보고 있잖아.
조무사   왜요? 혜진 쌤은 충분히 사실 수 있지 않아요?
혜진   할인코드 기다려요. 조금이라도 더 싸게 사면 좋으니까.

두 사람 웃는데, 그때 로비로 나온 원장이 혜진을 발견하고 부른다.

원장   (부드럽게) 윤선생. 우리 얘기 좀 할까?

S#8. 대형치과, 혜진의 방 (낮)

원장, 윤혜진 명패가 있는 책상에 앉아 그 앞에 선 혜진에게 차트를 내민다.

원장　　내가 좀 전에 윤선생 차트를 봤어.

혜진　　(펼쳐 보고) 김연옥... 환자요?

원장　　응. 임플란트는 하나만 하고, 다른 세 개는 충치치료 권유했다면서?

혜진　　네. 최대한 기존 치아를 살리는 방향으로 치료할 계획입니다.

원장　　(웃으며) 윤선생이 보기보다 소극적이네.

혜진　　네?

원장　　애들 어차피 상태 안 좋아서 몇 년 못 버텨.

　　　　이런 건 예방 차원에서라도 미리 임플란트를 해줘야 된다고.

　　　　공격이 최고의 수비란 말 들어봤지?

혜진　　(알아듣고 표정 굳는) !

원장　　우리 병원에 윤선생만한 선수 없잖아. 전략 다시 짜봐. 응?

원장, 자리에서 일어나 혜진의 어깨를 격려하듯 툭툭 쳐주고 나가려 하면
혜진, 못 참고 돌아서서 원장의 뒷모습에 대고 말한다.

혜진　　제 환잡니다.

원장　　(예상치 못한 반응에 돌아보는) 응?

혜진　　치료 계획을 세우는 건 의사의 고유 권한이에요. 제 판단 존중해주세요.

원장　　그래? 윤선생 생각이 그렇다면... 알겠어. 수고해요.

원장, 싸해진 얼굴로 나가면 혜진, 뒷모습에 대고 깍듯하게 목례한다.

S#9.　고층빌딩 외경 (아침)

혜진(E)　네?

S#10. 대형치과, 로비 및 복도 (아침)

황당한 얼굴의 혜진, 로비 카운터에서 치위생사에게 되묻는다.

혜진   그게 무슨 말이에요? 왜 담당이 바뀌어요?
치위생사 (곤란한) 김연옥 환자, 원장님께서 직접 보시겠다고.
혜진   뭐라구요?
치위생사 (속삭이듯 작게) 상담부터 다시 하신대요.

표정이 굳는 혜진, 원장의 시커먼 속셈이 빤히 보인다.
못 참고 그대로 성큼성큼 걸어가 원장실 문을 벌컥 열어젖힌다.

S#11. 대형치과, 원장실 (아침)

혜진, 들어가면 소파에 앉아 있던 원장이 미간을 찌푸리며 말한다.

원장   뭐야? 노크도 없이.
혜진   (바로) 김연옥 환자, 제 환잡니다. 돌려주세요.
원장   (황당하다는 듯) 뭐?
혜진   원장님이 다른 환자 어떻게 보시든 상관 안 하는데요. 제 환자는 안 돼요.
원장   윤선생 말에 뼈가 있다? 내 진료에 문제라도 있다는 듯이 말하네?
혜진   (말없이 보면)
원장   (앞에 와 서며) 할 말 많은 얼굴인데, 어디 계속해봐.

혜진, 화를 억누르려고 해보지만 더는 못 참겠다. 결국 날카롭게 일갈하는!

혜진   턱관절 환자한테 양악 권유하고, 비보험 재료 권해서 치료수가 올리고
       살릴 수 있는 치아 뽑아서 임플란트 시키고.

	환자 눈탱이 치는 게 원장님 특기시잖아요.
원장	(눈 치켜뜨며) 뭐? 눈탱이?
혜진	네! 원장님 같은 의사들 때문에 치과가 과잉진료 소릴 듣는 겁니다.
원장	(버럭) 야, 너 말 다 했어?
	남의 돈 받아쳐먹는 주제에 어디 혼자 양심적인 척을 해!
	네 월급은 뭐 땅 파면 나오는 줄 알아?
혜진	(강하게) 말은 바로 하셔야죠. 제가 원장님 월급 벌어다드리는 거예요.
	여기 원장님 보고 오는 환자가 있는 줄 아세요?
원장	이게 미쳤나! 의사면허에 잉크도 안 마른 게 어디 감히 하극상이야?
혜진	(대뜸) 나의 의술을 양심과 품위를 유지하면서 베풀겠다.
	나는 환자의 건강을 가장 우선적으로 배려하겠다.
원장	지금 뭐 하자는 거야?
혜진	(경멸로) 히포크라테스 선서. 기억은 하세요?
	댁 같은 인간이 의사라니, 그 양반 무덤서 뛰쳐나오시겠네.

혜진, 의사가운 벗어서 원장 앞 테이블 위에 툭 던진다.

| 원장 | 저거 저 또라이가! 야, 너 거기 안 서! |
| | 내가 너 가만 안 둬! 이 바닥에 다신 발도 못 붙이게 할 거야! |

뒤에서 원장의 발악하는 소리 들려오지만 혜진, 개의치 않고 나간다.

S#12. 루프탑 와인바 (밤)

서울 야경이 한눈에 내려다보이는 분위기 좋은 루프탑 와인바.
미선, 테이블 위에 놓인 전문의 윤혜진 명패를 손가락으로 톡톡 치고 있다.

| 미선 | 그래서 병원을 때려치셨다고? |
| 혜진 | (와인 벌컥벌컥 마시고) 어... |

미선   그럼 그 환자는?

혜진   다른 병원. 동기한테 보냈어.

미선   (빤히 보며) 중학생 때부터 20년째 고수하고 있는 네 좌우명이 뭐지?

혜진   ...남 일 신경 쓰지 말고 나나 잘하자.

미선   그니까. 근데 너무 신경을 썼잖아, 윤혜진답지 않게.

혜진   그럼 그 갑질을 참냐? 나도 의사로서의 소신이 있는데!

미선   오! 그래서 병원 문 박차고 나오자마자, 백화점에 가 신발을 사셨어요?

혜진   (쇼핑백 끌어안으며) 그럼! 소신껏 셀프 퇴직 선물을 하사했지.
         앞으로 꽃길만 걸으라는 함축적 메시지를 담아봤어.

미선   메시지는 카드회사가 먼저 보냈을 건데.
         이번 달 카드 값이 200만 원 추가되었습니다.

혜진   우리 이번 기회에 절교 한번 해볼까?

미선   좋은 생각이야.

혜진   (우이씨 째려보면)

미선   그래서 이제 어쩔 거야? 이대로 백수에 신용불량자 할래?

혜진   개원할 돈도 없고, 또 어느 대갓집 종으로 팔려 가야지.
         돈이나 많이 쳤음 좋겠다.

미선   (동병상련) 이건 뭐 평생이 종살이지.
         망할 놈의 노비문서 싹 다 태워버려야 되는데.

혜진, 공감하듯 잔 들면 미선도 잔 들어 짠- 하고 부딪힌다.
두 사람 뒤로 서울 야경이 화려하게 빛난다.

S#13. 혜진의 오피스텔, 침실 (아침)

아침햇살이 커튼을 뚫고 새어 들어온다.
혜진, 화장도 못 지운 채 어제 복장 그대로 침대에 구겨져 잠들어 있다.
눈부심에 힘겹게 눈을 뜨는 혜진, 부스스하게 일어난다.

혜진   (옷 내려다보고) 씻지도 않고 그냥 뻗었네. 몇 시야?

혜진, 더듬더듬 이불 속 휴대폰을 찾아 열어보는데 '원장님'으로부터 문자 와 있다.

혜진   참나, 없어 보이게 바로 연락을 하냐.
        내가 없으니까 치과가 안 돌아가나 보지? (하며 문자 열어 보는데)
원장(E) 너 감히 치과 커뮤니티에 글을 올려?
        내가 너 가만 안 둬. 이 바닥에 다신 발도 못 붙이게 할 거야!
혜진   ...글?

insert.
어젯밤. 만취한 혜진, 어둠 속에서 게시물을 작성하고 있다.
뭐가 신났는지 글을 쓰면서 실실 웃는 혜진의 얼굴, 노트북 조명에 반사돼 파랗게 빛난다.

경악으로 눈이 커진 혜진, 테이블로 가 노트북 열어 보면 화면에 그대로 띄워진 작성글.
〈서울 ㅂ뽀얀 치ㄱ과 이민ㅇㅕㅇ 원장의 갑질랄을 고발ㄱ합니닷.〉
제목부터 본문까지 맞춤법 엉망진창인 자신의 글을 보는 혜진, 경악한다.
게다가 게시글 작성자가 '윤혜진' 실명으로 되어 있다.

혜진   (경악으로) 미쳤어. 미쳤나 봐! ...지워야 돼. 일단 지우자.
        (삭제 버튼 누르는데 비밀번호 틀리고) 아, 비밀번호 뭐였지? 비밀번호...

그러나 뭘 눌러봐도 다 틀렸고 혜진, 미치겠는데 그때 휴대폰 문자 알림 울린다. 혜진, 괜히 긴장으로 문자 확인하면 카드사에서 보낸 메시지다.
이번 달 결제 금액은 6,982,700원!
혜진, 멍하니 침대로 가더니 "죽어! 죽어!" 자책과 후회로 이불에 이마를 짓찧는다.

S#14. 혜진의 오피스텔 외경 (아침)

S#15. 혜진의 오피스텔, 거실 (아침)

2주 후, 블라인드가 모두 내려진 어두컴컴한 실내.
테이블 위엔 배달음식, 소파엔 옷가지들 널려 있는 지저분한 풍경.
혜진, 초췌한 얼굴로 노트북 속 구직사이트의 이력서를 들여다보고 있다.
명문대 출신, 화려한 이력들과 증명사진 속 자신만만한 미소가 현재 모습과
대비된다.
혜진, 세상 우울한 표정으로 메일함에 들어가 보면 새 메일이 와 있다.
〈부연치과에서 채용 결과를 알려드립니다.〉
순간 눈이 번쩍 뜨이는 혜진, 기대로 메일 눌러보는데...

소리(E) 합격 소식을 전해드리지 못해 유감스럽게 생각합니다.

탈락이다. 혜진, 하아- 한숨 쉬는데 그때 PC 카카오톡으로 미선의 메시지가
온다.

S#16. 미선의 치과, 로비 (아침)

치위생사 복장의 미선, 원장의 눈치를 살피며 대화창에 타이핑한다.

미선(E) 야, 어떡하냐. 니네 원장이 계속 너에 대한 소문 퍼뜨리고 다니나 봐.
우리 원장이 네 이력서 보자마자 얘가 걔지? 그런다...

S#17. 혜진의 오피스텔, 거실 (아침)

대화창을 보는 혜진, 망연자실한 얼굴로 노트북을 덮는다.
서랍장 위엔 퇴사일에 사놓고 한 번도 못 신은 구두가 진열품처럼 놓여 있다.
혜진, 물끄러미 그 구두를 보는데 마침 휴대폰 알림이 울린다.

혜진　　　(욱해서) 왜? 또 카드값 내라고?

짜증으로 휴대폰을 열어본 혜진, 멈칫한다. '엄마 생일' 네 글자가 선명하고...
순간 멈칫하는 혜진의 뒤로 어린 시절 가족사진 비춰진다.
미소 짓는 부모님과 환하게 웃는 혜진(7세). 사진 속 바다가 유독 파랗다.

S#18. 바다 및 공진항 전경 (아침)

혜진의 가족사진 속 바다가 현실로 펼쳐진다.
하늘과 경계가 구분되지 않을 만큼 푸른 바다 위, 배 한 척이 하얀 물거품을
일으키며 항구로 돌아온다.
알록달록한 지붕으로 가득한 아담한 마을의 모습이 저 멀리 비춰진다.

S#19. 어선 위 (아침)

배 위에 우뚝 서 있는 두식, 가까워지는 공진항을 바라본다.
작업복에 초록색 비닐앞치마 차림이지만 햇빛에 물든 얼굴, 조각처럼 빛난다.

S#20. 공진항 (아침)

북적북적한 항구의 풍경.

창백하게 질린 러시아인 어부가 배에서 내리자마자 토악질을 한다.

어촌계장 (못마땅한) 일 잘하는 친구로 구해달라니까,
         뱃멀미 심한 사람을 보내면 어쩌잔 거야.
두식   (긴 다리로 성큼 내리며) 에이, 계장님 성질 급하신 거 여전하네.
         처음부터 잘하는 사람이 어디 있어? 차차 적응하는 거지.
어촌계장 (약간 누그러져서) 아니, 그래도 어부가 배를 못 타면 어떡해.
두식   (웃으며 타박하는) 아직 요령이 없어 그러니 좀 봐줘라.
         말도 안 통하는 타지까지 와서 고생하는데.
어촌계장 (잦아들어) 누가 몰라? 알았어...

         두식, 배 근처에 겨우 서 있는 러시아인 어부에게 다가간다.
         (한국어라고 표기된 부분을 제외하고는 러시아어다. 두식의 러시아어, 유창
         하다.)

두식   (한국어) 괜찮아?
러시아 어부 아까는 바다가 움직여서 힘들었는데 지금은 땅이 움직이는 것 같아요.
두식   그걸 땅멀미라 그래.
         (가방에서 보온병 꺼내 스테인리스 컵에 따라 내미는) 페퍼민트 차야.
         내가 이파리 따서 말린 건데, 마시면 메스꺼운 게 좀 가라앉을 거야.
러시아 어부 (한국어) 감사합니다...
두식   아, 그리고... (가방에서 귀마개 꺼내 내밀며) 내일부턴 배 타기 전에
         이걸 귀에다 꽂아. 평행감각에 혼선을 줘서 멀미를 방지해주거든.
러시아 어부 (한국어) 고맙습니다...
두식   천천히 마시고 컵은 나중에 줘. 오늘 고생했어.

         러시아 어부, 감사하다는 듯 고개 끄덕여 보이면 두식, 씩 웃는다.
         어깨에 흘러내리는 가방을 고쳐 메고 돌아서 가려는데, 뒤에서 들리는 소리.

어촌계장 밥 먹고 가!

두식   (돌아보며) 나중에! 괜히 또 아침부터 반주하지 마. 형수한테 다 이른다?
어촌계장 알았어. 잔소리는!

S#21. 공진 상가거리 (아침)

두식, 거리를 걸어가며 점포 주인들과 일일이 인사를 나눈다.

두식   (건어물상에게) 일찍 나오셨네? 오늘 물건 들어오는 날인가?
건어물상   응. 벌써 새벽에 들어왔지.
두식   (목욕탕 주인에게) 이제 온수 잘 나오지?
목욕탕 주인 그럼! 누가 고쳐준 건데.
두식   (기름집 주인에게) 손주 보셨담서? 축하드려!
기름집 주인 4.5kg 떡두꺼비다야. 사진 한번 볼라나?
두식   (웃으며) 그럴까?

두식, 가다 말고 기름집 할아버지가 보여주는 휴대폰 사진첩을 들여다본다.

두식   외탁했네. 요 입이랑 인중이랑 할아버질 빼다 박았어.
기름집 주인 (흐뭇하게) 내가 요새 이 햇아를 보는 맛에 살장가.
두식   (넘겨 보다가) 근데 사진이 몇 장 없네?
기름집 주인 딸은 계속 보내주는데, 아무리 애르 써도 안 받아지잖나.
두식   (보더니) 메모리 용량이 부족하니. 기다려봐. 내가 정리해드릴게.
기름집 주인 차암 홍반장 없으믄 내 우떠 살까 모르겠다야.
두식   (가르쳐주는) 여기 보셔. 이 톱니바퀴같이 생긴 애를 눌러. 그리고...

S#22. 공진 공영주차장 (낮)

공영주차장에 차가 세워지고, 운전석에서 혜진이 내린다.

발에는 새로 산 구두가 신겨져 있다. 혜진, 주변을 둘러보며 중얼거린다.

혜진   좀 변한 것 같기도 하고.

S#23. 공진 바닷가 (낮)

혜진, 사진 속 바닷가에 도착한다. 모래사장에 들어서는데 발이 푹푹 빠지
고. 결국 구두 벗어 들고 맨발로 걷는 혜진.
바다에서 누군가(두식)가 서핑을 즐기고 있다.
혜진, 멀리 서핑하는 사람을 잠깐 보다가 모래사장 위에 조심스럽게 앉는다.
옆에 구두를 내려놓고 바다를 보는데... 겹쳐지는 어린 날의 기억.

S#24. 과거. 공진 바닷가 (낮)

어린 혜진(7세), 얼레를 들고 바닷가를 달린다.
오랜만의 나들이에 신난 혜진, 연을 날리다 엄마를 향해 손 흔들어 보인다.

어린 혜진   (해맑게) 엄마! 엄마!
혜진 모   혜진아, 조심해. 그렇게 뛰다 다쳐.

담요를 덮고 앉아 있는 혜진 모, 핏기 없는 입술에 병색이 완연한 얼굴.
그러나 따뜻하고 사랑스런 시선으로 혜진을 좇는다.
혜진 부, 젊은 태화가 혜진 모의 어깨에 흘러내린 카디건을 단단히 여며준다.
혜진의 발자국이 젖은 모래 위에 찍히고, 웃음소리 파도처럼 부서진다.
세 가족의 평화로운 한때... 하늘 위에 연이 높이 떠 있다.

S#25. 교차편집. 바닷가 + 태화의 집, 거실 (낮)

잠시 옛 추억을 떠올린 혜진, 바닷가를 걷고 있다. 어딘가에 전화를 거는데.

혜진   아빠. 혜진이요.

거실에서 난을 돌보던 어느새 나이 지긋해진 태화, 전화를 받는다.
혜진, 해안선을 따라 걸어가며 전화 통화 한다.

태화   (무덤덤한 목소리) 어, 안다. 무슨 일 있나?
혜진   그냥 생각나서 전화했어요.
태화   별일이다. 아무 날도 아닌데 네가 전활 다 하고.
혜진   (기억 못 하는구나) ...그러게요.

그때 부엌에 있던 혜진의 새어머니 명신, 한약이 든 그릇을 들고 온다.

명신   혜진이에요?
태화   (명신에게) 어어.
혜진   (명신 목소리 듣고 왠지 쓸쓸한) 어머니께도 안부 전해주세요.
태화   그래. 잘 지내라. 아프지 말고.
혜진   ...네. 아빠두요.

전화를 끊은 태화, 명신이 준 한약을 단숨에 들이켠다.

명신   살갑게 좀 받지. 맘은 안 그러면서 꼭 그러더라. 멋대가리 없이.
태화   (쓴맛에 인상 찌푸리고) 사탕 없어?
명신   애도 아니고 쯧! (하고는 그릇 가져간다)
태화   쓴데... (하며 다시 난 닦다가 뭔가 생각난 듯) 여보, 오늘이 며칠이지?
명신   오늘이... 3월 23일이던가?

명신의 대답에 태화, 난을 닦던 손을 멈춘다.

그리고 잠깐 멍하니 허공을 본다. 혜진이 왜 전화했는지 알겠다...

S#26. 바닷가 (낮)

혜진, 전화를 끊고 잠시 쓸쓸하게 서 있다.
그리고 돌아가려는데 아차, 맨발이다. 돌아보면 벌써 한참을 걸어왔다.
구두를 벗어놨던 곳으로 향하는데... 구두가 보이지 않는다. 파도가 구두를
쓸어간 모양이다!

혜진   (당황해서) 어, 내 구두! 어떡해, 내 구두.

맨발의 혜진, 바다를 보며 발을 동동 구르는데.
아까 그 서핑하던 남자가 서프보드를 들고 바다에서 성큼성큼 걸어 나온다.
탄탄한 몸에 젖은 머리카락, 찌푸린 미간까지도 잘생긴 두식, 혜진에게 구두
한 짝을 내민다.
혜진, 약간 얼빠진 표정으로 구두를 받아들고 자동반사적으로 말한다.

혜진   고맙습니다. (하다가 구두를 보고) 어? 근데... 한 짝이네요?
두식   (보는)
혜진   저기 진짜 감사한데요. 혹시 나머지 한 짝은 못 보셨을까요?
두식   (한 손으로 머리카락 물기 털다가 보면)
혜진   (간절하게) 그게... 제가 오늘 처음 신은 구두거든요. 되게 비싸기도 하고.
        기왕 도와주신 김에 다른 한 짝도 좀 찾아봐주시면 안 될까요?
두식   (고개 꺾어 귀에 들어간 물 빼내며) 옛날에도 그쪽 같은 사람이 많았나 봐.
혜진   네?
두식   아니, 선조들이 미리 속담까지 만들어놨잖아.
        물에 빠진 사람 건져놓으니 보따리 내놓으라 한다.
혜진   (손사래 치며) 아니요, 그런 뜻은 아니구요. 제가 맥주병이라 물을 무서워해서.
        근데 마침 물이랑 친하신 거 같길래 그저 말씀 한번 드려본,

두식   (말 자르며) 뭔가 착각하나 본데 내가 지금 그쪽 신발을 건져준 게 아니야.
그 신발이 내 보드에 무임승차한 거지.
갑자기 이 번쩍거리는 게 눈앞에 딱! 내가 얼마나 식겁했는지 알아?

혜진   ...고의는 아니지만, 죄송하네요.
제가 원래 이런 타입은 아닌데, 보시다시피 맨발이라. 차도 멀리 댔고.

두식   (남 일이라는 듯) 지압도 되고 건강에 좋겠네.

서프보드를 든 두식, 혜진을 지나쳐 가방을 던져놓은 곳으로 간다.
혜진, 망했다는 듯 한숨 쉬는데 슬리퍼를 꿰어 신던 두식, 어쩐지 신경 쓰인
다는 듯 멈칫한다.
그러고는 돌아서서 혜진 향해 자신이 신은 슬리퍼를 획획 던지듯 벗는다.
혜진 앞에 툭툭 안착하는 삼선슬리퍼, 낡고 때 탔다.
게다가 매직으로 왼쪽엔 '화정횟집', 오른쪽엔 '화장실용'이라고 쓰여 있다.

두식   (선심 쓰듯) 그쪽 해.

혜진   (께름칙한) 네? 아니, 그래도 이건 좀...

두식   (보며) 싫으면 맨발로 가시던가.

제 할 말만 하고 가는 두식, 옆구리에 서프보드 끼고 맨발로 버적버적 걸어
간다.
혜진, 헛웃음 짓는데 그 앞에 슬리퍼만 덩그러니 남아 있다.

S#27. 바다가 보이는 길가 (낮)

터덜터덜 걸어가는 혜진, 결국 그 슬리퍼를 신었다.
손에 구두 한 짝 들고 주차해둔 차를 향해 가는데, 아이 우는 소리 들린다.
책가방 멘 초등학생 둘. 보라, 엉엉 울고 이준, 볼에 바람을 넣은 채 멀뚱멀뚱
서 있다. 혜진, 그냥 지나치려다 보라의 손바닥 위에 놓인 이를 본다.

혜진	(놀라서 살피며) 꼬마야. 이거 지금 빠진 거야?
	언니가 치과 선생님이거든. 한번 봐도 될까?
보라	(대답 대신 계속 운다)
혜진	(보라의 손에 들린 치아 살피고) 괜찮아. 괜찮으니까,
	우리 뚝 하고 아 한번 해보자. 응? 그냥 저절로 빠진 거야?
보라	(고개 흔들며 운다)
혜진	(뚱하니 선 이준 보고) 아님 외부충격, 그니까 혹시 친구가 그랬어?
이준	(볼에 넣은 바람 빼고 대답하는) 아니요, 그게 아니라요...
	(하는데 이준의 입에서 피가 찍 흘러내린다)
혜진	(놀라고)!
보라	(더 크게 울며) 제가 신발주머니로 그랬어요!
혜진	(당황해서) 맞은 친구는 가만있는데 왜 때린 네가 울어.
	(이준에게 다가가) 미안. 나이답지 않게 침착하네. 아 한번 해볼래?
이준	(입 벌리는) 아...
혜진	(들여다보는) 유치가 빠졌네. 근처에 치과 있니?
이준	차 타고 삼십 분 가야 돼요.
혜진	그럼 집은? 가까워?

S#28. 화정횟집 앞 (낮)

〈화정횟집〉 간판 아래, 화정이 수조 옆에 놓인 양동이의 물을 바닥에 좌악 뿌린다.
마침 앞을 지나던 영국과 용훈 앞에 뿌려지는 물! 두 사람, 질겁하며 피한다.

화정	(전혀 안 미안한 표정으로) 미안.
영국	(오만상을 쓰고 바지 밑단 털며) 됐어.
용훈	안녕하십니까, 사모님.
영국	(그런 용훈을 째려본다)
화정	사모님은 무슨. 갈라선 지가 3년인데.

용훈	(손수건 꺼내 삐질삐질 땀을 닦으며) 죄송합니다. 버릇이 돼놔서.
화정	점심 먹으러 가나 봐?
영국	(불편한) 어? 어어.
화정	뭐 먹어?
영국	(주눅 든 목소리로) 국밥.
화정	왜 우리 집은 한 번도 안 팔아주냐?
	십 년 넘게 공짜로 먹던 걸 이제 돈 주고 먹을라니 아까워?
영국	아, 아니. (용훈 가리키며) 얘가 날걸 못 먹잖아. 얘 때문에.
용훈	(축축해진 손수건으로 또 땀을 닦으며) ...죄송합니다.
화정	우리 집도 익힌 음식 많아.
	(문에 적혀 있는 메뉴 가리키며) 알탕, 동태탕, 성게미역국.
영국	(눈 피하며) 담에. 담에 갈게.
화정	꼭 와. 해물파전 서비스 줄 테니까.

하는데 저편에서 이준이 입에 거즈를 물고 온다. 그 뒤를 따라오는 혜진.
너무 울어 코가 빨개진 보라는 담벼락 뒤에 숨어 있다.

이준	엄마!
화정	(반기는) 장이준! 왔어?
영국	(화색이 돌며) 이준아!
이준	어? 아빠! (하면 입 안의 피 묻은 거즈가 들썩인다)
영국	(경악으로) 피, 피! 이거 뭐야? 어디 다쳤어? 어?
이준	(젖니 내밀어 보이며) 빠졌어.
영국	(놀라서) 이빨? 이거 이렇게 막 빼고 그럼 안 돼. 병원, 병원 가자!
화정	(영국 밀치며) 가만히 좀 있어봐!
	(이준에게) 어쩌다 그랬어? 저절로 빠졌어?
이준	(담벼락에 숨은 보라 한 번 보고는, 고개 끄덕인다)
화정	이거 꺼즈는 누가 해줬어?
이준	(뒤에 있던 혜진 가리킨다)
혜진	(앞으로 나서며) 아, 제가 약국에서 거즈 사서 처치했구요.

확인했는데 크게 걱정 안 하셔도 됩니다.

영국 정말요?

화정 근데 누구, (하다가 혜진 발의 화정횟집 슬리퍼를 발견하고) ...시길래
우리 집 화장실 쓰레빠를 신고 계실까?

혜진 (간판과 슬리퍼의 화정횟집 번갈아 보고 난감하게 웃는다)

S#29. 화정횟집 안 (낮)

혜진, 식탁에 앉아 있고 그 앞의 화정, 혜진의 예전 치과 명함을 보고 있다.

화정 아니, 그걸 누가 신고 가서 치과 선생님한테 줬대?

혜진 (웃어 보이며) 그게 말하자면 긴데... 나중에 꼭 돌려드릴게요.

화정 아유, 됐어요. 그냥 오늘 하루 신고 버리세요.

혜진 감사합니다. 그럼 전 이만... (어색하게 일어나려는데)

화정 (만류하며) 이렇게 일어나심 어떡해.
기왕 오신 거 뭐라도 드시고 가요. 내가 대접할게.

혜진 (손사래 치는) 아니요. 괜찮습니다.

화정 (잡아 앉히며) 우리 아들 도와주신 분인데. 그냥 가심 내 맘이 불편해서
안 돼요. 어떻게 회를 좀 썰어드릴까?

혜진 아니요. 저... 그럼 혹시 미역국도 될까요?

cut to.

화정, 혜진 앞에 김 모락모락 나는 성게미역국과 공깃밥을 내려놓는다.

혜진 잘 먹겠습니다.

화정 밥 모자라면 말씀하시고. 너무 마르셨다. 44싸이즈?

혜진 네? 아... 44반.

화정 나도 한창땐 허리가 한 줌이었는데, 애 낳고 퍼졌지 뭐예요.
그래서 요즘은 일부러 저녁밥을 요맨치만 먹어요. 반찬 많이 먹고.

(혼자 막 말하다가) 아이고, 식겠다. 얼른 드세요.

혜진 네. (미역국 한 술 떠먹고) 맛있네요.

화정 (자랑스레) 그게 기름이 좋아 그래요. 내가 요 전전번에 기름집을 했거든.
공진은 처음 오셨어?

혜진 두 번, 아니 세 번째예요.

화정 자주 놀러 와요. 내 고향이라 하는 말이 아니라, 여기가 참 좋아요.
특히 저 바다가 얼마나 이뻐. 난 공진항이 꼭 돌아가신 엄마 품 같애.

혜진 네... (그 말에 공감하며 바다 보는데)

화정 공진이 참 다 좋은데, 치과 없는 거 그거 하나가 딱 단점이에요.

혜진 들었어요. 차 타고 나가야 된다고.

화정 예. 여기 치과 하나 차리면 환자 끝내주게 많이 들 텐데.
어르신들이 많아서 임플란트에 틀니 할 사람이 줄을 섰거든.

혜진 (순간 솔깃해져서) 그래요?

화정 그럼! 혹시 생각 있으심 언제든 얘기해요. 좋은 자리 소개해줄게.

혜진 아... 네.

혜진, 대충 대답하고 주변을 보는데 테이블마다 노인들 많이 보인다.

S#30. 해수욕장 샤워장 (낮)

두식, 공용 샤워장에서 샤워 중이다.
물줄기 아래에서 얼굴과 머리카락을 쓸어 넘기는 두식.

S#31. 해수욕장 탈의실 (낮)

상의 탈의한 채 수건으로 젖은 머리 털며 나오는 두식.
사물함에서 휴대폰 집는데 부재중 전화와 문자가 잔뜩 와 있다. 확인해보면,

남숙(E) 홍반장. 모레 세 시부터 일곱 시까지 시간 돼?

춘재(E) 두식아. 나 좀 살려줘라. 내일 밤 딱 네 시간만.

어촌계장(E) 모레 새벽에 또 나와 줄 수 있어?

두식, '되지', '콜!', '응' 등의 답장을 보내는데 그때 딩동- 새 메시지 도착한다.

금철(E) 부탁한 물건 도착했다.

S#32. 철물점 안 (낮)

샤워장 욕실 슬리퍼 신은 두식, 신나는 발걸음으로 철물점 안에 들어선다.
낚시, 스쿠버다이빙, 모터보트 관련 물품까지 파는 잡화점 같은 분위기.

금철 (힐끗 보고) 왔냐?

두식 물건은?

금철 (안에서 부품 꺼내 내밀며) 여기.

두식 (살펴보며) 어우, 광나는 거 봐. 역시 좋은 게 다르긴 달라.

금철 그럼. 그거 못해도 15만 원은 받아야 되는데, 12만 원만 받을게.

두식 (반죽 좋게 웃으며) 에이, 9만 원이겠지.

금철 야, 그거 물 건너온 거야.

두식 오케이. 배송비 포함 9만 2천 5백 원!

금철 (기막히고) 이게 택배냐?

두식 하루 이틀이야? 내가 너 마진 얼마 남겨먹는지 뻔히 아는데.
자, 여기 9만 원. 그리고 2500원은 보너스. (돈 내려놓으며 찡긋하면)

금철 (어이없게 보는) …

두식 프로펠러도 좀 구해놔. 매번 뭐 이렇게 일일이 주문을 해야 되고.
시스템이 영 불편해.

두식, 나가면 금철, 두식이 놓고 간 9만 2천 5백 원을 홧김에 집어 던진다.

바닥에 지폐 떨어지고 동전 댕그르르- 진열장 밑으로 굴러 들어가면
당황한 금철, 그걸 또 꺼내겠다고 바닥에 넙죽 엎드린다.

S#33. 부동산 앞 (낮)

차로 향하던 혜진, 부동산 앞을 지나다 멈칫한다.
상가, 집 보증금/월세 등을 써둔 종이들이 창문 가득 붙어 있다.

혜진   와, 확실히 서울보다 싸네. 여기선 개원도 가능하겠는데?
        (하다가) 아니야. 이런 지방에다 어떻게... 말도 안 돼!

혜진, 정신 차리려는 듯 고개를 절레절레 흔들고 지나친다.

S#34. 혜진의 차 안 (낮)

차에 타는 혜진, 보조석에 가방을 놓다가 가방에 넣어뒀던 구두 한 짝 꺼낸다.
화정횟집에서 받아온 하얀색 비닐에 구두가 곱게 감싸져 있다.

혜진   하아, 이게 얼마짜린데... (한숨 쉬고) ...집에나 가자.

혜진, 울적한 얼굴로 구두 보조석 바닥에 내려놓고 시동 거는데, 안 걸린다.

혜진   (당황해서) 뭐야? 시동이 왜 안 걸려?
        (몇 번 해보지만 시동 계속 안 걸리면) 설마 배터리 방전된 거야?
        아, 왜 하필 지금! 하아... (겨우 억누르고) ...보험사 번호가 어디 있더라.

차를 뒤적이다 콜센터 번호 적힌 카드를 찾은 혜진, 전화 걸려는데 통신신호
가 안 잡힌다. '서비스 안 됨' 뜬다!

혜진   이건 또 뭐니.

S#35. 상가거리 (낮)

혜진, 신호 안 잡히는 휴대폰을 허공에 흔들어보며 걸어간다.

혜진   하여간 촌구석 아니랄까 봐. 핸드폰이 안 터지는 게 말이 돼?
      아니지. 아까는 터졌었는데. 고장인가?
      (잠깐 생각하다가) 안 되겠다. 횟집에 가서 전화를 빌리자.

혜진, 횟집이 있던 방향으로 향하는데 몇 걸음 가다 말고 멈칫한다.
당황스런 표정, 한 손으로 배를 움켜잡는 모습 영 심상치 않고.

혜진   ...점심을 너무 많이 먹었나?

화장실이 급해진 혜진, 몸이 배배 꼬이고 어디 갈 만한 곳이 없나
두리번거리는데 〈한낮에 커피 달밤에 맥주〉 간판이 보인다.

S#36. 라이브카페 안 (낮)

카운터의 춘재, 통기타를 치고 있는데 문이 열리며 혜진이 급하게 들어온다.

춘재   어서 오세요.
혜진   (두리번거리다 화장실 간판 보고) 아메리카노 한 잔이요.
춘재   차가운 거랑 따뜻한 거 중 어떤 걸로 드릴...
혜진   (춘재의 말이 끝나기도 전에 화장실로 사라지고)
춘재   (잠깐 고민하다가) ...커피는 얼어 죽어도 아이스지.

insert.
화장실 문 위로, 물 내리는 소리 들리고...

화장실에서 나온 혜진, 아까와는 다른 평온한 표정이다.
창가 자리에 앉고, 주변 둘러보는데 벽에 촌스러운 브로마이드 걸려 있다.
20대 초반 앳된 얼굴의 미소년. 오른쪽 귀퉁이에 '오윤'이라고 적혀 있다.

춘재	(커피 놓으며) 누군지 아시나?
혜진	아니요?
춘재	(실망으로) 근데 왜 그렇게 빤히 쳐다봤대?
혜진	(뭐지 싶지만) 그냥 보이길래요.
춘재	그 이름은 몰라도 노래는 알 텐데. 〈달밤에 체조〉라고 93년에 가요톱텐에서 2등도 하고 그랬는데. 모르세요?
혜진	모르겠는데요?
춘재	...드세요. (기분 상해 휙 가버리고)
혜진	(한 모금 마셔보는데) 윽, 왜 이렇게 맛없어.

춘재, 혜진 들으라는 듯 오디오 틀면 〈달밤에 체조〉가 흘러나온다. 그때 혜진이 자리에서 일어나 카운터로 온다.

춘재	뭐 필요해요?
혜진	네. 혹시 전화 한 통 쓸 수 있을까 해서요.
춘재	그래요. (카운터의 전화 밀어주면)
혜진	(수화기 들며) 감사합니다.
춘재	(옆에서) 이게 좀 전에 말한 그 노랜데, 들어본 적 있을 건데.
혜진	(고개 갸웃거리더니 버튼 누르는)
춘재	(포기하지 않고) 멜로디가 익숙할 텐데. 특히 여기, 지금 후렴구.
혜진	전화가 안 되는데요?
춘재	응? 그럴 리가 없는데. (하며 전화 들어보면 먹통이고) ...이상하다.

그럼 핸드폰 써요. (하고 휴대폰 내미는데 통화신호 안 뜬다)

혜진   (보고) 이것도 서비스가 안 돼요.

춘재   그러네. 갑자기 애들이 왜 죄다 먹통이지?

혜진   (짜증 나는) 하... 일단 계산해주세요.

춘재   응? (테이블 보면 커피 그대로고) 커피가 그대론데, 아깝게 왜. 드시고 가시지.

혜진   (카드 내밀며) 그냥 계산해주세요.

춘재   그럼 테이크아웃 잔에 담아 드릴까?

혜진   (귀찮은) 됐으니까 계산이나 해주세요.

춘재   ...예. (못마땅하게 카드 받아 계산하려는데 결제 안 되고) 이게 왜 안 돼?

혜진, 그 모습 보고 있고 춘재, 카드를 기계에 꽂았다 뺐다 해보는데
그때 문 열리며 주리가 들어온다. 줄여 입은 교복, 앞머리에 대왕 헤어롤을
만 모습.

주리   아, 열라 짜증나. 핸드폰은 왜 안 되고 지랄이야!

혜진   (주리의 거친 언행에 힐끔 쳐다보는) !

춘재   오주리! 너 아빠가 그런 말 쓰지 말랬지?
        (계속 결제 시도하며) 기계도 뭔가 문제가 있는 것 같은데, 현금 없어요?

혜진   현금이요? (하며 지갑 뒤져보지만) ...없는데.

춘재   (못마땅하던 게 터져서) 아니, 무슨 4천 원이 없어.

혜진   (난감하고) 제가 현금을 안 갖고 다녀서... 근처에 은행 있어요?
        지금 바로 뽑아 드릴게요.

춘재   내가 아가씨를 어떻게 믿고 그냥 보내요? 그 길로 내빼면 어쩌려고.

혜진   (어이없지만 가방 내려놓으며) 가방 여기다 두고 갈게요. 됐죠?

주리   (혜진 스캔하더니) 아빠 그거 받지 마. 짝퉁이야.

춘재   그래?

혜진   (발끈해서) 이봐요, 학생. 짝퉁 아니거든요?

주리   구라치시네. 진퉁 메고 그런 신발 신는 사람이 어딨어요?

혜진   이건 사정이 있어서... (하다가 더 말하기도 싫은) ...됐고,
        핸드폰 맡기고 갈게요. 그럼 됐죠?

주리	(보더니) 최신형이야.
춘재	(주리 신호 받고) 빨리 갔다 와요.

울컥하지만 꾹 참는 혜진, 삼선슬리퍼로 발을 쿵쿵 구르며 나온다.

S#37. 은행, ATM 앞 (낮)

은행에 들어서는 혜진, ATM 앞으로 가며 혼잣말로 구시렁댄다.

혜진	쬐끄만 게 알지도 못하면서 짝퉁이라니.
	내가 상표권을 얼마나 중요하게 생각하는 사람인데!

혜진, 지갑에서 카드를 꺼내 ATM에 넣으려는데 화면이 꺼져 있다.
버튼 눌러도 요지부동이고 혜진, "뭐야, 왜 이래?" 하며 옆의 기기로 가보는
데 마찬가지다.

S#38. 타 은행, ATM 앞 (낮)

다른 은행 상호가 비춰지고. 혜진, ATM에 카드를 넣는데 또 작동 안 한다.
그때 마침 안내데스크 직원이 지나가면 혜진, 뒤돌아 직원을 부른다.

혜진	저기요. ATM기가 왜 작동을 안 해요?
직원	(당황한 눈치) 죄송합니다, 고객님. 저희도 이게 갑자기 안 돼서 지금
	알아보고 있는데요. 아직 저도 언제 복구될지 몰라서...
혜진	(당혹스러운) 아... 그래요.

S#39. 은행 앞 사거리 (낮)

혜진, 암담한 얼굴로 나오는데 요란한 사이렌 소리와 함께 소방차가 지나간다. 멍하니 소방차의 뒷모습을 보는 혜진.

S#40. 라이브카페 안 (낮)

혜진, 서슬 퍼렇게 쳐다보는 춘재를 향해 주저리주저리 변명을 한다.

혜진   (한껏 공손해져) 지금 은행에도 문제가 생겨서 현금인출도 계좌이체도
        안 된다고... 죄송하지만 제가 서울 가서 보내드리면 안 될까요?
        저 4천 원 떼어먹고 그럴 사람 아니에요.

춘재   그럴 사람이 어디 따로 있나.

혜진   (가방에서 명함 꺼내며) 이거 제 명함인데요.

춘재   (받아서 보고) 치과의사?

혜진   (당당하게) 네.

주리   (옆에서) 그것도 짝퉁일지 누가 알아.

혜진   (열받고) 학생! 가방도 명함도 다 진짜거든요?

혜진과 주리, 서로를 향해 날 세우는데 그때 문 열리며 두식이 들어선다.

혜진   (알아보고) 어?

두식   (혜진의 슬리퍼 보고) 그 쓰레빠 신었네?

춘재   홍반장 아는 사람이야?

혜진   (중얼) ...홍반장?

두식   글쎄. 안다고 해야 되나 모른다고 해야 되나.

혜진   (바로) 알죠! 우리 두 번째 봤잖아요.

두식   (왜 이래 하는 표정으로 혜진 보고, 춘재에게) 왜 무슨 일 있어?

춘재   아, 이 아가씨가 무전취식을 해놓고 그냥 갈라 그러잖아.

혜진   (억울하고) 그게 아니라요. 커피를 시켰는데 카드도 안 되고

                    ATM기도 안 되고 핸드폰도 먹통이고...

두식   맞아. 지금 공진 전체에 전화, 인터넷, 금융 다 끊겼어.

춘재   (놀라는) 응?

두식   한국통신 청호지사에 불났대.

주리   헐... 진짜? 대박.

혜진   (춘재에게) 거봐요! (하다가 두식에게) 그럼 언제 복구된대요?

두식   한참 걸릴걸? 아직 화재 진압도 못했어.

혜진에겐 청천벽력 같은 소식이다! 주리, "아싸, 불구경 가야지!" 나가려 하고
춘재, "야, 오주리 너 인마! 밤에 오줌 싸고 싶어?" 말리는 정신없는 사이로,

혜진   (두식에게) 저기... 이보세요. 잠깐 말씀 좀...

두식   (자기 가리키며) 나?

혜진   (조심스레) 네. 사실 제가 이런 말을 한 번도 해본 적이 없어서
       어떻게 얘길 꺼내야 될지 모르겠는데... 저 4천 원만 빌려주시면 안 돼요?

두식   (뭐지? 하는 얼굴로 보면)

혜진   (황급히 변명하는) 제가 원래는 이렇게 파렴치한 사람이 아니거든요?
       근데 오늘 이상하게 자꾸 상황이 꼬여서
       그쪽 분 보시기엔 민폐로 느껴질 수도 있을 것 같아요.

두식   (그래서 하는 눈으로 보는데) ?

혜진   (간절한) 그치만 워낙 응급이라... 인류애적 차원에서 어떻게 좀 안 될까요?

두식   (빤히 보다가) 원래는 그런 사람이 아니다?

혜진   그럼요! 전 공짜도 싫어하고 누구한테 신세 지는 건 있을 수 없는 일이에요.

두식   그 말인즉슨, 능력과 여건만 되면 알아서 위기를 탈출할 수 있다?

혜진   당연하죠.

두식   (대뜸) 그럼 따라와.

혜진   네?

두식   4천 원. 빌려주는 대신 벌게 해줄게.

혜진   (예상치 못한 답변에 멍해지는) !

S#41. 상가거리 (낮)

두식, 앞장서서 걸어가고 혜진, 그런 두식을 따라가지만 어째 의심스럽다.

혜진   저기요. 일단 따라가긴 하는데요. 돈을 어디서 어떻게 벌어요?
두식   (계속 가며) 값지고 성실한 노동을 통해?
혜진   (찜찜한) 혹시 어디 이상한 데 데려가고 그러는 건 아니죠?

혜진의 말에 갑자기 우뚝 멈추는 두식! 혜진, 그런 두식과 부딪칠 뻔하는데.
두식, 길가에 세워진 경찰차를 향해 손을 번쩍 들어 보인다.

두식   은철아!
은철   (차에서 내리며) 형! 한국통신 불난 거 들으셨어요?
두식   응. 좀 전에.
은철   순찰 돌러 나왔는데, 여기저기 난리네요.
두식   그럼 넌 상가 쪽으로 돌아. 다들 오늘 장사 공칠 거야.
        화재 진압되고 나면 보상책 나올 거라고, 잘 좀 달래드리고.
은철   예. 형은 어디 가시는데요?
두식   나는 저 위까지 한 바퀴 쭉 돌려고.
은철   (알아듣고) 네. 그럼 이따 연락드릴게요.

은철, 다시 경찰차에 올라타 가버리면 두식, 여유롭고 의기양양한 표정으로
혜진에게 말한다.

두식   좀 전에 뭐? 이상한 데?
혜진   아니 뭐... (말 돌리는) 공교롭게도 경찰이랑 친한가 봐요?
두식   (당당한) 보시다시피. 돈 벌기 전에 잠깐 어디 좀 들렀다 가자.
혜진   (영문 모르고) 어디요?

S#42. 마을을 도는 두식과 혜진 몽타주 (낮)

꼬불꼬불 오르막으로 이루어진 골목길을 두식, 성큼성큼 올라간다.
혜진, 무릎도 아프고 힘들어 죽겠는데 두식, 골목골목 집집마다 화재 소식을
전한다.
할머니, 할아버지들에게 싫은 표정 하나 없이 친절하게 설명해주는 모습.
"할머니! 전화 안 돼서 놀랐지? 지금 전화국에 불났대. 좀만 기다리심 멀쩡해
질 거야."
"소방차가 불 끄고 있으니까 오늘은 나오지 말고 집에 계셔."
"걱정 말어. 지하 저 밑에 전화선에 불이 난 거라 다친 사람 하나도 없대."
골목길을 따라 종횡무진하는 두식과 점차 녹초가 되어가는 혜진...

S#43. 골목길 및 어느 대문 앞 (낮)

혜진, 성큼성큼 앞서가는 두식을 향해 볼멘소리를 한다.

혜진   돈 벌러 가자더니 중간 과정이 왜 이렇게 길어요?
        이럴 거면 차라리 카페에서 기다리라 그러던가.
두식   거기서 그 부녀의 감시를 받는 것보단 이편이 나을 텐데.
혜진   (맞는 말이다) ...

두식, 대문 앞에 나와 앉아 계신 체구 작은 할머니를 발견하고 몸을 숙인다.
그러고는 할머니를 향해 수화를 해 보인다.
'지금 전화국에 불이 나서 전화가 안 돼. 고치고 있으니까 너무 걱정하지 마셔.'
혜진, 의외의 광경을 보는데 할머니, 알겠다는 듯 고갤 끄덕이고
잠깐만 있으라는 시늉한 뒤 안에서 작은 요구르트 2개를 갖고 나온다.

두식   (손짓과 목소리 크게) 이거 요구르트 나 먹으라고 주는 거야?

할머니   (혜진을 가리킨다)
두식   (알아듣고) 나눠 먹으라고? 알겠어.

        할머니, 이 빠진 입으로 활짝 웃으면... 혜진, 엉겁결에 할머니 향해 목례한다.

S#44. 바다가 보이는 길가 (낮)

        두식과 혜진, 빨대 꽂힌 요구르트를 하나씩 물고 걸어간다.
        혜진, 괜히 다 마신 요구르트 병을 만지작거리다가 두식에게 묻는다.

혜진   뭐 하는 사람이에요? 보니까 사람들이 홍반장이라고 부르는 것 같던데.
두식   하루 보고 말 사이에 그게 왜 궁금하대?
        다 왔다. 저기야. (하며 어딘가 가리키는데)
혜진   (보고 눈 휘둥그레지는) !

S#45. 오징어 할복장 앞 공터 (낮)

        오징어 할복장. 칸막이 건물 안에 할머니들 모여 오징어 내장을 따고 있다.
        혜진, 어안이 벙벙한 얼굴로 그 광경을 보는데 두식, 어느새 비닐앞치마와 고
        무장갑을 가져와 내민다.

두식   자...
혜진   그러니까 지금 날더러 오징어 내장을 따라구요?
두식   (그게 뭐가 문제냐는 듯) 응.
혜진   (현실부정) 말도 안 돼... 나 태어나서 이런 일 한 번도 안 해봤어요.
        아니, 오징어는 만져본 적도 없어요.
두식   (태연하게) 오늘 실컷 만지겠네. 돈 필요하다며. 안 벌 거야?
혜진   (일단 참고) 이거 하면 얼마나 주는데요?

두식	시간당 8720원.
혜진	(헤아려보고) 8720원이면 최저임금이잖아요! 이봐요, 내가 누군지 알고!
두식	(바로) 알지. 무일푼이잖아.
혜진	하! 지금 그쪽이 뭘 잘 몰라서 이러나본데 나 치과의사예요.
두식	(그래서? 하는 눈으로 보면)
혜진	내 입으로 이런 말하기 좀 그렇지만, 엘리트에 고급인력이라구요!

두식, 그러거나 말거나 때마침 저쪽에서 오던 감리와 맏이, 숙자를 부른다.

두식	할머니! 여기 일꾼 좀 데려가!
혜진	(당황해서) 뭐 하는 짓이에요?
두식	(그러거나 말거나) 바빠서 먼저 간다. 이따 올게.

두식, 혜진만 남겨놓고 가버리고 혜진, 당황해서 "이봐요!" 부르는데
어느새 다가온 할머니 3인방, 혜진을 위아래로 훑어보면 혜진, 어색하게 겨
우 웃는다.

S#46. 오징어 할복장 (낮)

오징어 배를 갈라 내장을 뜯어내는 할머니들의 손놀림이 빠르다.
혜진, 비닐 앞치마에 고무장갑 끼고 할머니들 사이에 엉거주춤 앉아 있다.

숙자	(시범 보이는) 이게 어떻게 하는 거냐면 가운데로 칼금을 쫙 내.
	여길 이렇게 활짝 벌린 다음, 안에 내장을 쭉 뜯어. 한 번 해봐.
혜진	(잘 안 되는) 여기를 이렇게... 쭉... 왜 안 되지...
감리	(마뜩찮게 보며) 하는 꼬라지르 보니 여어 바닷가 사람은 아이야.
	지끔 이 오징어르 왜 쨰는지는 아나?
혜진	네? ...아니오.
맏이	(숙자 보며) 니가 알쿼줘.

숙자	여기서 우리가 오징어를 다듬으면, 얘네를 덕장으로 가져가서 말려.
	그럼 사람들 먹는 마른오징어가 되는 거야.
혜진	(신기하고) 아아…
감리	(보다가) 홍반장이랑은 우태 아나?
혜진	네?
맏이	홍반장. 좀 전까지 같이 있었장가.
혜진	아… 오늘 처음 봤어요.

혜진의 말에 감리, 맏이, 숙자 서로 뭐지? 하는 눈빛을 교환한다.
혜진, 오징어를 손질하는데 여전히 잘 안 되고.

감리	(답답한) 거를 깨끗이 뜯어야지. 내장이 그대로 남았장가.
혜진	네? 아, 네… (하며 내장 뜯으면 먹물 시커멓게 터진다)
감리	(타박하는) 이러이, 글케 하믄 다 터지지. 우떠 그닷하나야.
맏이	(거드는) 요즘 젊은 아들은 다 저래잖소. 일으 해봤어야 말이지.
숙자	아가씨가 영 손이 야물질 못 하네. 손재주로 벌어먹곤 못 살겠어.
혜진	(울컥) 저 어디 가서 손재주 없단 소리 들어본 적 없거든요?

할머니들, 말도 안 된다는 듯 쳐다보면 혜진의 승부욕에 발동이 걸린다.
오징어를 집어 든 혜진, 눈에 불을 켜고 손질하는데 이번엔 제대로다!

혜진	(자랑스레 들어 보이며) 보세요! 이번엔 잘했죠?

그러나 이미 할머니들 옆에는 손질한 오징어가 탑처럼 쌓여 있다.
혜진, 그 광경을 멍하니 보는 사이에도 할머니들 손에선 오징어 해체쇼가 한
창이다. 민망한 듯 팔을 내리며 다음 오징어를 집어 드는 혜진이다…

S#47. 오징어 할복장 앞 공터 (저녁)

어느새 해가 지고, 노을로 붉게 물든 하늘.
공터 한편에 혜진, 엉거주춤 서 있는데 저만치서 두식이 걸어온다.

혜진　(쏘아보며) 사람을 이렇게 막 던져놓고 가는 법이 어딨어요?

두식　일당 받아왔는데, 필요 없나 봐?

혜진　빨리 주기나 해요.

두식　(돈 내밀며) 오늘 총 3시간 일했으니까 8720 곱하기 3해서 26160원.

혜진　(받으며) 애걔. 진짜 이게 다예요?

두식　할머니들 반의반도 못 해놓고! 이 돈 받는 것도 미안해야 돼, 지금.

혜진　(할 말 없고) ...

두식　고생해서 돈 벌어보니 어때? 애틋하지?

혜진　참나, 지금도 충실한 노동자로 살고 있거든요?
　　　치과의사는 뭐 돈 쉽게 버는 줄 아나.

두식　(어깨 으쓱해 보이면)

혜진　(4천 원 빼서) 이거 아까 그 카페 사장님한테 전해주세요.

두식　(받아들며) 그래! 그럼 간다.

두식, 쿨하게 돌아서고 혜진 역시 발길을 돌리려는데 퍼뜩 떠오르는 생각!

혜진　아, 맞다... 카센터! (급하게 두식 부르는) ...저기요!

두식　(돌아보면)

혜진　(머뭇거리다가) ...혹시 차 있어요?

두식　차? (가방에서 보온병 꺼내며) 이 차?

혜진　(어이없다는 듯) 아니, 그 차 말구요!

S#48. 공영주차장, 혜진의 차 앞 (밤)

혜진의 차 앞에 두식의 소형트럭 서 있다.
두식, 트럭에 연결해둔 점프선을 연결하면 혜진, 민망한 얼굴로 옆에 서 있다.

혜진   자꾸 이렇게 부탁하려던 건 아닌데, 여하튼 고마워요.
두식   (대답 대신 점프선 떼고) 시동이나 걸어봐.
혜진   (차에 들어가 시동버튼 누르면 걸리고) 됐어요! 걸렸어요!
두식   잠깐 나와봐.

혜진, 기쁜 얼굴로 나오면 운전석 안으로 몸을 쑥 넣어 계기판 살펴보는 두식,
뭔가를 발견한 듯 미간을 찌푸리더니 휴대폰 플래시 켜고 타이어 살펴본다.

혜진   왜요? 뭐 하는데요?
두식   (휴대폰 조명으로 뒷바퀴 타이어 비춰 보다가) 이거 보여?
혜진   뭐가요? (따라 보는데 타이어에 못이 박혀 있는) 어? 이게 언제 박혔지?
두식   이러고 여기까지 왔어? 타이어 공기압 경고등에 불 들어와 있는데?
혜진   (절망으로) 아... 올 때도 왔는데, 서울까진 어떻게 갈 수 있지 않을까요?
두식   (버럭) 목숨 여러 개야? 아침에 카센터 열면 빵꾸 때우고 가.
혜진   이 꼴로 여기서 하룻밤을 있으라구요?
두식   (불쌍하다는 듯) 항구 맞은편에 찜질방 하나 있어.
        24시간에 9천 원이니까, 생각 있으면 가보던가.
혜진   (미치겠는) ...!

두식이 점프선을 떼러 차량 앞쪽으로 돌아간 사이
서 있던 혜진, 문득 쿵쿵 옷 냄새를 맡아보면, 비린내가 진동한다.

S#49. 찜질방 카운터 (밤)

연식이 오래돼 보이는 찜질방에 쭈뼛쭈뼛 들어서는 혜진,
가격표 보더니 22160원 중 만 원짜리 지폐를 꺼내 소중하게 낸다.
찜질방 직원, 무료한 표정으로 거스름돈 천 원과 사물함 키와 황토색 찜질복
을 내민다.

S#50. 찜질방 안 (밤)

혜진, 머리에 물기가 남아 있는 상태로 찜질방 옷 입고 나온다.

혜진   그래도 씻으니까 좀 살 것 같네.

혜진, 엉거주춤 서서 로비를 둘러보는데 한편에 식당이 보인다.
배고픈지 배를 만져보는 혜진, 홀린 듯 식당으로 가 메뉴판 앞에 선다.

혜진   ...비빔밥 맛있겠다. 떡만둣국이랑 쫄면도.

혜진, 생명줄과도 같은 13160원을 내려다본다.
그리고 머릿속으로 계산기를 두드려보기 시작하는데...

혜진(E)   남은 돈이 13160원. 어떻게 될지 모르니까 10000원은 비상금으로
갖고 있자. 그럼 지금 여기서 쓸 수 있는 돈은... 고작 3160원...

계산을 마친 혜진, 다시 메뉴판을 살펴보면 3160원으로 살 수 있는 음식은
고작 2000원짜리 계란과 식혜가 전부다.

혜진(E)   계란도 먹고 싶고, 식혜도 먹고 싶은데. 뭐 먹지?
계란? 식혜? 계란? 식혜? (하다가 현타 오는) ...나 지금 뭐 하냐.

이 말도 안 되는 상황에 만감이 교차하는 혜진, 드디어 결심했단 표정으로
카운터에 뒤돌아 선 점원을 향해 외친다.

혜진   (2천 원 내밀며) 여기 식혜 하나만 주세요!

뒤돌아보는 점원, 찜질복을 유니폼처럼 입은 두식이다. 혜진, 당황한다!

두식   (보더니) 진짜 왔네?

혜진   뭐야... 그쪽이 왜 여기 있어요?

두식   (태연한) 보면 몰라? 일하는 중이잖아. 식혜 하나 줘?

혜진   네... (하다가) 근데 생각해보니 기분 나쁘네.
　　　　도와준 건 고마운데, 왜 아까부터 계속 반말이야?

두식   (다짜고짜) 오케이!

혜진   (황당한) 뭐가 오케인데?

두식   그쪽도 반말하라 그럴라 했는데, 알아서 먼저 하길래. 난 오케이라고.

혜진   (입이 떡 벌어지는데) 하!

두식   (뻔뻔하게) 내 반말엔 철학이 있어. 난 괜히 격식 차리다 어려워지고 그런 거
　　　　질색이거든. 그리고 글로벌이 추세잖냐. 외국애들 봐.
　　　　장인어른한테 톰, 시어머니한테 메리. 얼마나 좋아.

혜진   (두식의 황당한 주장에) 개똥도 철학이다.

두식   (식혜 건네주며) 그것만 사? 딴 건?

혜진   배가 별로 안 고파. (하는데 배에서 꼬르륵 소리 난다)

두식   (내려다보며) 그쪽 위장은 의견이 좀 다른 것 같은데?

혜진   ...다이어트 중이야!

S#51. 찜질방 외경 (밤)

S#52. 찜질방 안 (밤)

사람 별로 없는 평일의 찜질방. 혜진, 구석에서 TV 보는데 뉴스가 나온다.

앵커(F)   오늘 발생한 한국통신 청호지사 화재로 인해
　　　　청호시 공진동 일대가 마비됐습니다.

통신 장애는 물론 은행, 카드, 증권 등 금융서비스가 모두 멎었습니다.

혜진 뉴스에도 나오네. 하긴 그럴 만도 하지.
  전화국에 불났다고 내가 거지꼴로 이러고 있을 줄이야.

한숨 쉬고 자리에서 일어나는 혜진, 구석으로 가 목침을 베고 웅크려 눕는다.

혜진 (서럽고) 서울 가고 싶다...

그때 혜진 앞에 갈색 무엇이 펄쩍 뛰어오르는데, 손바닥만 한 귀뚜라미다!
1초 정적 후, 스프링처럼 튀어 오르는 혜진! "으아아악!" 소리 지르며 뛰쳐나
간다. 몇몇 사람들 힐끗 보고는 아무 일도 없었다는 듯 TV를 본다.

S#53. 찜질방 입구 (밤)

두식, 한쪽 어깨에 가방을 메고 나오는데 입구로 숙자가 헐레벌떡 들어온다.

숙자 (숨을 헐떡이며) 호, 홍반장!
두식 숙자씨가 여긴 웬일이야? 나 찾아왔어?
숙자 아유, 내가 그냥, 서울 딸네 집에, 가버리던가 해야지.
  더는 여기, 못 살겠어.
두식 (웃으며) 왜 또? 무슨 일인데?
숙자 (계속 숨차는) 나이 칠십에, 막내라고, 아직도, 심부름을 다닌다, 내가.
  감리 형님네 가봐! 다쳤어, 형님!
두식 (놀라는) !

S#54. 감리의 집, 방 안 (밤)

"할머니! 할머니!" 부르며 문 벌컥 열고 들어오는 두식.

전형적인 시골 안방 풍경. 보료에 감리가 비스듬히 누워 있고 맏이도 와 있다.

두식   아니, 아까지 멀쩡하시더니 그새 어딜 다쳤어?

감리   니 소래기르 지르는 통에 귀가 먹었다니.

두식   (걱정으로 버럭) 아, 어디 다쳤냐니까!

맏이   (대신 대답하는) 아, 발모강지. 발모강지.

두식   어디 봐봐. (발목 들여다보며) 많이 부었네. 움직여? 아프진 않고?

감리   (대수롭지 않게) 이기 머이 큰일이라고. 좀 삐그덕했싸.

맏이   (구시렁대는) 참 엔간하우. 우떠 빨래르 걷다 그르나. 행님이 고냉이요?
        깜깜한데 담장 우에 올라가게.

감리   (버럭) 시끄루와!

두식   (등 대주며) 업혀! 병원 가게.

감리   (손사래 치며) 됐다니!

두식   엑스레이는 찍어봐야 될 거 아니야!

감리   뼈 사진은 뭐이 뼈 사진, 뿐지른거 아니래니.

두식   (감리의 고집 알기에) 하여간 말 진짜 안 들으셔.

맏이   (중얼중얼) 말 안 들어. 행님 어르봉비 아께서 부자 되소.

감리   (째려보며) 니 안 가나?

cut to.
맏이 가고 감리와 두식만 남은 방 안.
두식, 감리의 발목에 정성껏 얼음찜질을 해주고 있다.

감리   야야라, 찜질으 꼭 이러이 차거운 걸로 해이 대나?

두식   초기 염좌는 냉찜질을 해야 부종이 가라앉아. 왜? 추워?

감리   춥기는 머이가 추워! 그냥 좀 쌀쌀한 기야.

두식   (사투리로 장난스럽게) 우리 감리씨 마이 춥나? 내거 끈안나주까?

감리   (질색하며) 다 큰 장젱이가 얄궂게 우떠 그래니!

두식   (웃고) 오늘은 움직이지 말고 누워 계셔.
        요강 들여다줄 테니 화장실도 가지 말구.

감리	나 갱로당 가봐야 되는데?
두식	발이 이런데 경로당엘 뭐 하러 가?
감리	심심하게 여서 뭐 한다니. 가서 연속극 볼 끼야.
두식	여기도 TV 있잖아.
감리	혼차 보멘 재미없싸.
두식	그럼 나랑 봐.
감리	(심통 나서) 됐싸. 니가 드라마르 뭐이 아나?

S#55. 골목길 (밤)

가로등 불빛이 띄엄띄엄 있는 어두운 골목길. 두식, 감리를 업고 걸어간다.

감리	빡씨나?
두식	응. 사람이 늙으면 쪼그라들어 가벼워진다는데, 묵직한 게 아직 청춘이서.
감리	(짐짓 좋으면서) 늙은이 놀구믄 천벌 받는다니.
	근데 니 이래 있어도 되나? 돈도 안 받고.
두식	(장난스럽게 생색내는) 맞네. 나 집 가서 쉴라 그랬는데.
감리	그르게 왜서 왔싸?
두식	(애틋한) 은혜 갚는 거지. 할아버지 돌아가시고 우리 감리씨가 나한테 해먹
	인 밥만 구백 구십 아홉 끼는 되겠네.
감리	우태하나. 그럼 혼자된 아르 굶기나?
두식	(미소로) 그래두. 고맙잖아.
	그니까 아무리 퇴근을 했어도 나한테 할머니는 치트키야.
감리	(못 알아듣고) 치투... 그게 뭐이나? 화투?
두식	(감리가 귀여워서 웃는) 맞아.
	화투로 치면, 오광에 고도리 청단 홍단 다 하고 흔들기까지 한 거지.
감리	그르케 좋은 게 있싸?
두식	응, 있어.

도란도란 얘기하며 걸어가는 두 사람 뒤로 그림자가 정겹게 길어진다.

S#56. 밤바다 전경 (밤)

칠흑같이 어두운 밤바다. 저 멀리 오징어배 불빛들이 점점이 흩어져 있다.

S#57. 찜질방 옥상 (밤)

이마에 땀이 송글송글 맺힌 혜진, 질색하며 옥상으로 나온다.

혜진   대체 관리를 어떻게 했길래 실내에 벌레가 들어와!
(벤치에 앉아 하늘 보면 별이 빼곡하고) 뭐, 별은 많네.

그때 별똥별 하나가 떨어진다. 하늘에 밑줄을 그으며 지나가는 별...

혜진   어? 별똥별이다! (사이) ...엄마, 생일 축하해.

왈칵 밀려드는 그리움... 혜진, 그렇게 오래도록 별을 본다.

S#58. 시간경과. 하늘 (밤-아침)

밤새 구름과 별이 움직이고, 짙은 어둠이 물러가기 시작한다.

S#59. 찜질방 옥상 (아침)

옥상 벤치에서 구겨져 자던 혜진, 눈부신 햇빛에 부스스 눈을 뜬다.

신음소리 내며 일어나는데, 온몸이 멍석말이를 당한 듯 아프다.

혜진   낙오에 노숙에... 윤혜진 갈 데까지 갔구나.

혜진, 어깨 두들기며 앞을 보면 눈앞에 펼쳐지는 공진의 풍경이 장관이다.
파란 하늘과 하늘보다 더 파란 바다를 보며 저도 모르게 "와..." 하는 혜진.
홀린 듯 공진을 내려다보며 바람을 맞는다.

S#60. 공진항 (아침)

혜진, 어제와 똑같은 옷에 화정횟집 슬리퍼 신고 항구를 걷는다.
입항한 어선에서 그물을 내리는 활기찬 어민들. 생동하는 아침의 풍경!
그 신선함에 물든 듯 혜진, 밝은 표정으로 공진항을 둘러본다.

S#61. 수산 경매장 (아침)

갓 잡아온 싱싱한 수산물들 펼쳐져 있고, 입찰하려는 중개인들 가득하다.
기웃거리던 혜진, 인파 속으로 들어가는데 가운데에 인이어 마이크를 찬 두
식이 서 있다.
혜진, 두식을 알아보고 "어?" 하며 놀란다. 빠르고 거침없이 경매를 진행하는
두식의 모습!

두식   (굵직한 목소리로) 6만 4천! 6만 4천!
        (수신호 보고) 6만 5천! 6만 5천! 25번 6만 5천!

S#62. 수산 경매장 근처 길가 (아침)

두식, 장화를 벗어 물기 털며 오는데 기다리고 있던 혜진이 앞을 막아선다.

혜진   경매하는 사람이었어?
두식   (힐끗 보고) 간밤엔 안녕하셨나 보네?
혜진   어젯밤엔 분명 찜질방에서 일했는데. 어떻게 오늘 아침엔 경매를 해?
두식   (그냥 걸어가면)
혜진   그거 자격증 있어야 되지 않아? 뭐야, 야매야?
두식   (멈춰 서서 빤히 보고는) 눈곱 꼈다. 세수는 했니?

혜진, 민망함에 재빨리 눈을 비비고 그사이 두식 혼자 버적버적 걸어간다.

혜진   (다시 쫓아가서) 저기... 혹시 근처에 카센터 있어?
두식   (걸어가며) 있지.
혜진   (계속 따라가며) 어디? 나 오늘은 진짜 서울 올라가야 돼.
         타이어에 바람 넣는 거 비싸? 만 원 갖곤 안 되겠지?

그때 두식의 전화벨이 울린다. 혜진, 여전히 간곡한 표정이고...

두식   (전화받는) 어, 형. 집 가서 씻고 바로 갈게. 응, 천천히 와.
혜진   (불쌍한 표정으로) 타이어에 바람 넣는 거 얼마나 드냐고.
두식   (빤히 보며) 눈치가 좀 없는 타입이구나?
혜진   뭐?
두식   생각보다 아주 둔해.
혜진   (욱해서) 가르쳐주기 싫음 말 것이지. 왜 괜히 시비야?

혜진, 성질내는데 때마침 울리는 혜진의 휴대폰 벨소리.

혜진   잠깐만, (하며 자연스럽게 받는) 네. 윤혜진입니다.
연옥(F)   저... 윤혜진 선생님 핸드폰 맞죠?
혜진   네. 누구시죠?

두식	(통화하는 혜진 코앞에 자신의 휴대폰을 들어 보인다)
연옥(F)	저 옆집이에요. 선생님이 저번에 형솔치과로 보내주신...
혜진	(그제야 통신망이 복구된 걸 깨닫고) ...어? 전화 되네!
연옥(F)	네?
혜진	(환희로) 아니요, 아니에요. 말씀하세요.

혜진, 전화받으며 보면... 두식, 벌써 저만치 걸어가고 있다.

혜진	(계속 통화하는) 어떻게 치료는 잘 받으셨어요?
연옥(F)	예. 잘 받고 있어요. 직접 인사드리려고 했는데 요새 안 보이셔서.
혜진	아, 그게 제가 좀 바빠서...
연옥(F)	그러시구나. 저기 새 선생님이랑 친구분이시라길래
	실렌 줄 알면서도 제가 연락처를 여쭤봤어요.
혜진	네에... 근데 무슨 일로?
연옥(F)	감사합니다, 선생님.
혜진	(멈칫하는) !

S#63. 서울 거리 (아침)

병원들이 가득한 건물 앞, 연옥이 서서 전화 중이다.

연옥	제 치료비... 우리 딸이 힘들게 번 돈인데, 엄마가 돼서 염치도 없고
	미안하고 그랬어요. 근데 저 덤터기 쓸까 봐 막아주시고, 정말로 감사합니다.

S#64. 수산 경매장 근처 길가 (아침)

혜진, 연옥의 진심 어린 말을 가만히 듣고 있다.

연옥(F)	아이고, 바쁘신데 제가 또 시간 뺏었네요.
	그래도 꼭 한번 감사인사 드리고 싶었어요.
혜진	...아닙니다. 그럼 치료 잘 받으세요.

전화를 끊은 혜진, 뿌듯함에 살짝 웃고는 휴대폰에서 콜센터 번호를 찾는다.

S#65. 공영주차장, 혜진의 차 앞 (아침)

카센터 직원이 혜진의 차 타이어를 교체하고 있다.
혜진, 몇 발치 떨어져 휴대폰을 보는데 미선으로부터 메시지 한가득 와 있다.

미선(E)	야, 윤혜진. 너 핸드폰 전원 왜 꺼져 있어?
	설마 취업 안 된다고 막 극단적인 생각하고 그런 거 아니지?
	너 내일까지 연락 안 되면 나 경찰에 신고한다?
혜진	(피식 웃는) 표미선 걱정 한번 살벌하게 하네.
	(타이핑하며) 잠깐 지방 와 있어. 금방 올라갈 거야.

혜진, 메시지를 전송하는데 때마침 그 앞에 이준과 보라가 나타난다.

이준·보라	(반갑게) 선생님!
혜진	(알아보고) 어? 어제 그 꼬마... 이름이 뭐더라?
이준	이준이요. 장이준이요.
보라	(끼어들며) 최보라요! 보자기 할 때 보, 라면 할 때 라.
혜진	그래. (이준 보고) 어제 신발주머니로 맞았는데도 같이 다니네?
보라	동네에 친구가 저밖에 없어서 그래요.
이준	그래선 아니고, 실수한 거니까요.
혜진	(미소로) 착하다. 만난 김에 선생님이 이 한번 볼까?
이준	네. (알아서 아 벌리면)
혜진	(보고) 잘 아물고 있네. 그치만 다음엔 이 흔들리면 꼭 치과 가야 돼.

이준	(공손한) 네. 선생님. 어제 도와주신 일은 정말 각골난망刻骨難忘이에요.
	제가 꼭 결초보은結草報恩 할게요.
혜진	(웃으며) 너 몇 살이니?
보라	우리 둘 다 아홉 살이요.
혜진	근데 그렇게 어려운 말을 어떻게 알아?
보라	(자랑스레) 얘 한문 백 개도 더 많이 알아요. 서예도 써요.
혜진	대단하네. 은혜 안 갚아도 되니까 다치지 말고 건강하게 커. 알았지?
이준	네. 선생님.
혜진	(친절하게) 얼른 가봐.
이준	(가려다가 다시 진심을 담아) 정말정말 감사합니다. 공진에 또 오세요.
혜진	응? ...응.

혜진, 얼버무리듯 대답하는데 그때 카센터 직원의 "다 됐습니다!" 소리 들려
온다.

S#66. 라이브카페 안 (아침)

셔츠 차림의 두식, 앞치마를 허리에 묶는다.
소매를 걷고 핸드밀로 원두를 간 뒤, 우아하고 능숙하게 핸드드립을 한다.

춘재	(문 열고 들어오며) 야, 두식아. 먼저 문 열어줘서 고맙다야.
두식	별 말씀을. 형, 거기 4천 원 됐어.
춘재	응?
두식	어제 그 무전취식자가 형 갖다주래.
춘재	아... 주리 말이 가방도 명함도 짝퉁이라던데 그 여자 진짜 사기꾼 아니야?
두식	(바로) 아니야. 사기꾼.
춘재	(의아한) 네가 그걸 어떻게 알아?
두식	(얼버무리는) 그냥... 좀 알아.

그렇게 말하는 두식, 뭔가 알고 있는 듯 의미심장한 표정이다.

S#67. 바닷가 옆 도로, 혜진의 차 안 (아침)

어제 지났던 공진항과 바닷가를 지나는 혜진의 차.
혜진, 스쳐가는 공진의 풍경을 유심히 보는데 때마침 신호에 걸린다.
그때 충전 중이던 휴대폰에 모르는 번호로 전화가 걸려온다.

혜진   (스피커폰으로 받는) 여보세요?
원장(F)   나야.
혜진   누구세요?
원장(F)   번호 지웠나 보네. 그렇다고 내 목소리도 못 알아듣니?
혜진   (설마) ...원장님?
원장(F)   응. 잘 지냈어? 요새 구직하느라 꽤 애쓰고 있다며?
혜진   (빈정거리는) 원장님이야말로 애쓰신 것 같던데요.
         저 받아주지 말라고 동네방네 소문내느라 고생하셨겠어요.
원장(F)   그 소문을 내가 냈다고 생각해? 윤혜진 생각보다 순진하네.
혜진   (멈칫하면) !

S#68. 대형치과, 원장실 (아침)

원장, 정색한 얼굴로 일이 재미있게 돌아간다는 듯 말한다.

원장   내가 말 보탤 필요도 없던데? 이 바닥 엄청 좁고 폐쇄적이야.
         치과의사 커뮤니티에서 실명 까고 원장 욕한 내부고발자를
         누가 돈 주고 쓰겠어? 너 절대로 취직 못 해.

S#69. 바닷가 옆 도로, 혜진의 차 안 (아침)

혜진, 스피커폰으로 울리는 원장의 말에 표정 굳어 있는데!

원장(F) 그런 의미에서 내가 제안 하나 하려고 하는데.
       와서 무릎 꿇고 빌어.
혜진   (멈칫하는)!
원장(F) 그럼 내가 불쌍해서라도 다시 받아줄게.
혜진   (분노로) 하! 무릎? 내가 미쳤냐? 당신 같은 돌팔이 밑으로
       다시 기어들어가게?
원장(F) 뭐? 돌팔이? 야, 네가 아직 상황 파악이 안 됐나 본데,
혜진   (말 자르며) 됐고! 페이닥터 아니면 내가 뭐 의사 못 할까 봐?
       나 개원할 거야! 그깟 병원 내가 차리면 돼!

분노로 전화를 끊는 혜진, 마침 신호 바뀌면 그대로 분노의 풀악셀을 밟는다.

S#70. 도로 위, 혜진의 차 안 (아침)

청호시를 벗어나 고속도로로 향하는 도로 위,
여전히 분노는 안 삭혀지고 앞은 캄캄하고 혜진, 미치고 팔짝 뛰겠다.

혜진   (핸들 붙든 채) 아, 진짜! 이놈의 혓바닥을 잘라버리던가 해야지.
       개원은 무슨... 보증금에 월세가 얼만데...

혜진, 울 것 같은 얼굴로 중얼거리다 순간 떠오른 생각에 멈칫한다.

flash back.
S#33. 혜진의 말. "와, 확실히 서울보다 싸네. 여기선 개원도 가능하겠는데?"
S#29. 화정의 말. "여기 치과 하나 차리면 환자 끝내주게 많이 들 텐데.

어르신들이 많아서 임플란트에 틀니 할 사람이 줄을 섰거든."
S#65. 이준의 말. "정말정말 감사합니다. 공진에 또 오세요."

혜진의 표정이 복잡한데 그때 저 멀리 고속도로 표지판과 '서울' 글자가 보인다. 서울 표지판이 점차 가까워져 오는데
갈등하던 혜진, 순간 뭔가의 결심으로 확 유턴해 차를 돌린다.

S#71. 화정횟집 앞 (아침)

화정, 물 뿌리며 횟집 앞 청소하고 있는데 혜진이 숨을 헐떡이며 달려온다.

혜진   사장님!
화정   (알아보고) 어? 선생님. 아직 서울 안 가셨어?
혜진   (숨 고르며) 저... 생각 있으면... 오라고 하셨잖아요.
화정   (못 알아듣는) 예?
혜진   (결연한 표정으로) 저 여기에 치과 차릴래요!
화정   (놀라며) 응? 진짜?
혜진   (고갤 끄덕이며) 네! 결심했어요.
화정   (흔쾌히) 아유, 잘 생각했어. 가만 있어봐. 그럼 부동산을...
        아니다, 이쪽이 빠르겠다! (하며 앞치마를 벗는다)

S#72. 언덕길 (아침)

혜진과 화정, 함께 경사진 언덕을 오르고 있다.

화정   아이고, 그래서 찜질방에서 주무셨어? 늦게라도 우리 집으로 오시지.
혜진   말씀만이라도 감사합니다. 근데 부동산이 이렇게 위에 있어요?
화정   으응, 지금 가는 데는 부동산이 아니고,

하는데 그때 화정에게 전화 온다.
휴대폰에 '장영국' 이름 뜨면 인상 찌푸리는 화정...

화정 이 인간이 웬 전화를... 잠깐만요. (하며 받는) 여보세요. 왜? ...뭐어?
경로잔치 날짜를 바꾸자고? 누구 맘대로! 일일이 동네 돌며 설문까지 받았
는데.
아, 시끄러! 내가 바로 갈 테니까, 딱 기다려.
혜진 (뭔 상황인지 모르고 보는데) ?
화정 선생님. 미안한데, 내가 지금 급한 일이 생겼네?
혜진 (당황해서) 네? 그럼 전 어떻게...
화정 이 길 따라서 쭉 올라가면 꼭대기에 배가 있거든?
그리로 가면 돼. 내가 미리 연락해뒀으니까 알아볼 거야.
혜진 (난감한데) 예?
화정 (급하게) 미안해! 이 인간을 가만 두나 봐라.

화정, 씩씩거리며 내려가버리면 혜진, 난감한 얼굴로 꼭대기를 본다.

S#73. 언덕 위, 두식의 배 앞 (아침)

무릎을 부여잡고 꼭대기까지 올라온 혜진의 눈앞에 배가 모습을 드러낸다.
언덕 위에 하얀 어선 한 척이 덩그러니 놓여 있다.

혜진 ...진짜 배네? 누가 언덕 위에다 이렇게 배를 올려놨어?

그 순간 배 아래쪽 사각달리(이동식 수레)에 누워 있던 누군가,
등으로 달리를 쓱 밀며 모습을 드러낸다. 작업복 차림의 두식이다!

혜진 (놀라며) 어?

두식	(달리에서 일어나며) 자주 보네?
혜진	뭐야? 그쪽이 왜 여기에...
두식	(이미 들었다는 듯) 치과랑 집 구한다며?
혜진	그럼 사장님이 말한 사람이...
두식	(태연하게) 응.
혜진	(어안이 벙벙해져서 보면)
두식	(가방 뒤적이며) 아, 참고로 야매는 아냐.

두식, 혜진을 향해 증명사진 붙어 있는 공인중개사 자격증을 펼쳐 보여준다.
혜진, 배와 공인중개사 자격증, 두식을 번갈아 보고는 묻는다.

혜진	진짜 뭐 하는 사람이야?
두식	(질문에 대답 않고 자격증 집어넣는데)
혜진	대체 그쪽 정체가 뭐냐구.
두식	(뭘 그런 걸 물어보냐는 듯) 나? ...홍반장!

두식, 대답과 함께 씨익 웃는다.
누구라도 무장 해제시킬 것 같은, 장난스러우면서도 말간 웃음이고.
바닷가 마을이 내려다보이는 언덕 위 배 앞에서... 두식과 혜진 그렇게 서로
를 바라본다.

S#74. 에필로그. 그의 시선視線

- 바닷가 (낮)
  초록빛 바닷물 위, 서프보드 위에 누워 둥둥 떠서 하늘을 보는 두식, 여유
  롭다. 두식, 다시 서핑을 하려 물속으로 내려오는데 모래사장에 앉아 있는
  혜진이 보인다.
  쓸쓸한 분위기의 혜진이 어쩐지 신경 쓰인다.

- 바닷가 근처 약국 앞 (낮)

　서프보드를 들고 맨발로 가던 두식, 혜진이 이준, 보라와 함께 있는 광경을
　목격한다.
　혜진, 무릎을 굽혀 눈높이를 맞춘 상태로 이준의 입에 거즈를 물려주고
　보라는 눈물자국 말라붙은 채 약국에서 파는 어린이 영양제를 먹고 있다.
　두식, 보라를 달래고 이준을 치료하는 혜진을 의외라는 듯 바라본다.

- 오징어 할복장 앞 (저녁)

　노을이 붉게 물든 시각. 걸어오던 두식, 저만치 할복장을 바라본다.
　할머니들 사이에서 열심히 오징어를 손질하고 있는 혜진이 보이는데.
　집중한 듯 입을 오므린 채 오징어와 씨름을 하는 혜진의 모습...
　그 모습을 보던 두식, 저도 모르게 피식 웃어버린다.

2화

아, 물론 시련도 있으셨겠지. 어쩌다 한 번 덜컹하는 방지턱 같은 거.

고작 그거 넘으며 역시 의지만 있으면 안 되는 게 없어, 그랬을 테고?

인생이란 게 그렇게 공평하지가 않아.

평생이 울퉁불퉁 비포장도로인 사람도 있고,

죽어라 달렸는데 그 끝이 낭떠러지인 사람도 있어. 알아들어?

S#1. '인생의 후회' 몽타주

혜진(N) 인생에는 저마다 후회하는 일들이 있기 마련이다.

- 화정, 가계부를 뒤적이는데 협의이혼확인서(2018년)가 뚝 떨어진다.
- 남숙, 작은 방에서 낡은 파스텔톤 요술봉(여아 장난감)을 가만 들여다본다.
- 춘재, 쓸쓸한 얼굴로 '오윤 2집'이라 적힌 데모테이프를 만지작거린다.
- 두식, 옷장 문 열면 한쪽에 고급슈트 걸려 있다. 굳은 얼굴로 슈트를 꺼낸다.
- 혜진, 망연자실한 얼굴로 주변 둘러본다. 새로 단장한 치과의 모습.
  카운터에 개업축하 화분이 있지만 환자는커녕 개미새끼 한 마리 안 보인다.

혜진(N) 하지만 우리는 지나간 시간을 결코 되돌릴 수 없다.

혜진이 서 있는 모습에서 인테리어 공사를 하기 전 과거의 치과로 오버랩되며,

S#2. 상가, 빈 점포 (낮)

[자막] 2주 전.
혜진, 허름한 상가를 마뜩찮게 둘러보는데 창문 앞의 두식은 의기양양하다.

창밖으로 갈매기 우는 소리 들리고, 햇빛이 반사된 바닷물 반짝인다.

두식   죽이지? 여기다 치과 차리면 그냥 창밖만 봐도 바로 힐링인 거야.
혜진   (새침하게) 뭐, 바다는 잘 보이네.
두식   (바로) 원래 풍수지리에서 최고로 치는 게 배산임수다?
        산을 등지고 물을 바라보고.
혜진   물은 그렇다 치고 산은 어딨어?
두식   잊었어? 저 시장이랑 상가 뒤, 죄다 언덕에 오르막인 거?
혜진   (어이없는데)
두식   다 봤음 딴 데 가자! 내가 워낙 바쁜 사람이라.
혜진   가만히 좀 있어봐. 채광, 방음, 수압. 아직 체크할 게 태산이란 말이야.
두식   원래가 좀 피곤한 성격이지?
혜진   꼼꼼한 성격인 거지! 다음에 볼 상가는 어디야? 멀어?
두식   (뭔 소리냐는 듯 보는) 상가 이거 하난데?
혜진   응? 아까 다른 데 보러가자고...
두식   상가랑 집 같이 구한다며. 집 보러 가자구.
혜진   (황당한) 그럼 달랑 이거 하나 보여주는 거라고?
두식   (당당하게) 응!

S#3.   빈 집, 거실 및 부엌 (낮)

혜진, 원색의 화려한 꽃무늬 벽지로 둘러싸인 집 한가운데 서 있다.
벽지를 보는 혜진, 벌써 머리가 아픈데 두식은 신나서 폭풍설명을 해댄다.

두식   방 두 개에 화장실 하나.
        에어컨, 가스레인지, 세탁기에 캬, 건조기까지 옵션이다.
혜진   (온 신경이 벽지에만 가 있는) 요즘도 이런 벽지 쓰는 데가 있어?
두식   (넉살로) 얼마나 좋아! 이 트로피컬 하면서도 강렬한 채색 대비!
        자연친화적인 삶! 들어와 살면 꽃길만 걸을 것 같지 않아?

혜진	(절레절레) 인테리어가 너무 내 스타일이 아니야!
두식	그쪽 스타일이 뭔데?
혜진	들으면 뭐가 바뀌어?
두식	어디 들어나 보자.
혜진	음, 전체적으로 앤틱 하면서도 심플한 유러피안 감성? 벽에는 웨인스코팅
	몰딩으로 포인트를 주고 바닥은 포세린을 까는 거지.
	현관은 스페인 타일, 조명은... 덴마크 브랜드가 좋겠네.
두식	(빤히 보다가 아무것도 못 들었다는 듯) 그냥 싹 다 발라버리자.
	미색 어때? 그 딱 이빨색으로다가.
혜진	(기가 차서 보면)
두식	(뻔뻔하게) 계약하러 가야지!

S#4. 화정횟집 앞 (낮)

횟집 대형 수조 안의 물고기들이 입을 뻐끔뻐끔하며 헤엄친다.
횟집 간판 아래 나란히 선 화정과 두식. 혜진, 황당하다는 듯 두 사람을 본다.

혜진	그러니까 그 상가랑 집 주인이 사장님이라구요?
화정	응.
혜진	지금 이 상황 저만 의심스러워요?
두식	뭐가?
혜진	아니 그렇잖아. 내가 치과 차린다니까 사장님이 그쪽을 소개해주고,
	또 그쪽이 나한테 보여준 건물이 사장님 꺼고. 이게 우연이라고?
화정	(혜진의 반응에 허허 웃는)
혜진	지금 저 외지인이라고 둘이서 막 짜고 치고 속여먹는 거 아니에요?
두식	(피식 웃고)
화정	선생님. 지금 이 그림이 부자연스럽다는 건 나도 알겠어.
	근데 공진 한 바퀴 돌며 다 물어봐요. 우린 그냥 얼굴이 신분증인 사람들이야.
	사기 치고 싶어도 못 쳐.

혜진	(여전히 의심의 눈길 거두지 않는데)
화정	내가요, 나랏밥 먹는 사람이에요.
혜진	(더 의심스럽고) 횟집 하시는 거 다 봤는데 무슨 나랏밥을 드신단 거예요?
화정	(웃으며) 아이고. 이번엔 내 차롄가 보네.

화정, 명함을 꺼내 혜진에게 준다. 청호시 공진동 5통 통장 여화정이라고 찍혀 있다.

혜진	...통장?
화정	응. 나라에서 다달이 30만 원씩 줘요. 회의 가면 2만 원 더 주고. (두식 가리키며) 홍반장은 말 그대로 반장. 일 년에 5만 원.
혜진	(멍하니 두식 보면)
두식	됐어. 못 믿겠다는데, 확인시켜드려야지. (검색하더니 휴대폰 들이밀며) 봐! 평균 시세보다 얼마나 싸게 주는 건지.
혜진	(진짜 그렇다)!
두식	아까 그쪽이 본 상가, 그거 원래 통장님이 2호점 내려고 남겨둔 자리야. 동네에 치과 하나 생김 좋겠다고 대승적 차원에서 내주신 거라고.
화정	뭘 또 홍반장은 그런 얘길 하고 그래.
두식	아이, 됐어됐어! 계약하기 싫으면 하지 마!

두식, 버럭하고 가려는데! 혜진, 시선은 다른 곳에 둔 채 슬리퍼 신은 발을 뻗어 두식의 앞을 툭 막는다.
몹시 민망하지만 계약은 하겠다는 소박한 의지랄까.

S#5. 화정횟집 안 (낮)

홍반장 주재하에 부동산임대차계약서에 도장 찍는 혜진과 화정.

두식	(계약서 나눠주며) 자, 한 장씩 받으시고. 이제 계약이 성립됐으니

서로 임대인과 임차인의 의무를 다하는 걸로.

화정   (계약서 챙기며) 고생했어, 홍반장. 오늘 총 몇 시간이지?

두식   (익숙하게) 4시간.

화정   으응, 4시간... (휴대폰 계산기 열고는 멍하니 쳐다보면)

두식   (계산기에 17440 찍어준다)

화정   (그제야) ...어어. 나도 알지! 이체해줄게. 짤짤이 귀찮잖아.

두식   나야 땡큐지.

혜진, 그러거나 말거나 계약서 반듯하게 접어 가방에 챙겨 넣는다.

S#6.   화정횟집 근처 바다로 난 방파제길 (낮)

혜진, 횟집에서 나와 걸어가는데 두식이 계속해서 혜진을 쫓아온다.

혜진   (돌아보며) 계약도 끝났는데, 왜 자꾸 따라와?

두식   (어이없다는 듯) 사람이 센스가 없네. 내가 내 입으로 꼭 이 말을 해야 돼?

혜진   뭐가?

두식   (버럭) 돈 달라고. 돈. 복비! 17440원!

혜진   (이상한 금액이다) 17440원?

두식   잘 들어. 난 무슨 일이든 최저임금으로 계산해.
        받아봐서 알겠지만 2021년 최저시급은 8720원.
        4시간 일했으니 34880원. 통장님 17440원, 그쪽 17440원!

혜진   아... (하며 지갑 꺼내 2만 원 내미는) 만 원짜리밖에 없는데?

두식   또 다 거슬러드리지. 2560원... (잔돈 거슬러주면)

혜진   (받으며) 이제 끝난 거지?

두식   (가방 뒤지며) 인테리어도 해야 되지 않나? 그것도 시급만 받고 해주는데.

혜진   인테리어는 뭐 아무나 하는 줄 알아? 아까 말했잖아. 나 눈 되게 높,

혜진의 말이 채 끝나기도 전에 두식, 의기양양하게 뭔가를 보여준다.

두식의 손에 증명사진 붙은 기능사 자격증들이 트럼프카드처럼 펼쳐져 있다.

| 혜진 | (놀라움으로) 도배, 미장, 타일, 온수온돌에... 배관? |
| 두식 | (태연하게) 그럼 하는 걸로 알고 간다? |

그러고는 두식, 버적버적 먼저 가버리면 혜진, 하! 황당하다는 듯 그런 두식을 본다.

| 미선(E) | 뭐? 공진? |

S#7.   혜진의 오피스텔, 거실 (밤)

혜진, 어느새 짐을 정리 중이다. 옷이 산더미에 구두박스도 수십 개 나와 있다.

미선	(믿을 수 없다는 듯) 대체 거기가 어디야?
혜진	(옷 개며) 강원도. 청호시 공진항.
미선	(경악하는) 미쳤어! 그런 시골에 가서 어떻게 살려고?
혜진	이 언니가 큰 그림이 있다. 이거 봐봐.

혜진, 휴대폰으로 기사 하나를 미선에게 보여준다.
기사 제목 〈개업의사 월소득 평균 2천만 원... 지방이 도시보다 더 번다〉다.

미선	뭐야? 돈 때문에 가겠다는 거야?
혜진	그게... 취직도 안 되고 그렇다고 서울에 개원할 수 있는 것도 아니고.
	단기간에 돈 빡 벌어서 돌아오는 것도 방법이겠더라고.
미선	(서운한) 그래서 한 마디 말도 없이 도장을 찍고 와?
혜진	미안.
미선	(아쉽지만) 이미 결정했는데 어쩌겠어. 근데 뭐 벌써부터 짐을 싸?
	집도 정리해야 되고 내려가려면 시간 좀 걸릴 텐데.

혜진	(쭈뼛쭈뼛) 집 나갔어. 요새 매물이 귀하대.
미선	(눈 휘둥그레져서) 그럼 언제 내려가는데?
혜진	...내일모레.
미선	(버럭) 야! 넌 성질머리에 모터 달았냐? 뭐가 그렇게 급해?
혜진	(멈칫) 그게... 그렇게 됐어.
미선	(속상하고) 야아... 너 갑자기 가면 나 심심해서 어떡해.
	우리 중학교 때 이후로 떨어져본 적도 없는데.
혜진	그러네... (찡해져 옆의 원피스 주며) 이거 너 가져. 저번에 예쁘다 그랬잖아.
미선	됐어!
혜진	(원피스 대주며) 나보다 너한테 더 잘 어울려서 그래.
미선	(왈칵해서) 싫어, 이깟 옷이 뭐가 중요해! 너 그냥 가지 마!
혜진	(눈물 그렁해지고) 야아... 속상하게 왜 그래.
미선	(울면서) 가지 마! 가기만 해...

혜진과 미선, 누가 먼저랄 것도 없이 서로를 부둥켜안고 운다.

미선	(울다가 다른 옷 가리키며) 근데 나 이거 말고 저거 주면 안 돼?
혜진	(역시 울면서 그 와중에) 어, 안 돼.
미선	(웅얼웅얼) 치사한 기집애...

S#8. 해안도로 전경 및 혜진의 차 안 (아침)

청명한 날씨. 하늘은 쨍하고 바다는 에메랄드빛으로 빛난다.
혜진의 차가 푸른 바다를 끼고 길게 뻗은 해안도로를 달린다.
창문 열고 바람을 느끼는 혜진, 상쾌해 보인다.

S#9. 공진, 혜진의 집 앞 (아침)

혜진의 새집 대문 앞에 파란색 이삿짐 트럭 서 있다.
이삿짐센터 직원들이 짐을 나르고 동네 사람들 모여 이사 장면을 구경하고
있다. 숙자와 요란한 동물무늬 옷을 입은 남숙, 임산부 윤경의 모습.

춘재	(뒤에서 기웃거리며) 뭔 구경났어요?
숙자	춘재 왔어?
춘재	(질색하며) 아, 그렇게 부르지 마시라니까. 오윤이라구요, 오윤!
숙자	(구시렁거리는) 호적에 춘재라고 올라갔음 춘재지.
춘재	(순간 확 째려보면)
숙자	(눈치 살피며) 아, 알겠어.
윤경	여통장님 댁에 이사 들어오는 중이에요.
남숙	(춘재 팔뚝 때리며 호들갑스럽게) 젊은 여자라는데, 글쎄 치과의사래!

춘재, 남숙의 기습에 "아!" 움찔하는데, 때마침 안에서 혜진이 나온다.
도회적이고 세련된 차림, 때마침 바람 불어와 머리카락 흩날린다.

춘재	(알아보고) 어? 저 사람... 진짜 치과의사였어?
숙자	(역시 알아보고) 저 아가씨가 의사선생이라고?
윤경	아는 분이세요?
춘재	안다기보다는 일시적으로 채무관계가 좀 있었지.
남숙	(눈을 빛내며) 채무? 왜왜? 무슨 얘긴데?
숙자	(중얼거리는) 손이 영 야물지가 못하던데 괜찮을까 몰라.
화정	(뒤에서 나타나며) 뭐 이렇게 수줍게들 멀찍이서 구경을 하신데?
윤경	오셨어요?
남숙	집주인 노릇하러 왔나 보다?
화정	(대꾸도 않고 혜진 향해 걸어가면)
남숙	저건 삼십 년째 사람 말을 귓등으로도 안 들어.

화정, 한창 바빠 보이는 혜진에게 다가가 말을 건다.

화정	(반갑게) 선생님!
혜진	안녕하세요. 바쁘실 텐데 여긴 어떻게...
화정	(친근하게) 선생님 이사 들어오시는데 당연히 와봐야지. 짐이 제법 많네?
혜진	(대충 대답하는) 아... 네.
화정	(숙자, 윤경, 남숙, 춘재 가리키며) 저기는 우리 동네 사람들.

혜진, 모두에게 목례하면 다들 반갑게 웃어 보인다. 춘재도 어색하게 인사한다.

화정	이제 이웃사촌이니까 오며 가며 인사라도,
직원	(끼어들며) 이건 어디다 놓을까요?
혜진	(화정에게 양해 구한다는 듯) 죄송해요.
	(직원이 든 가구 보고) 아. 그건 방으로 가져갈 건데, 이리 오세요.

혜진, 화정을 향해 작은 고갯짓으로 인사하고 직원과 함께 집으로 들어간다.

화정	(멋쩍게 중얼거리는) 원래 이삿날이 제일 바쁘지 뭐.

S#10. 혜진의 집 외경 (밤)

S#11. 혜진의 집, 침실 (밤)

거의 정리가 끝난 침실. 혜진, 화장대에 앉아 아버지와 통화 중이다.

혜진	네, 아빠. 이사 잘 했어요. 아직 정리 중이라 정신없구요.
	(사이) 병원 문 열고 나면 그때 오세요. 건강 챙기시구요. 네, 쉬세요.

전화를 끊은 혜진, 침대 위에 놓여 있던 작은 상자를 연다.
맨 위에 놓여 있는 가족사진. 혜진, 액자를 꺼내 침대 옆 선반에 올려놓는다.

이제야 비로소 이사가 끝난 것 같은 기분인데... 밖에서 초인종 소리 들려온다.

S#12. 혜진의 집, 현관 앞 (밤)

혜진, 현관문 열면 그 앞에 두식이 서 있다.

혜진   (어색하게) 이 시간에 웬일이야?
두식   전입자 신고 확인 차 왔어.

S#13. 혜진의 집, 거실 (밤)

혜진, 문 열어 두식을 맞이하는데 거실은 아직 짐정리가 덜 끝난 상태다.

혜진   왜? 위장전입이라도 했을까 봐?
두식   (거실 둘러보며) 벽지 어때? 지물포에서 제일 좋은 걸로 골랐는데.
혜진   나쁘지 않아. 근데 용건이 뭐야?
두식   몇 가지 전달사항이 있어서. 분리수거는 매주 수요일 오전 9시야.
          골목 끝에 분리수거장 있으니까, 이거 이런 박스들 전날 밤에 내놔.
혜진   잠깐만. (종이와 필기구 찾아 받아 적는) 분리수거 수요일...
두식   현관 비밀번호는 870724.
          공사할 때 임시로 설정한 거니까 알아서 바꿔.
혜진   (받아 적고) 응. 근데 이건 무슨 숫자야?
두식   (아무렇지 않게) 내 생일.
혜진   (성질내는) 아, 왜 남의 집 비번을 자기 생일로 해놔?
두식   딱히 생각나는 게 없어서 우리 집이랑 똑같이 해놓은 거야.
혜진   그쪽 집 비번은 또 왜 가르쳐주는데! 아, 몰라. 못 들었어. 기억 안 나!
          (하며 비밀번호 적힌 장을 뜯어 구긴다)
두식   (유난이다) 비밀번호 바꾸려면 원래 꺼 필요하거든?

혜진	아... (하며 다시 구깃구깃해진 종이 펼쳐보고) ...서른다섯 살이야?
두식	응.
혜진	나보다 한 살 많네?
두식	(정색하고) 오빠라고 부르면 죽는다.
혜진	(펄쩍 뛰며) 미쳤어?
	주리를 틀고 손톱 밑에 가시를 박아봐라. 내 입에서 오빠 소리 나오나.
두식	사극 좋아해?
혜진	(짜증으로) 아니거든!
두식	(태연하게) 내 공지사항은 여기까지. 뭐 질문 있어?
혜진	음, 혹시 근처에 커피 마실 만한 데 있어?
	내가 출근길에 커피 한 잔 테이크아웃 하는 게 습관이라.
두식	항구 쪽에 몇 개 있긴 한데, 병원이랑은 거기가 제일 가깝지?
혜진	(어디지 싶어 보면) ?
두식	4천 원.
혜진	(질색하며) 거기 말고!
두식	그때 일은 풀어. 앞으로 한동네 살 건데 꽁하니 있을래?
혜진	그게 아니라 거긴 커피가... 어우, 너무 맛없어.
두식	(어깨 으쓱하며) 다시 가봐.
	아, 치과 공사는 시간 좀 걸린다? 다 되면 연락 줄게.

제 할 말만 하는 두식, 쿨하게 가버리고 혜진, 닫힌 현관문을 어이없게 본다.

S#14. 공진 전경 (아침)

S#15. 해안 산책로 (아침)

혜진, 해안로를 따라 조깅 중이다. 민소매 탑에 하의는 레깅스만 입었다.
귀에 꽂은 무선이어폰에선 음악 흘러나오고, 바람을 느끼며 달리는 혜진.

S#16. 오징어 할복장 앞 공터 (아침)

감리, 만이, 숙자 오징어 할복장을 향해 걸어가며 대화를 나눈다.

숙자 　형님들 들으셨지? 상가에 치과 들어오는 거?

감리 　그기 모리는 사람도 있나?

숙자 　글쎄 접때 이사 오는 거 봤는데, 의사선생이 우리가 아는 사람이야.
　　　왜 그때 홍반장이 할복장에 데려왔던 아가씨!

만이 　(놀라며) 그기 참말이나?

숙자 　웅, 그렇다니까!

감리 　의사가 머이 벨 거나? 우리 아들은 헤게사야!

만이 　(자식 자랑에 타박하는) 공진에 그기 모르는 사람도 있소?

숙자 　잘됐어! 형님 이빨 땜에 잘 잡숫지도 못하는데, 문 열면 얼른 가보셔.

감리 　야야라. 살 날 을매나 남았다고 이빨에 돈을 처발르나?

만이 　말도 마우. 잉플란가? 그기 박을라믄 즈 차 한 대 값이라잖소.

숙자 　아유, 먹고 죽은 귀신이 때깔도 좋댔어요.
　　　(하다가) 어? 저기 의사선생 가네?

숙자의 시선이 닿는 곳에 레깅스 차림으로 조깅하는 혜진이 보인다.
감리, 만이 덩달아 고개를 쭉 빼고 보는데 혜진의 차림새를 보고 기함한다.

숙자 　지금 아랫도리에 내복만 입고 나온 거 맞죠?

만이 　니 눈두뱅이에도 그리 뵈나? 난 또 내 눈까리가 휘께덱헌 줄 알았다니.

감리 　(혀 끌끌 차며) 말세라니, 말세.

S#17. 상가거리 (아침)

조깅하던 혜진, 지친 듯 동네를 산책하듯 걷다가 길가의 사진관을 발견한다. 유리창 속 전시된 액자들 사이에 할아버지와 7-8세의 소년이 함께 찍은 사진 보인다.

혜진 (귀엽다는 듯) 고놈 참 되게 말 안 듣게 생겼다.

S#18. 윤치과 안 (아침)

벽을 뚫어져라 보고 있는 두식의 표정, 진지하다.
땀이 났는지 손으로 얼굴을 쓱 닦아내면 뺨에 페인트 묻는다.
얼굴에 페인트 묻은 줄도 모른 채 하암- 하품하는 두식... 밤을 샜다.

S#19. 윤치과 건물 앞 (아침)

치과 건물 앞을 지나던 혜진, 발걸음을 멈추고 건물을 올려다본다.

혜진 공사는 끝났을라나?

S#20. 윤치과 안 (아침)

문을 열고 들어선 혜진, 깜짝 놀란다. 인테리어를 마친 치과, 반짝반짝하다!
두식의 모습은 보이지 않는 가운데 혜진, 감탄하며 병원을 둘러본다.

혜진 (만족으로) 제법이네.

S#21. 두식의 집 앞 (아침)

얼굴에 페인트 묻힌 채 작업용 가방을 들쳐 멘 두식, 피곤하게 걸어오는데
두식의 집 앞에 할머니 3인방이 기다리고 서 있다.

숙자   (반갑게 손 흔들며) 홍반장!

할머니들을 보는 두식, 아이처럼 맑게 웃는다.

S#22. 두식의 집, 마당 (아침)

슬레이트 지붕의 개량한옥 두 채가 ㄱ자 형태로 붙어 있는 집.
빨랫줄에는 가자미와 오징어 등이 해풍에 잘 말라가고.
두식, 실톱으로 빨랫비누를 자르고 할머니들, 평상에 앉아 식혜를 마신다.

맏이   감주가 들큰하니 맛있쌔. 누구네 꺼나?
두식   (웃으며) 누구네 꺼긴. 두식이네 꺼지.
숙자   홍반장 식혜도 할 줄 알아?
감리   저눔이 못하는 기 어딨나. 장개드는 거 빼고.
두식   (자른 비누 종이에 싸며) 아, 왜 불똥이 그리로 튀어?

하는데 그때 숙자, 두식이 버리려고 내놓은 쓰레기 상자 속 슈트를 발견한다.

숙자   (슈트 꺼내보며) 홍반장! 이 양복은 왜 내놨어?
두식   (힐끗 보고) 버리려고.
숙자   아니, 이 멀쩡한 걸 아깝게 왜 버려. 비싸 보이는데.
            이거 가져다가 우리 사위라도 입힐까?
두식   (약간 멈칫하면)
감리   (면박 주는) 야야라, 입다 버린 옷으 우떠 사우한테 주나!
            (두식에게) 너는 얼렁 비누나 내. 내가 마이 바쁘다니.

숙자	(입을 삐죽이며 슈트 내려놓고)
두식	(피식 웃으며) 몇 개 드려?
감리	두 개만 내.
숙자	(평상으로 오며) 난 네 개.
맏이	(오천 원짜리 턱 내놓으며) 열 개.
두식	우리 맏이 할머니 완전 큰손이시네.
맏이	오징어나 맹태나, 비린내 뽀새기는 홍반장 비누가 최고라니.
두식	감사합니다, 고객님. 앞으로도 단돈 500원에 모시겠습니다.
숙자	아, 홍반장! 그때 왜 할복장에 데려온 그 아가씨가 치과선생이라며?
두식	(비누 포장하며) 응.
감리	(못마땅하다는 듯) 야야라, 말도 마라. 사람이 뭐이 그리나!
두식	왜? 뭔 일 있었어?
숙자	그게 좀 전에 저기 산책로서 달리기하는 거 봤는데...
맏이	꼬라지가 을매나 얄궂은지.
	웃도린 홀떡 벳고 아랜 딱 들러붙는기 궁뎅이가 찡게.
감리	(호통) 어디 그래 입고 대문 밖을 돌아치나!
두식	(저도 모르게 편드는) 에이, 그거 그냥 운동복이야. 요즘 많이들 입어.
할머니들	(동시에 두식 쳐다보면)
두식	(말 돌리듯 비누 주며) 자자, 비누들 받아 가셔. 냄새 좋지?
	귤피가루 팍팍 넣었어.

S#23. 혜진의 집, 부엌 및 거실 (낮)

빨래바구니를 들고 나온 혜진, 허밍하며 건조기에 빨래를 넣는다.
그때 딩동- 초인종 소리 울린다. 혜진, 누구지? 하는 표정으로 현관을 보는데.

cut to.
혜진이 뒷걸음질로 손님을 맞이하는데, 방문객은 화정이다.

혜진	들어오세요.
화정	(둘러보며) 아유, 예쁘게 잘해놓으셨네. 완전 딴 집 같애.
혜진	감사합니다. 뭐 마실 거라도 드릴까요?
화정	으응, 아니. 금방 가봐야 돼요. 내가 왜 왔냐면, 내일 우리 공진에
	경로잔치가 있거든. 선생님도 초대하려고.
혜진	(떨떠름) 아... 네에...
화정	어떻게 오실 수 있겠어?
혜진	(갈 생각 없고) 그게 내일 스케줄을 봐야 될 것 같은데.
화정	아유, 바쁘셔도 잠깐 들러요.
	제대로 인사도 하고, 그래 치과 오픈한다고 홍보도 하고!
혜진	(솔깃해져서) 홍보...요?

S#24. 마을회관 앞마당 (낮)

요란한 풍악 소리 들려오고, 마을회관 앞마당으로 천막이 길게 쳐져 있다.
수십 명의 어르신들이 모여 있고, 마당 한편에서는 음식 준비에 여념이 없다.
그 정신없는 마당에 들어서자마자 혜진, 크게 당황한다.

혜진	(마음 다잡으며 혼잣말) 고정비용, 매몰비용을 생각해, 윤혜진...
두식	(뒤에서) 길 막고 서서 뭐 하나?

혜진, 당황해서 돌아보면 고가의 카메라를 든 두식이 서 있다.

혜진	들어가려던 중이야.
	(하다가 카메라 보고) 웬 카메라?
두식	아, 오늘 행사 사진 좀 찍어드리기로 해서.
혜진	그것도 시급 받고 하는 거야?
두식	애석하게도 무료봉사다. (하며 카메라 만지면)
혜진	(얼굴 가리며) 난 찍지 마. 초상권을 중요하게 생각하는 편이라.

두식   (안 밀리는) 걱정 마. 내가 워낙 피사체에 까다로운 편이라.

         두식과 혜진, 으르렁거리는데 그때 자리에 앉아 있던 숙자가 혜진을 발견한다.

숙자   (손 흔들며) 선생님, 여기!

         혜진, 두식을 째려보고는 바로 영업용 미소를 장착한다.
         "어머, 안녕하세요?" 하며 테이블로 가면 두식, 웬일이래 하는 얼굴로 본다.

숙자   (의자 빼주며) 여기 앉으셔. 선생님, 우리 기억하지?
혜진   (자리에 앉으며) 그럼요. 그땐 감사했어요.
맏이   어서오우야. 치과선생이라고?
혜진   (밝게 웃으며) 네에. 저기 상가 쪽에 곧 병원 문 열거든요?
         치아 불편하시면 꼭 한 번 찾아주세요.
감리   (자기 할 말만 하는) 차암 세월 좋아졌다니.
         우리 땐 사는 기 골몰하니 여잔 고등공부를 안 시켰싸.
혜진   네? 아, 네에...
감리   일단 머를 좀 잡사요. 접때부터 사람이 우떠 그래 패랜지.
         기다려보오. 괴기에 짠지르 이래 싸먹으믄 차암 마숩다니.

         감리, 손으로 찢은 김치에 수육을 싸서 혜진에게 내밀면 혜진, 멈칫한다.
         마지못해 "예에..." 하며 젓가락으로 받는 혜진, 고기를 접시에 그대로 내려놓
         는다.

맏이   (보고) 왜 안 잡사요?
혜진   (애써 웃으며) 제가 배가 불러서... 좀 이따 먹을게요.
숙자   (눈치 없이) 왜? 손으로 해서 그래? 우리 성님 손 깨끗해!
혜진   (당황해서) 네? 아, 그게 아니라...

         난감한 혜진, 말을 얼버무리고 감리와 맏이의 표정 굳으며 분위기 싸해지는데

때마침 화정과 남숙이 다가와 혜진 옆에 앉는다.

화정   (반가워하며) 아유, 선생님! 언제 오셨어?

혜진   (겨우 살았다) 통장님!

화정   정신이 없다보니 오신 줄도 몰랐네.

남숙   (훑어보며) 접때 이사 오시는 거 봤는데. 공진반점이라고 중국집해요.

혜진   네, 안녕하세요.

남숙   (의미심장하게) 어떻게 좀 살만해요?

혜진   (영문 모르고) 네?

남숙   (화정 보며) 아니, 집도 치과도 다 얘네 건물로 들어가셨잖아.
             집주인 잘 만나는 것도 복인데, 애가 좀 까탈스러워야 말이지.

화정   (욱해서) 너는 또 뭔 헛소리야?

남숙   내가 틀린 말했어? 너 만만찮은 거 사실이잖아.

화정   안 그래요. 선생님, 나 아쌀한 성격이야. 원플원이라 보증금도 깎아드렸잖아.
             살다가 불편한 거 있음 언제든 말만 해요. 응?

혜진   그게 몇 가지 있긴 한데...

화정   (화통하게) 말씀하셔. 당장 해결해드릴게.

혜진   (바로) 그럼 다용도실 바닥 타일 좀 교체해주세요.

화정   (당황하며) 왜? 어디 깨졌어?

혜진   (웃으며) 깨진 건 아니고 실금이 갔는데, 미관상 좀 보기 안 좋아서요.
             또 방충망에 구멍이 나 있던데... 크기는 새끼손톱 반에 반의반 정도?
             그래도 모기나 날파리 정도는 충분히 들락날락할 수 있는 크기라서요.

화정   (어안이 벙벙해져서 듣는데)

혜진   아, 그리고... 횟집에서 생선구이 파시잖아요.

화정   예? 예에.

혜진   환기 방식을 좀 더 고민해보시면 좋을 것 같아요.
             지나다보면 주변에 생선 냄새가 너무 심하더라구요.
             옷에 냄새 배는 것도 불편하고, 제가 비린내를 좀 싫어해서요.

혜진의 쐐기에 화정, 할 말을 잃는데 옆에 있던 남숙 빵 터진다.

남숙의 끅끅거림에 화정의 표정 붉으락푸르락해진다.
건너편에 앉아 있던 윤경, 분위기를 수습하려는 듯 황급히 혜진에게 말을 건다.

윤경   저기, 저는 요 앞에서 슈퍼 하는 보라 엄마예요.
혜진   아, 안녕하세요.
윤경   (금철 가리키며) 여기는 저희 남편.
금철   (꾸벅 인사하며) 철물점 합니다.
혜진   (역시 인사하는) 네에.
윤경   (반갑게) 동네에 이렇게 젊은 분이 이사 오시니 좋네요.
       저번에 슈퍼에서 구경만 하고 가시던데, 아무 때나 편하게 놀러오세요.
혜진   아... 그때는 제가 찾는 물건이 없어서.
윤경   예? 뭐가 없었어요? 우리 슈퍼가 공진에서 물건 제일로 많은데.
혜진   샴푸였는데, 그게 프리미엄 라인이라 이런 시골에는 안 들어올 거예요.
윤경   (표정 굳는) 시골..이요?
혜진   (악의 없이) 네. 혹시나 했는데, 역시 없더라구요.
       인터넷으로 주문했으니까 신경 쓰지 마세요.

자존심 상한 윤경, "여보, 나 좀." 하며 일어나면 금철, 윤경을 부축한다.
기분이 상한 사람들... 화정, 남숙을 비롯해 감리, 만이, 숙자 모두 자리를 뜬다.
테이블에 덩그러니 혼자 남은 혜진, 뭐지 싶은데... 그때 춘재가 다가온다.

춘재   (반갑게) 진짜 의사 선생님이라면서요?
혜진   (떨떠름하게) 네.
춘재   그때는 괜한 오해를 해갖고. 미안해요.
혜진   (거리 두며) 괜찮습니다.
춘재   지난 일은 다 잊고 다시 인사를 드리자면, 저는 오윤이라고 가슴니다.
혜진   (예의로) 아... 네.
춘재   (1집 CD를 내밀며) 이건 내 1집인데, 공진 오신 환영 선물!
       거기 뒤에다 사인도 했어요.

마지못해 받는 혜진, CD케이스 돌려보면 대문짝만하게 사인돼 있다.
한편 사진 촬영을 하던 두식, 춘재에게 붙들려 있는 혜진을 힐끗 본다.
그러고는 야외부엌 쪽으로 향하면 화정, 불퉁한 얼굴로 수육을 썰고 있다.

두식   통장님. 나도 육개장 한 그릇,
화정   (말 끊으며) 홍반장! 우리 식당 생선 굽는 냄새가 그렇게 비려?
두식   아니?
화정   (칼 던지듯 놓으며) 그치? 매일 갓 잡아 굽는 거라 얼마나 신선한데!
두식   (흠칫하며) 왜? 누가 뭐래?

그때 마을회관 마당에 달려 있는 확성기 통해 방송이 울려 퍼진다.

영국(E)   안녕하십니까, 공진동 동장 장영국입니다.

S#25. 마을회관 안 (낮)

영국, 마을회관 내 방송시설 앞에서 마이크를 들고 방송한다.

영국   금일 우리 공진동 마을회관에서 경로잔치를 하고 있습니다.

S#26. 공진 전경 몽타주 (낮)

바닷가, 골목길, 상가거리 등... 설치된 스피커를 통해 마을방송이 울려 퍼진다.

영국(E)   어르신들 만수무강을 기원하는 의미로 떡과 고기를 잔뜩 마련하였으니,
         아직 못 오신 분들께서는 늦게라도 찾아주시길 바랍니다.

S#27. 마을회관 앞마당 (낮)

혜진, 듣기 싫은 표정인데 춘재, 옆에서 계속 주저리주저리 얘기하고 있다.

춘재　　내가 1993년 〈가요톱텐〉에서 서태지와 아이들이랑만 안 붙었어도
　　　　1등 한 번 해봤을 건데. 〈하여가〉 알아요? 서태지가 부른 거.

혜진　　알죠.

춘재　　(뜬금없이) 그럼 우리나라 국보 2호는 뭔지 알아요?

혜진　　(안 궁금하고) 아니요.

춘재　　원각사지 10층 석탑.
　　　　국보 1호가 남대문인 것만 알지, 그걸 누가 알겠어.
　　　　선생님도 〈하여가〉는 아는데 〈달밤에 체조〉는 모르시잖아.
　　　　2등은 아무도 기억을 못 해요...

혜진　　(이제 대꾸조차 안 하는데)

춘재　　하여튼 내가 영혼을 쏟아서 2집을 준비했거든요?
　　　　타이틀 곡 녹음까지 했는데 글쎄 매니저가 제작비를 들고 날랐네?
　　　　그 인간 잡는다고 전국을 헤매고 보니, 난 다 잊혀졌더라고.
　　　　밤무대 전전하다 정착한 게 공진이에요. 여기서 여자를 만났는데, 참 착했
　　　　어...

혜진　　(자리 피하고 싶고) 죄송한데, 저 화장실 좀...

춘재　　예, 다녀오세요.
　　　　(혜진 가고 나면) 화장실을 자주 가시네. 유산균 안 드시나?

혜진, 겨우 도망치는데 육개장 한 그릇을 받아서 오던 두식이 혜진을 보며
말한다.

두식　　치과도 육개장 한 그릇 해.

혜진　　(싫은 표정으로) 됐어.

두식　　아직도 다이어트 중이야?

혜진　　그게 아니라, 안 먹고 싶어.

두식	왜? 냄새 죽이는데.
혜진	(주변 둘러보고 작게) 지금 여기 먼지가 얼마나 되는 줄 알아?
	사람은 또 어찌나 많은지. 이런 열악한 환경에 밖에서 조리한 음식?
	너무 비위생적이야.
두식	(어이없는) 지금 이 육개장이 더럽다 이거야?
혜진	(새침하게) 말이 그렇단 거야.
두식	하여간 서울깍쟁이 아니랄까 봐, 꼭 그렇게 뾰족하게 굴어야겠냐?
	적당히 둥글고 뭉근하게 그게 안 돼?
혜진	(안 밀리고) 내가 왜 그래야 되는데?

혜진과 두식, 또 다시 부딪치는데 때마침 혜진의 휴대폰 진동 울린다.

| 혜진 | (두식 째려보며 전화받는) 여보세요? 응, 미선아. |

혜진, 전화 받으며 걸어가면 두식, 못마땅하다는 듯 고개를 젓는다.

S#28. 서울, 마트 안 (낮)

미선, 각종 야채와 과일이 가득 담긴 카트 끌고 장을 보며 혜진과 통화한다.

혜진(F)	주말인데 뭐 해?
미선	나 장 보는 중. 요새 남친 야근이다 뭐다 바빠서 자주 못 봤거든.
	가서 맛있는 거 해주려고.
혜진(F)	열녀 났다.

하는데, 그때 수화기를 뚫고 들어오는 쩌렁쩌렁한 음악소리!

| 미선 | (놀라서 휴대폰 귀에서 한 번 뗐다가) 야, 어딘데 그렇게 시끄러워? |

S#29. 마을회관 앞마당 (낮)

마당 한 구석에 있던 노래방 기계에서 요란한 기계음 반주가 쏟아지고
어느새 마이크를 잡은 춘재가 트로트를 부르기 시작한다.
"아이 춘재 또 시작했네." 하면서도 어르신들 흥이 오르는 듯 몸을 들썩이고
누가 먼저랄 것도 없이 어깨춤을 추며 마당 중앙으로 진출한다.
흥겨운 판이 벌어지면, 금철도 한 곡 하고 싶은지 노래방 책자를 집어 드는데
영국도 동시에 책을 잡으며 노래방 책자 쟁탈전이 벌어진다.
막 자리에 앉았던 두식, 어쩔 수 없다는 듯 웃으며 카메라 들고 일어난다.
반면 시끄러운 소리에 질색을 하는 혜진, 휴대폰에 대고 속삭인다.

혜진   잠깐만...

혜진, (노이즈 캔슬링 기능이 있는) 무선이어폰을 귀에다 꽂는다.
어디로 가야 되나 두리번거리다가 마을회관 안으로 들어선다.

S#30. 마을회관 안 (낮)

혜진, 마을회관 안으로 들어오면 마침 아무도 없다. 비로소 편하게 통화를
하는.

미선(F)   경로잔치? 네가 그런 델 갔다고?
혜진   치과 홍보 좀 될까 싶어서. 근데 괜히 왔어.
미선(F)   왜? 영 체질에 안 맞아?
혜진   말도 마. 먼지 풀풀 나는 마당에서 고기 썰고 국 끓이고 시끄럽고.
           거기다 할머니들은 왜 꼭 그렇게 음식을 손으로 먹이니?
미선(F)   꼭 윤혜진이 싫어하는 것 종합세트 같네.
혜진   (질색하며) 그러니깐.

혜진, 방송시설 쪽으로 걸어가며 통화를 이어가는데 마이크가 ON으로 되어 있다...

S#31. 마을회관 앞마당 (낮)

춘재의 노래에 숙자, 덩실덩실 춤을 추면 감리, 환하게 웃음을 터뜨린다.
그 순간을 놓치지 않는 두식! 두식의 카메라 안에 흥겨운 잔치의 풍경들이
모두 담긴다. 노래가 2절 클라이맥스에 이를 무렵, 예약하려던 금철이 실수
로 '취소' 버튼을 누른다.
갑자기 뚝 반주 끊기면 순식간에 냉각되는 분위기!
금철, 흥이 떨어진 사람들의 원망 어린 시선을 온몸으로 받고 섰는데
그 순간 마을회관 앞마당에 달려 있는 확성기에서 혜진의 목소리가 들려온다.

혜진(E)   다 맘에 안 들어. 그냥 서울에 있을 걸 괜히 왔어.

혜진의 목소리에 마을 사람들 사이에 동요가 인다.
"누구야?" "새로 온 치과의산가 본데?" 하는 쑥덕임에 두식, 카메라를 내린다.

혜진(E)   그리고 무슨 카페 하는 아저씨가 하나 있는데, 무명가순가 봐.
          너 오윤이라고 알아?

마이크를 들고 있던 춘재, 자신의 얘기에 멈칫한다!

S#32. 마을회관 안 (낮)

혜진, 마이크가 켜진지도 모른 채 전화에 대고 하던 말을 계속한다.

혜진   그치? 너도 모르지? 아니, 그 사람이 물어보지도 않았는데 계속
        자기 얘길 하는 거야. 매니저가 돈 들고튀는 바람에 2집을 못 냈다나?

S#33. 마을회관 앞마당 (낮)

혜진(E)   근데 그거 솔직히 핑계 아냐?
          실력이든 의지든 뭐라도 있었으면 어떻게든 잘됐겠지.

          춘재의 손에 들려 있던 마이크가 툭 떨궈진다.
          두식, 안으로 들어가려는데 춘재, 됐다는 듯 두식의 팔을 잡는다.

혜진(E)   현재가 그 모양인데 과거 타령하며 사는 거, 비겁하고 초라해 보여.

          혜진의 날카로운 말에 두식, 멈칫하고 춘재, 상처 입은 얼굴이 된다...

S#34. 마을회관 안 (낮)

          혜진, 계속해서 통화 중인데, 미선의 반응이 의외다.

미선(F)   근데 좀 안됐다.
혜진   뭐가?
미선(F)   난 과거에 희망을 두고 온 사람들 좀 짠해.
          원래 못 이룬 꿈은 평생 맘에 밟히는 법이잖아.
혜진   (그 말에 순간 멈칫하고) ...!
미선(F)   혜진아, 나 지금 계산해야 되거든?
혜진   응. 알겠어. 이따 연락해.

          전화를 끊는 혜진, 미선의 말에 왠지 머쓱한 기분이 든다.

S#35. 마을회관 앞마당 (낮)

혜진, 마당으로 나오는데 마을 사람들 모두 싸늘하게 혜진을 본다.
자신에게 꽂힌 시선을 느끼는 혜진, 두식과 눈이 마주치는데 그의 눈빛 역시
차갑다. 그때 영국과 화정이 안으로 황급히 들어가고, 혜진 뭔가 싶어 보는데.
마당에 달린 확성기 통해 안에서의 목소리가 울려 퍼진다.

화정(E)　　인간아, 이걸 켜놓음 어떡해! 아, 얼른 마이크 꺼!
영국(E)　　어? 어어...

삐익- 찢어질 듯한 소리 나며 방송 꺼지면, 상황 파악한 혜진 그대로 굳는다.
가만히 서 있던 춘재, 돌아서서 나가버린다.
두식의 표정 싸늘하고 혜진, 당혹감에 어쩔 줄 모르겠다.

S#36. 공진항 (낮)

두리번거리던 두식, 축 처진 어깨로 앉아 있는 춘재를 발견하고 다가선다.

두식　　왜 여기 있어? 한참 찾았잖아.
춘재　　할머니들 사진이나 더 박아드리지, 나는 왜 따라와?
두식　　많이 찍었어. 형... 괜찮아?
춘재　　(아무 말 없으면)
두식　　아까 그 말은 신경 쓰지 마! 아무것도 모르는 애가 그냥 한 말이야.
춘재　　(쓸쓸하게) 틀린 말 하나 없던데 뭐. 그런 소리 들어도 싼 인생이지.
두식　　(버럭) 형 인생이 어디가 어때서! 형 노래 들으러 오는 단골도 있고!
　　　　 눈에 넣어도 안 아픈 예쁜 딸도 있는데!
춘재　　(그 말에 멈칫하고) ...

두식   기분도 풀 겸 우리 어디 좋은 데 가서 낮술이나 할까?

춘재   (일어나며) 주리 밥 차려줘야 돼. 점심은 경로잔치 가서 먹자는 걸
      안 간대서 한소리 하고 왔는데. 안 오길 잘했네...

춘재, 애써 아무렇지 않은 척 하지만 그 모습 보는 두식, 마음이 좋지 않다.

S#37. 혜진의 집, 거실 (밤)

〈청호시 공진동 윤치과에서 치위생사를 모집합니다.〉
치위생사 모집공고를 쓰던 혜진, 노트북 앞에 풀썩 엎어진다.

혜진   개원은 무슨 개원이냐! 그냥 지금이라도 짐 싸자.

미치겠는 혜진, 자기 머리를 마구 헝클어뜨리는데 그때 초인종 울린다.

S#38. 혜진의 집, 현관 앞 (밤)

혜진, 문 열고 나오면 헬멧 쓰고 조끼 입은 택배기사(두식)가 서 있다.

두식   (택배 건네며) 택배요. 윤혜진 씨 본인 맞으시죠?

혜진   (받으며) 네.

두식   (단말기 내밀며) 여기 사인 좀 해주세요.

혜진   (사인하며) 해외배송이라 내일 도착할 줄 알았는데...

두식   (헬멧 벗으며) 원래는 그랬는데 그냥 일찍 왔어.

혜진   (두식 얼굴 보고) 뭐야? 진짜 안 하는 일이 없네.

두식   (말없이 싸늘하게 보면)

혜진   (괜히 찔려서) 뭐? 왜 그렇게 봐?

두식   (차갑게) 그쪽은 본인이 잘났다고 생각하지?

혜진	뭐?
두식	머리 좋아 공부 잘했을 테고 의사도 됐고. 인생이 아주 탄탄대로였겠어.
혜진	(굳어져서 보면)
두식	아, 물론 시련도 있으셨겠지. 어쩌다 한 번 덜컹하는 방지턱 같은 거.
	고작 그거 넘으며 역시 의지만 있으면 안 되는 게 없어, 그랬을 테고?
혜진	(서서히 화나고) 아까 일 때문이면 그만하지?
	그쪽한테 이런 얘기 들을 이유 없는 것 같은데.
두식	왜? 남의 인생은 함부로 떠들어놓고, 본인이 평가받는 건 불쾌해?
혜진	(말문이 막히는데) !
두식	이봐요, 의사 선생님.
	뭘 잘 모르시나 본데 인생이란 게 그렇게 공평하지가 않아.
	평생이 울퉁불퉁 비포장도로인 사람도 있고,
	죽어라 달렸는데 그 끝이 낭떠러지인 사람도 있어. 알아들어?

S#39. 혜진의 집, 거실 (밤)

두식에게 한소리 듣고 들어온 혜진, 잘못한 건 맞지만 그래도 불쾌하다.
깊게 한숨 쉬는데, 다시 초인종이 울린다.

S#40. 혜진의 집, 현관 앞 (밤)

혜진, 두식이 다시 왔다는 생각에 왈칵 짜증 내며 문을 연다.

혜진	왜 아직 못 다한 욕이 남았, (하는데) ...미선아?
미선	(웃으며) 나 서울에서 택시 타고 왔다? 20만 원 나왔어.
혜진	(이상한 낌새채고) 너 무슨 일 있어?
미선	(얼굴 씰룩이다가 으앙 울음 터뜨리는)

S#41. 혜진의 집, 거실 (밤)

미선, 거울 보며 티슈로 번진 눈 화장을 닦고, 혜진은 흥분과 분노 상태다.

혜진   그러니까 네가 장을 봐서 갔더니,
              머릴 2대8로 단아하게 쪽진 여자가 고필승 와이셔츠를 입고 있었다?

미선   어, 비행 마치고 막 왔대. 승무원.

혜진   그래서?

미선   걔도 몰랐고, 나도 몰랐고. 때마침 아는 놈이 기어 들어왔고.

혜진   그래서!

미선   걔랑 나랑 비닐봉지에 든 물건을 나눠 가졌지.
              나는 대파로 때리고 걔는 양파망 휘두르고.

혜진   (살벌하게) 그 안에 뾰족하고 날카로운 건 없었어?

미선   (무표정하게) 너... 내 인생을 망치러 온 진정한 친구구나.

혜진   일어나. 서울 가자. (벌떡 일어나는데)

미선   (혜진의 치맛자락 잡아당기며) 앉아.

혜진   (미선의 당김에 자동으로 주저앉고) 아 왜! 가서 죽여야지.

미선   (무표정하게 보면)

혜진   설마... 벌써 죽였어?

미선   (노트북 가리키며) 아, 시끄럽고 저 공고나 내려.

혜진   (치위생사 공고 보는) 어?

미선   숙식 제공에 월급 10프로 인상이다?

혜진   ...콜!

혜진과 미선, 동시에 꺅! 돌고래 소릴 내며 얼싸안는다.
다시 재회한 두 사람이다.

S#42. 윤치과 외경 (아침)

건물에 〈윤치과〉 새 간판 달려 있고, 입구에 개원 축하 화환 놓여 있다.
혜진의 대학 동문들이 보낸 것, 아버지로부터 온 화환(행운목)도 있다.

S#43. 윤치과, 원장실 (아침/저녁)

거울 앞에 선 혜진, 새 의사가운을 걸치며 옷매무새 단장하는데
역시 새 유니폼을 입은 미선이 문가에 서서 말한다.

미선   드디어 디데이다. 첫 단추 잘 끼우자?

결연하게 고개를 끄덕이는 혜진,
가운 단추를 단정하게 잠그고 원장 윤혜진 명패가 놓인 책상에 앉는다.
미선, "화이팅!" 외치고 가면 혜진, 9시 가리키는 벽시계를 본다.

cut to.
시곗바늘 어느새 오후 6시를 가리킨다.
하루 종일 책상에 앉아 있기만 했던 혜진, 울상이다...

S#44. 상가거리 (저녁)

혜진, 풀 죽은 얼굴로 걸어가고 미선, 애써 혜진을 위로한다.

미선   아무래도 홍보가 덜됐나 봐. 내가 온라인마케팅을 좀 해볼까?
         나 SNS 팔로워 5만 명이잖아.
혜진   (대답할 기운조차 없고) ...

마침 보라슈퍼 앞을 지나는데 윤경이 안에서 나오면 혜진, 친근한 척 먼저

인사를 건네본다.

혜진   (활짝 웃으며) 안녕하세요?
윤경   (떨떠름한) 아... 예.

윤경, 싸늘하게 답하고는 슈퍼로 홱 들어가버린다.
혜진, 마침 나와 있던 남숙과 상가 사람들에게 또 "안녕하세요?" 인사 건네
지만 고개만 까딱하고 모두 흩어져버린다.
몇몇은 혜진을 보며 쑥덕대기도 한다.

미선   (심상찮은 분위기에) 야, 너 뭐 잘못한 거 있어?

혜진, 아무 말 못 하는데 그때 맞은편에서 춘재가 걸어온다.
당황한 혜진, 애써 침착하게 목례하지만 춘재, 인사 안 받고 그냥 가버린다.
맞은편 길가의 트럭에서 박스를 내리던 두식 역시 그 광경을 목격한다.

건어물상   홍반장 뭘 그렇게 쳐다봐?
두식   응? 아니... (괜히 말 돌리는) 오늘 멸치가 좀 잘다.
건어물상   그거 잔멸치야.

S#45. 혜진의 집, 거실 (저녁)

혜진, 울기 일보 직전이고 자초지종을 들은 미선, 경악한다.

미선   야! 넌 왜 그런 일을 이제 얘기해!
혜진   (눈치 보며) 그때 말했으면 너 여기 안 남았을 거지?
미선   친구가 아니라 취업사기꾼이었네.
혜진   (거의 울겠는) 나 어떡해... 벌써 동네에 소문 다 났나 봐.
미선   안 되겠다. 개인병원은 동네 장산데 이거 답 없어.

지금이라도 정리하고 다시 서울 가자!

혜진　(울상으로) 인테리어에 설비에, 들인 돈이 얼만데 어떻게 그냥 가...

미선　차라리 빨리 접는 게 낫지, 앉아서 계속 까먹는 수가 있다.

혜진　(미치겠고) !

S#46. 해안 산책로 (밤)

짧은 탑에 레깅스 차림의 혜진, 잡념을 떨쳐내려는 듯 달린다.
때마침 두식, 맞은편에서 자전거 타고 오는데 두 사람 서로 못 본 척 지나친다.
그러나 이내 멈춰 서는 두식, 생각을 고쳐먹은 듯 자전거를 돌려 혜진을 쫓
아간다.

두식　(자전거로 느리게) 달밤에 조깅하냐?

혜진　(무시하고 달리면)

두식　(계속 쫓아가며) 화났구나? 그때 내가 뭐라 그랬다고.

혜진　(대꾸하기 싫어 속도 높이는데)

두식　(따라가며) 저기, 다음번엔 약간 다른 스타일을 입고 뛰어보면 어때?

혜진　(멈춰 서며) 뭐?

두식　(자전거 세우고) 소문이 자자하더라고. 치과선생이 내복만 입고 돌아다닌다고.

혜진　내복? 기 막혀. 레깅스거든?
　　　그리고 남이사 내복을 입든 비키니를 입든 뭔 상관인데.

두식　그치. 맞는 말이지. 근데 앞으로는 살짝 자제요망 부탁해.

혜진　와, 시대의 흐름을 영 못 읽네. 요즘 그런 간섭 위험한 거 몰라?

두식　(담담하게) 알아. 남 보여주려고 입는 옷 아니고 그냥 운동복이란 거.

혜진　(의외의 반응에 좀 놀랐지만) 근데?

두식　고리타분하게 들리겠지만 여긴 서울이랑은 달라. 어르신들도 많이 계시고.

혜진　진짜 피곤한 동네네...

두식　그 피곤한 동네를 선택한 건 치과 본인이잖아.
　　　서로 적응할 시간이 좀 필요하지 않겠어?

혜진	(할 말 없어지는데)
두식	그리고 생각해봤는데, 사람은 누구나 실수를 해.
	따지고 보면 그날도 마이크가 켜진지 몰랐던 거고.
	솔직히 뒷담화 한 번 안 하고 사는 사람이 어디 있어!
	괜찮아. 걱정하지 마.
혜진	(약간 고마워지려고 하는데)
두식	어차피 지금쯤 동네 사람들도 치과 욕 진창 하고 있을 거야.
혜진	(이씨) ...!
두식	그니까 공평하게 쌤쌤이라 치고, 지금부터라도 잘하면 돼.
	오늘 개업떡은 돌렸어?

혜진, 절대 그랬을 리가 없는 얼굴로 두식을 본다...

S#47. 개업떡 돌리는 혜진 몽타주 (낮)

떡집에서 주인이 갓 쪄내 김이 모락모락 나는 백설기를 컷팅한다.
혜진, 공진반점, 화정횟집, 철물점, 보라슈퍼 등 상가에 떡 돌린다.
"안녕하세요, 저희 윤치과 개원했어요. 잘 부탁드립니다." 싹싹하게 인사하는데.
화정, "예에..." 마지못해 받고 금철, 쳐다도 안 보고 "거기다 두고 가세요." 한다.
윤경, "임당검사 때문에..." 하며 안 받고 남숙, 떡을 던지듯 치워버린다.
그 와중에 라이브카페는 문이 닫혀 있다. 낙담한 채 돌아서는 혜진...

S#48. 상가거리 (낮)

혜진, 떡 상자를 들고 터덜터덜 걸어가는데
식당가 앞에 내놓은 플라스틱 의자에 앉아 있던 보라와 이준의 모습 보인다.

보라	어? 치과 선생님이다!

이준   (깍듯이) 안녕하세요.
혜진   (힘없이) 안녕. 너희들 여기서 뭐 하니?

하는데 이준과 보라 사이 의자에 플라스틱 케이지 놓여 있다.
혜진, 뭔가 싶어 보면 케이지 안에 무언가가 밤톨처럼 몸을 말고 있다.

혜진   고슴... 도치?

cut to.
어느새 나란히 앉아 있는 세 사람. 이준과 보라는 오물오물 떡을 먹고 있다.
세 사람 앞에 끌어다놓은 의자 위, 케이지 속의 고슴도치가 꼬물거린다.

혜진   그니까 날더러 이걸 맡아달라고?
보라   네. 용돈 모아서 데려왔는데 엄마가 절대로 안 된대요.
혜진   (이준 보며) 그럼 네가 키우면 안 돼?
이준   그럴라 했는데요, 아직 엄마한테 말 못 했어요.
보라   근데 수학경시대회 상 받으면 허락받을 거래요!
혜진   (의구심으로) 그거 어려울 텐데, 가능하겠어?
보라   (자랑스럽게 나서며) 얘 공부 디따 잘해요. 백 점 백 번 맞았어요.
혜진   오... (하다가 고개 흔들며) 아무리 그래도 안 돼. 나 말고...
        그래, 홍반장! 홍반장한테 맡아달라 그래.
이준   (시무룩해져서) 벌써 물어봤는데 안 된대요.
혜진   (코웃음) 참나. 온갖 잘난 척 다 하더니 애들 부탁을 거절하냐?
        돈 안 되고 귀찮다 이거지?
보라·이준 (유일한 희망인 혜진을 간절히 본다)
혜진   저기 미안한데, 나도 안 돼.
        난 동물 좋아하지도 않고, 내 몸 하나 건사하기도 힘들어.
        그니까 다른 사람 찾아봐. 응? (하고 일어나는데)
보라   (뒤에서) 거 봐. 안 될 거라 그랬잖아.
        우리 엄마가 선생님은 인정머리 없는 사람이랬어.

가려던 혜진, 보라의 그 말에 발끈해서 멈춰 선다!

S#49. 혜진의 집, 거실 (밤)

테이블 위에 놓여 있는 케이지, 고슴도치가 쳇바퀴를 돌고 있다.
혜진, 그 모습 멍하니 보는데 얼굴에 반짝반짝 광이 나는 미선이 우편물 들
고 들어온다.

혜진   피부과는 잘 다녀왔어?
미선   응, 역시 돈이 좋아. 처바르는 값을 해.
       (하다가 고슴도치 보고) 이거 고슴도치야? 어디서 났어?
혜진   누가 며칠만 좀 맡아달래.
미선   대체 여기서 누가 너한테?
혜진   (뭐라 설명해야 하나) 음... 공진에서 본 내 첫 번째 환자?
미선   (피식 웃으며) 뭔 소리야. 아직 우리 치과 손님 빵 명인데.
혜진   (미선을 째려보면)
미선   (괜히 우편물 뒤적이며) 뭐가 이렇게 많이 왔어?
       (하다가) 윤혜진! 너 대체 정기후원을 몇 개나 하는 거야?
혜진   (대수롭지 않게) 얼마 안 돼.
미선   얼마 안 되긴! 미혼모에 저소득층 아동, 아프리카 학교 짓기?
       야, 너 긴축재정 해야 되는 거 아니야? 환자도 없는데 이것부터 줄여.
혜진   (고슴도치 보며) ...야, 얘 똥 싼다.

S#50. 라이브카페 앞 (밤)

라이브카페 앞에 놓인 입식 간이칠판에 '정기공연 취소'라고 적혀 있다.
두식, 그걸 보더니 안으로 들어간다.

S#51. 라이브카페 안 (밤)

두식, 들어서면 주리, 카운터에서 과자 먹으며 휴대폰 게임하고 있다.
춘재, 빈 테이블의 컵들을 치우고 있다.

두식   형! 오늘 공연 취소했어?
춘재   (쟁반 들고 오며) 응... 몸이 안 좋아서.
두식   어디가 어떻게 안 좋은데?
춘재   그냥... (쟁반 위 커피 보면 다 남겼다) ...아깝게 왜 다들 커피를 남기고 가.
주리   (바로) 맛없으니까.
춘재   응?
주리   (휴대폰 게임하며) 아빠 커피 겁나 맛없어. 삼촌 껀 진짜 맛있는데.
두식   야, 인마 너는!
춘재   (웃어 보이며) 그치? 내가 뭐 제대로 하는 게 있냐.

춘재, 풀 죽은 얼굴로 쟁반 갖고 부엌으로 들어가면 두식, 주리에게 말한다.

두식   오주리. 너 3초에 1번씩 반항하고 싶은 사춘긴 건 알겠는데
        아빠한테 너무 그러지 마. 나중에 후회한다?
주리   (질색하며) 뭐야. 삼촌 꼰대 냄새 나.
두식   너보다 세상에 대해 개미 오줌만큼 더 알아서 하는 말이야.
        그리고 이런 건 꼰대가 아니라 어른이라고 하는 거거든!
        눈썹은 삐뚤어졌어도 말은 바로 하자?
주리   헐. 나 눈썹 짝짝이야?

주리, 거울 꺼내 눈썹 확인하면 두식, 피식 웃고 가득 찬 쓰레기통을 집어 든다.

S#52. 라이브카페 건물 뒤편 (밤)

쪽문으로 나온 두식, 쓰레기통을 비우는데 춘재가 버린 데모테이프 발견한다.
오윤 2집이라 적힌 테이프를 복잡한 눈으로 보는 두식...

S#53. 윤치과, 로비 (아침)

가운을 입은 혜진, 휴대폰 액정 속 시간이 09:00이 되면 긴장으로 문을 쳐
다본다.

혜진   오늘은 환자가 좀 와야 될 텐데.
미선   (해맑게) 올 거야. 개업떡도 돌렸잖아.

S#54. 윤치과, 원장실 (저녁)

혜진, 책상에 멍하니 앉아 있고 휴대폰 액정 속 시간이 18:00으로 바뀐다.
답답해 죽겠는데... 그때 밖에서 미선의 "어서 오세요!" 소리 들린다.
혜진, 반가움에 벌떡 일어나는데 원장실로 성큼성큼 들어오는 사람, 두식이다.
눈에 띄게 실망하는 혜진!

두식   아직 정신 못 차리셨네.
혜진   (짜증 나고) 뭐야? 왜 또 와서 시빈데?
두식   한심해서 그런다.
          떡 한 쪼가리 돌려놓고 할 일 다 했다는 듯 앉아 있는 그 꼴이.
혜진   아, 그쪽이 하라며! 그리고 어차피 소용도 없더만!
두식   성의가 없었겠지! 마지못해 얼굴 한 번 들이밀며 잘 부탁드립니다.
          병원 한 번 찾아주세요. 안 봐도 비디오다.
혜진   그럼 뭐 어쩌라고?

두식	(대뜸) 따라와!
혜진	아, 어딜!
두식	이대로 앉아서 그냥 병원 문 닫을래?
혜진	(그 말에 움찔하는) ...!

S#55. 마을회관, 입구 (저녁)

마을회관 입구에 선 혜진, 파랗게 질린 얼굴로 두식에게 말한다.

혜진	미쳤어? 여길 데려오면 어떡해!
두식	(아무렇지 않게) 공진동 5통 1반 주민 아니야? 당연히 반상회는 참석해야지.
혜진	지금 그 얘길 하는 게 아니잖아. 난 안 가. 죽어도 못 가!
두식	그럼 계속 이렇게 피할래?
혜진	(멈칫해서 보면)
두식	엎질러진 물 못 주워 담을 거면 물 흘려서 죄송합니다 사과라도 해.
	찝찝하게 뭉개고 있지 말고.
혜진	(틀린 말은 아니고) ...
두식	(재촉하는) 얼른 들어가! 나 바빠!
혜진	뭐야, 같이 들어가는 거 아니야?
두식	난 잠깐 볼일이 있어.
혜진	그런 게 어딨어? 아는 사람도 없는데 나 혼자 어떡하라고.
두식	(내려다보며) 지금 설마 나한테 의지하는 거야?
혜진	(발끈해서) 아니거든?
두식	아, 빨랑 들어가! 참고로 튈 생각은 하지 마라. 잡으러 간다?
혜진	(죽기보다 더 들어가기 싫은 표정으로 마을회관을 본다)

S#56. 마을회관 안 (저녁)

마을 사람들, 못마땅한 얼굴로 혜진에 대한 성토대회를 벌이고 있다.
구석에서 그림 그리고 놀던 보라와 이준, 한 번씩 어른들 눈치를 살핀다.

금철 그깟 개업떡이나 떡 하나 돌리면 다예요?
윤경 사람 좋게 봤는데 글쎄 우리 슈퍼를 구멍가게 취급하고.
      공진더러 시골이래요, 시골.
숙자 그건 아니지. 여기가 얼마나 유서 깊은 고장인데.
맏이 우리 공진이 용왕님 모시던 데라니.
      우태 여를 훌렁 벗고 뛔 댕기나? 용왕님 숭물시룹게.
남숙 거기다 잘나면 얼마나 잘났다고, 사람을 무시해?
춘재 ...됐어. 그만들 하세요.
남숙 그만하긴 뭘 그만해. 오빠는 화도 안 나? (하며 춘재의 팔을 퍽 치면)
춘재 (가뜩이나 기운 없는데 힘없이 밀린다)
화정 (남숙이 못마땅한) 넌 그 말할 적마다 사람 툭툭 치는 버릇 언제 고칠래?
남숙 (기막히다는 듯) 참나! 내가 언제?
화정 방금도 그랬어. 네 옆에 앉은 사람들은 뭔 죄냐?
남숙 어머, 얘 생사람 잡는 거 봐! 오빠 말해 봐. 내가 그랬어?
춘재 (말없이 아픈 팔 문지르는데) ...
감리 (나지막하게 꾸짖는) 니들은 왜서 또 도투막질이나?

화정, 남숙 계속 서로를 째려보는데 그 순간 문이 열리고 혜진이 들어온다.
모두의 시선이 혜진을 향해 쏟아진다.

혜진 (어색하게) 안녕하세요...

cut to.
혜진, 뻘쭘하게 앉아 있고 마을 사람들은 못마땅한 눈초리로 혜진을 본다.

화정 (그래도 먼저 말 거는) 선생님이 반상회를 오실 줄은 몰랐는데.
윤경 (말에 뼈가 있는) 그러게요. 귀한 분 오셨는데 마을회관이 누추해서 어쩐대요.

남숙   (노골적으로 노려보며) 흥!

공격적인 분위기에 혜진, 어쩔 줄 모르겠는데 때마침 두식이 들어온다.
모두가 보는 앞에 큰 박스 두 개를 턱 내려놓는다.

두식   무거워 죽는 줄 알았네! 내가 늦었죠? 오늘 드실 간식 좀 준비하느라.
화정   간식?
두식   응. 여기 이거 전부 치과 선생님이 쏘는 거야.
혜진   (이게 무슨 소리지) ?
두식   (혜진 보며) 나한테 미리 부탁하더만. 낯선 환경에 예민해져서 실수했다고,
         모두한테 사과하고 싶으니까, 음식 좀 마련해달라고.

두식의 말에 일동의 시선 혜진에게 가 꽂히면, 혜진 어찌할 바를 모르겠다.
뜻밖의 상황에 서로 눈빛을 교환하는 사람들.

두식   (윤경 보며) 아, 그리고 보라 엄마. 이거 아까 내가 카운터 볼 때
         슈퍼에서 꺼내둔 거야. 영수증 끊어놨어.
윤경   (화색이 도는) 정말요?
두식   그럼. 원하는 거 골라 드셔. 유과에 강정, 음료수랑 과일도 있고...
         이 안 좋으신 분들 드시라고 홍시도 있어. (금철, 은철 보며) 뭐 해? 안 나누고.

은철, "네!" 하며 빠릿하게 움직이고, 금철, "어, 어" 하며 엉거주춤 일어난다.
보라와 이준, 젤리와 과자 집고 감리 앞에 홍시가 놓인다.
간식들이 골고루 배분되면, 점차 화기애애해지는 분위기.
여기저기서 혜진에게 "고마워요." "잘 먹을게요." 한다.
혜진도 얼떨결에 "많이 드세요." 화답하고 화정, 그런 혜진을 의외라는 듯 본다.
춘재, 자기 앞에 놓인 음료수 캔을 물끄러미 본다.

S#57. 마을회관 외경 (밤)

화정(E)   자 그럼 오늘의 안건은 이걸로 마치고...

S#58. 마을회관 안 (밤)

막바지에 다다른 반상회.
보라는 금철 무릎 베고 잠들었고, 혜진은 멍 때리고 있다.

화정   이번 주 토요일에 마을 대청소 있는 거 안 잊으셨죠?
       청소도구 지참하시고 아침 9시까지 쓰레기 분리수거장 앞으로 나오세요들.
일동   예.
화정   끝내기 전에 오늘 반상회에 맛있는 간식 쏘신 윤혜진 선생님한테
       박수 한 번 쳐드릴까요?

사람들, 반쯤은 풀어진 듯 반쯤은 마지못해 박수를 친다.
갑작스런 상황에 민망한 혜진, 엉거주춤 인사하고 두식, 그런 혜진을 힐끔
본다.

S#59. 마을회관 앞 길가 (밤)

"들어가볼게요!" "조심히들 들어가셔!"
다들 인사 나누며 삼삼오오 사라지면, 마을회관 앞 골목에 혜진과 두식만
남는다. 혜진, 괜히 어색한 분위기에 먼저 입을 연다.

혜진   저기, 오늘 고마웠어. 이렇게까지 생각해준 줄은 몰랐네.
두식   손 내밀어봐.
혜진   (영문 모르고) 응?
두식   손 좀 내밀어보라고.

혜진, 손 내밀면 두식, 혜진 손 위에 뭔가 올려놓는데 반듯이 접은 종이다.

혜진 (뭔가 쎄한데) 이게 뭐야?

두식 펼쳐봐.

혜진 (펼쳐보면 슈퍼 영수증이다, 심지어 길다) 12만... 5천 원?

두식 이것저것 담다보니 금방 그렇게 되더라고.

혜진 (멍하니 두식을 보면)

두식 (아무렇지 않게) 이체해. 내 계좌번호 알지?

혜진 (상황 파악하는) 그러니까 그쪽이 날 위해서 말만 그렇게 하고
      준비해준 게 아니라 진짜 내가 돈을 내는 거라고?

두식 당연하지. 누가 봐도 나보다 치과가 돈이 많을 텐데 내가 미쳤다고 그걸 내?

혜진 (순간 울컥) 아, 그걸 왜 이제야 말해! 누가 이딴 거 해달래?
      물어보지도 않고 자기 맘대로 뭐 하는 짓이야?

두식 고맙단 표현이 너무 격하시네.

혜진 반상회고 나발이고 다신 이런 일에 나 부르지 마.
      그땐 진짜 그냥 안 넘어가!

두식 오늘 내로 부쳐! 간다. (태연하게 가버리면)

혜진 (두식의 뒷모습에 대고) 나 분명 경고했어!

S#60. 쓰레기 분리수거장 앞 (아침)

아침을 알리는 새소리 들려오고, 빗자루를 든 동네 사람들 삼삼오오 모여든다.

S#61. 혜진의 집, 침실 (아침)

혜진과 미선, 한 침대에 엉겨서 자고 있는데 현관 초인종 소리 들려온다.

S#62. 혜진의 집, 현관 앞 (아침)

잠옷 차림의 혜진, 부스스한 꼴로 문 열면 화정이 서 있다.

화정   (혜진의 몰골 보고) 아이고, 인제 일어났나 보네.
혜진   (비몽사몽으로) 네? 아니요. 근데 무슨 일로...
화정   반상회 때 말했잖아요. 오늘 마을 대청소라고.
        동네 사람들 다 모였는데, 9시 넘어도 안 나오시길래.
혜진   (기억났다) 아아, 정말 죄송한데요. 저 한 번만 빠지면 안 될까요?
        이사 온 지도 얼마 안 됐고... 다음 달부터 참여할게요.
화정   (떨떠름하게) 그래요, 그럼.

혜진, 꾸벅 목례하고 들어가면 화정, 어쩔 수 없지 하는 얼굴로 물러난다.

S#63. 혜진의 집, 침실 (아침)

혜진, 다시 단잠에 빠져 있는데 밖에서 초인종 소리와 함께 문 두들기는 소리 들린다. 거기다 두식의 목소리까지 쩌렁쩌렁 울려 퍼진다.

두식(E)   어이, 치과! 나와! 좀 나와 보라고!

혜진, 못 들은 척 베개 속에 머리를 파묻어보지만 두식의 목소리 점점 커진다.

두식(E)   안에 있는 거 다 알아! 나올 때까지 나 절대 안 가! 어?

초인종 소리와 문 두들기는 소리 합쳐져 더 요란해지고
미선, 혜진에게 "아, 나가!" 발길질을 하면 결국 일어나는 혜진. 미쳐버리겠다!

S#64. 혜진의 집, 현관 앞 (아침)

두식, 거의 눈으로 욕하며 문을 노려보고 있는데 문이 열리고 혜진이 나온다.
가냘프게 눈을 내리깔고 몹시 아픈 듯 연기를 해보이는 혜진.

혜진   (목소리 깔고 연기하는) 저기... 미안한데 내가 몸이 좀 안 좋아서...
       (콜록콜록 기침도 하며) 아무래도 개원하느라 무리를 좀 했나 봐.
두식   (의심스런 눈길로 보는데)
혜진   (더 심하게 기침하고) 열도 있는 것 같고...
두식   그래?

하며 두식이 가방에서 뭔가를 꺼내 혜진의 이마에 댄다.
이마 체온계다. 이게 왜 여기서 나와, 체온 재는 혜진의 동공이 흔들리고!

두식   (체온계 보며) 36.3도... 얼씨구, 열은커녕 0.2도가 낮네.
혜진   (뭐라도 갖다 붙여보는) 저체온증...
두식   (눈 부라리며) 빨랑 안 튀어나와?
혜진   (짜증과 발광으로) 아, 진짜 나한테 왜 그래! 나 좀 내버려 둬!!!

S#65. 골목길 (아침)

마을 사람들 모두 나와 청소 중이다. 혜진, 건성으로 비질하며 두식을 흘겨
본다. 그러다 두식과 눈 마주치면 화들짝 놀라 열심히 비질하는 혜진이다.

S#66. 다른 골목길 (낮)

혜진, 마을 사람들 없는 구석에서 혼자 비질하고 있다.

자기도 모르게 어느새 열심히 청소하는데 뒤에서 두식의 목소리 들려온다.

두식	아침부터 운동하니 개운하지? 팔 근육 강화하는 데 빗자루질 만한 게 없어.
	거기다 30분하잖아? 무려 136칼로리가 소모된다.
혜진	(더 못 참겠다는 듯) 이봐. 홍반장.
두식	어. 윤치과.
혜진	쉬어야 되는 주말 아침에, 너무 강압적이라고 생각하지 않아?
두식	손님이 없어서 평일 내내 쉰 걸로 알고 있는데?
혜진	(울컥하고) 하아... 제발 부탁인데, 앞으로 내 일에 참견하지 마.
두식	(보면)
혜진	난 누가 선 넘어오는 거 질색이고. 그쪽 이러는 거 너무 불편해.
	무슨 뜻으로 이러든지 간에 나한텐 그냥 다 강요라고.
두식	(진지하게) 네 눈엔 공진이 피곤하고 오지랖 쩌는 동네 같지?
	너한테 여기 사람들은 그냥 잠재고객일 뿐이고.
혜진	(또 시작이네 싶고) 뭐?
두식	근데 너 여기 살러 왔잖아.
	왜 하필 공진이었는진 모르겠지만, 그래도 살러 온 건데
	너 사람들 볼 때 어떤 얼굴인지 알아? 얼른 돈 벌어서 여기 떠야지.
혜진	(화나는) 내가 지금 그쪽한테 왜 이런 소릴 들어야 되는지 모르겠지만,
	그게 뭐 어때서? 내가 일 열심히 해서 돈 벌고 다음 계획 세운다는데.
	그게 잘못이야?
두식	(똑바로 보며) 너 의사잖아.
혜진	(비아냥거리는) 의사니까 뭐?
	슈바이처 마냥 헌신과 희생으로 낙후지역 의료발전에 기여라도 해?
두식	그게 아니라! 최소한 아픈 사람들 병원 가고 싶은 마음은 들게 하라고!
혜진	(정곡을 찔린) !
두식	너 믿고 치료받고 싶은 마음!
혜진	(말문이 막히고) ...
두식	대단한 거 하라는 거 아니야.
	그냥 잠깐 얼굴 볼 때, 지나다 말 한 마디라도 마음이란 걸 좀 담아보라고.

사람들 귀신같이 알아. 그게 진심인지, 아니면 가식인지.

혜진, 이상하게 맞받아칠 말이 떠오르지 않는다.
두식, 그런 혜진을 잠시 보다가 가면... 혜진, 어쩐지 진 것 같은 기분이다.

혜진   ...짜증 나, 진짜.

S#67. 윤치과 외경 (아침)

S#68. 윤치과, 로비 (아침)

미선, 카운터에서 만화책 보고 혜진, 무기력하게 소파에 앉아 있는데
그때 문 열리고 사복 차림의 은철이 들어선다. 혜진과 미선, 상황 파악이 안
되는 듯 은철을 뚫어져라 본다.

은철   (시선에 당황해서) 병원... 영업하는 거 맞죠?
혜진   (여유롭게 일어나며) 그럼요. 표쌤?
미선   (프로페셔널하게) 처음이시죠? 여기 이것부터 작성해주세요.
은철   아, 예. (하고 서류에 개인정보 작성하는데)

그사이 카운터의 미선과 은철 뒤에 서 있던 혜진, 눈이 마주친다.
은철을 사이에 두고 격한 몸짓과 소리 없는 아우성으로 기뻐하는 두 사람!
은철, 고개 들면 혜진과 미선, 아무 일도 없었다는 듯 태연한 표정이 된다.

혜진   최은철 환자분, 진료실로 가실게요.
은철   네.

은철, 먼저 진료실로 들어가고 혜진, 따라 들어가려는데

다시 치과 문이 열리고 사람들 하나둘씩 더 들어오기 시작한다.

미선   어서 오세요. 이쪽으로 오세요.

혜진, 감출 수 없는 미소가 새어나오고 미선과 기쁨의 눈빛교환을 한다.

S#69. 라이브카페 안 (아침)

잔잔한 음악이 흘러나오고, 셔츠에 앞치마를 한 두식, 은철과 통화 중이다.
포트에는 물이 끓고, 드립세트 놓여 있다.

은철(F)   형이 가보래서 가봤는데, 생각보다 괜찮던데요?
두식   그래?
은철(F)   아프지 않게 치료하는 거 보니 실력도 있는 것 같고, 가격도 합리적이에요.
두식   (의외라는 듯) 다행이네. 그래. 수고해라.

두식, 전화 끊고 포트 들어 핸드드립 시작하는데 문 열리고 춘재가 들어온다.

춘재   갑자기 나와 달라 그래서 미안.
두식   괜찮아. 돈 받고 하는 일인데 뭘.
춘재   누가 들으면 퍽이나 많이 받는 줄 알겠다. 시급 올려준대도 싫다 그리고.
두식   난 지금이 딱 좋아.
춘재   (웃고) 오늘 낚시 간다며? 이제 내가 있을 테니까 넌 그만 들어가.
두식   (포트 들어 핸드드립 하며) 하던 것만 마저 하고.
         형, 거기 컴퓨터에 내가 파일 하나 깔아놨거든?
춘재   응? 뭔 파일?

모니터 보면 바탕화면에 〈끝과 시작〉*이라 적힌 음악파일 깔려 있다.
춘재, 멈칫하는데... 두식, 앞치마 주머니에서 데모테이프 꺼내놓으며 말한다.

두식 형 2집 타이틀곡. 〈끝과 시작〉
      쓰레기봉투에 넣어 버리기엔 너무 아깝더라고.

춘재 (멍하니 모니터 속 파일 보는데)

두식 (다시 포트로 원두에 물 부으며) 기술 좋아졌지?
      파일로 변환했어. 더는 이 낡은 데모테이프로 안 들어도 돼.

춘재 야, 이렇게까지 생각해주고. 고맙다 두식아. 근데... 이제 됐어.

두식 (하던 동작 멈추며) 응?

춘재 나 옛날 얘기하며 사는 거 그만하려고.

두식 (보면) ...

춘재 (담담하게) 더 이상 노래로 먹고 살 나이도 아니고 지금에 충실해야지.
      나 정신 차리고 이 카페 잘 키울 거야.
      돈 많이 벌어서 우리 주리 되고 싶다는 패션디자이너 공부도 시켜주고.

두식 (짠하고) 형...

춘재 (웃으며) 그런 의미에서 나 커피 좀 가르쳐줘라.
      카페 주인이 커피도 잘 못 내려서야 어디 장사 되겠냐?

두식 (그 마음 알기에 일부러 밝게) 콜! 난 스파르타식이니까 각오해?

S#70. 윤치과, 로비 (아침)

북적북적한 병원의 모습. 대기석 의자 및 소파에 사람들 가득 앉아 있다.
미선, 빼곡한 대기명단과 차트 챙기며 환자 호명한다.

미선 박인순 환자분, 진료실로 들어 가실게요.

~~~~~~~~

* 비스와바 쉼보르스카의 시집 『끝과 시작』에서 따온 제목입니다.

S#71. 윤치과, 진료실 (낮)

혜진, 환자의 입에 핸드피스를 넣어 치료하고 있다.
날카로운 소리 사이로 "얼마 안 남았어요. 잘하고 계세요." 격려하는 혜진.

S#72. 갯바위 위 (낮)

바다가 내려다보이는 갯바위 위, 두식이 낚싯대를 설치해놓고 의자에 앉는다.
가방에서 헨리 데이비드 소로우의 『월든』 꺼내 책갈피 꽂혀 있는 장을 펼쳐
읽는다.
나는 사람의 꽃과 열매를 원한다. 나는 사람에게서 어떤 향기 같은 것이 나
에게로 풍겨오기를 바라며, 우리의 교제가 잘 익은 과일의 풍미를 띠기를 바
라는 것이다.**

S#73. 윤치과, 로비 (저녁)

혜진, 한 손으로 목을 주무르며 나오면 미선, 기쁨으로 쪼르르 뛰어간다.

미선   (기쁨으로) 오늘 고생했어! 힘들었지?
혜진   아니, 너무 신나서 힘든지도 모르겠더라.
　　　　 우리 이대로 가면 금방 대박날 것 같애!
미선   그니까! 근데 희한하다. 왜 갑자기 이렇게 환자가 많아졌지?
혜진   응?

~~~~~~~~~~

**　헨리 데이비드 소로우, 『월든』, 강승영 옮김(은행나무)

미선	아니, 하루아침에 너무 달라졌잖아.
	내 SNS 홍보 효과인가? 아님 동네에 소문난 게 이제 가라앉았나?
혜진	(생각하는 얼굴이 된다) ...

S#74. 윤치과, 원장실 (저녁)

생각에 잠겨 있던 혜진, 퇴근하려 가방을 챙기는데 가방 안에 오윤 1집 CD 들어 있다. 춘재의 얼굴을 보던 혜진, CD를 꺼내 플레이어에 집어넣는다. 〈달밤에 체조〉 흘러나오고... 혜진, 가만히 음악을 듣는다.

S#75. 상가거리 및 라이브카페 앞 (저녁)

〈달밤에 체조〉 흘러나오는 가운데, 걸어가는 혜진.
라이브카페 앞을 지나는데 때마침 춘재가 나온다. 손에는 담뱃갑과 라이터 들려 있다. 혜진, 고개 숙여 인사하면 춘재, 어색하게 인사를 받는다.
그 앞을 지나쳐가는 혜진. 춘재도 담뱃갑에서 담배를 꺼내는데.

혜진	(가다 말고 돌아서서) 저기... 그때 주신 CD 들어봤는데요.
춘재	(담배에 불붙이려다 말고 멈칫) !
혜진	〈달밤에 체조〉는 솔직히 별로예요.
춘재	(충격과 실망으로 굳는데) ...
혜진	근데 〈마음의 푸른 상흔〉은 좋더라구요.
춘재	(깜짝 놀라는) ...에?
혜진	(마음을 담아) 멜로디도 그렇고, 가사도 와닿고. 되게 좋았어요.
춘재	(좋지만 얼떨떨한) 아... 그러셨구나. 그게 좋으셨구나...
혜진	(진심으로) 그날은 정말 죄송했습니다.
춘재	(웃어넘겨주는) 그날? 언제, 무슨 그날?
혜진	(따라 웃다가) 저기 그... 혹시 홍반장 못 보셨어요?

춘재   (담배를 주머니에 쑤셔 넣으며) 아, 두식이? 두식이 어디 있냐면,
       그 갯바위 쪽인데, 찾아가실 수 있을라나.
       공진항 위쪽으로 올라가다보면 거북이같이 생긴 바위가 있는데...

S#76. 갯바위 위 (저녁)

바다 위로 노을이 떨어지고, 낚시하던 두식의 얼굴에도 붉은빛이 물든다.

두식(N) 지난 후회로부터 완전히 자유로워지는 건 어쩌면 불가능하다.
        살다보면 또 다시 후회하는 일이 생길지도 모른다.

S#77. 라이브카페 안 (저녁)

혜진의 칭찬에 슬며시 웃음이 나는 춘재, 벽에 붙은 자신의 1집 포스터를 보
다가 컴퓨터에 두식이 깔아둔 파일을 재생한다.
〈끝과 시작〉이 흘러나오면... 춘재, 비로소 편안해진 얼굴로 음악을 듣는다.

두식(N) 그러니 지금 우리가 할 수 있는 건 오직 하나뿐이다.
        담담히 받아들이고, 앞으로 한 발짝 나아가는 것.

S#78. 갯바위 위 (저녁)

울퉁불퉁한 갯바위를 오르는 혜진, 저 위에서 낚시 중인 두식을 발견한다.
올라갈 엄두가 나지 않고, 할 수 없이 갯바위 아래서 두식을 부른다.

혜진   (우물쭈물) 저기... 홍반장.
두식   (듣지 못한다)

혜진   (좀 더 크게) 홍반장!

두식   (그제야 혜진을 보고) 치과가 여긴 웬일이야?

혜진   (망설이다가) 할 말이 있어서.

두식   (쳐다보지도 않고) 말해.

혜진   (올려다보며) 그게... 치과에 환자가 많아졌는데 다 홍반장 덕인 것 같아.
       그때 한 말도 계속 생각해봤는데, 뭐 그쪽이 옳다는 건 아니지만
       그래도 어느 정도는 일리가 있는 말인 것 같고...

두식   (크게) 아, 뭐라 그러는지 안 들려! 와서 얘기해!

혜진   (이씨) ...못 올라가겠어!

두식   (일어나 혜진 내려다보면 구두 굽 높고) 항상 신발이 말썽이구만.
       ...자!

       두식, 어쩔 수 없다는 듯 혜진을 향해 손을 내민다.
       망설이듯 보던 혜진, 두식의 손을 잡고 발을 딛는데 그 순간 구두 미끄러지고!
       혜진, 넘어지며 두식의 품에 털썩 안긴다.
       혜진의 허리를 단단하게 받아 안은 두식과 놀라 눈이 동그래진 혜진...
       붉은 노을 속 그렇게 밀착한 두 사람의 모습에서.

S#79. 에필로그. 가족사진

       - 과거. 바닷가 (낮)
         어린 두식(8세)과 할아버지, 손잡고 바닷가를 걸어간다.

두식 할아버지   할바이 마이 지달랬나?

어린 두식   마이 지달랬재. 오늘은 물고기 마이 잡았는가?

두식 할아버지   그물에 물고기가 개락이었다니. 니 좋아하는 기도 잡고.

어린 두식   (해맑게) 우와. 내 기를 제일로 좋아하는데.

두식 할아버지   (귀엽다는 듯 보며) 오늘 즈냑은 기를 삶아 먹을까?

어린 두식   (신나서) 마숩겠더야.

두식과 할아버지, 다정하게 걸어가는데 젊은 태화, 이들을 향해 다가온다.
태화 뒤로 병색이 완연한 아내와 울었던 듯 눈이 빨개진 어린 혜진(7세)의
모습 보인다.

젊은 태화 (카메라 든 채 다가와) 어르신. 저 사진 한 장 부탁드려도 될까요?
두식 할아버지 나인테 맽게도 되겠소? 이런 거르 해본 적이 없는데.
젊은 태화 (시범 보이며) 쉬워요. 여기로 보시고 이 버튼 누르시면 돼요.
두식 할아버지 함 해볼 테이 저게 가서 서보래요.

젊은 태화, 할아버지에게 공손히 카메라 건네고 가족에게로 간다.
혜진 가족, 바닷가를 배경으로 서는데 혜진은 계속 울 것 같은 얼굴이다.

혜진 모 (달래는) 혜진아. 사진 찍는데 웃어야지.
어린 혜진 (울먹거리는) 엄마 아프잖아. 쪼끔 아까도 아팠잖아.
혜진 모 (웃어 보이며) 괜찮아. 엄마 이제 하나도 안 아파.

혜진, 여전히 울 것 같은 얼굴이고 두식, 그런 혜진이 신경 쓰인다.
일부러 할아버지 뒤로 가는 두식, 혜진을 향해 각종 웃긴 표정을 지어 보인다.
혜진, 처음엔 경계로 보다가 결국 웃음을 터뜨린다.
그리고 혜진이 가장 환하게 웃는 순간, 카메라 셔터가 찰칵- 눌린다.

두식 할아버지 되았소. (하며 카메라 건네면)
젊은 태화 (달려와 카메라 건네받으며) 감사합니다, 어르신.

할아버지, 고개를 끄덕이고 두식에게 가자는 눈짓을 한다.
두식, 할아버지 손을 잡고 걷다가 고개를 돌아보면 혜진과 눈이 마주친다.
여덟 살 두식과 일곱 살 혜진의 시선이 서로에게 오래 머문다.

두식 할아버지 (그런 두식을 보다가) 우리도 사진관 가서 사진 한 장 찍으까?

어린 두식 (환하게 웃으며) 웅!

> \- 두식의 집, 거실 (낮)
> 어른이 된 현재의 두식, 책장에 꽂힌 수많은 책들 중『월든』을 꺼내든다.
> 그리고 책장 사이의 무언가를 보고 작게 미소 짓는다.
> 두식, 자리를 뜨면 그의 시선이 닿았던 곳에 액자가 놓여 있다.
> 혜진이 본 사진관 쇼윈도 안의 사진과 같은 사진.
> 혜진의 가족사진을 찍어준 날과 같은 옷차림의 할아버지와 어린 두식의
> 사진이다...

3화

부모가 진짜 자식을 위하는 일이 뭔지 알아?

아프지 말고 오래 사는 거야!

그깟 돈 몇 푼 더 물려주려고 아픈 걸 참는 게 아니라,

자기 자신부터 챙기는 거라고! 알아?

S#1. '공진의 소리' 몽타주 (낮)

미선(E) 공진의 소리...

- 딩딩. 기타 소리. 통기타를 든 춘재, 워밍업 하듯 기타 줄을 몇 번 튕겨본다.
- 지지직. 카드단말기에서 종이 나오는 소리. 남숙, 신난 얼굴로 영수증을 탁 뜯어낸다.
- 위용위용. 경찰차 사이렌 소리. 은철이 탄 경찰차가 도로를 질주한다.
- 치-익. 석쇠에 생선 구워지는 소리. 화정, 흐뭇하게 생선을 굽는다.
- 스윽스윽. 벼루에 먹을 가는 소리. 이준, 단정하게 앉아 먹을 갈고 있다.
- 태권! 태권도장 아이들 소리. 파란 띠의 보라가 구호 외치며 찌르기 한다.
- 콩닥콩닥. 우렁찬 태동 소리. 초음파 검진 중인 윤경과 금철, 행복한 얼굴이다.
- 달랑달랑. 풍경 소리. 감리, 툇마루에 앉아 처마에 달아놓은 풍경을 본다.
- 드륵드륵. 고슴도치, 짧은 다리로 맹렬하게 쳇바퀴를 돌린다.
- 바삭바삭. 과자 먹는 소리. 미선, 거실 소파에 누워 감자칩 먹으며 만화책을 본다.

S#2. 혜진의 집, 거실 (낮)

초인종과 함께 들리는 "택배요!" 소리에 혜진이 방문을 열고 후다닥 뛰쳐나온다. 거실 소파에 누워 있던 미선, 그 모습을 보며 가만히 읊조린다.

미선　　이 소리는 서울에서 온 윤혜진 씨가 택배를 받으러 뛰쳐나가는 소리입니다.

S#3.　혜진의 집, 현관 앞 (낮)

혜진, 반가운 얼굴로 문을 벌컥 여는데 그 앞에 두식이 박스를 들고 서 있다.
두식, 무표정한 얼굴인데 혜진은 순간 당황한 얼굴이 된다.

flash cut.
2화 S#78. 발이 미끄러져 두식에게 안겼던 혜진의 모습.

혜진, 그때 기억 떠올라 멍하니 서 있는데 두식이 성질내며 박스를 내민다.

두식　　뭐 해? 안 받고.
혜진　　(화들짝 놀라며 받아드는) 어? 어어... 토요일인데 오늘도 알바 뛰나 봐?
두식　　응. 이 구역 도는 진석이 형이 팔이 부러져서. 당분간 내가 올 거야.
혜진　　(괜히) 별로 반가운 소식은 아니네. 오늘은 사인 안 해도 돼?
두식　　됐어. 얼굴이 사인인데 뭐.
혜진　　(뭔 뜻인가 보면)
두식　　(놀리듯 덧붙이는) 공진에서 이렇게 생긴 얼굴... 어유, 찾기 힘들지.
혜진　　(어이없는) 이거 지금 욕이지?
두식　　생각하기 나름이지.
혜진　　(발끈해서) 하, 웃겨! 그쪽은 뭐 대단히 잘생긴 줄 알아?
　　　　서울 가면 그 정도 얼굴, 길바닥에 붙어 있는 껌보다 더 많아!
두식　　그래. 간다. (아무렇지 않게 쌩하니 가버리면)
혜진　　(뒷모습에 대고) 오늘 아침 공진항에 들어온 오징어보다 많다고!

S#4. 혜진의 집, 침실 (낮)

택배 박스와 비닐 뜯겨 있고, 혜진 새 옷을 입고 전신거울 앞에 서 있다.
혜진, 뭔가 아쉽다는 표정인데 미선, 방문에 기대선 채 말한다.

미선   괜찮은데 왜?
혜진   전쟁터에 입고 갈 갑옷을 괜찮은 정도로 고를 순 없어.
미선   동기 결혼식 아니었어?
혜진   왜 아니야. 동기들 죄다 모일 테고, 윤혜진 지방에다 개원했다
         볼 때마다 찔러댈 텐데. 아주 혈투가 예상된다.
미선   (쯧쯧) 치과의사씩이나 돼서들 못났다 못났어.
혜진   그 못난 것들 중에서 내가 최고로 덜 못날 거야.
미선   (으이그) 차라리 가서 입어보고 사던가.
혜진   나도 그러고 싶어. 근데 이놈의 촌구석에 백화점이 있어야 말이지!
미선   것도 그렇네.
혜진   (비장하게) 내 살 길은 오직 하나뿐이야.

S#5. 교차편집. 옷 갈아입는 혜진과 택배 배달하는 두식 몽타주 (저녁)

혜진의 집 현관 앞에 택배 상자를 든 두식이 "윤혜진 씨." 하고 부른다.
혜진, 거실에서 새 옷을 입고 미선을 관객 삼아 화려한 워킹을 선보인다.
상자를 든 두식이 "윤혜진 씨"를 부르는 장면과 새 옷 입은 혜진이 교차해 보
여진다.
택배 횟수가 많아질수록 두식의 표정 서서히 나빠지고, 혜진의 옷은 더 화
려해진다. 그런 두 사람의 모습이 대여섯 차례쯤 번갈아 비춰지다가
두식, 택배에 적힌 이름을 읽는데 "표미선 씨? ...네 꺼지?" 하면
혜진, 또 다시 새 옷을 입고 위풍당당한 방바닥 런웨이를 누빈다.

두식(E)   뭐 하는 짓이야?

S#6.   혜진의 집, 현관 앞 (낮)

아웃도어 상의에 조끼를 걸쳐 입은 두식,
택배박스를 얼굴이 안 보일 정도로 높이 들고 혜진에게 버럭 소리 지른다.

두식   택배 못 시켜 죽은 귀신 붙었어?
혜진   (하나도 안 미안한 표정으로) 미안. 오늘 뭐가 좀 많네?
두식   (내려놓고) 대체 뭔 놈의 사재기를 이렇게 글로벌하게 해?
       미국, 독일, 영국, 프랑스... 택배가 아주 전 세계에서 날아와.
혜진   아, 직구로 옷 산 거야! 별 걸 다 참견이네.
두식   몸뚱이는 하난데 옷이 왜 이렇게 많이 필요해?
혜진   (무시하듯) 그쪽 같은 패션테러리스트가 이해할 수 있는 세계가 아니네요.
두식   옷은 기능성이 생명이야. 알지도 못하면서. (조끼 지퍼들 탁탁 열어 보이면)
혜진   (코웃음 치는) 어렵하시겠어.
두식   병원에 손님 좀 생겼다 이거지? 이렇게 사대서야 언제 돈 모아 서울 가냐?
혜진   (짜증으로) 이번 주 일요일에 간다 왜!
두식   (귀 쫑긋) 이번 주 일요일?
혜진   어! 아주 중요한 볼일이 있지.
       그리고 당분간 택배는 없을 테니 잔소리 좀 그만해!

혜진, 소리 지른 뒤 택배 탑을 놔둔 채 문을 쾅 닫고 들어간다.
그리고 다시 슬며시 열리는 문. 두식 여전히 그 앞에 서 있고 혜진, 민망한 얼
굴로 택배들을 질질 끌어가면 두식, 그 모습 한심하게 내려다본다.

S#7.   혜진의 집, 혜진의 침실 및 현관 (아침)

준비를 마친 혜진, 화장대 앞에서 화룡점정의 느낌으로 립스틱을 바른다.
뒤에서 부스스한 잠옷 차림으로 보던 미선의 눈이 번쩍 뜨인다.

미선	와... 그거 발색 뭐야? 바르자마자 얼굴이 확 핀다, 야.
혜진	(돌아보며) 괜찮아?
미선	어, 예뻐. 한 번 돌아봐.

혜진, 미선 앞에서 360도 뱅그르르 돌면 미선, 브라보! 박수를 보낸다.

미선	완벽해. 속히 출정出征하도록!
혜진	(비장하게 고개를 끄덕이는) 웅!

혜진, 방에서 나와 현관으로 향하면 미선, 다시 자러 방 쪽으로 향한다.

혜진	(거실의 고슴도치 보고) 고슴도치 밥 잘 줘!

미선, 알았다는 듯 손 들어 보이고 방으로 들어가면 혜진, 신발장 문을 연다.
한 짝만 남은 은색 구두 보이고, 혜진 아쉬운 얼굴로 꺼내본다.

혜진	하아, 이 룩엔 이 신발이 딱인데... 미안. 내 불찰로 네 짝은 지금쯤 망망대해를 헤매겠구나.

혜진, 그 옆에 있는 다른 구두를 꺼내 신고는 5단 우산을 챙겨 핸드백에 집
어넣는다.

S#8.　혜진의 집, 대문 앞 (아침)

혜진, 한껏 힘준 모습으로 나오는데 그 앞에 어떤 남자의 뒷모습이 보인다.
멀끔하게 잘 차려입은 남자가 돌아서는데, 두식이다! 심지어 멋있다.

혜진, 두식의 모습에 놀라는데 두식도 혜진의 예쁨에 조금 놀란 눈치다.

두식   (괜히) 깜짝이야. 다른 사람인 줄?
혜진   (발끈) 누가 할 소릴! ...뭐야? 나 오늘은 뭐 시킨 것도 없는데.
두식   오늘은 내가 좀 시킬 게 있어.

혜진, 영문 모르고 보는데 뒤에서 할머니 3인방이 나타난다.
곱게 차려입은 감리, 맏이, 숙자. 손에는 각종 짐들이 바리바리 들려 있다.
감리와 맏이, 마뜩잖은 듯 끄응- 하는 표정이고 숙자만 손을 귀엽게 흔들어
보인다.

두식   치과 오늘 서울 간다며.
혜진   (뭔가 불길한 예감) 어?
두식   (해맑게) 같이 가자.
혜진   (경악으로) 뭐?
두식   다들 서울에 볼일이 있지 뭐야. 감리씨는 서울 사는 아들네 게장
        갖다 줘야 되고 맏이씨는 친구분 늦둥이 손자가 돌.
        숙자씨는 글쎄 딸이 허릴 삐끗해서 애들 좀 봐달라고 전화가 왔다네?
혜진   (당황해서) 아니, 저기... 아무리 그래도 이건 좀.
두식   (쐐기를 박는) 어차피 가는 길인데, 괜찮지?

혜진, 난감한 얼굴로 할머니들 보는데 숙자는 간절한 눈빛을 발사하고
감리와 맏이는 뻐딱하게 서서는 헛기침을 해댄다. 혜진, 돌아버리겠다...

감리(E)   거 쏟아지믄 큰나.

S#9. 혜진의 차 앞 (아침)

두식, 게장통을 트렁크에 싣는데 뒷좌석에 이미 타 있는 감리, 염려로 계속

잔소리한다.

감리 따경 가생이는 잘 닫겠나?
두식 잘 닫혔으니까 걱정 마셔.
    (트렁크 닫으며 옆에 서 있는 혜진에게) 차 바꿨네?
혜진 지금 그게 문제가 아니잖아.
    (차에 탄 할머니들 들을까 봐 작게) 갑자기 이러는 경우가 어딨어!
두식 (능청스럽게) 시간 괜찮겠어? 들를 데가 좀 많은데.
혜진 (시계 보고는 황급히 운전석으로 가며) 이따 얘기해!

S#10. 고속도로 (아침)

험준한 강원도의 산세가 양옆으로 펼쳐지고, 혜진의 차가 고속도로를 달린다.

S#11. 혜진의 차 안 (아침)

혜진, 굳은 표정으로 운전하고 있고
뒷좌석의 할머니들 재잘거리거나 부스럭거리며 뭔가를 주섬주섬 꺼낸다.

감리 뭐르 이래 마이 싸왔나?
맏이 이기 머 을매나 돼요? 다섯이 농가 먹을라믄 몬재지지 않으까 걱정이제.
두식 (돌아보며) 감자떡 하셨네? 난 떡 중에 이게 제일로 맛있더라.
숙자 원래 차 탈 땐 입에 뭘 계속 넣어줘야 멀미를 안 해.
    (떡 하나 들어 혜진에게 내미는) 선생님도 이거 하나 잡솨봐.
혜진 (불편한) 괜찮습니다. 제가 지금 운전 중이라,
두식 (숙자가 든 떡 받아서 혜진의 입에 집어넣는)
혜진 (입에 떡 물고) 뭐 하는 짓이야?
두식 드럽게 입에 음식 물고 말하는 거 아니야.

혜진	(두식 째려보고 할 수 없이 먹는데)
두식	(돌아보고) 감리씨는 왜 안 먹어?
감리	아침을 마이 먹어 배지가 부르다니.
숙자	그러지 말고 하나만 자셔. 만든 정성이 있지.

감리, 마지못해 떡 하나를 입에 넣고 씹는데 통증이 오는 듯 "아!" 소릴 낸다.

두식	(놀라서) 감리씨 왜 그래?
감리	(맏이에게) 떡을 잘못 쪘싸. 감재가 왜서 이리 딱딱하니.
맏이	(발끈해서) 행님 이빨이 션찮아 그런 거르 왜서 내 탓으로 돌린대요!
감리	(끄응 못마땅한 소리만 내고)
두식	(걱정으로) 이가 안 좋아? 왜 진작 얘기 안 하셨어?
숙자	(끼어들며) 형님. 치과선생한테 싸게 잘 좀 해달라 그래.
감리	(버럭) 이러이 맹꽁이 같응기! 썰데읎는 소릴 한다니.
숙자	(감리의 성질에 입 삐죽이는데)
혜진	(백미러 보며) 어르신. 치과 한번 나오세요. 제가 잘 봐드릴게요.

그 순간 뒤에서부터 무섭게 질주하던 검은 차가 깜빡이도 안 켠 채
3차선에서 1차선으로 한 번에 넘어오며 혜진의 차 앞으로 확 들어온다.
거의 부딪칠 뻔하는 두 차!
혜진, 본능적으로 브레이크를 밟아 속도를 확 줄이고!
그 바람에 맏이가 들고 있던 봉지 쏟아지며 감자떡이 바닥에 뒹군다.
할머니들, "어어!" 놀라고 혜진, 반사적으로 손을 뻗어 두식 앞을 막아주면
두식, 자신을 보호하는 혜진의 손에 어라? 하는 느낌으로 혜진을 본다.

두식	(뒤를 보며) 할머니 괜찮아?
숙자	아이고 엄마 아부지! 오십 년 전에 밴 애 떨어질 뻔했네.
감리	이기 머인 일이나?
맏이	(멍하니 떨어진 감자떡만 보고 있다) ...
두식	(화나서) 저런 인간은 면허증을 박탈해버려야 되는데!

고요한 분노로 앞을 노려보던 혜진, 갑자기 액셀을 쭉 밟는다.

두식   뭐 하는 거야? 왜 쫓아가?
혜진   (눈빛 이글이글) 가서 알려줘야지. 지가 뭘 잘못했는지.
두식   (말리는) 하지 마. 똑같은 인간 되고 싶어?

그러나 혜진의 얼굴, 이미 전투력이 상승해 있다!

S#12. 도로 위 (아침)

어느새 아까 그 차에 따라붙은 혜진, 클랙슨을 울리며 창문을 연다.
문제의 차를 몰고 있는 운전자, 혜진의 클랙슨 소리에 차창을 내려서 보는데.

혜진   이봐요. 운전을 그렇게 위험하게 하면 어떡해요!
          그쪽 때문에 사고 날 뻔했잖아요!
운전자   뭐?
혜진   깜빡이도 없이 뒤에서 그렇게 확 들어오면 안 되죠!
운전자   (비웃듯이) 안 부딪쳤음 됐잖아.
혜진   뭐라구요?
운전자   사고 난 것도 아닌데 뭐 어쩌라고!
혜진   (열받지만 참고) 앞으로 그러지 마시라구요. 계속 그런 식으로 운전하면
          언제고 사고 나요. 다른 피해자 만들지 마세요!
운전자   아, 별것도 아닌 일로 쫓아와서 겁나 시끄럽게 떽떽거리네.
          기집애들 운전 금지시키는 법은 안 생기나!
혜진   (기막히고) 뭐, 뭐요? 기집애?
두식   (열받아 나서는데) 이봐! 어디서 그딴 쓰레기 같은 말을,

그러나 두식이 채 말을 끝내기도 전에 이미 뒷좌석 창문을 내린 만이가

운전자를 향해 폭풍 같은 욕을 시작하는데... 전라도 사투리다!

맏이   니미럴. 이런 육시랄 놈이 지랄하고 자빠졌네.
운전을 그따구로 처해놓고 드런 쌔빠닥을 으따 나불거리냐잉.
염병할 노무 시키 허파랑 콩팥 위치를 바꿔불고
창새기를 뽑아갖고 줄넘기를 해불랑게.

맏이의 갑작스런 욕에 모두들 경악하고!
"저 할머니가 미쳤나!" 하던 운전자, 계속되는 맏이의 욕에 기세가 눌린다.
결국 꽁무니를 빼는데 맏이, 차 뒤에다 대고 계속 삿대질하며 욕을 한다!

S#13. 혜진의 차 안 (아침)

뒤늦게 맏이가 창문을 닫으면, 차 안 분위기 고요하다. 혜진 말없이 운전하고
두식과 감리, 숙자 모두 맏이의 눈치를 살피는데 맏이가 툭 한 마디를 던진다.

맏이   (다시 강원도 사투리로) 우리 어머니 고향이 벌교였장가.

다들 어색하게 "아..." 고개를 끄덕이는데, 감리가 바닥을 보고 말한다.

감리   우태하나. 바닥이 마카 감재소다야.
숙자   아유, 이거 아까워서 어쩐대.
혜진   (두식에게) 그 앞에 물티슈 있어.
두식   응.

두식, 글러브박스에서 물티슈 꺼내는데 반쯤 열린 청첩장에 '더리본웨딩홀'
이라 적힌 것 보인다. 물티슈를 뽑아 할머니들에게 건네는 두식.

S#14. 고속도로 휴게소 외경 (아침)

S#15. 고속도로 휴게소 (아침)

여자화장실 팻말이 보이고. 화장실 아래 계단에 서 있는 혜진, 초조하게 시계를 본다. 그때 뒤에서 두식이 통감자를 들고 혜진에게 다가온다.

두식   먹을래?
혜진   (황당한) 지금 이 사태를 벌여놓고 그게 목구멍으로 넘어가지?
두식   (여유롭게) 그럼. 휴게소의 꽃은 역시 통감자야.
혜진   요즘은 소떡소떡이거든?
두식   (웃음기로) 하나 사다줘?
혜진   (짜증 내는) 됐어. 이러다 늦겠네. 왜들 안 나오셔?
두식   아직 시간 충분해. 뭘 그렇게 쫓기고 사냐? 천천히 가자.
        (먼 산 가리키며) 저기 저 산도 좀 보고.
혜진   (어이없다는 듯) 뭐래.

혜진과 두식 투닥거리는 뒤로, 화장실에서 나온 할머니 3인방.
두리번거리다가 트로트 소리를 따라 홀린 듯 걸어간다.

S#16. 혜진의 차 안 (아침)

혜진의 차에서 방금 그 트로트가 쩌렁쩌렁 울려 퍼진다.
다들 흥얼거리거나 따라 부르고 두식은 "잘한다! 좋다!" 추임새를 넣는다.
혜진만 머리가 지끈지끈한지 운전하며 한 손으론 이마를 짚고 있다.

혜진   (결국 못 참고) 저기, 죄송한데 음악 좀 꺼도 될까요?
        제가 조용한 환경에서 운전하는 걸 선호해서...

감리	*끄*라. 운전하는 사람 방해하믄 안 된다니.
맏이·숙자	(아쉬움에 입맛 다시고)
두식	(음악 *끄*며) 하여간 흥을 몰라.
혜진	그쪽도 조용히 해.

잠시 조용해지나 싶다가... 숙자, 금세 고개를 쑥 내밀며 혜진에게 묻는다.

숙자	치과선생은 고향이 어디야?
혜진	(마지못해 대답하는) 태어난 건 서울인데 경기도에서 컸어요.
숙자	(반색하며) 어머, 나돈데! 난 양평서 스물둘에 공진으로 시집왔어.
감리	치과선생 본本이 어디냐?
혜진	네? 아, 저 해남 윤씨입니다.
감리	우리 메누리가 해남 윤가요. 공파는 뭐이나?
혜진	(난감하고) 제가 그것까진 잘 몰라서...
감리	역사르 잊은 민족인테는 미래가 없다 했싸. 그 정돈 알아야 된다니.
혜진	죄송합니다...
숙자	그럼 선생님 부모님은 뭐 하셔?
혜진	아버지는 은퇴하셨고... 어머니는 돌아가셨어요.
두식	(예상치 못한 답변에 멈칫 보면)
감리	(버럭) 너는 왜서 그런 걸 묻고!
숙자	(당황해서) 아니, 나야 모르고 그랬지. 미안.
혜진	아니에요. 너무 어릴 때 돌아가셔서 이제 아무렇지도 않아요.

두식, 그런 혜진을 물*끄*러미 보는데 그때 한동안 아무 말도 없던 맏이가 무겁게 입을 연다.

맏이	저어게... 벤소가 여서 머나 가찹나?
혜진	화장실이요? 좀 더 가야되는데. 또 가고 싶으세요?
맏이	(묵직하게 고개 한 번 *끄*덕이고)
숙자	(편 들어주려) 그게 원래 나이 들면 화장실을 자주 가.

| 감리 | 오짐보가 헐거워져 그렇장가. 늙으믄 설운 게 한두 개가 아이라니. |

S#17. 할머니들의 화장실 러시 몽타주 (아침)

- 혜진의 차가 휴게소로 들어간다.
- 만이가 화장실에 들어갔다가 나온다.
- 혜진의 차가 고속도로를 달린다.
- 혜진의 차가 다시 휴게소로 들어간다.
- 감리가 화장실에 들어갔다가 나온다.
- 혜진의 차가 고속도로를 달린다.
- 혜진의 차가 또 다른 휴게소로 들어간다.
- 숙자가 화장실에 들어갔다가 나온다.
- 반복되는 무한루프에 휴게소 주차장에 정차 중이던 혜진, 핸들에 머리를 박는다. 그 옆의 두식, 놀랍지도 않다는 듯 통감자만 냠냠 먹고 있다.

S#18. 서울 도심 전경 (낮)

| 두식(E) | 할머니, 조심히 잘 다녀오셔! |

S#19. 혜진의 차 안 및 길가 (낮)

이제 두 사람만 남은 차 안.
혜진, 아무 말 없이 운전하고 있으면 두식, 그런 혜진의 눈치를 살핀다.

두식	할머니들 내리자마자 바로 퍼부을 줄 알았는데 왜 이렇게 조용해?
혜진	(평정심을 유지하며) 난 공평무사한 사람이야.
	어쨌든 도움받은 게 있으니 갚는 셈 치고 있어. 근데 이거 하난 인정해.

두식	뭘?
혜진	솔직히 오늘 일 무례하고, 무리수였고, 무도막심했단 거. 인정하라고.
두식	라임 좋다?
혜진	(째려보면)
두식	아까 할머니들 봤잖아.
	화장실 참아가며 고속버스 타게 하는 거, 그거 못 할 짓이야.
	내가 모셔가려니 트럭은 불편하고. 좋은 일 했다 생각해.
혜진	(잠깐 감화될 뻔했지만) 하여튼 오지랖은!
	접때도 말했지만 나 선 넘어오는 거 정말 싫어. 그니까 여기까지만 합시다.
두식	(창밖 가리키며) 저기 내립시다.
혜진	(힘주어) 나 분명히 말했다!
두식	저 횡단보도 앞에 세워줘.
혜진	(속도 줄이며) 근데 홍반장은 서울 왜 왔어? 뭐 볼일 있어?
두식	(때마침 차가 서면) 간다.

두식, 차에서 획 내린다. 좌석에 휴대폰 떨어졌지만, 두 사람 다 알지 못하고.

| 혜진 | 맘에 드는 게 하나도 없어... (하다가 시계 보고) 아, 늦었잖아! |

혜진의 차가 부웅- 급하게 출발한다.

S#20. 서울, 건물 앞 (낮)

두식, 굳은 표정으로 우두커니 서서 어느 건물을 올려다본다.
건물에 피부과, 내과, 정형외과, 이비인후과, 신경정신과 등 병원 간판이 가득
하다. 두식의 뒷모습에 알 수 없는 무게감이 느껴진다.

S#21. 예식장, 피로연장 (낮)

혜진이 동기들 네 명과 함께 피로연장 테이블에 앉아 있다.

동기1   (혜진 보며) 강원도가 멀긴 먼가 보다. 혜진이가 지각을 다 하고.

혜진   (애써 미소로) 사정이 좀 있었어. 사진 찍었음 됐지 뭐.

동기4   혜진이 시간관념 진짜 철저했는데. 오죽하면 별명이 신데렐라였을까.

동기2   맞아. 개강파티고 학회 뒤풀이고 늘 열두 시 전에 사라졌잖아.

혜진   (웃으며) 뭐 그런 옛날 얘길 하고 그래. 요새 얘기하자.
         다들 어떻게 지내?

동기2   뭐 비슷하지. 평일엔 일하고 주말엔 골프 치고 쇼핑하고.
         (동기3에게) 아, 지원이는 어때? 강남에 개원한 소감이.

동기3   소감이랄 게 있나. 사실 입구만 내 거지, 나머진 다 은행 건데.
         나도 힘들어. 작년에 세금만 3억 냈잖아.

혜진   (물 마시다 뿜을 뻔) !

동기3   (은근히 자랑하는) 모범납세자 표창 받으러 오라는데,
         이건 뭐 국가 공인 호구란 소리 아니니?

동기2   세금이 그 정도면 매출이 얼마야?

동기3   글쎄, 뭐 통장에 돈은 많이 꽂히는 것 같더라.

머리카락을 귀 뒤로 넘기는 동기3의 손에 다이아 반지가 반짝 빛나고
혜진, 애써 표정 관리하며 듣고 있는데.

동기3   어떤 면에선 난 혜진이가 부럽다?

혜진   (갑자기? 하는 표정으로 보면)

동기3   바닷가 보이는 시골 치과, 얼마나 소박하고 귀여워.

동기4   그래. 병원 커봤자 괜히 피곤하기나 하지.
         그리고 혜진이 원래 열정적이잖아. 도전하는 모습 얼마나 보기 좋아.

동기2   맞아. 젊어서 고생은 사서도 한다는데 뭘.
         참, 요새 시골 정착하면 지원금도 주고 그런다던데.
         혜택 같은 거 없어? 솔직히 인프라는 별로니까.

혜진	(태연하게 웃으며) 어머, 너희 업데이트가 너무 느리다.
	이래서 서울 사람들이 우물 안 개구리 소리 듣는 거야.
동기1	응?
혜진	요새 지방은 시골 같지도 않아. 얼마나 잘돼 있는데.
	나폴리, 산토리니가 안 부럽다니까?
	그리고 병원? 야, 실속이 말도 못 해. 내가 독과점이거든.
	환자가 아주 문전성시를 이루는데...
	오죽하면 시골 의사가 도시 의사보다 수입 많다고 기사까지 나왔겠어.
	...아 참, 너희 신문 잘 안 보지?

S#22. 예식장, 주차장 (낮)

차 쪽으로 걸어가는 혜진, 못마땅한 얼굴로 혼잣말을 구시렁댄다.

| 혜진 | 이것들이 나 몰래 단체로 돌려까기 학원을 다녔나. 아, 약 올라... |

차 쪽으로 걸어가던 혜진, 뭔가를 보고 멈춰 선다.
신혼여행을 떠나는 차량 앞에 신랑 신부와 배웅하는 가족들 모습 보인다.
예복 차림의 신부, 곱게 한복을 차려입은 어머니와 포옹하는데 눈가가 촉촉
하다. "좋은 날 울긴 왜 울어." 하는 어머니와 "엄마나 울지 마." 하는 딸의 대
화 들려오고...
혜진, 그 모습을 멍하니 보고 섰는데 뒤에서 들려오는 두식의 목소리.

두식(E)	뭘 그렇게 뚫어지게 보냐?
혜진	(돌아보고 경악으로) 뭐야. 여길 어떻게 왔어?
두식	남들 성대하게 결혼하고 신혼여행 가는 거 보니 부러워 죽겠어?
혜진	여기 어떻게 왔냐니까!
두식	(태연하게) 청첩장 보고. 물티슈 꺼낼 때 있던데?
혜진	(황당한) 뭐?

두식	(별거 아니라는 듯) 차에다 핸드폰 두고 내렸어.
혜진	(호들갑으로) 그렇다고 여길 오면 어떡해. 누가 보면 어쩌려고!
두식	(어이없는) 연예인이냐? 왜 이렇게 유난을 떨어.
혜진	지금 여기 내 대학동기에 선후배들 전부 모여 있단 말이야. 일단 타.
두식	어?
혜진	(두식을 밀며) 아, 얼른 타라고.

혜진, 보조석 문을 열고 두식을 구겨 태우는데 마침 나오던 동기1, 혜진을 발견한다.

| 동기1 | 어? 혜진이 옆에 저 남자 누구지? |

혜진의 차가 움직이기 시작하고 동기1, 재빨리 두 사람의 사진을 찍는다.

S#23. 혜진의 차 안 (낮)

혜진, 인상을 팍 쓴 채 운전하는데 옆에서 두식이 말한다.

두식	난 이 차에 탈 의향이 전혀 없었어. 알아두라고.
혜진	말이나 못 하면.
두식	가는 길에 터미널에 내려주던가.
혜진	(어이없고) 가는 길? 이미 지나왔거든요?
두식	(여유롭게) 그럼 할 수 없네. 이대로 쭉 가는 수밖에.
혜진	(기막혀서 헛웃음 나오는데)
두식	피곤하면 말해. 운전 교대해줄 테니까.
혜진	됐어. 난 남이 내 물건에 손대는 거 질색이야. 심지어 새 차는 더더욱.
두식	그래라. 나야 편하고 좋지 뭐.

혜진, 그런 두식을 얄밉게 보는데 때마침 혜진의 차가 한강변을 지나간다.

혜진	(창밖 보며) 아, 한강에서 돗자리 깔고 와인 마시고 싶다...
두식	(괜히) 바다 보며 마시는 막걸리의 맛을 알까 몰라.
혜진	(높은 빌딩 보며) 아, 저기 레스토랑 파스타 진짜 잘하는데.
두식	배 위에서 끓여 먹는 대게라면이 진짜지.
혜진	(이쯤 되면 배틀이고) 서울을 두고 다시 촌구석으로 내려가야 되다니.
두식	(지지 않는) 여기도 건물, 저기도 건물. 어우, 답답해. 얼른 공진 가고 싶다!

두식과 혜진, 의미 없는 신경전을 벌이고 있다...

S#24. 공진 전경 (낮)

S#25. 시장 동편 입구 (낮)

전봇대에 붙은 '쓰레기 무단투기 금지' 팻말 아래 쓰레기 잔뜩 버려져 있다. 화정, 팔짱을 낀 채 쓰레기봉투들을 내려다보고 경찰복 차림의 은철, 옆에 서 있다.

은철	(화정에게) 주말이라 단속 안 할 거라고 생각하고 버린 모양이에요.
화정	(화나서) 어떤 놈인지 아주 잡히기만 해봐. 아, 오늘 홍반장도 없는데.
은철	형 어디 갔어요?
화정	응. 서울 갔어.
은철	(고개 갸웃하며) 두식이 형 은근히 서울을 많이 가는 것 같아요.
미선(E)	혜진이도 서울 갔는데...

뒤에서 들려오는 소리에 화정, 은철 돌아보면 목욕바구니 든 미선이 서 있다.

| 미선 | (화정 보며) 안녕하세요, 건물주님. |

화정	아, 그... 윤선생님이랑 같이 사시는 친구분?
미선	맞아요. (하다가 은철 보고) 어? 최은철 환자분이시네?
은철	(깍듯하게 목례하며) 아, 안녕하세요.
미선	(호기심 가득한 눈으로) 경찰이었어요?
은철	네.
미선	(훑어보며) 와. 이렇게 입으니까 다른 사람 같네요.
	엄청 듬직해 보여요. 병원에선 시퍼렇게 질려서 막 손을 떠시더니.
은철	(당황해서) 제가 언제요!
화정	(놀리듯 보며) 그랬어?
은철	(얼굴 확 붉어지는) 아니요!
미선	(귀엽다는 듯 보며) 다음번엔 너무 긴장하지 마세요. 그럼 병원에서 봬요!

미선, 은철을 향해 미소를 날려주고 가면 은철, 왜 저래 보며 미간을 찌푸린다.
화정, 미선과 은철을 보고 피식 웃다가 순간 멈칫한다.
사람들 사이로 긴 머리를 한 어떤 여자(초희)의 옆모습을 얼핏 본 것 같다.
화정, 다시 몇 걸음 더 가서 보는데 어느새 사라져버린.

| 화정 | (고개를 갸웃하는) 잘못 봤나... |

S#26. 고속도로 톨게이트 (저녁)

어느새 해가 어둑어둑해진 시간, 청호 톨게이트로 혜진의 차가 빠져나간다.

소리(E)	통행료는 12700원입니다.

S#27. 혜진의 차 안 (저녁)

혜진, 운전에 찌든 피곤한 얼굴이고 하이패스 소리에 팔짱 끼고 자던 두식이 깨어난다.
두식이 앉아 있는 의자가 어느새 뒤로 젖혀져 있다.

두식   (기지개 펴는) 어우, 다 왔네. 나 언제 잠들었대?
혜진   (부글부글) 차가 그렇게 막히는데도 한 번을 안 깨더라?
두식   승차감이 좋더라고. 차 잘 바꿨다야.
혜진   (짜증) 내가 무슨 운전기사도 아니고! 하루 종일 이게 뭐야!
두식   (휴대폰 들여다보며) 그러게 교대해준다니까 싫다며.
혜진   (그렇긴 하지만) 그럼 옆에서 말동무라도 해야 될 거 아냐!

두식, 그러거나 말거나 휴대폰 메시지들 확인하는데 "또 누가 쓰레길 무단투기 했어. 대책회의 하게 가게로 와." 하는 화정의 문자 와 있다.

두식   조용히 운전하는 걸 선호한다길래 배려해준 건데?
혜진   (빈정대는) 네에, 생각해주셔서 아주 고오맙습니다.
두식   고마운 김에 나 횟집 앞에 좀 내려주라.
혜진   (뭐지 싶어 보면)
두식   비상대책회의가 생겼는데, 걸어가기 귀찮아.
혜진   (버럭) 여기서 내려!

S#28. 혜진의 집 외경 (저녁)

미선(E)   잘 다녀왔어?
혜진(E)   어...

S#29. 혜진의 집, 침실 (밤)

세안을 마친 혜진, 화장대 앞에 앉아 기초 제품 바르는데 휴대폰 알림 울린다.

혜진, 휴대폰 보는데 단체 채팅방에 주차장에서 찍힌 두식과 혜진의 사진 올라와 있다.

혜진	(경악으로) 이게 뭐야! 언제 찍혔어!
동기1(E)	혜진이 너 남자친구 생겼더라?
혜진	남자친구는 개뿔!
	(빛의 속도로 타이핑하는) 아냐. 그냥 우연히 아는 사람을 만나서,

혜진, 거기까지 쳤는데 알림소리와 함께 새 메시지가 올라온다.

동기2(E)	남자친구? 어머, 너무 잘생겼다.
동기3(E)	그러게. 어디서 이런 훈남을 만났어?
동기1(E)	나도 보고 깜짝 놀랐다니까.

동기들의 반응을 본 혜진, 원래 쓰던 메시지를 스윽- 지워버린다.
괜히 어깨가 으쓱해지는 혜진, 메시지를 새로 쓰기 시작한다.

혜진(E)	남자친군 아니고. 난 관심 없다는데 자꾸 쫓아다니네?

메시지를 전송한 혜진, 다시 동기가 찍은 두식 사진을 클로즈업해본다.

혜진	...잘생겼나?

혜진, 기분이 괜히 묘해지면... 메신저를 끄고 침대에 벌러덩 누워버린다.

S#30. 두식의 집, 거실 (밤)

테이블 위에 핫플레이트, 심지, 온도계, 전자저울 등의 재료 놓여 있다.
그 앞엔 향초를 굳힐 용기에 심지가 나무젓가락으로 고정돼 있다.

라텍스장갑 낀 두식, 핫플레이트 위 포트에 소이왁스를 녹이며
고개가 아픈 듯 왼쪽, 오른쪽으로 목운동을 한다. 그러다가 떠오르는 기억.

flash back.
S#23에서 이어지는 혜진의 차 안.
두식, 어느새 자기도 모르게 꾸벅꾸벅 졸다가 고개가 불편하게 꺾인다.

혜진   (힐끗 보고) 남은 죽어라고 운전하는데 잠이 오냐?

그러나 두식의 자는 자세 불편해 보이고
혜진, 못마땅하게 보면서도 전동버튼 눌러 두식 시트를 젖혀준다.
시트의 움직임에 얼핏 눈을 뜬 두식, 잠기운에 혜진의 투덜거림을 듣는다.

다시 현재. 두식, 용기에 소이왁스를 부으며 피식 웃는다.

cut to.
시간이 흐르고, 용기 속 왁스가 점차 굳어 향초가 되어 있다.

S#31. 두식의 집, 침실 (새벽)

어둠 속 침대에 잠들어 있는 두식, 나쁜 꿈을 꾸는 듯하다.
찌푸려진 미간과 이마에 맺혀 있는 땀... 고통스러워하다가 잠에서 깨어난다.
두식, 호흡을 가라앉히고 부엌으로 가 물을 따르고 정체불명의 약을 먹는다.
식탁에 컵을 내려놓는 두식, 깊은 한숨을 쉰다...

S#32. 공진 전경 (아침)

S#33. 라이브카페 안 (아침)

두식, 춘재가 보는 앞에서 핸드드립 시범을 보인다.

두식   드립 할 때 적정 온도는 88도에서 95도야.
        물을 부을 땐 가운데부터 시작해서 나선을 그리며 밖으로 나갔다가
        다시 안쪽으로... 거품이 부풀어 올랐다 꺼질 때쯤 똑같이 2차 추출을 할 거야.
춘재   (들여다보며) 야, 꼭 공갈빵 부푸는 것 같다.
두식   응. 귀엽지?

그때 문이 열리고... 혜진, "안녕하세요?" 하며 들어온다.

춘재   (반갑게) 선생님 오셨어요?
혜진   (두식 보며 얼떨떨해진 채) 네에...
두식   출근하는 길?
혜진   응. 여기서도 일을 해?
두식   가끔. 형이 부탁하면.
혜진   (이해 안 되는 얼굴로) 진짜 희한한 라이프스타일이야...
        그 핸드드립은 할 줄이나 알고 하는 거야?
두식   궁금하면 드셔보시던가.
춘재   (끼어들며) 이놈 이거 고급인력이에요.
        바리스타 자격증도 있고 요샌 내 커피 선생까지 하느라 더 바빠요.
혜진   (그 말에도 떨떠름하게 두식 보는데)
두식   (포트 건네주며) 형, 이거 한 번만 더 추출해서 치과 줘.
춘재   (받아들고) 어, 그래. 벌써 시간 다 됐나?
두식   (앞치마 벗으며) 응.
혜진   (슬쩍 묻는) 어디 가?
두식   (대답 대신 춘재에게) 중간에 드리퍼 빼. 안 그럼 텁텁해진다?
춘재   응. 알겠어.

춘재, 진지하게 추출에 전념하고 두식, 혜진을 지나쳐 혹 나가버린다.
질문에 대한 답을 못 들은 혜진, 닫힌 문을 째려보고는 춘재에게 외친다.

혜진   저 그거 말고 라떼 주세요. 시럽 잔뜩 넣어서!

열심히 핸드드립 하던 춘재, 당황해서 손을 삐끗한다...

S#34. 주민센터, 민원실 (아침)

용훈의 자리 비어 있고 영국, 눈치 보다가 커피사탕 하나를 뜯어 까먹는다.

용훈   (뒤에서) 제 자리에서 뭐 하세요?
영국   (입에서 사탕 굴리며) 아니 이게 먹으면 잠이 깨더라고.
       월요일이라 그런가 왜 이렇게 졸려...
용훈   (구시렁) 월화수목금 맨날 조시면서...
영국   (삐쳐서) 야!!!

그때 갑자기 로비 쪽이 시끌벅적해지며, 두식과 화정이 위풍당당하게 걸어
들어온다.
영국, 그 기세에 눌려 긴장으로 먹던 사탕을 꿀꺽 삼키는데
두 사람, 시장에 버려진 쓰레기봉투들을 영국 앞에 내려놓는다.

영국   (당황해서) 두 사람이 여긴 웬일이야? 이건 또 다 뭐고.
화정   (위압적인) 눈 없어? 쓰레기잖아.
영국   (약간 겁먹은) 그니까. 이걸 왜 여기로 가져왔어...
두식   (똘끼로) 시장에 올해 발생한 무단투기가 스물네 건.
       통반장협의회에서 CCTV 달아 달라 건의한 게 아홉 번.
       근데 여전히 CCTV는 없고, 엊그제 또 한 건이 추가돼버렸네?
영국   저기, 나도 시청에다 전달은 했지. 근데 아직 허가가 안 나갓고.

두식	그럼. 동장님 입장 이해하지. 예산은 한정되고 일은 많고 얼마나 힘드시겠어.
영국	(눈치 살피며) 알아주면 고맙고...
화정	(번뜩이는 눈빛으로) 그래서 우리가 잡게. 무단투기범.
영국	응? 어떻게?
두식	모든 범죄는 단서를 남기는 법. 증거는 이 쓰레기 안에 있겠죠.
	범인이 뭘 먹었는지, 뭘 버렸는지 여기서 직접 뒤질라구.

화정, 고갤 끄덕이면 두식, 국물 흥건한 음식물 쓰레기봉투를 풀려고 한다.
용훈, 금방이라도 토할 듯 헛구역질하고 민원실 안 모두가 경악하는데!

영국	(두식의 손을 탁 잡으며) 잠깐, 홍반장!
	(화정 보며) 화정아...
화정	(영국이 이름 부르자) ...화정이라니!
	공과 사는 확실히 구분합시다, 장영국 동장님.
영국	(끄응) 미안합니다, 여통장님.
	(두식 보며) 그러잖아도 나 오후에 시청 들어가.
	내가 이번엔 아주 사생결단의 자세로다가 딱 얘길 하고 올게. 응?
두식	(미심쩍게 보면)
영국	진짜야. CCTV 꼭 달아준다니까?
두식	(기다렸다는 듯) 300만 화소 HD급 카메라에 각도 조절 가능.
영국	(진저리가 나는) ...알겠으니까 가. 이거 갖고 가.

화정과 두식, 눈짓하더니 금세 쓰레기봉투를 나눠 들고 민원실을 나간다.
그러면 영국, 다리에 힘이 풀린 듯 휘청한다.

용훈	(부축하며) 동장님. 괜찮으세요?
영국	(넋 나간 채) 아무래도 내가 제명에 못 살지 싶다.

S#35. 주민센터 앞 (아침)

주민센터 앞 계단을 개선장군처럼 걸어 내려오던 두식과 화정!

두 사람 한 손엔 쓰레기봉투를 든 채 누가 먼저랄 것 없이 하이파이브를 한다.

마치 『슬램덩크』 속 강백호와 서태웅 같다.

S#36. 윤치과, 로비 (낮)

미선, 카운터에서 화장을 고치고 있고 진료실에서 나온 혜진, 예약환자 명단을 살펴본다.

혜진   오늘 오후 예약 풀이네?

미선   어. 미리 목이랑 어깨 좀 풀어둬. (립스틱 두 개 보여주며) 무슨 색이 더 나아?

혜진   (보고) 왼쪽.

미선   오케이. (혜진이 골라준 립스틱 바르는데)

혜진   무슨 화장을 그렇게 열심히 고친대?

미선   (립스틱 다시 바르고) 예약환자 올 시간 다 돼서.

혜진   (다시 명단 뒤적이며) 예약환자가 누구길래...

하는데 그때 문 열리며 경찰복 차림의 은철이 들어온다.

미선   (함빡 웃으며) 어서 오세요.

은철, 어색하게 목례하는데 혜진, 오호라 하는 표정으로 두 사람을 본다.

S#37. 윤치과, 진료실 (낮)

은철, 입을 벌린 채 누워 있고 혜진, 신경치료를 끝냈다.

혜진	최은철 환자분. 신경치료 잘 마쳤어요.
	표선생님. 홀 부분 캐비톤으로 메꿔주세요.
미선	네.

혜진, 미선에게 토스하고 나가면 은철, 여전히 긴장해서 주먹을 꽉 쥐고 있다.

미선	(은철에게) 이제 제가 임시재료 채워드릴 거예요.
	(긴장 풀어주려) 환자분 주말에는 뭐 하셨어요?
은철	(입을 벌린 상태로 웅얼웅얼) 쿠...공...
미선	(작업하며) 아아, 출동하셨구나. 고생 많으셨겠다.
	그럼 평소 쉴 때는 주로 뭐하세요?
은철	콕...거...
미선	(또 알아듣고) 아, 독서 좋아하시는구나.
	그럼 제일 좋아하는 책이 뭐예요?
은철	아...으...아...잉...오...에...이...아...우...
미선	(태연하게) 아아, 나의 라임 오렌지나무?
은철	(눈이 휘둥그레지는) ...?!

S#38. 윤치과 건물, 복도 (낮)

치료받고 나오던 은철, 심각한 표정으로 치과 문을 한 번 더 돌아본다.

은철	뭐지? 어떻게 알아들었지?

S#39. 수협 직판매장 앞 (저녁)

"나 가요!" 외치며 검은 비닐봉지 들고 나오는 두식.
그때 오토바이 한 대가 그 앞에 와 서는데, 헬멧을 쓴 운전자 바로 감리다.

감리	(무심하게 툭 묻는) 니 탈라나?
두식	(씩 웃으며) 당연하지.
감리	(헬멧 내밀며) 그기는 뭔 봉다리나?
두식	(봉지를 감리에게 주며) 아, 오늘 물건 잘 팔았다고 가자미 한 마리 받았어.
감리	(봉지를 바구니에 넣고) 게떠거 꾸어 먹으믄 되겠다니.
두식	(헬멧 쓰고 감리 뒤에 타며) 할머니랑 같이 먹을 건데?
감리	밥 얻어먹을라고 어데서 영껭이 같은 짓이나!
두식	(장난스럽게) 들켰네?
감리	안 떨어질라믄 꽉 끈안나.

두식, 뒤에서 감리의 허리를 끌어안으면 멋지게 출발하는 오토바이!

S#40. 감리의 집, 방 안 (저녁)

감리, 비디오플레이어에 테이프를 집어넣으면 〈인생극장〉 타이틀 뜬다.
화면 속 공진의 골목을 걸어가는 할머니의 모습 보이는데, 바로 감리다.
잘 구워진 가자미와 게장이 차려진 밥상 앞의 두식, 질색을 한다.

두식	그걸 또 봐요? 어휴, 지겹지도 않나.
감리	나는 이보다 더 재밌는 푸로는 본 적이 음싸.
두식	그래서 이런 노래가 있나 봐.
	(재롱 반 놀림 반) 텔레비전에 내가 나왔으면 정말 좋겠네 정말 좋겠네.
감리	(성질내는) 헷소리 그만하고 밥이나 처먹으라니.
두식	(웃으며 게장 먹어보고) 새로 담근 게장 기가 막히네!
	원석이 형이 뭐래? 맛있대죠?
감리	...몰라. 하도 바빠 먹는 건 보지도 못했다니.
두식	서울까지 가서서 밥 한 끼도 같이 못 먹었어?
감리	(괜히 딴말하는) 그 기빡데기에 밥으 싹싹 비베 먹어봐.

그라믄 을매나 마숩다고.

두식   할머니는 안 잡숴?

감리   난 됐써.

TV에선 녹화해둔 〈인생극장〉이 계속해서 나오고 감리, 맨밥을 입에 가져가
녹여먹듯 우물우물하는데 두식, 그 모습을 유심히 본다.

S#41. 골목길 및 혜진의 집, 대문 앞 (저녁)

혜진의 집 앞 골목길 혜진과 미선, 얘기하며 나란히 걸어온다.

혜진   너 아까 뭐냐? 최은철 환자한테 관심 있어?

미선   (바로) 어.

혜진   아니, 몇 번이나 봤다고 그게 그렇게 돼?

미선   횟수가 뭐가 중요해. 얼굴 딱! 제복 핏 딱!
         게다가 생년월일 보니까 나보다 네 살이나 어려. 그럼 끝난 거지.

혜진   단순해서 좋겠다. (하다가) 야, 너 그 생년월일 어디서 봤어?
         너 환자 정보에 접근하기만 해. 그거 의료법에 개인정보보호법 위반이야!

혜진, 미선에게 엄포를 놓는데, 그때 대문 앞에 앉아 있던 보라가 혜진을 부
른다.

보라   (반가움에 벌떡 일어나며) 선생님!

S#42. 혜진의 집, 거실 및 현관 (저녁)

보라, 고슴도치를 보고 있고 편한 옷으로 갈아입은 혜진, 소파에 앉아 있다.

혜진	맡아주긴 했지만, 이렇게 아무 때나 보러오면 곤란해.
보라	(시무룩해진) 아는데 자꾸 보고 싶은 걸 어떡해요.
혜진	(마음 약해져서) 기왕 온 거 실컷 봐.
보라	(금세 신나서) 선생님. 얘 손바닥 위에 올려놔봤어요?
혜진	아니.
보라	산책시켜줘 봤어요?
혜진	(영혼 없이) 그럴 리가.
보라	제가 고슴도치에 대해 공부해봤는데요. 고슴도치랑도 친해질 수 있대요.
	진짜로 친해지면 만질 수 있게 뾰족한 가시를 다 눕혀준대요.
혜진	(관심 없는) 밥 주고 똥 치우는 것만도 충분히 귀찮아.
	그리고 어차피 니네가 곧 데려갈 텐데 뭐.
보라	그래도 여기 있는 동안은 친해지면 좋잖아요.
혜진	(귀찮고) 시험이 언제랬지? 이준이는 공부 열심히 하고 있대?
보라	걔는 맨날 열심히 해요. 근데요, 장이준 오늘 생일이에요.

S#43. 화정의 집, 거실 (저녁)

촛불 켠 생일케이크 앞. 고깔모자를 쓴 이준이 선비처럼 점잖게 앉아 있고
그 옆에서 화정과 영국이 신나게 생일노래를 부르고 있다.

화정·영국 생일 축하합니다~ 생일 축하합니다~ 사랑하는 이준이 생일 축하합니다~

화정, 영국 "와!" 하고 호들갑을 떨면 이준, 부모의 기대에 부응하고자 밝은
표정으로 촛불을 분다.

화정	(선물 내밀며) 장이준, 엄마 아들로 태어나줘서 고마워?
영국	(더 큰 선물 주며) 이건 아빠 선물. 블록세트 중에서도 제일 비싼 거야.
화정	이준이가 장난감 갖고 노는 거 봤어? 이준아, 엄마 껀 책이야.
영국	안 그래도 책만 보는 애한테 또 책을 사주냐? 성의 없게.

이준	(점잖게) 고맙습니다. 얼른 커서 반포지효反哺之孝하도록 할게요.
영국	(서운한) 이준아. 왜 또 아빠한테 존댓말 해? 반말 써주기로 했잖아.
	그게 아빠한테는 효도라니까?
화정	애냐? 이준이가 편한 대로 하는 거지 별걸 다 강요해.
영국	친구 같은 엄마 되고 싶다며 반말해달라 애걸복걸할 땐 언제고
	이제 와 쿨한 척이야?
화정	(버럭) 아, 내가 언제!
이준	(두 사람 으르렁거리면, 한숨 쉬고) 나 할 말 있는데, 내년부터는
	꼭 이렇게 같이 생일파티 안 해도 돼. 엄마아빠 이혼했잖아.

이준의 말에 화정과 영국, 명치를 얻어맞은 듯하고!

화정	...그치. 이혼했지. 아들! 혹시 그래서 상처받았어?
이준	(덤덤하게) 여섯 살 때는 받았는데, 지금은 아홉 살이라서 괜찮아.
화정	다행이네. 근데 이혼했어도 이준이가 엄마아빠 아들인 거는 변함이 없어.
	억지로가 아니라 같이 축하해주고 싶어서 모인 거야. (영국 옆구리 퍽 치면)
영국	(억, 아픈 와중에 진심으로) 당연하지!
	아빠는 일 년 중에 이준이 생일이 제일 중요해. 아빠 마음속 국경일이야!
이준	(순순히) 알겠어.
화정	(분위기 전환하려) 이준이 케이크 먹을래? 엄마가 제일 맛있는 걸로 사왔는데.
이준	밥 먹기 전에 단 거 먹는 거 아니야.
화정	(당황해서) 어? 아, 그치. 그럼 우리 밥부터 먹자.
영국	그래, 밥 먹자 밥. (하며 이준 쳐다보면)
이준	(역시 영국을 빤히 쳐다보고)
화정	(숟가락 들며 버럭) 아, 얼른 숟가락 들어!
	애 어른이 숟가락 들기 전까진 밥 안 먹는 거 몰라?
영국	아, 맞다. 이준아, 아빠 먹는다? (하며 황급히 밥 한 술 뜨면)
이준	잘 먹겠습니다. (하고 밥 먹기 시작하는)
영국	(화정에게) ...나도 잘 먹을게.
화정	참 빨리도 얘기한다.

영국	(오이소박이 베어 먹고) 이야, 오이소박이 여전하네.
	나는 가끔 이게 그렇게 생각나더라.
화정	(그런 영국 힐끔 보고, 이준에게) 우리 이준이 많이 먹어.

S#44. 윤치과 외경 (아침)

S#45. 윤치과, 로비 (아침)

카운터에 선 혜진, 차트 보고 있는데 우당탕탕 시끄러운 소리와 함께 문이 열린다. 두식, 버둥거리는 감리를 공주님처럼 안고 있고 감리, 두식의 머리채를 잡고 있다.

두식	(혜진에게) 치과! 내가 환자 데려왔어!
감리	(민망함에 버럭) 내 안 온다 했다니! 내리가믄 가만 안 둘끼야.
두식	(턱짓으로 진료실 가리키며) 저쪽으로 가면 되지?
혜진	(멍하니 섰다가) 어? 어.

S#46. 윤치과, 진료실 (아침)

혜진, 감리의 엑스레이를 유심히 보고 있고 감리와 두식, 그 앞에 앉아 있다.

혜진	사진 보니 그동안 많이 불편하셨겠어요.
두식	(끼어들며) 왜? 심각해?
혜진	환자랑 직접 대화하고 싶으니까 제3자는 빠져주시죠?
두식	(쿨하게 물러서는) 오케이. 할머니가 얘기해.
감리	모 말할 거나 있다니. 팔십 펭생 썼으니 이쯤 되믄 망거지는 게 당연하제.
혜진	그래도 연세에 비해 양호하신 거예요. 임플란트도 가능하신 걸요?

감리	(기겁하며) 잉플란가 그기 마이 비싸다던데.
혜진	그렇게 느끼실 수 있는데, 2개까진 보험 적용돼서 30%만 내시구요.
	하나만 본인부담으로 하시면 돼요.
감리	다 해서 을매나 하나?
혜진	아, 이 정도... (종이에 숫자 써서 보여주면)
감리	(눈 휘둥그레지며) 야야라, 머이 이래 비싸나!
	이빨에 이 돈을 우태 들인다니. 그냥 뽑아버리고 말제.
두식	(당황해서) 할머니!
혜진	(최대한 설명하려) 비용이 부담되시면 부분틀니나 다른 방법도
	고려해보실 수 있는데요. 사실 틀니는 아무리 잘 만들어도 씹는 힘이
	임플란트 반의반밖에 안 나와요. 근데 임플란트를 하실 수 있을 만큼
	골상태가 좋으시니까 기왕이면...
감리	(말 자르며) 마카 필요음써요. 못 쓰는 건 다 뽑아버레요.
두식	(달래는) 할머니, 일단 생각을 좀 해보고...
혜진	환자분. 치아는 그렇게 막 뽑아도 되고 그런 게 아니에요.
	특히 노인한테는 생존이랑 식결되는 문제예요.
	이가 없으면 잘 못 먹고, 그럼 영양섭취에 불균형 생기고.
	뼈 약해지고 못 움직이고, 그러다 진짜 큰일 나실 수도 있어요!
감리	(입 꾹 다물고 있으면)
두식	(옆에서) 뭘 또 그렇게까지 말을 해.
혜진	(단도직입적으로) 혹시 돈이 없으세요?
두식	(직설적인 질문에 놀라서) 치과!
혜진	형편이 많이 어려우시냐구요.
감리	(자존심이 상해서) 어렵기는! 나를 머이로 보고! 내가 공진에 집도 있고
	땅도 수천 펭이나 있다니! 어데 그뿐이나? 우리 아들이 서울서 해게사야!
	손녀는 미국 하바드를 다닌다니!
혜진	그런데 돈이 아까워서 치료를 안 하시겠다구요?
감리	(멈칫하면) !-
혜진	(냉정하게) 그럼 더는 드릴 말씀이 없네요. 가세요.
두식	(놀라서) 치과!

감리	야야라, 간다 가! 치과으사가 머이 베슬이나?

화난 감리, 벌떡 일어나서 나가면 두식, "할머니!" 부르며 따라 나간다.

S#47. 윤치과, 원장실 (아침)

혜진, 피곤하다는 듯 책상에 앉는데 어느새 돌아온 두식이 원장실로 따라 들어온다.

혜진	간 거 아니었어?
두식	(화나서) 꼭 말을 그렇게 해야 돼?
혜진	내가 뭐?
두식	돈이 없냐니, 그게 의사가 할 말이야? 왜? 돈 안 되면 그냥 보내려고?
혜진	(역시 화나고) 말 함부로 하지 마. 다짜고짜 안 한다고 우기시니까 환자의 경제적 상황에 대해 물은 거야.
두식	좋게 말할 수도 있었잖아.
혜진	(단호하게) 싫어. 병원이 무슨 편의점에서 물건 사듯 이거 주세요 하는 덴 줄 알아? 치아 뽑는 게 얼마나 큰일인데 환자 맘대로 판단하고 고집을 피워!
두식	무슨 말인지 알겠는데, 전달방식이 틀렸어. 감리씨가 치과 할머니였어도 그렇게 말했겠어?
혜진	(날카롭게) 내 할머니가 아닌데 왜 그런 가정을 해야 돼?
두식	(싸늘하게) 뭐?
혜진	그리고 그쪽이야말로 보호자도 아닌데 왜 이렇게 오버야? 꼴사납게.
두식	(쓸쓸하다는 듯 보고) 사람 참 안 변해... 그치?

두식, 그 말을 남기고 나가면 혜진, 기막히다는 듯 헛웃음을 짓는다.

S#48. 상가 근처 거리 (낮)

굳은 표정으로 걸어가던 두식, 철물점 앞에서 멈춰 선다.

S#49. 철물점 안 (낮)

금철, 예능을 보며 낄낄거리다가 문 열고 들어오는 두식을 보고 흠칫한다.

금철 왜? 물건 아직 안 들어왔어.
두식 너 내가 부탁한 거 주문만 하고 아직 결제는 안했지?
금철 (움찔하고) 해, 했어!
두식 (가소롭다는 듯) 금철아. 나야. 홍두식.
금철 (질린다는 듯 보며) 그래, 아직 안 했다! 근데 뭐 왜 또!

　　　cut to.
　　　금철, 진절머리가 난 표정으로 앉아 있고 두식, 현금 뭉치를 세고 있다.

두식 내가 널 모르냐. 의심이 많아서 물건 확인 전까진 절대 선금 안 주잖아.
금철 소원인데, 제발 우리 가게에 발길 좀 끊어주라.
두식 (돈 세며) 다음에 다시 주문할게. 그리고 너 나 아님 친구 없잖아.
금철 없는 게 나을 것 같다는 생각은 안 들어?
두식 (그러거나 말거나) 봉투 없냐?

S#50. 감리의 집, 마당 (낮)

감리, 수돗가에 쪼그리고 앉아 채소 다듬고 있는데 두식, 마당에 들어선다.
두식, 슬그머니 들어와 감리 옆에 은근슬쩍 앉지만 감리, 아는 척도 않는다.

두식	내가 억지로 치과 데려가서 뽑따구 났어?
감리	(눈도 안 마주치는)
두식	(눈치 살피며) 우리 감리씨 진짜 화 많이 났나 보네.
감리	(여전히 묵묵부답으로 채소만 손질하는데)
두식	그래도 나는 할머니가 제대로 치료받았음 좋겠어.
	이 아프면 그게 찌릿찌릿 얼마나 신경 쓰여.
감리	(채소 손질하던 손 멈추는)
두식	그런 의미에서 내가 뭘 좀 꺼낼 건데, 화내면 안 돼!
감리	(그 말에 힐끗 처음으로 보는데)
두식	(주머니에서 봉투 꺼내며 조심스레) 나 할머니 밥 먹고 키 이만큼 컸잖아.
	할머니 이는 내가 고쳐주고 싶어. 그니까 이걸로 치과 가서,
감리	(두식의 말이 채 끝나기도 전에) 서이까지 실 테이니 그 전에 튀라.
두식	(능청스럽게) 에이, 감리씨 왜 이러실까.
감리	서이!
두식	(조금 불안하지만) 할머니. 그러지 말고 우리 얘기 좀 하자.
감리	두울!
두식	할머니... (하면서도 주춤주춤 물러나는데)
감리	하나!

감리, 대야를 들어 물을 끼얹으면 으아아! 물벼락을 맞는 두식이다...

S#51. 혜진의 집, 거실 (저녁)

고슴도치는 오물오물 밥을 먹고, 혜진은 흥분한 채로 거실을 왔다 갔다 하고
있다. 미선, 별 생각 없이 리모컨으로 채널을 돌리며 혜진의 말을 듣고 있다.

혜진	재수없어! 자기가 뭔데 나에 대해 함부로 평가질이야?
	그리고 남의 일엔 왜 그렇게 나서는데?
	본인 앞가림이나 제대로 할 것이지 어쭙잖게 이리 기웃 저리 기웃.

뭐 착한 척하면 세상이 알아줄 줄 알아?

미선   (빤히 보다가) 너 왜 이렇게 흥분해?

혜진   (여전히 흥분한 채) 내가? 내가 언제?

미선   지금 네 상태 최소 BP160에 100데시벨(DB)이야.

             너 다른 사람 때문에 이러는 거 처음 본다?

혜진   (약간 당황) 아니, 그야 나를 자꾸 열받게 하니까...

             (잠깐 멈칫하는데 때마침 휴대폰 진동 울리면) 전화 온다, 전화.

혜진, 테이블 위의 휴대폰 보면 발신인 '홍반장'이다.

S#52. 방파제 (밤)

검고 잔잔한 밤바다에 오징어배 불빛이 점점이 흩어져 있다.

두식, 방파제에 앉아 있고 혜진, 두식을 발견하고 새침한 표정으로 다가온다.

혜진   이 시간에 여긴 왜 불렀어?

두식   부르니까 나오네 뭐.

혜진   (바로) 간다!

두식   앉아.

혜진   (못 이기는 척 옆에 앉으면)

두식   (밤바다 보며 툭 말하는) 저기 저 불빛, 정체가 뭔 줄 알아?

혜진   (시큰둥하게) 알 게 뭐야.

두식   저게 오징어배다?

             참 고단한 불빛인데, 멀리서 보면 꼭 바다에 알전구 켜놓은 것처럼 예뻐.

혜진   (뜻밖의 감상적인 말에 힐끗 보는데)

두식   감리씨는 오징어 내장 손질만 수십 년을 했어.

             근데 지겹지도 않은가 오징어를 제일 좋아해. 못 잡순 지 한참 됐지만.

혜진   (멈칫했다가 괜히 쌀쌀맞게) 혹시 동정심 유발할 작전이면 그만두시지?

두식   치료비는 내가 낼게. 근데 부탁이 있어.

혜진	(예상 못 한 상황이고) ...뭔데?
두식	임플란트, 비밀로 해줘. 그냥 다른 싼 치료법이라고 둘러대달라고.
혜진	그건 곤란해. 의사는 결과에 책임을 지는 사람이야.
	환자에게 정확한 치료계획을 고지할 의무가 있어.
두식	(그건 생각 못 했다) 음... 그럼 금액이라도 다시 얘기해주라.
	차액은 내가 낼 테니까, 할머니한텐 네가 할인해주는 걸로 해.
혜진	대체 왜 이렇게까지 해? 본인이 안 한다잖아.
두식	안 하는 게 아니라 못 하는 거야. 주변 챙기는 데 인생을 바친 분이거든.
	자길 돌보고 스스로에게 베푸는 법을 모르셔.
혜진	그래서 아픈 걸 참아? 이기적인 발상이네.
두식	(버럭) 이기적이라니! 난 할머니보다 이타적인 사람을 본 적이 없다.
	젊어서부터 자식들 위해 안 해본 일이 없고,
	지금도 부담주기 싫으셔서 저러시는데 그걸 이해 못 해?
혜진	(차갑게) 어, 이해 못 해. 미련하고 답답해!
두식	(화나서) 왜 이렇게 삐딱하게 굴어?
혜진	(날카롭게) 그쪽이야말로 알지도 못하면서 왜 까불어!
두식	(보면)
혜진	부모가 진짜 자식을 위하는 일이 뭔지 알아?
	아프지 말고 오래 사는 거야!
두식	(본인 얘기구나, 깨닫고) !
혜진	(떨리는 목소리로) 그깟 돈 몇 푼 더 물려주려고 아픈 걸 참는 게 아니라,
	자기 자신부터 챙기는 거라고! 알아?

그렇게 말한 혜진의 눈빛이 슬퍼 보여서 두식, 말문이 턱 막힌다.
혜진, 홱 일어나서 가버리지만 두식, 차마 잡지 못하고 그 뒷모습을 본다.

S#53. 혜진의 집, 화장실 (밤)

혜진, 화난 얼굴로 쿵쾅쿵쾅 들어와 칫솔에 치약을 짠다.

다소 거칠게 양치질을 하는 혜진에게 어린 날의 기억이 떠오른다.

S#54. 과거. 혜진의 기억 몽타주

- 길가 포장마차 (낮)
  혜진(7세), 유치원 가방 메고 걸어가다가 분식 파는 노점상을 발견한다.
  엄마와 혜진이 다정하게 순대를 먹던 모습 보이지만...
  환영이다. 혜진의 기억이다.
  아주머니가 순대 써는 모습을 보던 혜진, 주머니에서 동전을 꺼내 세어본다.

- 혜진의 옛집, 거실 안 (낮)
  혜진(7세), 현관문을 열고 신난 표정으로 "엄마!" 하고 들어오는데.
  수척한 얼굴의 혜진 모, 항암치료 후유증으로 먹은 것을 다 토하고 있다.
  혜진, 현관에 그대로 굳어버린 채 손에 든 검은 비닐봉지를 등 뒤로 숨긴다.

S#55. 혜진의 집, 화장실 (밤)

불현듯 떠오른 기억에 양치질하던 혜진의 손이 서서히 느려진다.
거울을 보는 혜진의 눈이 금방이라도 울 것 같다.

S#56. 방파제 (밤)

여전히 그 자리에 앉아 오징어배 불빛을 보는 두식, 예전 기억을 떠올린다.

flash back.
S#22. 두식의 시선에서... 두식, 차 앞에서 혜진을 기다리는데 저 멀리에서
걸어오는 혜진 보인다. 두식, 아는 척을 하려는데 갑자기 멈춰 서는 혜진.

신부와 신부 어머니가 포옹하는 장면을 멍하니 보는데 그 눈빛 슬퍼 보인다.

혜진(E) 너무 어릴 때 돌아가셔서 이제 아무렇지도 않아요.
두식   (복잡한) 아무렇지도 않기는...

S#57. 감리의 집 외경 (낮)

S#58. 감리의 집, 마당 (낮)

감리, 수돗가에 앉아 두식이 만든 빨랫비누로 걸레를 빨고 있는데
입구에서 두식이 머리만 살짝 밀어넣고 감리를 부른다.

두식   감리씨.
감리   (두식 보고 물 끼얹으려는 시늉하면)
두식   (기겁하며) 나 오늘은 돈봉투 없어! 진짜야!
감리   (누그러져 다시 하던 빨래를 하면)
두식   (슬그머니 들어와) 할머니는 나 감기 걸리면 어쩌려고 물벼락을 끼얹나?
감리   여름 감기는 개도 아이 걸린다니. 니 내 뿔따구 나믄 을매나 무수운지 봤제?
두식   예! 두 번 봤다간 아주 얼어 죽겠네.
        (옆에 같이 쪼그리고 앉아) 세탁기 두고 왜 빨래를 손으로 해!
감리   몇 개나 된다고 세탁기를 돌레! 전기세 아깝게.
두식   (뺏어 들며) 내가 할 테니 가 앉아 계셔.
감리   (못미더운 듯 잔소리) 씨게 비비야 대. 안 그르믄 때가 안 빠진다니.
두식   잔소리는! 알겠어!
감리   (일어나 툇마루로 가는데)
두식   (빨래하면서) 근데 나 솔직히 할머니한테 섭섭해.
        아들이 준 용돈봉투는 넙죽넙죽 잘도 받으면서 내 돈은 왜 안 받아?
        나는 남이라 이거야?

감리	(툇마루에 앉으며) 니 물벼락 다시 맞고 싶나?
두식	(움찔하며) ...마지막 발언은 취소.
감리	(바람에 처마의 풍경이 흔들리면) 니가 달아준 저 종. 소리가 차암 좋다니.
두식	예. 좋은 소리 실컷 들으셔. 좋은 경치도 많이 보고 좋은 것도... 잡숫고.
감리	(두식을 보면)
두식	할머니. 누가 그러는데,
	부모가 진짜 자식을 위하는 일은 아프지 않는 거래.
감리	(멈칫하면) ...
두식	(괜히 장난스럽게) 이 빨랫비누 누가 만들었는지 아주 때가 싹싹 지네.

S#59. 식당 안 (낮)

식탁 위에 오징어볶음이 담긴 커다란 접시 놓여 있고 미선, 맛있게 밥을 먹고 있다. 오징어를 향해 젓가락을 뻗던 혜진, 두식이 했던 말이 떠오른다.

두식(E)	감리씨는 오징어 내장 손질만 수십 년을 했어.
	근데 지겹지도 않은가 오징어를 제일 좋아해. 못 잡순 지 한참 됐지만.

혜진, 그 말을 떨쳐내듯 오징어를 입으로 가져가 먹는데.

혜진	(꼭꼭 씹어보고는) 미선아. 오징어가 너무 질기지 않아?
미선	응? (한 입 먹어보고) 오징어야 원래 다 이 정도 질기지.
혜진	그런가? (진미채 집어 먹어보고) 이건 또 왜 이렇게 질겨.
미선	얘가 갑자기 왜 이래?
혜진	(미역줄기 등 다른 반찬 먹어보며) 이것도 질기고. 뭐 이렇게 다 질기냐?
미선	(엄포로) 윤혜진 어린이. 자꾸 반찬 투정하면 밥그릇 뺏어버릴 거예요!

식탁 위 반찬을 내려다보는 혜진, 자꾸만 마음이 쓰여 미치겠다.

S#60. 감리의 집, 방 안 (낮)

감리, 폴더형 휴대폰 버튼을 더듬더듬 눌러 '아들'에게 전화를 건다.
신호가 가다가 "여보세요." 소리가 들려오면 반가운 얼굴이 되는 감리.

감리	원석아. 니 지끔 안 바쁘나?
원석(F)	바쁘죠. 근데 잠깐 통화할 정도는 돼요.
감리	(기쁘고) 어어. 점심은 챙기 먹었제?
원석(F)	그럼요. 시간이 몇 신데.
감리	으응. 기장은 먹어봤나? 엔날부터 니가 참 기장을 좋아했싸.
원석(F)	아... 요새 일이 많아서 집에서 밥 먹을 시간이 없네. 오늘은 꼭 먹을게요.
감리	(실망한 티 안 내고) 그래게 일이 많아 우태하나? 건강 잘 챙기야 해.
원석(F)	예, 어머니도요. 그러잖아도 엊그제 두식이가 전활 했더라구요.
감리	(놀라서) 두식이가?

S#61. 과거. 방파제 (밤)

S#56에서 이어지는 장면이다. 두식, 망설이다가 '원석 형님'에게 전화를 건다.

두식	형. 나 두식이. 잘 지내셨지?
	다름이 아니라 내가 어머님 모시고 치과엘 갔는데 치아가 많이 안 좋으셔.
	임플란트를 해야 될 것 같은데 안 한다고 버티시네?
	(사이) 예... 형님이 직접 얘기해보시면 어떨까 해서.

S#62. 감리의 집, 방 안 (낮)

그 얘기를 들은 감리, 고마우면서도 민망한데.

감리	두식이가 그새 니인테 알쿴나. 우태 했으믄 좋겠나?
원석(F)	임플란트 안 한다 그러셨다면서요. 안 하신다는 걸 제가 어떻게 강요를 해요.
감리	(예상치 못한 답변에 당황하는) !
원석(F)	알아봤는데 연세가 많으면 임플란트 하는 게 더 무리라는 사람도 있고.
	좀 더 있다가 아예 전체틀니를 하시는 게 낫지 않아요?
감리	(원석의 말에 멈칫) ...
원석(F)	그게... 올해는 내가 좀 힘드네.
	민주가 미국을 갔잖아요. 학비도 만만치가 않고.
감리	(애써 웃으며) 야야라, 갠한 거 신겡 쓰지 마라. 난 아무렇지도 않다니.
	니들만 잘 살믄 대. 민주는 잘 있나?

S#63. 윤치과, 원장실 (저녁)

혜진, 지친 표정으로 의자에 푸욱 앉으면 미선, 따라 들어온다.

혜진	하아, 오늘 정신이 하나도 없네.
미선	고생했어. 그래도 이번 주에 환자 더 늘었잖아.
혜진	(기쁜 얼굴로) 그러게. 내 실력 좋다고 입소문이 좀 났나?

혜진, 신나서 호들갑 떨며 책상 위의 차트를 앞으로 휙휙 넘겨보다가 멈칫한다. 환자 차트에 '김감리'라고 적혀 있고... 혜진, 여전히 신경이 쓰인다.

S#64. 감리의 집, 대문 앞 (저녁)

혜진, 자기도 모르게 감리의 집 입구에 서 있다.

혜진	내가 여길 왜 왔지? 미쳤나 봐.

혜진, 스스로가 이해 안 되는 듯 고갤 흔들며 돌아서는데 뒤에 감리 서 있다.

혜진   안녕하세요. (사이) 안녕히 계세요. (하고 황급히 도망치려는데)
감리   (대뜸) 즈냑은 먹었소?

S#65. 감리의 집, 방 안 (저녁)

혜진의 앞에 김이 모락모락 나는 감자옹심이 한 그릇이 놓인다.

감리   집에 밥이 없어 감재옹심이르 끓였는데, 먹어본 적 있소?
혜진   (낯설고) 아니요.
감리   함 잡사봐요. 이기 햇감재를 쓱쓱 갈아 물을 쪽 찌워갖고
          육숫물에 오물오물 끓인 거래요. 쫄깃쫄깃한 게 참말로 마수와.
혜진   네. 잘 먹겠습니다. (하며 한 입 먹어보는데)
감리   (궁금한) 우떻하우?
혜진   (눈 동그래져서) 맛있어요!
감리   다행이요. 마이 잡사요.

혜진, "네..." 하며 한 숟가락 더 먹는데 감리, 리모컨 들어 비디오를 재생한다.
〈인생극장〉 음악과 함께 감리가 방 안으로 들어서는 장면 나오면 혜진, TV
를 본다.

감리   저기 2년 전 나요. 바로 이 방이잖소.
혜진   네? (방 안을 둘러보고 다시 영상 보는데) 아...

insert.
감리, 낡은 서랍장에서 노란색 보자기 꾸러미 꺼낸다.
그리고 보자기에서 한자로 된 종이를 꺼내더니 소중히 쓰다듬으며 말한다.

감리	이기 우리 아부지가 1941년에 한국광복군에 입대했고 광복군 2지대에
	배속됐단 내용이래요. 어머이가 물레주신 거르 갖고만 있었제 내가
	어데 한문으 읽으 줄을 아나. 근데 30년 전에 동네에 언니가 읽어줬어요.
	움메나 영특하든지 신동이었어요, 신동.

그때 밖에서 "할머니" 하는 소리와 함께 마당에 들어서는 두식의 모습.
"오대산 호랭이도 지 말하면 와요." 하며 반갑게 일어나는 감리.
감리, "저놈이래요." 하고 두식, 카메라를 보며 조금 당황한 듯 멈칫거린다.

감리	(TV 가리키며) 저기 두식이장가.
	두식이 덕택에 돌아간 우리 아부지가 독립유공자 인정을 받았소.
혜진	(신기하고) 이게 언제 방송된 거예요?
감리	재작년에 찍어갔제. 울 아부지가 내 이름으 태극기서 따왔다지 뭐요.
	선곤감리으 감리. 오라버이 함자는 건곤이래요.
혜진	(진심으로) 좋은 이름이네요. 아버지가 자랑스러우시셨어요.
감리	말해 모해요. 내 밥 먹는 사람 붙들고 엔날얘길 너무 오래했싸.
	이래서 늙으믄 주책이라잖나. 얼렁 잡사요.
혜진	...네. (하며 다시 숟가락을 든다)

S#66. 감리의 집, 마당 (밤)

혜진, 툇마루에 앉아 있고 감리가 부엌에서 나온다.

혜진	(일어나 인사하는) 저녁 감사합니다.
감리	(혜진 옆에 가 앉으며) 나야말로 서울 태워다줘서 고맙소.
혜진	(따라 앉고) 네. 드릴 말씀이 있어 왔는데, 밥부터 얻어먹었네요.
감리	무슨 일이든 밥부텀 먹고 해야 대. 그보다 중한 기 어딨다고.
혜진	그니까요. 밥 먹는 게 제일 중한데, 저한테 이를 뽑으라 그러심 어떡해요.

감리	(맞는 말에 피식 웃는)
혜진	(진심으로) 이 아픈 게 참 그래요. 눈에 안 보이니까 자기 자신 아님 얼마나 힘든지 잘 몰라요. 자식들도 모르구요.
감리	(말없이 밤바다만 보는데)
혜진	치과 다시 오세요. 돈을 다 안 받을 순 없고, 재료값만 받을게요.
감리	(혜진의 제안에 놀라고) !
혜진	대신 비밀 지키셔야 돼요. 절대 공진에 소문나면 안 돼요! 저 이렇게 일하다간 치과 문 닫아야 되거든요.
감리	그러믄서 나인테 왜 이리 해주나?
혜진	오징어 제일 좋아하신다면서요. 저희 엄마는 순대 좋아했어요.
감리	(짠하게 보면) ...
혜진	(담담하게) 그냥 그걸 드실 수 있게 해드리고 싶어요. 그게 다예요.
감리	(괜히) 두식이가 또 헷소리를 했장가. 에누리 읎는 놈이 오지랖만 넓다니.
혜진	(피식 웃고) 맞네요.
감리	(풍경 가리키며) 저것도 그놈이 달아줬싸.

혜진, 처마에 달린 풍경을 물끄러미 본다. 밤하늘의 풍경, 잔잔하게 흔들린다.

S#67. 갯바위 및 바위 아래 (밤)

두식, 낚싯대를 드리워놓고 앉아 있는데 탁- 뭔가 문 느낌이 든다.
낚싯대를 잡아채는 두식, 힘겨루기에서 밀리지 않기 위해 줄을 풀었다 감았
다 하는데 그 순간 낚싯줄이 끊어지고!
그 반동으로 옆에 둔 양동이가 굴러 떨어진다.

두식	(아쉬움으로) 아! 대체 얼마나 큰 놈을 놓친 거야?

아쉽다는 듯 바다를 보던 두식, 플래시를 켠다.
떨어진 양동이를 줍기 위해 더듬더듬 바위 아래로 내려가는데.

나뒹구는 양동이를 주워 들다가 뭔가를 발견하고 '으아악!' 소릴 지르며 뒤로 넘어진다.

S#68. 공진 전경 (아침)

S#69. 윤치과 건물 앞 (아침)

윤치과 건물 앞에 오토바이 한 대가 터프하게 와서 선다.
헬멧을 멋지게 벗으며 내리는 사람, 바로 감리다.

S#70. 윤치과, 로비 (아침)

제일 아끼는 옷을 입은 감리, 위풍당당하게 문을 열고 로비에 들어서면
카운터에 있던 미선과 원장실에서 나오던 혜진, 감리를 본다.

미선   어서 오세요.
감리   (의기양양하게) 내 잉플라르 하러 왔소.
혜진   (미소로) 잘 오셨어요.
감리   (대뜸) 먼첨 계산부터 해도 되오?
혜진   네? 아, 네. 그럼 먼저 저랑 다시 말씀을 나누고.
감리   머이 할 말이 또 있다고. 내가 마카 준비를 해서 왔소.

감리, 전대 지퍼를 열어 만 원짜리 돈다발을 카운터에 탁 내려놓는다.

감리   일시금이오. 펭생을 허리꼉이가 끙케나가게 열심히 살안데.
        죽기 전까지 오징어는 실컨 먹어야제.
혜진   (웃으며) 질긴 음식이라 실컷은 안 돼요. 일주일에 한 번만 드세요.

S#71. 시장 동편 입구 (낮)

'쓰레기 무단투기 금지' 팻말 달린 전봇대 위에 CCTV 2대가 설치되어 있다.
전봇대 아래 두식, 화정, 영국이 CCTV를 올려다보고 있다.

영국   (생색으로) 300만 화소짜리로다가 무려 두 개. 렌즈도 360도 막 돌아가.
화정   이렇게 빨리 달 수 있는 걸 왜 여태 안 해줬대?
영국   (서운하고) 여통장님. 그렇게 말하면 내가 섭섭하지.
        내가 이걸 얻어내려고 시장님과 얼마나 심도 깊은 대화를 나눴는데.
두식   (옆에서 달래는) 잘하셨어. 고생 많으셨네.
화정   그러게 그 대화를 진즉 좀 하지 그랬어! 하여간 옛날부터 느려터져가지고!
영국   여통장님. 방금 그 말, 공 아니고 사야. 감정 섞었어!
화정   시끄럽고! 이거나 가져가! (하며 들고 있던 천가방 내밀면)
영국   이게 뭔데!
화정   (버럭) 뭐긴 뭐야 오이소박이지! 그렇게 생각이 난대매!

영국, "아…" 하며 멋쩍게 받아들고
두식, 그 모습에 피식 웃는데 때마침 전화가 걸려온다. 발신인은 감리다.

두식   여보세요. 감리씨?
감리(F)   (앓는 목소리로) 니 지금 당장 죽 좀 사다내.
두식   (놀라는) 죽?

S#72. 감리의 집, 방 안 (낮)

감리, 보료에 누워 있는데 죽 봉투를 든 두식이 허겁지겁 문 열고 들어온다.

두식	할머니. 어디 아파?
감리	(보료에서 일어나며) 상이나 페.
두식	(바로 상 펴며) 어디가 안 좋은데? 나보고 죽 사오란 거 처음이잖아.
감리	잉플란 그기 보통 일이 아이더라야. 마취가 풀리니 골이 다 찡찡 아파.
두식	(놀라고) 어?
감리	아침에 치과르 댕게왔싸.
두식	(기쁨으로) 할머니!
감리	(괜히) 그만 불러쌌고 얼렁 죽부텀 차리내.
두식	어? 어! (신나서 죽 꺼내며) 어떻게 치과 갈 생각을 했어? 고집도 센 양반이.
감리	엊즈냑에 치과선생이 다녀갔싸.
두식	(뚜껑 열다가) 치과가? 집으로?
감리	(고갤 끄덕이며) 싸게 해줄 테이 고상 그만하고 치과로 오라데.
	가가 영껭이 같은 줄 알았는데 아이라니.
두식	(죽그릇 감리 앞에 놔주며 듣는데)
감리	(덧붙이는) 겉만 쌩하지 속은 물러터졌싸. 사는 동안 애가 마이 말랐을 끼야.
두식	(그 말에 생각 많아지고) ...
감리	숟가락.

두식, "어어." 하며 숟가락의 비닐포장을 뜯는데 딴생각을 하고 있는 듯한 얼굴이다.

S#73. 혜진의 집 외경 (밤)

S#74. 혜진의 집, 화장실 (밤)

혜진, 고개 숙여 머리를 감고 있는데 순간 팍! 하는 소리와 함께 불이 나간다.

혜진	(갑작스런 정전에 당황해서) 뭐야, 갑자기.

S#75. 혜진의 집, 거실 (밤)

머리에 수건을 감싼 채 엉거주춤 나온 혜진, 스위치 켜보지만 소용없다.
당황한 혜진, 어둠 속에서 휴대폰으로 화정에게 전화를 건다.

혜진   안녕하세요, 통장님. 저 윤혜진인데요. 갑자기 집이 정전이 돼서요.

S#76. 혜진의 집, 현관 앞 (밤)

혜진, 문을 열면 두식이 서 있다. 멋쩍게 서로를 보는 두 사람...
혜진의 머리카락이 아직 물기에 젖어 있다.

S#77. 혜진의 집, 현관 및 거실 (밤)

두식과 혜진 안으로 들어오면, 거실이 온통 캄캄한 암흑이다.

두식   집에 초 하나도 없냐?
혜진   (휴대폰 플래시에 의지한 채) 어! 서울에선 전기 나갈 일이 없거든.
두식   어련하시겠어. (하며 휴대폰 플래시 켜는데 그 불빛이 혜진 눈을 찌른다)
혜진   아! 지금 나 공격했냐? (하더니 자기 플래시로 두식의 눈 비춘다)
두식   (불빛 가리며) 어우! 함무라비냐? '눈에는 눈'이라 이거야?
혜진   당연하지! '이에는 이'야!

두식, 고개를 절레절레 젓고는 플래시 불빛 비춰 가방에서 향초(S#30)를 꺼
낸다. 향초에 불붙이면 금세 집 안이 주홍빛으로 물든다.

혜진	별걸 다 갖고 다니네. 그 가방 안에 없는 게 있긴 해?
두식	(대답 대신) 불은 어쩌다 나간 거야?
혜진	머리 감는데 갑자기 욕실 불이 꺼졌어. 동네가 다 정전된 건 아니지?
두식	응. 여기만 그런 것 같은데. 두꺼비집은 열어봤어?
혜진	그게 어디 있는데?
두식	(물은 내가 바보지) 됐다...
	(신발장으로 가서 두꺼비집 열어 확인하는) 차단기는 안 내려갔는데.
	이건 인입선에 문제가 있는 것 같아. 한전에 연락해야겠는데?
혜진	나 삼재도 아닌데 왜 이러니 진짜.
두식	이건 그냥 인재야. 기다려.

cut to.
부엌 쪽에서 전화하던 두식, "예, 알겠습니다." 통화를 마치고 거실로 온다.

두식	공급선로에 문제가 생겨서 일시적으로 전기가 차단됐대.
	확인해준다니까 좀만 기다리면 들어올 거야.
혜진	그럼 이렇게 캄캄한 채로 있어야 돼?
두식	왜? 설마 무서워?
혜진	(괜히) 무섭기는! 그냥 물어본 거야.
두식	친구는 어디가고?
혜진	피부 관리 받으러.
두식	...올 때까지 같이 기다려줘?
혜진	(멈칫했다가) ...아이스크림 하나 먹을래?
두식	(보면)
혜진	(변명하는) 정전... 때문에 냉장고에 있는 게 다 녹을 것 같아서.

cut to.
혜진과 두식, 손에 하드를 들고 거실에 어색하게 앉아 있는데
케이지 안에 누워 있던 고슴도치가 꼬물꼬물 쳇바퀴를 돌리기 시작한다.

두식	(그 소리에 놀라) 깜짝이야! 저 고슴도치 보라 꺼 아니야?
혜진	맞아.
두식	얘가 여기 와 있었어?
혜진	어. 그쪽이 안 맡아준 덕분에.
	그 성격이면 고슴도치 아니라 곰이라도 맡아주겠던데, 왜 거절했대?
두식	...난 생명 있는 건 안 키워.
혜진	(뜻밖의 말에 두식을 보는데)
두식	(대뜸) 닮았다, 둘이. 저 고슴도치, 꼭 치과 같애.
	둘 다 뾰족뾰족 가시나 돋쳐가지고.
혜진	(찌릿) 뭐?
두식	얼굴도 좀 닮았나?
혜진	(발끈해서) 이보세요! 말씀이 너무 심하시네.
두식	(툭) 미안해.
혜진	(눈 동그래져서) 왜 바로 사과를 해? 어울리지도 않게.
두식	그동안 내가 너에 대해 잘 알지도 못하면서 너무 심하게 말했어.

flash back.

2화 S#38. 두식의 말. "머리 좋아 공부 잘했을 테고 의사도 됐고. 인생이 아주 탄탄대로였겠어."

2화 S#66. 두식의 말. "너 사람들 볼 때 어떤 얼굴인지 알아? 얼른 돈 벌어서 여기 떠야지."

S#47. 두식의 말. "돈이 없냐니, 그게 의사가 할 말이야? 왜? 돈 안 되면 그냥 보내려고?"

혜진	(진지한 사과에 놀라고) !
두식	나도 모르게 함부로 판단했나 봐. 미안.
혜진	(민망함에) 갑자기 왜 이래, 무섭게.
두식	치과가 안 다녀갔음 아마 감리씨 치료 안 받았을 거야. 고맙다.
혜진	그야 뭐... (어버버하다가 괜히 오버해서 말하는) ...나도 그냥 두면 찝찝하니까. 결과적으로다가 돈도 벌었고! 나 공진바닥 돈 싹싹 긁어모아서

서울 갈 거야. 그 생각 변함없으니까, 착각하지 마!

두식   (피식 웃으며) 그래. 아주 부자 돼라.

그 순간 두식, 하드를 입에 물고 주머니에서 휴지 꺼내 혜진 손을 감싸준다.
하드가 녹아서 물이 떨어지자 막대를 감싸준 거지만, 가벼운 손 터치에 놀라는 혜진!

두식   (빈 아이스크림 막대를 쓰레기통에 버리고 덤덤하게) 다 먹었으니 간다.
혜진   어어...
두식   (문 열고 나가면)
혜진   (손에 감긴 휴지 내려다보며) ...뭐야, 깜짝 놀랐네.

혜진, 남은 하드를 우적우적 먹어치우고는 막대와 휴지를 재빨리 쓰레기통
에 버린다. 뭔가 모를 여운 남는데, 그때 '홍반장'에게서 메시지가 도착한다.

두식(E) 두꺼비집 있는 데 좀 다시 열어봐.

혜진, "뭐야" 하며 두꺼비집이 있는 신발장 열어보는데
한 짝뿐이던 혜진의 구두가 한 쌍이 되어 있다! 눈이 휘둥그레지는 혜진!

S#78. 혜진의 집, 현관 앞 (밤)

혜진, 문 열고 나와 담벼락에 매달려 자전거 타고 가는 두식에게 소리친다.

혜진   (구두 들고) 홍반장! 이거 어디서 났어?
두식   (자전거 세우고 돌아보며) 조용히 해! 동네 시끄러워!
혜진   (신나서) 어디서 났냐니까!
두식   (툭) 길 가다 주웠어!
혜진   (기쁨의 혼잣말) 바다에 휩쓸려갔는데, 어떻게 이렇게 멀쩡하지?

혜진, 구두를 바닥에 내려놓고 신어보는데 그 순간 전기가 들어오며
현관 앞 센서등과 집 안의 모든 조명들이 탁! 환하게 켜진다.
눈부시게 미소 짓는 혜진의 모습에서.

S#79. 에필로그. 유리구두

- 갯바위 아래 (밤)
  소릴 지르며 뒤로 넘어진 두식의 눈앞에 부패한 다리에 신겨진 화려한 구두
  가 보인다! 놀란 두식, 플래시 비춰보는데 다리처럼 보이던 것 나무토막이다.

두식   웬 구두가 이런 데 있어...! (하며 집어 들다가 구두를 알아보고) ...어?

- 두식의 집, 거실 (낮)
  두식, 인터넷에 '젖은 구두 말리는 법'을 쳐보더니 젖은 구두를 마른 수건
  으로 닦아낸다.
  안에 종이를 구겨 채워 넣은 뒤 잘 마르는지 몇 번이고 들여다본다.
  정성껏 구두를 복원하는 두식의 모습!

- 혜진의 집, 현관 (밤)
  혜진이 냉장고 열어보는 사이 두식, 두꺼비집 옆 신발장을 살짝 연다.
  한 짝만 남아 있는 구두 옆에 자신이 가져온 나머지 구두를 내려놓는다.
  비로소 구두 한 쌍의 짝이 맞춰졌다.

- 혜진의 집 앞 골목길 (밤)
  두식, 자전거를 탄 채 불 켜진 센서등 아래 기뻐하는 혜진을 보고 피식 웃
  는다. 혼자 머쓱해 표정 관리하듯 웃음을 거두고 다시 자전거 타고 가는데
  자꾸만 새어나오는 미소를 참지 못하는 두식이다.

4화

절대! 난 함부로 취하지 않아.

왜?

싫으니까. 약해지는 거, 풀어지는 거, 솔직해지는 거.

S#1.   상가거리 (아침)

두식이 찾아준 구두를 신고 예쁘게 차려입은 혜진, 출근하는 길이다.
비닐앞치마에 장화 신고 손에 빨간 고무장갑 낀 두식, 반대편에서 걸어온다.

혜진   (뭐 저런 차림인가 하는 눈빛으로 보는데)
두식   (손 번쩍 들어 보이며) 어이, 치과!

이렇게 매일 출근하는 혜진과 두식의 모습이 연속 교차되며 보여진다.
원피스 입은 혜진과 머릿수건 쓰고 알록달록 페인트 묻은 옷을 입은 두식.
H라인 스커트 입은 혜진과 회색 작업복에 안전모 쓰고 사다리를 든 두식.
와이드팬츠 입은 혜진과 흰색 주방장 복장에 '공진반점' 철가방 든 두식.
걸어올 때마다 두식이 부르는 "어이, 치과!" 소리 역시 반복된다.
철가방을 들었을 땐 철가방을 북처럼 두드리며 반주까지 넣어 부른다.

S#2.   혜진의 집 외경 (아침)

S#3.   혜진의 집, 거실 (아침)

잠옷 차림의 혜진, 이리 뛰고 저리 뛰며 출근 준비로 정신없다.
화장실과 방을 오갈 때마다 혜진, 조금씩 변신한다.
수건 감고 있던 머리엔 헤어롤이, 핏기 없던 입술에 립스틱 발리고, 옷도 갈아
입었다. 준비를 마친 혜진, 가방 챙기며 미선의 방문 향해 소리친다.

혜진   야, 표미선!

방문 열리며 미선 나오는데, 머리는 산발에 방금 일어난 부스스한 몰골이다.

혜진   ...또 늦잠 잤냐?
미선   (가라앉은 목소리로) 어.
혜진   나 먼저 간다.
미선   같이 가.
혜진   안 돼. 너 기다렸다가는 지각이야.
미선   (화장실로 향하며) 3분이면 돼.

한숨 쉬는 혜진, 기다리며 거실의 고슴도치 집 앞에 쪼그려 앉는다.
혼자 구석에서 꼬물대는 고슴도치를 보는데... 보라가 한 말이 떠오른다.

보라(E) 고슴도치랑도 친해질 수 있대요.
        진짜로 친해지면 만질 수 있게 뾰족한 가시를 다 눕혀준대요.
혜진   (고슴도치 만져보는데) 앗, 따가워. 자식 되게 까칠하네.

flash back.
3화 S#77. 두식의 말. "닮았다, 둘이. 저 고슴도치, 꼭 치과 같애. 둘 다 뾰족
뾰족 가시나 돋쳐가지고."

혜진   (두식이 한 말 떠올라 발끈) 닮긴 어디가!
        (고슴도치 집 문 닫고 소리치는) 표미선, 3분 됐어! 나 간다!

미선   (풀 메이크업에 옷까지 다 갈아입은 채 혜진 뒤에서) 가자.
혜진   (돌아보고) 어떻게... 얼굴을 갈아 끼운 거야?

S#4.   상가거리 (아침)

두식이 찾아준 구두를 신은 혜진, 항상 출근하던 거리(S#1)를 미선과 걸어간
다. 늘 반대편에서 오던 두식 보이지 않으면 혜진, 괜히 주변을 두리번거린다.

혜진   (중얼거리는) 웬일로 안 보인대?
미선   뭐가?
혜진   ...어? 아니야.
        (계속 두리번거리다가) ...우리 점심때 짜장면 시켜 먹을까?
미선   야, 너는...! 출근하면서부터 점심메뉴를 생각하냐? 바람직하게.

S#5.   윤치과, 로비 (낮)

미선, 테이블 닦고 혜진, 어쩐지 시무룩한 표정으로 앉아 있다.
짜장면 소스 묻은 그릇에 적혀 있는 '공진반점' 글씨 선명하게 보인다.

미선   아까부터 왜 나라 잃은 표정으로 앉아 있어?
혜진   (뜨끔해서) 내가 언제?
미선   짜장면 왔을 때부터. 지가 먹재놓고 갑자기 딴 게 땡겨?
혜진   ...어? 어어. 갑자기 떡볶이 생각이 나서.
미선   저녁에 먹으면 되지. 이거나 내놓고 와. (하며 짜장면 그릇 내민다)

S#6.   윤치과, 입구 (낮)

혜진, 짜장면 그릇을 내려놓으며 중얼거린다.

혜진   쓸데없이 출몰할 땐 언제고 보이질 않아.

S#7.   윤치과, 로비 (낮)

혜진, 다시 들어오는데 잡지를 든 미선이 호들갑을 떨며 부른다.

미선   혜진아. 이 사람, 그 사람 맞지?

미선이 들이민 페이지에 지적이고 따뜻한 분위기의 남자 얼굴 실려 있고
'예능계의 신성 〈최초의 맛〉, 〈무엇이든 먹어보살〉 PD 지성현'이라 적혀 있다.

혜진   ...어? 어.
미선   어쩐지... 너 TV도 잘 안 보는 애가 이 프로 다 챙겨봤잖아.
혜진   (별거 아닌 척) 그야 선배니까. 잘되면 좋겠어서 그랬지.
미선   누굴 바보로 아냐? 너 이 사람 좋아한 거 내가 모를 줄 알아?
혜진   (바로) 좋아하긴 누가!
미선   (안타깝다는 듯) 하여간 인연 참 얄궂어. 왜 하필 이강욱 친구여가지고.
혜진   (멈칫했다가) 야, 입술이나 다시 발라! 지금 너무 춘장 컬러야.
미선   그래? 섹시하지 않아?

미선, 장난스레 '우' 해보이고 혜진, 질색하면서도 웃는데
그때 병원 문 열리고, 30대 중반쯤 된 준수한 외모의 남자가 들어선다.

명학   저 처음이라 예약을 못 했는데 괜찮을까요?
혜진   (상냥하게) 그럼요. 들어오세요.

S#8.   윤치과, 진료실 (낮)

혜진, 엑스레이를 보며 명학에게 설명해준다.

혜진   (엑스레이 가리키며) 통증이 심하신 걸로 봐선,
       과거 치료받은 크라운 안에서 충치가 발생한 걸로 보여요.
       이건 엑스레이론 확인이 불가능해서 뜯어봐야 정확한 상태를 알 수 있구요.
       그다음에 재신경치료를 할 지 임플란트를 할 지 결정할 겁니다.
       아무래도 비용에는 차이가 좀 있는데...
명학   (쿨하게) 상관없어요. 원장님 믿고 맡기겠습니다.
혜진   아, 네. 감사합니다. 최선을 다하겠습니다.
명학   요새 치과에 가격 때문에 진상 피우는 환자들도 많다면서요.
       그래서 진료실에 CCTV도 설치하고 하시던데.
혜진   아, 그게 녹화하려면 환자분들 동의가 필요해서 아직 설치 못 했어요.
명학   그러시구나... 근데 원장님께서 참 미인이시네요.
혜진   (프로페셔널하게) 감사합니다. 하지만 전 실력 있단 말을 더 선호합니다.
명학   혹시 제가 실례되는 말을 했나요?
혜진   (친절하게) 아닙니다. 그럼 어디 한번 볼까요?

S#9.   윤치과, 로비 (낮)

지지직- 카드명세서 나오는 소리. 미선, 영수증을 뽑아 카드와 함께 명학에
게 내민다.

미선   카드랑 영수증. 여기 있습니다.
명학   네, 감사합니다. (하며 카드 받는데 미선의 손을 잡듯이 스치고)
미선   (당황해 약간 움찔하는데) !
명학   (미소로) 그럼 내일 뵐게요.
미선   (역시 웃으며) 네, 안녕히 가세요.

명학 가고 나면 미선, 손이 스친 건 자신의 착각인가 싶어 고개를 갸웃한다.

혜진 (원장실에서 나오며) 난 젠틀한 환자들이 너무 좋아.
      신경치료든 임플란트든 비용 상관없이 날 믿고 맡긴데.
미선 돈이 많은가 봐. 아까 보니 죄다 명품이더라.
혜진 그러게. 저런 여유는 진짜 경제력에서 나오는 건가?
미선 그건 좀 슬프지 않아?
혜진 (주먹 불끈) 역시... 돈을 많이 벌어야겠어!

S#10. 보라슈퍼 앞 (낮)

화정, 슈퍼 앞 좌판에서 바구니에 담긴 사과를 살피느라 여념이 없다.
박스를 찢어 적은 가격 보이고... 윤경, 그 옆에 서 있다.

윤경 웬일로 사과를 보세요? 제철과일 아님 잘 안 사시잖아요.
화정 내일이 우리 엄마 제사잖아.
윤경 아... 죄송해요. 것도 하나 기억 못 하고.
화정 먹고 살기 바쁜데 남의 엄마 제사를 어떻게 기억해?
      (돈 내며 사과 바구니 가리키는) 이걸로 줘.
윤경 (받아들고) 네.
화정 (보며) 이제 배가 좀 나왔네. 계속 몸 무거워질 텐데 힘들어 어째.
윤경 (봉지에 사과 담으며) 처음도 아닌데요 뭘.
화정 두 번째라고 애 낳는 게 어디 쉬워?
윤경 (웃으며) 하긴. 얼마나 아픈지 알아 그런가, 벌써부터 애 낳는 꿈을 꿔요.
화정 둘째도 딸이라고 금철이가 서운해 하진 않지?
윤경 전혀요. 드디어 딸 키우는 재미 보겠다고 들떠 있어요.
      요샌 인형으로 머리 땋는 연습해요. (하며 봉지 건네는)
화정 (받아들며) 생각해보니 보라가 머릴 기른 적이 없구나?

윤경	네. 걘 보통 딸 같지가 않잖아요. 다른 친구들은 죄다 엘사드레스 입고
	렛잇고 부르는데 저 혼자만 태권도복에 개다리춤.
화정	(덕담하는) 두고 봐. 그런 애들이 크게 된다?
윤경	(뭔가를 보며 간절하게) ...제발 그랬으면 좋겠네요.

화정, 윤경의 시선이 닿는 곳에 보라, 길 한가운데서 개다리춤을 추고 있다. 질색하는 이준, "창피해." 말하면 보라, "뭐? 이게!" 하며 이준에게 신발주머니 휘두른다.

윤경	(당황해서) 최보라! 너 엄마가 한 번 더 그러면 혼난댔지!
화정	우리 이준이 젖니는 보라가 다 빼주겠네.
윤경	죄송해요... (하며 사과 하나를 화정의 비닐봉지에 더 담아준다)

S#11. 윤치과 건물 앞 (저녁)

혜진과 미선, 퇴근하는 길인데 뒤쪽에서 남숙이 두 사람을 불러 세운다.

남숙	선생님들! 어디 가?
미선	(인사하는) 안녕하세요.
혜진	저희 지금 퇴근하는 길이에요.
남숙	아유, 내가 딱 맞춰왔네. 시간 괜찮으심 어디 좀 초대하려고 하는데.
미선	어딜....요?
남숙	(자랑스럽게) 응, 공진의 경제를 책임지는 우리 상가번영회!
혜진	(듣기만 해도 안 가고 싶은) 아...
남숙	요 근방 사업자들은 다 속해 있어. 선생님도 공진에서 장사를 하려면, 아...
	병원을 장사라고 하면 좀 그런가? 하여튼 매출을 올리려면 꼭 여길 나가야 돼.
미선	(선수 치는) 죄송한데, 저희가 오늘 일정이 있어서...
남숙	그래? 아쉽네. 우리 총무 홍반장이 오늘밤에 시간이 안 된대서.
혜진	총무요?

남숙	응! 홍반장이 총무, 내가 회장이거든.
혜진	(바로) 갈게요!
남숙	정말?
미선	(얘가 미쳤나 싶은 눈으로 보는데)
혜진	...같은 사업자로서 동병상련을 나누고 지역사회 발전을 위해
	함께 노력하자는 의미에서... (말끝 흐리며 어색하게 웃으면)
남숙	(혜진 팔을 찰싹 때리며) 그래, 잘 생각했어!

혜진, 팔뚝 부여잡고 계속 억지웃음 지으면 미선, 너나 가라는 눈짓을 보낸다.

| 일동(E) | 상가번영회를 위하여! |

S#12. 라이브카페 안 (저녁)

상가번영회 회원들, 500cc 맥주잔을 신나게 부딪친다.
남숙, 금철과 떡집 주인, 안경점 주인, 사진관 주인 등 몇몇 더 앉아 있지만
두식 보이지 않는다.
혜진, 나는 누구 여긴 어디 하는 표정으로 앉아 있다.

남숙	사실 우리 공진에 감투가 참 많아. 동장... 통장... 반장...
	근데 그중에서도 제일 중요한 게 바로 내 자리 아닐까 싶어.
금철	(끄덕이며) 그치. 공진의 경제부장관이시지.
혜진	(못 참고 혼잣말) ...기획재정부장관.
남숙	응? 선생님 뭐라고?
혜진	(당황해서) 아니에요.
남숙	저기 선생님. 새로 오셨으니까 우리 한번 얘기 좀 해줘봐.
혜진	네? 무슨...
남숙	사실 우리 모임이 요새 좀 시들해. 사람들도 예전만치 안 나오고.
	어떻게 하면 다 같이 으쌰으쌰할 수 있을지 방안을 좀 내줘봐요.

똑똑하시잖아.

혜진 　(난색을 표하며) 제가 오늘 첫날이라 아직 생각을 못 해봐서...

금철 　부담 갖지 마시고 그냥 생각나는 대로 말씀하심 돼요.

혜진 　(어버버하는) 아, 네... 그게... 음, 비상연락망을 만들면 어떨까요?

일동 　(뭐지? 하는 눈으로 보는)

혜진 　(은연중에 두식 생각하는) 그... 어떤 사람이 맨날 보이다가 갑자기 안 보일
　　　수 있잖아요. 그럴 때 쉽게 연락해서 원활한 의사소통을 할 수 있도록...

두식 　여기 있다, 비상연락망.

말이 채 끝나기도 전에 혜진 앞으로 쑥 내밀어지는 종이.
돌아보면, 뒤에 두식 서 있다.

두식 　(한심하다는 듯) 설마 그게 없을까.
　　　어떻게 의견 내는 게 초딩 학급회의만도 못하냐.

혜진 　(반갑지만 발끈) 갑자기 질문 받아서 그런 거거든?

남숙 　홍반장 왜 이렇게 늦었어?

두식 　나 오늘 쉬는 날이었거든. 시간이 이렇게 된 지도 몰랐네.

혜진 　...쉬는 날이 따로 있어?

두식 　(혜진 옆에 앉으며) 내가 쉬기로 결정하면 그날이 쉬는 날이지.

혜진 　(의식하듯 괜히 조금 떨어져 앉고) 팔자 좋네.

두식 　(맥주 따르며) 부러우면 치과도 이렇게 살던가.

혜진 　됐거든? (사이) 홍반장이 상가번영회 총무라며?

두식 　응.

혜진 　(의아한) 근데 왜 총무야? 홍반장은 가게도 없잖아.

두식 　깍두기야. 회장님한테 스카웃당했어.

혜진 　(황당한) 별걸 다 스카웃한다.

금철 　(비상연락망 보다가) 화정 누나는 비상연락처가 아직 영국이 형 번호네?

남숙 　하여간 별종들. 여기가 무슨 할리우드야?
　　　이혼한 것도 껄끄러워 죽겠는데 한동네서 한 명은 통장, 한 명은 동장.

S#13. 상가거리 (밤)

종이가방을 든 영국과 화정, 약간의 거리를 둔 채 걸어오며 각종 현안에 대한 공적 대화를 나눈다.

영국   동네 어르신들 몫으로 할당된 쓰레기봉투 나왔어.

화정   며칠 내로 받으러 갈게. 등대 축제 때 음식 판매할 어머니들 명단 나왔어.

영국   올 때 갖다 줘. 아, 그리고 내일...

화정   (내일이란 말에 흠칫 보면)

영국   내일 오전에 통장협의회에서 거리미화 한다며.
　　　시장 뒤편이 쓰레기 취약지역이니까 그쪽 좀 잘 부탁해.

화정   ...으응. 알겠어. (하고 나면 둘 사이에 어색한 침묵이 흐르고)

영국   (침묵을 깨려) 저녁은 먹었어?

S#14. 라이브카페 안 (밤)

남숙 혼자 계속 떠들고 나머지는 가만히 듣고만 있는데.

남숙   난 이해할래야 할 수가 없어.
　　　사실 이혼 그거 웬만큼 맘 독하게 먹지 않고선 어려운 일이잖아.

혜진   그건... 너무 구시대적인 발언이신 것 같은데.

남숙   응?

혜진   (못 참고 할 말은 하는) 이혼이 뭐 잘못인가요?
　　　결혼처럼 그냥 인생의 옵션 중 하나인 거죠.

두식   (거드는) 그래. 그건 치과 말이 맞다.

혜진   (웬일로 거들어주나 두식 힐끗 보는데)

남숙   (약간 당황해서) 그치. 맞지. 근데 내 말은... 결정적인 이유가 없다는 거야.
　　　잘 살다가 그냥 하루아침에 갈라선 거 다들 알잖아.

금철	누구 하나 뭐 크게 잘못한 일은 없을 거잖아요.
남숙	모르지. 근데 그랬음 어디 한동네서 얼굴 보고 살겠어?
화정(E)	우리 합석해도 돼?

남숙의 얘기가 끝나자마자 뒤에서 들려오는 화정의 목소리.
다들 돌아보면, 화정과 영국 서 있다. 혜진, 잘못한 것 없이 괜히 당황스럽다.

금철	(벌떡 일어나며) 오셨어요?
두식	(화정 보며) 여기 앉으셔. (영국에게) 동장님도 같이 오셨네?
영국	(심기 불편한) 저녁을 아직 못 먹어서.
혜진	안녕하세요.
화정	선생님도 와 계셨네. (남숙 보며) 넌 앉으라고도 안 하냐?
남숙	(눈 피하며) 앉아라?
화정	얼마나 재미있는 얘길 했는지 목소리가 문밖까지 들리더라.

그 말에 모두 둘의 눈치를 살피며 헛기침하고, 혜진도 가시방석이다.

| 금철 | 뭘 또 재미씩이나... |
| 남숙 | (말 돌리는) 저기, 둘도 뭐 시켜야지. 춘재 오빠! 여기 메뉴판! |

목에 쁘띠 스카프를 두른 춘재, 부엌에서 메뉴판을 가지고 나온다.

춘재	(쉰 목소리로 쥐어짜듯 말하는) 많이들... 시켜...
영국	(놀라며) 아니, 목이 왜 그래요?
춘재	(겨우 말하는) 목감기래...
혜진	목감기엔 말씀을 많이 안 하시는 게 좋은데.
두식	(걱정으로) 그래, 형. 가수가 성대 나가면 어쩌려고.

춘재, 알겠다는 듯 쁘띠 스카프 감은 목을 매만지며 고개를 끄덕인다.

S#15. 라이브카페 외경 (밤)

S#16. 라이브카페 안 (밤)

음식들 거의 바닥나 있고 다들 취기 올라 시끄럽게 떠들고 있는 가운데
혜진, 파우치 들고 조심스레 일어난다. 얘기하던 두식, 그런 혜진을 힐끗 본다.

S#17. 라이브카페, 화장실 (밤)

문 열고 들어오는 혜진, 협소하고 조악한 남녀공용 화장실을 대충 둘러본다.

혜진   화장실이라곤 좁아터져가지고.
       (거울 앞에서 화장 고치며) 내가 미쳤지. 여길 왜 따라온다고 해서.

       그때 화장실 칸 안에서 주리가 나온다.
       혜진, 흠칫하며 물러나면 주리, 혜진을 툭 치고 세면대 앞에 선다.
       주리, 거울 속 혜진의 눈을 똑바로 쳐다보며 손을 씻고는 밖으로 나간다.

혜진   (머쓱함에) 요즘 애들 무서워...

S#18. 라이브카페 안 (밤)

화장실에서 나온 혜진, DOS 굿즈를 보고 있던 주리와 눈 마주친다.

혜진   (민망함에 말 걸어보는) 해킨가 봐요.
주리   (힐끗 보면)

혜진	DOS 팬클럽 이름이 해커 아닌가?
주리	(설마 동족인가 훑어보며) 해커예요?
혜진	그건 아니고, 거기 멤버 중에 준이라고... 재작년에 나한테 치료받았어요.
주리	(바로) 구라치지 마요.
혜진	(예상치 못한 반응에) ...에?
주리	DOS랑 친하다고 헛소리하고 다니는 사람이 한둘인 줄 알아요?
혜진	아니, 내가 왜 그런 거짓말을 해요. 정말이에요.
주리	증거 있어요?
혜진	(당황해서) 증거?
주리	당황하는 거 봐. 구라라니까.
혜진	(억울하고) 진짜라니까요? 내가 지금 어디 있는지는 정확히 기억이 안 나는데 같이 찍은 사진도 있거든요?
주리	사람들은 꼭 자기가 불리하면 기억 안 난다더라.

혜진, 기막혀서 '하!' 헛웃음 지으며 자리로 돌아오는데 두식이 사라졌다.

혜진	(혼잣말로) 뭐야. 또 어디 갔대?

다들 와자지껄 떠드는 분위기에 혜진, 갑자기 집에 가고 싶어진다.

혜진(E)	아, 집에 가고 싶은데...

혜진, 분위기 살피더니 괜히 이마를 짚고 어지러운 척 연기하다 테이블에 엎드린다.

화정	(혜진 보고) 선생님 취했나 본데?
남숙	그러게? 얼마 안 잡쉈을 텐데.
영국	먼저 보내드려야 되는 거 아니야?
혜진(E)	역시 통하는군. 내 비장의 기술, 술 취한 척 엎드리기.

혜진, 예상반응 적중에 속으로 쾌재를 부르는데. 그때 갑자기 무대 조명이 켜지며, 핀조명 아래 의자에 두식이 기타 들고 앉는다.

영국 오늘 홍반장이 노래해?
금철 춘재 형님 목감기 때문에 대타 서나 봐요.
혜진(E) 홍반장이 노래를 한다고?

가게 안 사람들, 우레와 같은 박수를 치면 혜진의 눈꺼풀이 움찔거린다.
두식, 바로 기타를 치기 시작하는데 제법 괜찮은 연주다.
반주에 맞춰 부르는 서정적인 노래... 두식의 목소리가 감미롭다!
혜진, 귀 쫑긋하게 되고 살짝 실눈을 뜬다.
두식의 노래를 듣는 혜진의 눈이 점점 커지고, 두식과 눈이 마주친다.
혜진, 순간 당황해 눈을 질끈 감는다. 그리고 다시 자는 척 하는데.

cut to.
어느새 술자리에 듬성듬성 빈자리 보이고, 파하는 분위기다.
타이밍 놓친 혜진, 엎드려 잠든 척하지만 초조함에 테이블 아래 발을 떨고 있다.

금철 보라 엄마가 자꾸 전화 해서... 저 먼저 들어가보겠습니다.
남숙 (하품하며) 나도 졸려서 눈이 안 떠진다. 갈게.
혜진(E) 아, 왜 아무도 깨워서 먼저 가란 얘길 안 해!
화정 (때마침 혜진 보며) 선생님은 어쩌지?
두식 내가 처리할게. 먼저들 들어가서.

영국과 화정마저 자리를 뜨고 나면 혼자 남은 두식, 팔짱 낀 채 혜진을 내려다본다. 불안감에 혜진의 속눈썹이 파르르 떨린다.

혜진(E) 어떡하지? 지금이라도 그냥 일어날까?

두식, 테이블에 엎어져 있는 혜진의 상체를 일으켜 의자에 기대게 한다.

혜진(E)   뭐야? 뭐하려는 건데?

그 순간 두식, 혜진 앞에 등을 보이고 쪼그려 앉더니
혜진의 팔을 툭툭 자기 어깨에 걸치게 하고 혜진을 시체처럼 업는다.
그대로 두식에게 업히는 혜진, 죽을 맛이고... 감은 눈을 더 질끈 감는다!

S#19. 골목길 (밤)

두식, 혜진을 업고 뚜벅뚜벅 걸어간다.
혜진, 눈을 감은 채 필사적으로 잠든 연기를 하고 있는데
그때 혜진의 발에 신겨 있던 구두가 툭- 바닥에 떨어진다.

혜진(E)   어, 내 신발!
두식   (모르는 듯 뚜벅뚜벅 걸어가고)
혜진(E)   내 신발...! 그냥 가면 어떡해! (하며 내적 절규하는데)
두식   (그 순간 우뚝 멈춰 서며) 연기 그만하고 내려오시지?
혜진   (움찔하면) !
두식   안 자는 거 다 알아.

할 수 없이 눈 뜨는 혜진, 두식에게서 내려와서는 한 발로 깡충깡충 뛰어가
구두를 신는다.
그 모습을 빤히 쳐다보는 두식과 애써 민망함을 감추며 딴 데를 보는 혜진.

S#20. 혜진의 집 근처 골목길 (밤)

두식과 혜진, 적당히 거리를 둔 채 나란히 걸어간다.

두식   (어깨 두들기며) 아이고, 삭신이야.
       양치기 치과 덕에 쌀 한 가마니를 들쳐 멨더니.
혜진   쌀 한 가마니가 몇 키론(kg)데?
두식   모름 됐고. 그러게 왜 되도 않는 자는 척을 해?
혜진   그야... 집에 빨리 가려고 그랬지.
두식   함께 사는 세상이다. 이렇게 사람들이랑 어울리는 걸 싫어해서야...
       치과, 친구도 없지?
혜진   (발끈) 아니거든? 엄청 많거든?
두식   그럼 5초 안에 친한 친구 이름 세 명만 대봐.
혜진   (바로) 미선이... (점차 목소리 작아지며) 미선이... 미선이...?
두식   셋 다 미선이. 동명이인이냐?
혜진   (버럭) 남이사 친구가 있든 말든! 웃겨, 진짜!

       혜진, 짜증 내고 먼저 휙 가버리면 두식, 피식 웃으며 걸어가는 혜진을 본다.

두식   (혜진의 구두 보며) 잘 신고 다니네.

S#21. 혜진의 옆집 앞 (밤)

       집으로 가던 혜진, 휴대폰으로 '쌀 한 가마니 무게'를 검색한다.

혜진   (경악으로) 뭐? 80kg? 미친 거 아니야?

       혜진, 혼자 열받아 하는데 그때 옆집 창문에 불 켜져 있는 걸 본다.
       담벼락 앞에는 커다란 상자들도 잔뜩 쌓여 있다.

혜진   (보고) 옆집에 누구 이사 왔나?

S#22. 화정의 집 근처 골목길 (밤)

화정, 골목을 걸어가는데 뒤에서 영국이 어슬렁거리며 따라 걸어온다.

화정   (홱 돌아보며) 아, 왜 자꾸 따라와?

영국   (받아치는) 뭘 따라가. 나도 집 가는 길이구만.

화정   딴 길로 가면 될 거 아니야.

영국   제일 가까운 길 놔두고 왜 돌아가냐?

화정   차라리 이사를 가버리던가.

영국   이사가 얼마나 귀찮은데 그 짓을 또 해?

화정   아이고. 이혼하고 그깟 짐 좀 뺀 게 이사냐?

영국   그럼! 사는 데 옮겼음 이사지... (종이가방 내밀며) 이거나 가져가.

화정   이게 뭔데?

영국   뭐긴 뭐야, 김치통이지. (사이) ...잘 먹었다.

화정   (받아들며 괜히) 통은 깨끗이 씻었어?

S#23. 화정의 집, 부엌 (밤)

화정, 영국이 준 종이가방에서 김치통을 꺼내는데 묵직하다.
뭐지 하는 얼굴로 뚜껑을 열어보면 그 안에 롤케이크 들어 있다.
케이크를 꺼낸 화정, 기억했구나... 하는 눈빛으로 말없이 피식 웃는다.

S#24. 혜진의 집, 침실 (밤)

혜진, 바닥에서 사진과 잡동사니들 잔뜩 들어 있는 상자를 뒤지고 있다.
그 안에서 드디어 사진을 발견하는데! 가운을 입은 혜진 옆에 준이 서 있다.
사진 속 준의 귀에 특이한 모양의 이어커프 걸려 있다.

혜진   ...찾았다! 두고 보자, 꼬맹이!

혜진, 의기양양하게 사진을 탁자 위에 올려두고는 불 끄고 침대에 눕는다.
늘 그래왔던 듯 익숙하게 귀에 이어폰을 꽂는 혜진, 음악을 고르는데...
두식이 불렀던 노래의 원곡이 흘러나온다.
천장을 보는 혜진의 모습에서 오버랩되며,

S#25. 언덕 위, 두식의 배 앞 (밤)

머리에 헤드랜턴을 쓴 두식, 배를 고치다가 연장을 내려놓는다.
그러고는 배 위로 올라가 갑판 위에 벌러덩 누워버린다.
헤드랜턴 불을 끄면, 세계의 빛이 온통 사라진 듯 밤하늘 깊게 펼쳐진다.
두식, 쏟아져 내리는 무수한 별빛을 바라보며... 그렇게 그 밤이 간다.

S#26. 공진 전경 (아침)

S#27. 라이브카페 안 (아침)

두식, 커피 내리고 있는데 문 열리며 혜진, 헐레벌떡 들어온다.

혜진   이 집 꼬맹이 어디 갔어? 그 어른한테 막 되바라진 개 말이야.
두식   주리? 학생이 당연히 학교 갔지.
혜진   아... 그렇지 참. 이따 다시 와야겠네. (하고 가려는데)
두식   오늘은 커피 안 사 가?
혜진   카페인 수혈이 필요하긴 한데, 내가 좀 바빠서. 혹시 배달도 돼?
두식   당연히 되지.

혜진	(화색이 돌며) 진짜? 그럼 아메리카노랑 라떼 한 잔씩. 얼음 잔뜩 넣어서.
두식	배달비는 2000원이야.
혜진	와, 치사해. 엎어지면 코 닿을 거리에 배달비를 받냐?
두식	움직이는 족족 다 돈이다. 인건비의 무서움을 아셔야지.
혜진	(버럭) 됐어! 안 마셔!

S#28. 윤치과, 로비 (낮)

감리, 접수대 앞에서 혜진과 얘기를 나눈다.

혜진	오늘도 고생하셨어요. 아프셨죠?
감리	생잇몸을 조져놨는데 우태 안 아플 수가 있나. 그래도 할 짓은 다 해요.
혜진	(웃고) 네. 그럼 2주 뒤에 한 번 더 볼게요.
감리	(고갤 끄덕이고) 나는 치과선생이 하란대로만 하잖소.

하는데 그때 명학이 문 열고 병원으로 들어온다.

혜진	(서둘러 감리에게 인사하는) 그럼 조심히 들어가세요.
	(명학 보며) 어떻게 임시치아는 괜찮으셨어요?
명학	네, 괜찮았어요.
혜진	그럼 바로 진료실로 들어가실게요.

혜진과 명학, 함께 진료실로 들어가고 미선 역시 굳은 표정으로 따라가는데.

감리	(명학 보고 고개 갸웃하며) 저 낯짝을 내가 어디서 봤제?

S#29. 윤치과, 진료실 (낮)

유닛체어에 앉은 명학이 입을 헹구면 혜진, 친절하게 말한다.

혜진 주사가 좀 따끔하죠?
명학 (웃으며) 네. 뻐근하네요.
혜진 마취되는 동안 스케일링부터 하시고, 그다음에 치료 갈게요.
      (뒤에 있던 미선 보며) 표쌤. 부탁해요.
미선 (표정 안 좋고) 네.

S#30. 윤치과, 로비 (낮)

혜진, 로비로 나오는데 때마침 두식이 커피 담긴 종이캐리어를 들고 들어온다.

두식 (캐리어 들어 보이며) 주문하신 커피 가져왔어!
혜진 (어이없고) 강매야? 안 마신다니까 왜 가져와?
두식 받은 주문을 외면하는 건 도리가 아니지.
      (캐리어 내려놓으며) 뭐 해? 계산 안 하고?
혜진 (입을 삐죽이며 지갑 꺼내 만 원짜리 한 장 내밀면) 자!
두식 단골 할인해서 아메리카노가 3000원, 라떼가 3500원이니까,
      여기! (주머니 뒤져 3500원 주는)
혜진 (받고는) 왜 이렇게 많이 줘? 배달비 2000원이라며.
두식 됐어. 손님 없어서 잠깐 들른 거야. 간다! (하고 쿨하게 가면)
혜진 웬일이래? (하며 커피 한 모금 마신다)

S#31. 화정의 집, 거실 (저녁)

정갈한 제사상 차려져 있고 가운데 위패 모셔져 있다.
이준, 제사상 위를 검사하듯 보며 선비처럼 점잖게 읊조린다.

이준	어동육서魚東肉西. 어류는 동편에 육류는 서편에.
	홍동백서紅東白西. 붉은 과일은 동쪽, 하얀 과일은 서쪽.

그때 화정이 롤케이크 올린 제기를 가져와서는 제사상 귀퉁이에 놓는다.

이준	(눈 휘둥그레지며) 엄마, 제사상에다 이런 걸 놓으면 어떡해?
화정	(미소로) 외할머니가 롤케익을 좋아하셨거든.
이준	(보면)
화정	우리 아들 엄격한 거 알지만
	제사상에 만큼은 우리 엄마 좋아하던 거 올리면 안 될까?
이준	(롤케이크 제사상 가운데로 옮기고) 이제 절하자.

화정, 그런 이준을 사랑스럽게 보며 고개 끄덕인다. 함께 절하는 두 사람...

S#32. 라이브카페 안 (저녁)

교복 차림의 주리, 초콜릿 잔뜩 까먹으며 패션잡지 보다가 카운터로 간다.

주리	(애교로) 삼촌. 나
	바닐라라떼 하나만 만들어주라.
두식	(바로) 싫어.
주리	(정색하며) 돈 낼게.
두식	까분다. 청소년한테는 커피 안 팔아.
주리	(불만 가득) 요즘 애들 커피 다 먹거든?
두식	그래도 너는 안 돼.
주리	(짜증으로) 아, 왜 안 되는데!
두식	(유려하게) 19세 이하의 하루 카페인 섭취 권고량은 체중 1kg당 2.5mg이야.
	네 몸무게는 어림잡아 45쯤? 그럼 너에게 허락된 카페인은 112.5인 거지.
	근데 방금 네가 까먹은 초콜릿에도 카페인 들어 있어. 두 개 먹었으니 30.

거기다 바닐라라떼가 100 가까이 되니까...

그건 네가 지금 커피를 마시면 나라가 정한 기준을 넘는단 뜻이야.

주리   (말발에 밀리는) 치사해!

주리, 씩씩거리고 있는데 그때 문 열리며 혜진이 카페 안으로 들어온다.

두식   치과, 우리 하루에 세 번씩 보고 그러진 말자.

혜진   바라는 바니까 말 시키지 말아줄래?

           그쪽 말고 다른 쪽에 볼 일이 있거든. (하며 주리를 보는데)

주리   (뭐야? 하는 표정이고)

혜진   (준과 찍은 사진 내밀며) 가져왔어요, 증거.

주리   (경악하는) 헐...!

cut to.

주리, 한껏 공손한 손으로 사진을 영접하고 혜진, 어느 때보다 당당해 보인다.

주리   준이 오빠 실물 어때요? 진짜로 잘 생겼어요?

혜진   (여유롭게) 잘생겼죠, 화면보다.

주리   (탄성으로) 아, 부러워. 준이 오빠 아픈 거 잘 참아요?

           브이로그 보니까 치과 엄청 무서워한다던데.

혜진   그건 환자 개인정보라 말해줄 수 없는데.

주리   아... 그럼 다른 거 또 뭐 물어보지? 혹시 인형 갖고 왔어요?

           맨날 갖고 다니는 애착인형 있거든요. 옷은 뭐 입고 왔어요? 신발은요?

           그리고 저 언니라고 불러도 되죠? 언닌 말 놓으세요, 편하게.

혜진   (정신없고) 아... 어, 그래... 하나씩 물어봐, 하나씩.

그때 두식이 다가와 테이블 위에 뭔가를 탁 내려놓는데, 떡볶이다.

혜진   안 시켰는데?

두식   청소년 밥은 먹여야지. 치과는 옆에서 얻어먹어.

혜진	(어이없는) 고마워서 눈물이 다 난다.
두식	울진 말고. (사진 보더니) 걔가 진인가 뭔가 하는 애야?
혜진	(어이없다는 듯) 준이거든?
주리	(욱해서) 삼촌. 신성한 우리 오빠 이름 함부로 바꿔 부르지 마.
두식	둘이 눈에서 레이저 나오겠다?
	난 아무리 봐도 얘 잘생겼는지 모르겠던데.
혜진	(주리와 동시에) 홍반장보다 훨씬 잘생겼거든?
주리	(혜진과 동시에) 삼촌보다 훨씬 잘생겼거든?

어느새 대동단결 한편이 되어 두식을 협공하는 혜진과 주리다.

S#33. 두식의 집 외경 (아침)

S#34. 꽃차 만드는 두식 몽타주 (아침)

두식, 자신의 집 부엌에서 꽃차를 만들고 있다.
채취한 노란 민들레꽃들을 찜기 속 면포 위에 올려놓고 증기로 찐다.
그러고는 식탁 위에 마른 삼베를 깔고 꽃송이들을 하나하나 내려놓는다.
그사이 두식의 휴대폰으로 계속 전화 걸려오지만, 전부 받지 않는다.

S#35. 두식의 집, 대문 앞 (아침)

두식, 아이스박스와 돗자리, 서프보드 들고 나오는데 그 앞에 금철, 남숙이 서 있다.

| 남숙 | 홍반장! 왜 이렇게 전화를 안 받아? |
| 금철 | 두식아, 나 지금 줄 선 거다. 남숙 누나보다 내가 먼저 왔어! |

두식   (대뜸) 싫어. 안 돼. 불가능해.

두식, 서프보드 끼고 뚜벅뚜벅 걸어가면 금철, 남숙 따라붙는다.

남숙   그러지 말고 우리 집 가자. 지금 배달 밀리고 난리도 아니야!
            내가 중국집 하지만 뿔은 짜장면은 맛없어서 나도 안 먹어.

금철   (끼어들며) 에이, 짜장면은 떡이 돼도 맛있지.
            야, 두식아. 가게 에어컨 고장 났어!
            이대로면 나 오늘 안에 찜이든 구이든 둘 중 하나는 된다.

두식   (남숙에게) 남규 또 안 일어나지? 가서 등짝을 후들겨 패서 깨워.
            아무리 동생이라도, 엄연히 직장인데 왜 봐줘?
            이래서 가족회사가 안 되는 거야.

남숙   (시무룩) 내 말을 들어 처먹어야 말이지...

두식   (금철 보며) 너는 뭐 고장 나면 직접 좀 고쳐.
            철물점 하는 놈이 기계치가 말이 돼?

금철   (두둥) 너 어떻게 내 가장 큰 약점을...

두식   (단호하게) 오늘은 하늘이 두 쪽 나도 일 안 해!
            나한텐 내 휴일을 지킬 의무가 있어.

S#36. 바다 위 (아침)

푸른 바다가 펼쳐지고, 두식 본격적으로 서핑을 한다.
파도를 기다리며 보드에 엎드려 패들링하던 두식, 타이밍 맞춰 일어난다.
멋지게 파도를 타고 내려오는 두식의 모습, 마치 그림 같다.

S#37. 윤치과, 로비 (낮)

혜진, 원장실에서 나오며 접수대의 미선에게 묻는다.

혜진	오늘 퇴근하고 치맥 어때?
미선	(힘없이) 나중에. 집 가서 쉴래.
혜진	웬일이래? 치킨은 진리요 생명인 애가.
	(들여다보며) 그러고 보니 얼굴색도 안 좋은 것 같고. 어디 아파?
미선	그냥 좀 피곤해서 그래.
혜진	(걱정으로) 안 되겠네. 우리 미선이 영양제라도 사주던가 해야지.

하는데, 그때 문 열리고 명학이 들어온다.

명학	안녕하세요.
혜진	(친절하게 맞이하는) 네, 어서 오세요.

S#38. 윤치과, 진료실 (낮)

혜진, 명학에게 치료 내용을 설명해주고 미선, 그 뒤에 서 있다.

혜진	다행히 신경치료는 잘 끝났구요.
	통증 여부 확인한 다음에 크라운 씌울 거예요.
	오늘은 본부터 뜨실 거구요. (미선 보며) 표쌤, 준비됐죠?
미선	...네.

혜진, 미선 향해 눈짓해 보이고 나가면 미선, 힘든 표정으로 의자에 앉는다.

S#39. 상가거리 (낮)

영국, 용훈과 함께 점심 먹으러 가는 길이다.

영국	오늘은 우리 뭐 먹어?
용훈	(신나서) 저기 길 건너에 새로 분식집이 생겼는데요.
영국	(질색하는) 분식? 초딩이냐?
용훈	왜요. 간만에 이것저것 시키고 좋잖아요.

하는데 그때 반대편에서 걸어오는 교사들 무리, 그 안에 초희가 있다.

영국	(멈칫하며) ...유초희?
초희	(알아보고) ...영국 오빠?
영국	(멍하니 초희를 보고 섰는데)
초희	(옆의 교사들에게) 죄송한데, 먼저 가 계세요. 곧 따라갈게요.
교사들	(알겠다는 듯 고갤 끄덕이고 가면)
영국	(용훈에게) 먼저 가 있어.
용훈	(눈치 없이) 네?
영국	(초희만 보며) 가서 주문해놓으라고.
용훈	아... 근데 뭘로.
영국	(초희에게 시선 꽂힌 채 빠르게) 떡볶이. 떡은 밀떡으로 삶은 계란 추가하고 순대는 꼬다리 말고 가운데. 간은 빼고 허파는 듬뿍. 튀김은 김말이만.
용훈	예. (안 까먹으려 눈 굴리며 가면)
영국	...우리 15년 만인가?

그때 반대편 길가의 남숙과 윤경, 지나다가 영국과 초희를 발견한다.

남숙	어머야라, 저게 누구야?
윤경	(보고) 누구긴 누구예요. 장동장님이잖아요.
남숙	(뚫어져라 보며) 아니. 그 옆에 여자, 유초희잖아.
윤경	그게 누군데요?
남숙	영국 오빠 첫사랑!
윤경	(눈 휘둥그레져서) 진짜요?
남숙	(재미있다는 듯) 내가 이러고 있을 때가 아니지!

남숙, 윤경을 남겨둔 채 어디론가 황급히 발걸음을 옮긴다.
다시 영국, 초희의 시선으로...

초희   (미소로) 그대로네요, 오빠는.

영국   (심쿵하고) 너야말로 어쩜 하나도 안 변했어. 근데 여긴 어쩐 일로...

초희   저 청진초등학교 발령받았어요.

         오늘은 인사하러 왔고, 다음 주부터 출근해요.

영국   그럼 공진에 아주 온 거야?

초희   (발랄하게) 네, 이사 왔어요.

영국과 초희, 서로를 바라보며 서 있는 위로...

남숙(E)   화정아!

S#40. 화정횟집 안 (낮)

화정횟집 문이 벌컥 열리며, 얼굴이 상기된 남숙이 화정을 찾는다.

남숙   (두리번거리며) 여화정!

직원   사장님 잠깐 집에 가셨는데요.

남숙   아... 얘는 왜 하필이면 지금.

S#41. 화정의 집, 부엌 (낮)

화정의 휴대폰 액정에 '조남숙' 뜨고 진동 울리지만 알지 못한다.
화정, 싱크대에 반찬통들 벌여놓고 밑반찬들을 대용량으로 만들고 있다.
수북하게 쌓인 멸치볶음, 콩자반, 진미채... 화정, 장조림 만드느라 바쁘다.

이준	(와서 보고는) 엄마. 반찬을 왜 이렇게 많이 만들어?
화정	(뜨끔) 응? ...그냥 많이 만들어놓으면, 많이 먹고 좋지 뭐.
이준	(고개 갸웃하며 보는) ?

S#42. 윤치과, 진료실 (낮)

미선, 명학의 입에서 치아 본을 꺼낸 뒤 말한다.

미선	(체어 일으키며) 환자분 이제 다 됐구요. 헹구고 일어나심 됩니다.
명학	(입 헹군 뒤) 입 안에 뭐가 많이 남아 있는 것 같은데.
미선	(딱딱하게) 그 앞에 손거울 있으니까 직접 보시죠.
명학	에이, 선생님이 해주셔야죠.

미선, 하는 수없이 체어 내리고 치아에 묻은 알지네이트 긁어내는데 명학의
손이 수상쩍게 움직인다. 얼어붙은 미선의 얼굴, 하얗게 질리는데!
그 순간 벼락같은 소리가 들려온다.

| 혜진 | (분노로) 야! 너 그 손 안 치워! |

S#43. 윤치과, 로비 (낮)

혜진, 명학을 밀치며 나온다. 미선, 어쩔 줄 모르며 혜진을 따라 나오는데.
뒤로 물러선 명학, 억울하고 황당하다는 듯 말한다.
때마침 치과 문을 열고 들어오던 감리, 이 난리통을 목격한다.

| 명학 | 내가 뭘 어쨌다고 이래요? |
| 혜진 | 어디서 오리발이야? 내가 두 눈으로 똑똑히 다 봤는데? |

명학	뭐요? 저 치위생사 좀 잡은 거요? 아니, 치료받다 힘들고 불편하다보면
	잠깐 의지할 수도 있지, 그게 뭐 잘못됐어요?
혜진	(기막히고) 넌 의지를 그렇게 더듬으며 하니?
	너 같은 성추행범은 콩밥을 처먹여야 돼. 미선아, 경찰 불러!

미선, 당황한 채 "어?" 하는데 명학, 가소롭다는 듯 웃고는 112에 전화를 건다.
뜻밖의 행동에 혜진, 미선 당황한다.

명학	(전화에 대고) 경찰이죠? 여기 공진 윤치관데요.
	제가 성추행범으로 몰려서요. 예, 제가 피해잡니다.

명학의 뻔뻔한 말에 혜진, 기도 안 찬다는 표정이다!

S#44. 파출소 안 (낮)

이경사, 전화를 끊더니 모자를 챙겨 일어나면 옆에 있던 은철이 묻는다.

은철	출동 전환니까?
이경사	윤치과에서 신고가 들어왔는데 빨리 좀 와 달라네.
은철	...윤치과요?
이경사	응. 어떤 남자가 전화를 걸었는데 자기가 성추행범으로 몰렸대.
은철	(놀라며) 예?
이경사	어떤 상황인지 가봐야 알 것 같은데.
은철	(일어나며) 저도 같이 가겠습니다!

S#45. 윤치과, 로비 (낮)

열받은 혜진, 명학을 보며 황당하다는 듯 말한다.

혜진	와, 적반하장도 유분수란 말을 내가 오늘 제대로 배운다.
	얼마나 뻔뻔하면 지가 경찰을 불러?
명학	(본색 드러내는) 난 잘못한 거 없으니까, 법적으로 하자는데 왜?
혜진	(분노로) 뭐? 잘못이 없어?
명학	(혜진의 명찰 보며) 이봐, 윤혜진 씨.
	외지인이라 뭘 잘 모르나 본데, 공진서 나 모르면 간첩이야.
	우리 아버지가 여기서 레미콘 회사 하고, 삼촌은 시의원이거든.
혜진	(멈칫하지만) 그래서 뭐?
명학	(비열하게) 병원 오픈한 지 얼마 안 됐지? 증거도 없이 애꿎은 사람
	몰아세운 거 알려지면 여기 문 닫아야 될 걸?

혜진, 명학의 협박에 당황하는데 뒤에 있던 미선, 혜진에게 말한다.

미선	그냥 보내.
혜진	(놀라서) 어떻게 그래!
미선	나 괜찮으니까 괜히 일 키우지 마.
혜진	안 돼. 저 새끼가 너한테 무슨 짓을 했는데!
미선	(침착하게) 나 아무렇지도 않아. 이런 일 처음도 아니고...
혜진	(멈칫) 그래서 더 안 돼! 나 저 놈 꼭 처벌받게 만들 거야.
명학	(비아냥거리듯) 의사보다 저쪽이 머리가 낫네.
혜진	(뭔 소린가 싶어 보면)
명학	경찰서 가봤자 유리할 게 없는 걸 아는 거지.
	생각해봐. 내가 뭐가 아쉬워서 저런 애를 건드려. 수준 떨어지게.
미선	(모욕감에 움찔하는데)!
혜진	...이 개자식이!

미선에 대한 모욕에 분노가 폭발한 혜진, 발차기로 명학의 얼굴을 날려버린다.
보고 있던 미선과 감리 모두 경악하고!
턱이 돌아가며 뒤로 밀리는 명학, 기침하면 쿨럭- 피 묻은 치아가 뱉어진다.

명학 어… 피! 어… 내 이빨! 이런 씨, 미친년이!

피를 보고 눈이 돌아간 명학, 공격적으로 혜진에게 달려들려고 하는데
그 순간 문 열리고 두식이 전광석화처럼 날아든다!
서핑복 차림의 두식, 그대로 뛰어들어 명학에게 플라잉니킥을 날린다.
제대로 얻어맞은 명학, 그대로 기절해 바닥에 고꾸라진다.
바닥에 나뒹구는 명학의 옷 주머니에서 휴대폰이 빠진다.

두식 (혜진에게) 괜찮아?
혜진 …홍반장!

혜진, 놀라서 보는데 두식, 혜진이 괜찮은지 확인하곤 그 자리에 털썩 드러
눕는다. 뛰어오느라 호흡이 최고조에 다다른 상태!
거의 기절할 듯 숨을 쌕쌕 몰아쉬는데, 마침 그때 은철과 이경사가 출동한다.

은철 신고 받고 왔는데요…

혜진과 미선, 멍하니 은철을 쳐다보고
은철, 기절한 명학과 기절 일보 직전의 두식을 보며 이게 무슨 상황인가 싶다.

S#46. 병원, 입원실 (낮)

명학, 볼과 턱에 피멍이 든 채 환자복 입고 침대에서 엄살을 피우고 있다.
그 앞에 은철, 못마땅한 얼굴로 서 있다.

명학 아, 아무래도 안면골절 같은데 이거.
은철 아까 의사 선생님이 단순 타박상이라고 했습니다.
명학 (뻔뻔하게) 눈으로 어떻게 알아요! CT 결과 나올 때까지 기다려야지.

그리고 난 절대 합의해줄 생각 없어요.

둘 다 폭행죄로 고소할 거니까 그런 줄 알라고!

은철 사건 경찰서로 인계됐고 원칙대로라면

지금 김명학 씨도 성추행으로 조사 받아야 됩니다.

아프다고 하도 난리를 쳐서 병원부터 온 거니까, 입 좀 다무십시오.

명학 성추행 좋아하네. 증거도 없어요.

은철 성폭력은 피해자의 진술도 직접증거가 됩니다!

명학 이야, 대한민국 법 거지같네. 경찰이 자꾸 그런 꽃뱀 말을 들어주니까,

나같이 억울한 사람이 계속 나오는 거예요.

은철 (무섭도록 낮게) 입 다물라고 했습니다.

명학 (깨갱해서 말 돌리는) 변호사한테 전화나 해야겠다.

(걸려 있던 옷의 주머니를 뒤지는데) 어, 내 핸드폰! 핸드폰이 어디 갔지?

휴대폰을 찾는 명학, 당황한 기색이 역력하다.

S#47. 윤치과, 로비 (낮)

비어 있는 로비, 구석에 떨어져 있는 명학의 휴대폰 비춰진다.

S#48. 경찰서 안 (낮)

유치장 안의 두식, 팔로 머리를 받친 채 모로 누워 있다. 제법 편해 보인다.

반면, 혜진은 쇠창살에 매달려 경찰들을 향해 절규한다.

혜진 저기요! 이러시면 안 되죠!

그 변태새끼를 잡아넣어야지, 왜 우리를 가둬요?

그리고 때가 어느 땐데, 유치장에 최소한 남녀 구분은 있어야죠!

경찰들, 혜진의 절규에도 아랑곳하지 않고 자기 할 일들 한다.

혜진　제 말 안 들려요?

두식　(그러거나 말거나 무념무상이고)

혜진　(두식에게) 누가 보면 자기 집 안방인 줄 알겠다?

두식　누우면 다 내 집이지. 치과도 누워.

혜진　(짜증) 미쳤어? 무슨 오해를 받으려고.
　　　　아, 그러고 있지 말고 뭐라도 좀 해봐!

두식　건드리지 마. 나 지금 충전 중이니까.

혜진　참나! 속 편하게 놀다온 주제에... (하다가 갸웃하는)
　　　　근데 홍반장... 치과는 어떻게 알고 왔어?

두식　(대답 대신 일어나 앉으며) 김경위님!

혜진의 말엔 꿈쩍도 않던 김경위가 바로 유치장으로 다가온다.

김경위　어, 홍반장! 왜? 뭐 필요해?

혜진　(기대로 보는데)

두식　(서핑복 튕기며) 나 이거 옷이 너무 쫑기는데 좀 갈아입음 안 되나?

김경위　아유, 피 안 통하겠다. 어떻게 내 옷이라도 줄까?

두식　그럼 고맙지.

김경위　잠깐만. (하며 잠금장치 풀어주면)

혜진　(당황스러운) 뭐야? 혼자 어디 가?

두식　(뻔뻔하게) 갔다 올게. 유치장 잘 지키고 있어.

혜진　(어이없고) !

cut to.
옷 갈아입고 경찰서 안으로 들어오는 두식, 화려한 하와이안 셔츠 차림이다.
유치장 안에 있던 혜진, 어이없는 얼굴로 쳐다본다.

두식　김경위님 취향이 야하네. 상당히 자극적이야.

김경위	근무복 벗을 때 그렇게라도 기분 전환하는 거지.
두식	(만져보며) 부들부들하니 감이 좋아.
혜진	(유치장 안에서) 저기, 홍반장!
두식	(못 듣고) 목마른데 뭐 마실 거 없나?
김경위	커피 한 잔 타줄까?
두식	좋지. 냉장고에 얼음은 있어?
혜진	(빽 소리 지르는) 홍반장!
두식	(손 들어 보이며) 어어, 치과도 먹는다고?
	(김경위에게) 두 잔 부탁해!

유치장 안의 혜진, 열받는데 때마침 은철이 경찰서 안으로 들어온다.
김경위에게 꾸벅 인사하고 두식에게 다가간다.

은철	형!
두식	왔어? 그 자식 어때? 꾀병이지?
은철	네. CT 결과 나왔는데 별 이상 없대요.
	(김경위 보며) 그럼 두 분 다 나오셔도... 아, 선생님 나오셔도 되죠?
김경위	그래. (하며 두식에게 커피 건네고)
두식	(넉살 좋게) 땡큐.
은철	(유치장 문 열어주는데)
두식	치과! 나와서 시원하게 냉커피 한 잔 해.
혜진	(두식 째려보고 은철에게) 그 놈은 왜 조사받으러 안 와요?
은철	입원 중이에요. 어찌 됐든 전치 2주가 나와서 추후에 다시 불러 조사를,
혜진	(대뜸) 저 안 나가요!
은철	네?
두식	뭔 소리야?
혜진	(두식에게) 불의에 항거하겠단 뜻이야.
	그 자식 똑같이 잡아넣을 때까지 여기서 한 발짝도 안 나가!
두식	(커피 홀짝 마시며) 고생을 사서 하는 타입이네.

혜진, 결연한 얼굴로 가부좌 틀고 앉는데 그때 미선이 경찰서로 들어온다.
유치장 안의 혜진을 보더니 울먹이며 달려가는.

미선	혜진아...
혜진	미선아!
미선	너 왜 여기 들어가 있어. 괜찮아? 어디 아픈 데는 없어?
혜진	괜찮지 그럼. 너는... 괜찮아?
미선	미안해. 다 나 때문이야.
혜진	미안하긴 뭐가 미안해! 네가 잘못한 게 뭐가 있다고!
미선	그냥 내가 어떻게든 참으려고 그랬는데...
혜진	(속상하고) 그게 말이 돼? 진작 말했어야지!
	난 것도 모르고 너한테 계속 그 새끼 보라고 시켰잖아.
	내가 너한테 그것밖에 안 돼?
미선	(울먹이며) 그게 아니라... 나는 너 얼마나 힘들게 개원했는지 아니까.
	아직 적잔데 첫 달이라고 나 월급에 보너스까지 챙겨주고...
	이제 막 병원 자리 잡기 시작했는데 내가 망칠까 봐.
혜진	(눈물 그렁해져) 야, 그딴 게 뭐가 중요해! 말했어야지!
	내가 네 친군데! 얼마나 무서웠어. 몰라줘서 미안해...
미선	(쇠창살에 매달려 울며) 아니야, 내가 더 미안해...
혜진	(함께 매달려 우는) 내가 더더더 많이 미안해.

쇠창살에 매달려 오열하는 혜진과 미선, 마치 〈여명의 눈동자〉의 한 장면 같다.
은철의 손에 어느새 두루마리 휴지 들려 있고
두식, 열려 있는 유치장 문을 보며 조용히 말을 건네보지만 안 들린다...

| 두식 | 저기, 문 열려 있는데... 그냥 나오면 되는데... |

S#49. 경찰서 외경 (낮)

S#50. 경찰서 안 (낮)

김경위, 책상에 앉아 치과 로비 CCTV 영상을 보여준다.
은철, 김경위 옆에 서 있고 두식, 혜진, 미선 나란히 앉아 있다.
얼마나 울었는지 혜진과 미선의 눈이 퉁퉁 부어 있다.
영상 속 혜진과 명학, 잠깐의 실랑이 뒤에 혜진이 발차기를 날린다.

두식   치과 운동했어? 발차기가 제대론데?
혜진   (으쓱하며) 한때 주짓수 좀 배웠지.

영상 속 두식이 뛰어 들어와 명학에게 플라잉니킥을 날린다.

혜진   홍반장이야말로 거의 날았네. 격투기 보는 줄.
두식   (약간 뿌듯) 난 뭐 특별히 배운 것도 없는데.
은철   (옆에서) 지금 그렇게 흐뭇해하고 계실 때가 아니거든요?
       이 영상으론 두 분이 절대적으로 불리하다구요.

그건 그렇다. 혜진과 두식, 말없이 고개를 숙이고 미선, 걱정으로 본다.

김경위   은철이 말이 맞아. 그놈 죄를 입증할 더 확실한 증거가 있어야 되는데...

암울한 분위기가 감도는데, 그때 경찰서 문이 열리며 감리가 들어온다.

혜진   할머니.
두식   감리씨가 여긴 어떻게?
감리   내가 분실물으 신고하러 왔장가.

감리, 위풍당당하게 명학의 휴대폰을 들어 보인다!

감리	이기 쫌 전에 치과 바닥서 주웠는데, 그놈 꺼 아이겠나?
은철	어? 안 그래도 김명학 핸드폰 잃어버렸다고...

멈칫하는 은철, 혹시나 하는 두식, 의미심장하게 서로를 보는 눈빛에서!

S#51. 병원, 입원실 (밤)

명학, 침대에 앉아 성인만화책 보며 낄낄대고 있는데 두식이 들어온다.

명학	(흠칫) 뭐야. 네가 여길 왜 와?
두식	병문안 왔지. 기억 안 나? 우리 중학교 동창이잖아.
	(대뜸 교가 부르는) 깊고 푸른 동해의 정기를 이어받아서~
명학	가해자가 이렇게 피해자 병실에 막 찾아오고 그래도 돼?
두식	뒤지게 얻어터지고 입이 돌아갔나, 말이 헛나온다?
	가해자는 너지. 그것도 아주 추잡한 성추행범.
명학	폭행도 모자라 무고죄까지, 너 어쩔라 그러냐? 증거도 없이.
두식	증거? 아, 내가 증거를 어디 넣어놨는데... 어디 있더라?
	(하며 자기 주머니 여기저기 뒤지는 시늉을 한다) 어디 있지?
명학	(어이없다는 듯) 미친 새끼. 하여간 또라이 아니랄까 봐.
두식	(명학의 휴대폰 꺼내 보이며) ...여기 있네?
명학	(당황하는) 너, 너 그거 어디서 났어?
두식	(희번득 웃으며) 요정 할머니가 주던데?
명학	뭔 개소리야! 내 핸드폰 내놔. 빨리 내놓으라고.
두식	(빙글빙글 웃으며) 왜? 이게 내 손에 있으니까 불안해?
	여기 뭐가 들어 있길래?
명학	(살기로) 내놓으라고 했지!

명학, 휴대폰 빼앗으려 덤벼들지만 두식, 명학의 몸을 돌리며 오금을 탁 쳐서
쓰러뜨리는 동시에 이마는 다치지 말라고 발로 받쳐준다.

그대로 명학을 바닥에 누르며 위에 올라타 팔을 꺾어 제압하는 두식!

명학	(비명으로) 악! 놔! 너 이거 안 놔?
두식	(여유로) 너 같으면 놓겠니? 이대로 대기하자.
	지금 체포영장 날아오는 중이니까.
명학	(멈칫) 뭐?
두식	사진을 얼마나 많이 찍었으면, 핸드폰 저장 공간이 부족하더라.
	(눈빛 바뀌며) ...이 더러운 몰카범 새끼야!
명학	(멈칫했다가) 아, 이거 놓고 말해! 아프다고!
두식	아아... 아파? (하며 더 세게 누르는데)
명학	(고통으로) 악, 아악!
두식	(몸부림치는 명학을 홱 일으켜) 이까짓 게 아파?
	그럼 그동안 너한테 당한 피해자들은 얼마나 아팠을까?
명학	(순간 겁먹어 보는데)
두식	기대해. 내가 너 죗값 제대로 치르게 할 거니까.
명학	너 뭐야? 너랑 뭔 상관이라고 이렇게까지 해!
	설마 아까 그 여자들 중 누구랑 무슨 사이라도 돼?
두식	어. 되게 엄청 아주 무슨 사이야.
명학	(움찔하는) !
두식	(똘끼 넘치는 눈빛으로) 너... 사람 잘못 건드렸어.

S#52. 병원 앞 거리 (밤)

구경꾼들 몰려 있고 환자복 차림의 명학, 은철에 의해 경찰차에 오른다.
그 모습을 본 두식, 뒤돌아서서 사람들 사이를 멋지게 걸어간다.

용훈(E)	어제 홍반장이 몰카범을 잡았다면서요?

S#53. 주민센터, 민원실 (아침)

어느새 두식에 대한 소문이 쫙 퍼진 상태. 용훈과 영국이 서서 대화 나눈다.

영국   글쎄 그랬다며.
용훈   하여간 공진의 히어로 아니랄까 봐 슈퍼맨, 아이언맨 혼자 다 찜쪄먹네요.
영국   (못마땅한) 그럼 나는? 홍반장이 그렇게 다 해먹음 난 뭐냐고.
용훈   동장님은... (생각해보지만 딱히 할 말 없고) 그냥 동장님이죠.

영국, 용훈의 말에 "야, 이씨" 하고 발끈하는데 그 순간 초희가 민원실에 들어선다.

영국   (눈 휘둥그레져서) 초희야!
초희   오빠. 저 전입신고하러 왔어요.
영국   (흥분으로) 어, 그래! 잘 왔어!

S#54. 주민센터 앞 (아침)

짐을 바리바리 싸든 화정 걸어가는데, 남숙이 헐레벌떡 뛰어온다.

남숙   야, 이 기집애야! 넌 왜 이렇게 전화를 안 받아?
화정   (그러려니) 왜? 또 뭔 일인데?
남숙   (눈을 빛내며) 그게 내가 어제 누굴 좀 봤거든.

S#55. 주민센터, 민원실 (아침)

초희, 전입신고서를 작성하고 영국, 옆에서 그 모습을 내려다본다.
전입자에 자신의 이름과 주민번호만 쓰고 다른 칸으로 넘어가는 초희.

영국	(멈칫) 어? 아직 혼자야? 결혼은?
초희	안 했어요. 어쩌다 보니.
영국	아... 안 했구나. (얼굴에 감출 수 없는 화색이 돈다)
초희	오빠는 결혼했단 얘기 들었는데.
영국	(당황해서) 어어, 그게 하긴 했었는데, 지금은 혼자야. 깨끗이 혼자.
초희	(놀라며) 언니랑 헤어지신 거예요?

영국, 대답하려는데 그 순간 화정이 남숙과 함께 민원실에 들어선다.
초희와 영국을 발견한 화정, 우뚝 멈춰 서고! 남숙, "어머야라"를 외친다.
영국과 초희 역시 화정을 보고... 민원실 안에 묘한 긴장감이 돈다!

남숙	(대기의자에 앉으며) 여기가 일등석이네.
용훈	(화정 발견하고 눈치 없이) 사모님, 안녕하십니까.
영국	(당황하며) 인마, 내가 이제 그렇게 부르지 말랬지!
화정	반주무관님한테 한 번 사모님은 영원한 사모님인가 보지.
초희	(긴장한 얼굴로) 언니...
화정	이게 얼마만인지 모르겠네. (전입신고서 보고) 이사 온 거야?
초희	네. 그동안 잘 지내셨죠?
화정	응, 뭐 가끔 못 지내기도 했지만. 넌 그대로다. 여전히 예쁘네.

화정과 초희 사이에 묘한 긴장 느껴지고, 불안해진 영국, 급히 끼어든다.

영국	반주무관. 여통장님 쓰레기봉투 받으러 오셨거든? 얼른 모셔가서 드려.
용훈	예? 예. 통장님, 이쪽으로 오시죠.
화정	(영국 노려보며) 예, 가요. (하고 초희에게) 잠깐만.

초희, 고갤 끄덕이고 영국, 딴청을 피우면 화정, 마지못해 용훈을 따라간다.

| 용훈 | (서류 내밀며) 여기다 사인하시면 돼요. |

화정	(못마땅한 얼굴로 사인하는데)
용훈	(쓰레기봉투 내밀며) 되셨어요. 이제 가져가시면 됩니다.

화정, 돌아서는데 영국과 초희 안 보인다.
남숙, 둘이 같이 나갔다는 격렬한 수신호를 보낸다.
화정, 태연한 척하지만 손에 든 쓰레기봉투 뭉치가 와그작- 구겨진다.

S#56. 화정의 집, 부엌 (아침)

화정, 성큼성큼 들어와 가방 속 반찬통들을 꺼내 냉장고에 몽땅 집어넣는다.

화정	...잘됐지 뭐. 한 달은 먹겠네.

그러나 냉장고 문을 닫는 화정의 마음... 스스로가 한심하고 처량하다.

S#57. 윤치과, 원장실 (낮)

혜진, 논문 보고 있는데 미선이 들어와 말한다.

미선	나 점심으로 샌드위치 사오려 그러는데 뭐 먹을래?
혜진	(일어나며) 같이 가자.
미선	됐어. 보던 거나 마저 봐. 코앞인데 뭐.
혜진	그럼... 너랑 같은 걸로.
	호밀빵에 로스트치킨, 모짜렐라 치즈에 피클 빼고 올리브 듬뿍. 맞지?
미선	(웃으며) 잘 키운 친구 하나 열 남자 안 부럽네. 갔다 올게.
혜진	미선아.
미선	(돌아보며) 응?
혜진	(진심으로) 앞으론 무슨 일이든 나한테 솔직히 얘기해줘.

미선	(보면)
혜진	원래 친구끼린 힘들수록 더 의지하고 그러는 거잖아.
	나도 그럴 거야. 난... 너 아님 친구도 없어.
미선	(피식 웃으며) 알아.

S#58. 상가거리 (낮)

순찰 중이던 은철, 샌드위치 사오던 미선을 발견한다.

미선, 평소와 달리 못 본 척 지나가려는데 은철이 그런 미선을 불러 세운다.

은철	표선생님.
미선	(멈칫하고 돌아보는) 네?
은철	(대뜸) 국민과 함께하는 따뜻하고 믿음직한 경찰! ...저희 캐치프레이즙니다.
미선	(무슨 얘긴가 싶어 보면)
은철	물론 112가 제일 빠르겠지만, 이것도 갖고 계세요. (하며 명함 내미는)
미선	(멍한 얼굴로 받는데)
은철	다음에 또 그런 일 생기면 그땐 절대 혼자 참지 마십시오.

은철, 목례한 뒤 가면... 미선, 감동으로 은철의 명함을 물끄러미 본다.

S#59. 윤치과, 원장실 (낮)

혜진, 책상에서 논문 보고 있는데 두식으로부터 문자메시지 도착한다.

두식(E)	혐의 인정했고 곧 여성성범죄전담팀으로 넘겨서 조사받게 될 거야.
	알려줘야 할 것 같아서.
혜진	그리고 보니 고맙단 말도 제대로 못 했네.

S#60. 두식의 집, 대문 앞 (저녁)

두식의 집 앞에 선 혜진, 입구에 과일바구니와 종이가방을 내려놓는다.

혜진　　그냥 이렇게 두고 가면 되겠지?

혜진, 몇 걸음 가려다가 다시 돌아가 종이가방을 집어 든다.

혜진　　이 와인 진짜 어렵게 구한 건데 맛도 못 보고. 그냥 과일만 놓고 갈까?
　　　　(잠시 갈등) ...아니다. 은혜 갚는 윤혜진으로 살자.

다시 종이가방을 내려놓고 가다가 몇 걸음 못 가 또 돌아오는 혜진이고.

혜진　　(종이가방 앞에 쪼그리고 앉아) 근데 엄청 맛있겠지?
　　　　스파이시 하면서도 향긋하고 달콤하다 그랬는데.
두식　　거기서 뭐하나?

그때 마당 안쪽에서 고개를 쑥 내민 두식, 혜진을 내려다보며 말하면,
혜진, 놀라서 "엄마야!" 하며 뒤로 나동그라진다.

S#61. 두식의 집, 거실 및 부엌 (밤)

두식의 집 안, 거실과 부엌의 모습 보여진다.
지붕구조를 그대로 살린 천장에 아날로그와 모던함이 동시에 풍기는 인테리
어. 턴테이블, 벽면에 짜넣은 책장까지 마치 예쁜 카페 느낌이다.
두식이 찍은 사진들, 두식이 만든 디퓨저와 향초, 두식이 담근 담금주, 꽃차
들도 보이고.
두식, 부엌에서 한창 요리 중인데 혜진, 신기한 얼굴로 집 안을 둘러본다.

두식	1인극 잘 봤다. 그 잠깐 사이에 108번뇌가 다 지나가더라.
혜진	얼마나 귀한 와인이었으면 그랬겠어.
두식	얼마나 먹고 싶었음 같이 마시잔 말에 일초도 고민을 안 하냐.
혜진	(민망해 말 돌리는) 와, 이 집이랑 홍반장이랑 너무 안 어울린다.
	홀애비 냄새나 풀풀 풍길 줄 알았는데.
두식	사람 너무 띄엄띄엄 보지 마. 그것도 편견이다.
혜진	(책장 앞에 서서) 책이랑 LP는 왜 이렇게 많아?
두식	돈 될까 싶어 주워 모으다 보니 그렇게 됐어.
혜진	겉만 번드르르하지 그냥 고물상이구만.
	(하다가 할아버지와 어린 두식의 사진 발견하고) ...어?

flash back.
2화 S#17. 혜진이 사진관 유리창 속 사진을 보며 하는 말. "고놈 참 되게 말
안 듣게 생겼다."

혜진	나 이거 사진관에서 봤는데. 이 꼬맹이가 홍반장이었어?
두식	(뒤돌아보더니) 응.
혜진	(신기하다는 듯 하! 웃고) 옆에 계신 분이 할아버지?
두식	(다시 요리하며) 어. 나 중학교 때 돌아가셨어.
혜진	그럼 다른 가족은?
두식	(툭 말하는) 없어.
혜진	(멈칫) 아무도?
두식	부모님은 나 여섯 살 때 돌아가셨고. 여기 나 혼자 살아.
혜진	...미안.
두식	(태연하게) 미안할 것도 많다. 와서 잔이나 가져가.

혜진, 우물쭈물하며 부엌으로 가 와인잔을 가져다 테이블에 놓으면
두식이 카나페 및 간단한 안주가 담긴 접시들과 와인병을 내려놓는다.

혜진	(감탄으로) 잠깐 사이에 뭘 이렇게 많이 했어?
두식	(별거 아니라는 듯) 대충 만든 거야.
혜진	와인이랑 잘 어울리겠네. 이건 프랑스 남부 론 지역에서 난 거거든?
	빈티지라서 원래 제대로 마시려면 디캔팅을 해야 되는데.
두식	(보면)
혜진	(잘난 척) 디캔팅이 뭐냐면 와인을 다른 용기에 옮겨서 침전물을 거르는,
두식	(말 자르며) 이렇게 오래된 와인은 디캔팅 잘못하면 오히려 향 날아가.
	아까 오자마자 코르크만 열어뒀어.
혜진	(당황하며) 와인에 대해 좀 알아?
두식	별로. 들은 풍월이야.
혜진	(그럼 그렇지) 줘. 내가 따를게.
	(능숙한 솜씨로 따르고 뽐내듯) 와인을 마실 땐 먼저 코로 향을 음미한
	다음 맛을 느껴야 돼. 이렇게 후루룩 공기를 빨아들여서,

혜진, 고개를 꼿꼿이 세우고 와인을 빨아들이는데 그 순간 켁켁- 사레들린다.
두식, 어이없다는 듯 휴지를 건네고 혜진, 재채기로 눈물 콧물 범벅이 된다.

두식	(한심하다는 듯) 더럽게 그게 뭐냐?
	고개를 숙여서 기도를 막은 다음, 공기를 흡입해야지.
혜진	(발끈) 실수거든? 아, 코 매워...
두식	얌전히 마셔. 괜히 또 허세 떨다 비싼 와인 코로 먹지 말고.

혜진, 민망하고 자존심 상해 와인을 원샷하면 두식, 그 모습에 피식 웃는다.

S#62. 라이브카페 안 (밤)

춘재, 카운터에서 꾸벅꾸벅 졸고 있는데 문 열리는 소리와 함께 손님 들어온다.
훤칠한 두 남자, 성현과 모자를 눌러쓴 준이다!

춘재	(관성적으로) 어서 오세요. 편한 자리 아무데나 앉으세요.
성현	어디 앉을래?
준	창가요.

S#63. 두식의 집, 거실 (밤)

음식 접시가 절반쯤 비워져 있고 혜진과 두식, 어느새 술을 홀짝홀짝 마시고 있다.

혜진	그때 보니까 노래 좀 하더라?
두식	춘재 형이 부탁해서 그냥 했어.
혜진	(장난치는) 나도 부탁하면 한 곡 해주나?
두식	(정색하고) 너 집에 가.
혜진	(치잇) 아직 술 남았거든? 근데 경찰들이랑은 왜 그렇게 친해?
	거의 거기 사는 사람 같던데. 어지간히 들락날락했나 봐?
두식	그런 편이지.
혜진	(알만하다는 듯) 왜? 사고 쳐서?
두식	아니. 내가 용감한 시민상을 2번 받았거든.
혜진	(놀라는) 진짜?
두식	응. 한 번은 길에서 날치기범을 잡았고,

S#64. 과거. 두식의 용감한 시민상 몽타주 (낮)

- 거리
  길 가던 두식, 버스정류장에서 한 남자가 핸드백을 날치기하는 장면을 목격한다. 전력 질주하는 두식, 끝내 쫓아가 날치기범을 제압한다.

두식(E)	또 한 번은 술 취해 기찻길에서 잠든 할아버지를 구했지.

- 기찻길

　기찻길 옆을 지나던 두식, 선로에 술 취한 노인이 누워 있는 장면을 본다.

　때마침 차단기가 닫히고 저 멀리서 기차 오는 소리 들려오는데

　두식, 고민할 겨를도 없이 뛰어들어 노인을 끌어낸다.

S#65. 두식의 집, 거실 (밤)

　두식의 무용담을 들은 혜진, 대단하다는 듯 헛웃음을 짓는다.

혜진　겁도 없다. 어떻게 기찻길에 뛰어들 생각을 해?

두식　생각을 안 했지. 그냥 몸이 움직인 거야.

혜진　(기막히고) 그렇게 산다고 누가 알아줘? 뭐 상금이라도 주디?

두식　주던데? 백만 원. 경로당 냉장고 바꿔드렸어.

혜진　(어이없고) 좋은 일도 자기 통장잔고 봐가면서 하는 거야.

　　　본인 앞가림도 못 하면서. 진짜 이해 안 돼.

두식　(피식 웃고) 내 걱정하지 말고, 술이나 드셔.

혜진　그래. 그쪽이 어떻게 살든 나랑은 상관없지. (와인병 기울이는데 술이 없고)

　　　어? 벌써 다 마셨네. (아쉽다는 듯 입맛 다시며 담금주를 본다)

두식　(혜진의 시선에) 이건 안 되고... 위스키는 있는데.

S#66. 라이브카페 안 (밤)

　주리, 카페로 들어오면 때마침 춘재가 주방에서 해물짬뽕 가지고 나온다.

춘재　주리야. 이것 좀 창가 테이블 손님들한테 갖다드려.

주리　(짜증으로) 아, 아빠가 가.

춘재　지금 주방에 불 올려놨어! (하고 들어가면)

주리   (작게 신경질) 아, 귀찮게 진짜.

주리, 테이블로 가면 남자 두 명 앉아 있다.
모자를 눌러쓴 준과 그 맞은편에 앉아 있는 남자의 뒷모습 비춰지고.

주리   맛있게 드세요... (하던 주리의 입이 벌어지며 덧니 드러난다) ...!
준   (주리 시선에 모자 더 깊게 눌러쓰고)
성현   (상냥하게) 네, 감사합니다.

주리, 눈 커진 채 쟁반 갖고 나오며 뒤를 다시 힐끔 돌아본다.
눈 마주치면 준 움찔하는데 주리, 못마땅하다는 듯 중얼거린다.

주리   준이 오빠랑 비슷해 보이려고 발악을 했네. 짝퉁한테 속을 뻔.

주리의 말에 성현이 픕- 웃어버린다.
가만히 있다가 말로 얻어맞은 준, 눈만 끔뻑거리는데.

성현   (웃음기 남은 얼굴로) 야, 먹자 먹어. 이거 봐.
        바닷가라 그런가 해물이 엄청 실하다. 새우도 디게 크고.
준   (어느새 동조하는) 어, 그러네?
성현   (새우 까며) 근데 준이 너 일 좀 열심히 해야겠다.
준   (역시 새우 까고 있는)
성현   사람들 알아보지도 못하는데, 이 프로 너 갖고 되겠냐? 망할 것 같애...
준   (태연하게 깐 새우 먹으며) 망해도 출연료는 나오잖아요.
        파전도 시켜도 돼요?

S#67. 두식의 집, 거실 (밤)

테이블 위에 위스키와 아이스버킷 놓여 있다.

혜진과 두식, 위스키를 마시는 중이다. 마치 공기에 알코올이 섞인 것처럼 나른하고 몽글몽글한 분위기다.

두식, 아직 취하지 않은 듯 보이고 혜진, 뺨이 발그스름하게 달아올라 있다.

두식   벌써 취한 거야? 어느 정도 마시는 줄 알았더니.

혜진   (약간 느릿한 말투) 안 취했어. 그냥 기분이 약간 뭉게뭉게한 느낌?

두식   좀 있으면 하늘을 붕붕 날아다니시겠구만.

혜진   (취했으면서) 절대! 난 함부로 취하지 않아.

두식   왜?

혜진   싫으니까. 약해지는 거, 풀어지는 거, 솔직해지는 거.

두식   (보면)

혜진   취할 것 같을 땐 이렇게 주먹을 꽉 쥐면 돼. (주먹 쥐어 보이면)

두식   (혜진의 손을 보며) 피곤하게 산다. 손도 작은 게.

그렇게 말하고는 자리에서 일어나 부엌으로 향하는 두식, 냉장고에서 아이스트레이를 꺼낸다.

새 얼음을 아이스버킷에 보충하는데 혜진, 그 모습을 물끄러미 보다가 묻는다.

혜진   이 집에서 혼자 살면 외롭지 않아?

두식   (아이스버킷 가져와 자리에 앉으며) 글쎄, 그런 생각해본 적 없는데.
          여기 사람들이 다 가족 같아서.

혜진   공진에는 언제부터 살았어?

두식   태어났을 때부터.

혜진   그럼 한 번도 여길 떠난 적이 없어?

두식   (표정 있는) ...있지.

혜진   근데 왜 돌아왔어?

두식   (잠시 멈칫했다가) 나한텐 선 넘지 말라더니, 무슨 질문이 이렇게 많아?

혜진   (깨닫고) 그러게. 이상하네? 나 원래 안 이러는데.

두식   가만 보면 본인에 대해 잘 모르는 것 같아.

혜진   나 그쪽이 좀 신기한가 봐. 그냥... 서로 환경이 너무 다르잖아.

남극에 사는 펭귄이 북극곰을 보면 이런 기분이려나?

두식   거긴 둘 다 무지하게 춥거든?

혜진   (뻘쭘한) 맞네... 극과 극은 통한다더니.

           (하다가) 좋아! 홍반장도 나한테 궁금한 거 있으면 딱 하나만 물어봐.

           내가 특별히 대답해줄게.

두식   (바로) 궁금한 거 없는데?

혜진   (칫... 자존심 상하는데)

두식   (툭 물어보는) 하나 있다. 공진에 왜 왔어?

혜진   (멈칫하는) !

두식   시골에 치과 차려 돈 벌 생각이었단 거 말고.

           그거라면 꼭 공진일 필요는 없었잖아.

혜진   (괜히 딴말하는) 나 얼굴 빨개졌지? 진짜 술 오르나?

두식   대답하기 싫으면 안 해도 돼.

그 말에 혜진, 시선을 피하듯 고개를 떨군다.

두식, 아이스버킷에 시선을 둔다. 이때부터 두식은 손으로 아이스버킷을 잡고 있다.

잠시 망설이던 혜진, 가만히 자신의 이야기를 시작한다.

혜진   그날 말이야. 내가 공진에 덜컥 왔던 날... 엄마 생일이었어.

두식   (예상치 못한 말에 보면)

혜진   사람이 죽고 나면 생일은 없어지고 기일만 남는 거 좀 슬퍼.

           엄마가 이 세상에 존재했다는 게 흐릿해지는 것 같고.

           ...우리 엄마 살아 있었으면 그날이 환갑이었다?

두식   (동질감으로, 어쩐지 짠하고)

혜진   (눈물 고이는) 그랬음 엄마랑 좋은 데로 여행 갔을 텐데.

           되게 되게 비싼 가방도 사줬을 텐데.

           아니다. 그냥 엄마랑 같이 밥만 먹어도 좋았겠다...

두식   (눈 빨개진 혜진을 안타깝게 보는데)

혜진   엄마 돌아가시기 전, 마지막으로 가족여행을 왔었어.

여기 공진으로.

그 말을 마친 혜진의 눈에서 눈물이 흐른다. 당황한 듯 재빨리 눈물을 닦는
혜진, 괜히 손부채질을 한다.
두식, 어쩐지 애틋한 눈빛으로 그런 혜진을 뚫어져라 본다.

혜진   (무마하려는 느낌으로) 나 미쳤나 봐.
       얼굴이 왜 이렇게 뜨겁지? 열도 좀 나는 것 같고. 나 얼굴 빨개?

그 순간 두식, 아이스버킷을 잡고 있던 손을 뻗어 혜진의 뺨을 감싼다.
두식의 손, 차갑게 얼어붙어 있다.
혜진, 놀라서 멍해진 얼굴로 두식을 보면 두식, 손으로 혜진의 열을 식혀주
며 말한다.

두식   뜨겁다... 너무.

그 순간 아이스버킷통 속의 얼음이 딸깍- 소릴 내며 녹아내린다.
혜진의 심장도 쿵 떨어지는 듯하고... 그렇게 서로를 보는 두 사람에서.

S#68. 에필로그. 휴일休日

- 바닷가 (낮)
  서핑을 즐긴 두식, 보드를 들고 모래사장으로 나온다.
  아이스박스에서 물을 꺼내 마시는데 그때 휴대폰에서 진동 울린다.

두식   (전화받는) 어, 감리씨.
감리(F)   홍반장 니 지금 어디 있나?
두식   (다급한 목소리 느끼고) 왜? 무슨 일 있어?
감리(F)   여기 치과에 난리가 났다니.

두식   (멈칫하는) !

      - 상가거리 (낮)
       금철과 남숙, 화정이 길거리에서 얘기 나눈다.

남숙   아유, 홍반장 어찌나 단호한지 아무리 사정해도 소용없더라니까?
금철   예. 귓등으로도 안 듣더라구요.
화정   (알만하다는 듯) 내가 뭐라 그랬어.
       홍반장 삶의 모토가 일하고 싶을 때 일하고, 놀고 싶을 때 노는 거잖아.
       그렇게 남 챙기고 오지랖 부려도 쉬는 날엔 절대 일 안 해.

       화정의 말에 금철과 남숙, 시무룩하게 고갤 끄덕이는데
       그때 반대편으로 서핑복 입은 두식이 머리카락을 휘날리며 뛰어간다.
       윤치과(혹은 혜진에게)로 달려가는 그의 속도, 빛보다 빠르다...

5화

미쳤어? 다 젖었잖아!
축축해. 꿉꿉하다고!

소나기 없는 인생이 어디 있겠어!
이렇게 퍼부을 땐 우산을 써도 어차피 젖어.
그럴 땐 에라 모르겠다 확 맞아버리는 거야.
그냥 놀자. 나랑.

S#1.　두식의 집, 침실 (아침)

창문으로 햇빛이 하얗게 들어온다.
잠에서 깬 혜진, 비몽사몽 상태로 천장을 보는데 어쩐지 낯설다.
그리고 자신의 몸이 바닥에 눕혀져 있다.
혜진, 뭔가 싶어 고개를 돌려보는데 옆에 두식이 잠들어 있다.
기겁해서 일어나 둘러보면 두식의 집이다. 다행히 둘 다 옷을 입고 있다.
조심조심 자리에서 벗어나는 혜진, 가방을 챙겨들고 까치발로 빠져나온다.
가방 근처에 우산 떨어져 있지만 알지 못한다.

S#2.　두식의 집, 마당 (아침)

두식의 집에서 살며시 빠져나온 혜진, 입구 밖으로 얼굴만 빼꼼 내민다.
주변을 살짝 둘러보는데 이른 아침이라 골목에 아무도 없는 듯하다.
살며시 빠져나오는 혜진의 입에서 자책이 절로 나온다.

혜진　미쳤어, 미쳤어. 윤혜진.

혜진, 서둘러 도망치는데 저만치 뒤에 남숙이 우유를 들고 섰다.

남숙   ...윤선생님?

허둥지둥 가는 혜진의 뒷모습과 두식의 집을 번갈아 보는 남숙.
입가에 하얗게 우유를 묻힌 남숙의 눈이 먹잇감을 포착한 듯 번쩍 빛난다.

S#3. 집으로 가는 혜진과 소문 몽타주 (아침)

혜진, 집으로 돌아가는 도중 공진 사람들과 차례로 부딪치는데
그때마다 공진 사람들의 카톡이 울리며 혜진과 두식에 대한 소문이 점점 퍼져나간다.

- 가로등 앞
  저편에서 걸어오던 춘재, 휴대폰 보고 입에 있던 커피를 뿜는다.
- 화정횟집 앞
  화정, 수조에서 물고기 건지며 휴대폰 보다가 어망을 놓친다.
  물고기가 물속에 풍덩 빠지고, 여기저기 물방울 튄다.
- 상가거리
  영국이 휴대폰 보다가 서류를 놓쳐 A4용지들이 눈처럼 날린다.
- 철물점 앞
  금철이 휴대폰 보다가 셔터를 떨어뜨려 요란한 소리 난다.
- 보라슈퍼 앞
  윤경이 휴대폰 보다가 바구니를 쳐서 사과가 굴러 떨어진다.
- 약수터 앞
  나무에 등치기 하던 감리, 맏이, 숙자 3인방.
  숙자, "형님들, 이것 좀 봐!" 하며 휴대폰 보여주지만 다들 눈이 침침하다.
  글쎄 홍반장네 집에서 치과 윤선생이 나오는 거 있지?
  이 이른 아침에 것도 도둑고양이처럼 살금살금.
  안 보이지만 어떻게든 글자를 보려고 노력하는 3인방...

S#4. 혜진의 집, 현관 (아침)

드디어 집에 도착한 혜진, 현관문을 닫으며 안도한다.
그리고 돌아서는데 이미 현관 앞에 떡하니 버티고 서 있는 미선!

혜진 앗, 깜짝이야!
미선 (단톡방 보여주며) 너 홍반장이랑 잤다며?

어떻게 알았지? 혜진, 현관 벽에 기댄 채 쭉 미끄러진다...

S#5. 혜진의 집, 거실 (아침)

케이지 안의 고슴도치가 쳇바퀴를 돌린다.
귀여운 얼굴로 무념무상.

S#6. 두식의 집, 침실 및 거실 (아침)

잠에서 깬 두식, 일어나보면 혜진의 모습 보이지 않는다.
혹시나 싶어 집 안을 살펴보던 두식, 거실 바닥에 떨어진 우산을 발견한다.

두식 (피식 웃으며) 급하게 가셨구만.

S#7. 두식의 집, 부엌 (아침)

두식, 냉장고 문 열면 각종 야채와 해산물들 깔끔하게 정리돼 있다.

재료를 꺼내드는 두식. 잠시 후, 싱크대 도마 위의 칼질이 현란하다.
두식, 김치와 대파를 썰고 콩나물을 다듬고 멸치육수를 우린다.
재료들 정갈하게 준비되어 있지만 두식, 뭔가 아쉽다는 얼굴이다.

두식   두부가 없으면 김치콩나물국이 아니지.

S#8.   혜진의 집, 거실 (아침)

출근 준비를 마친 혜진, 미선을 기다리며 소파에 앉아 있다.
TV가 의미 없이 켜져 있고 머리가 지끈지끈한 혜진, 숙취해소 드링크 들이
켠다.

혜진   아, 머리야. 대체 어제 얼마나 마셨길래 거기서 뻗은 거야?

하는데 순간 기억이 떠오른 듯 멈칫하는 혜진!
그러면 거실 TV를 통해 어젯밤 혜진이 저질렀던 만행이 재생된다.

- 혜진, 두식 앞에서 가로등에 매달려 폴 댄스를 시도한다.
  "이거 봐라. 나 옛날에 폴 댄스 배웠다?" 하며 가로등에 원숭이처럼 매달린다.
- 혜진, 화정횟집 수조에 얼굴을 들이민 채 물고기처럼 입을 뻐끔댄다.
  "우와, 아쿠아리움이다!" 환호하다가 "저 물고기 홍반장이랑 닮았어!" 낄낄
  댄다.
- 혜진, 이마로 자판기 버튼을 현관문 비밀번호처럼 누른다.
  큰소리로 "우리 집 비밀번호는 팔... 칠... 공... 칠...."까지 곁들인다.
- 혜진, 약수터의 모든 운동기구에 올라가 한 번씩 다 해본다.
  화룡점정으로 그 모든 장면을 한심하게 보고 있던 두식의 모습...!

화면 일시 정지되고, 떠오른 기억에 혜진, 뒤늦은 쪽팔림이 밀려든다.

혜진	(눈을 질끈 감았다 뜨며) ...내가 술을 끊든가 해야지.
	근데 뭐 이렇게 동선이 이상해?
	밖을 그렇게 싸돌아다녔는데 왜 다시 홍반장 집이었지?

그러면 TV 속 정지했던 영상이 되감기되다가
갑자기 필름 끊긴 듯 지지직- 흑백화면으로 바뀐다.

혜진	(불안한) 뭐야. 거긴 왜 필름이 끊겨 있어?
미선	(방에서 나오며) 가자.
혜진	우리... 오늘 하루 쉴래?
미선	(흔쾌히) 그래.
혜진	(돌아보며) 진짜?
미선	카드청구서 책상 위에 뒀어. 이번 달 윤혜진 카드값이...
혜진	(말문 막으며) ...알고 싶지 않아. 가자, 일하러.
미선	(멈칫하며) 야, 나 오랜만에 신호가 왔어. 먼저 가.
혜진	뭐?
미선	긴 싸움이 될 것 같아. (화장실로 달려간다)

하아... 혼자 남은 혜진, 죽을 만큼 가기 싫은 표정으로 현관문을 본다.

S#9. 상가거리 (아침)

남숙, 윤경, 금철, 춘재 등 상가 사람들 모여 있다.
출근하던 혜진, 자신을 향한 사람들의 시선을 느낀다.
혜진, "안녕하세요." 아무렇지 않게 인사하지만 다들 "예에..." 하며 피식피식
웃는다.
혜진과 홍반장의 스캔들이 다 퍼진 분위기.
그때 반대편에서 두식이 두부가 든 비닐봉지를 들고 걸어온다.

두식   어이, 치과!

혜진, 순간 흠칫하지만 두식, 아무렇지 않게 다가온다.
둘을 둘러싼 사람들의 쑥덕임이 더 심해진다.
묘한 분위기 속 두 사람 대치하듯 섰는데 두식, 먼저 말문을 연다.

두식   새벽같이 내뺐더라? 설거지도 안 하고.
혜진   (애써 태연하게) 손님한테 설거질 바라는 건 경우가 아니지.
      내가 비싼 와인도 사갔는데.
두식   이야... 치과가 까먹은 인삼주는 생각도 안 하지?
혜진   (금시초문인데) 인삼..주?
두식   (기억 못 하는구나) ...됐다. 해장은 했냐?
혜진   아니, 아직.
      (손목시계 보고) 나 아직 시간 괜찮은데 조찬 회동 어때?
두식   (두부 힐끗 내려다보고) 메뉴는?
혜진   클래식하게 가자.

S#10. 해장국집 밖 (아침)

뼈해장국집 간판 떡하니 비춰진다.
남숙, 윤경, 금철, 춘재가 글씨 적힌 통 유리창에 매달려
서로 "안 보여." "좀 비켜봐." 아우성을 치며 구경한다.
그때 지나가던 화정, 사람들 보고 고개를 갸웃하며 다가간다.

화정   다들 거기서 뭐 해?
남숙   야, 너도 이리 와 붙어.

남숙, 화정 잡아끌면 화정, 어리둥절하게 안을 들여다본다.
창 안으로 마주앉은 혜진과 두식 보인다.

S#11. 해장국집 안 (아침)

혜진, 숟가락으로 해장국 속의 선지를 건져보며 중얼거린다.

혜진　내 클래식은 선지가 아니라 뼈였는데.

두식　해장국의 궁극은 선지지. 탱글탱글하니 얼마나 고소한데.
　　　거기다 비타민A에 철분에...

혜진　(말 자르며) 지금 그게 중요한 게 아냐.

두식　그럼 뭐가 중요한데?

혜진　최대한 평범하고 자연스럽게 밥 먹는 거.
　　　숟가락 들어. 그리고 절대 오른쪽은 쳐다보지 마.

두식　(청개구리처럼 보려고 하면)

혜진　(버럭) 보지 말라니까!

두식　옆통수가 따가운 게 어째 갤러리가 많다. 뭔데?

혜진　동네에 소문 다 났어. 우리가... (멈칫) ...동침했다고.

두식　(골치 아파지겠군 하는 표정이고) ...!

혜진　그래서 말인데... 우리 별일 없었지?

혜진, 긴장으로 두식을 보는데 멈칫하는 두식의 표정이 순간 진지해진다.

두식　...있었어, 별일.

혜진　(당황해서) 뭐?

두식　별일이... (표정 장난스럽게 바뀌며) ...엄청 많았지!
　　　뭐? 함부로 안 취해? 이야, 나 무슨 버라이어티 예능 보는 줄 알았다.
　　　갑자기 뛰쳐나가선 노래하고 춤추고 어디 매달리고
　　　그러다 막 또 뛰는데. 진심 혼자 보기 아깝더라.

혜진　(눈 피하며) 그럴 리가... 내가 주사가 없는 편인데.

두식　(눈 부라리며) 그뿐이야? 2차 가야 된다고 생떼 쓰다가 결국 다시 우리 집으로 와선, 내 담금주 컬렉션을 아작 내는데...
(빠직!) 너 인간적으로 인삼주는 물어내라.

혜진 (말 돌리는) 이게 철분이 그렇게 많다고?

혜진, 딴청 피우듯 얼른 해장국을 떠먹는데 입가에 붉은 국물 잔뜩 묻는다.
한심하게 보던 두식, 물티슈로 혜진의 입가를 닦아주며 말한다.

두식 애냐? 입에 다 묻히고 먹게?
혜진 (당황해서) 왜 이래! 이러면 사람들 더 오해하잖아!
두식 내가 무서워서 그래. 입이 시뻘건 게 방금 완전 조커였어.
혜진 (입을 벅벅 닦으며) 아, 진짜! 홍반장이 다 망쳤어.
두식 (황당한) 내가 뭘?
혜진 태연하게 같이 밥 먹는 걸로 소문 무마시킬라 그랬는데.
막 입을 닦아주고... 이제 잘 어울리네 어쩌네 더 난리일 거 아냐!

S#12. 해장국집 밖 (아침)

두식과 혜진을 보던 사람들, 아까와는 달리 묘하게 김빠진 얼굴들이다.

남숙 저 두 사람... 케미가 1도 없지 않아?
춘재 응. 노래로 치면 훅이 없어. 밍숭맹숭.
윤경 보라 아빠가 보라 입 닦아줄 때랑 비슷한 느낌이에요. 부성애가 느껴졌달까.
남숙 (실망으로) 어제 별일 없었나 봐.
금철 에이, 아무렴! 성인남녀가 설마 아무 일 없었을까.
화정 (버럭) 그만들 해! 다들 모여서 뭐 하나 했더니
먹고 나온 아침밥이 아깝다! 프라이버시privacy도 몰라?
금철 (농담이랍시고) 스펠링은 모르지.
윤경 (가만 있으라는 듯 팔꿈치로 쿡 찌르는데)
화정 (남숙에게) 너는 왜 자꾸 쓸데없이 남 얘기를 하고 다녀?

남숙	내 눈으로 본 걸 봤다고 말도 못 하냐?
화정	무식하면 용감하다고, 사실적시도 명예훼손이야. 알아?
남숙	(움찔하고) !
화정	(눈 부라리며) 다들 가! 얼른 안 가?
남숙	(시선 돌리며) 면이나 치대러 가야겠다.
춘재	(눈치로) 원두 들어올 시간이 됐는데.
윤경	정리하다 만 물건이 있어서...

화정의 기세에 눌려 다들 흩어지는데, 금철만 계속 창문 안을 들여다본다.
윤경, 가다가 다시 와서 금철의 목덜미를 끌고 간다.
화정, 한심하다는 듯 그 모습 본다.

S#13. 혜진의 집, 화장실 앞 (아침)

미선, 홀가분한 표정으로 화장실에서 나오는데 카톡- 하며 휴대폰 울린다.

남숙(E)	여화정이 빼고 새로 방 하나 팠어. 2차는 보라슈퍼 평상 앞.

S#14. 보라슈퍼 앞 (아침)

보라슈퍼 창문에 '로또 1등 당첨 판매점' 현수막 걸려 있고
그 앞 평상에 남숙, 춘재, 윤경, 금철과 감리, 만이, 숙자까지 모여 있다.
다들 심각한 얼굴로 뭔가를 토의 중이다.

남숙	홍반장이 아까워.
숙자	그럼. 아깝고 말고.
만이	그기르 말이라고 하나? 홍반장 잘난 거에 비하믄 윤선생 정돈 개락이다야.

감리	(흐뭇한) 두식이는 뭐 하나 몬재린 게 엄싸.
윤경	공진바닥에 오빠 한 번 안 좋아해본 애들이 없잖아요.
	저도 두식 오빠가 첫사랑이에요.
금철	(윤경 째려보고) 뭐?
윤경	그럼 뭐 당신일 줄 알았나?
금철	(어이없다는 듯) 다들 양심 가출하셨네.
	아무리 그래도 두식일 어디 치과의사한테 갖다 붙여요?
윤경	얼씨구, 지금 윤선생님 편 들어?
감리	춘재는 우태 생각하나?
춘재	(앙탈로) 아이, 춘재 아니고 오윤이라니까!
	저야 뭐... 두식이 훌륭하죠. 근데 윤선생님도 괜찮지 않나?

의외로 춘재마저 혜진 편을 들자 여자들, 춘재를 쳐다보는데
어느새 옆에 와 끼겨 앉아 있던 미선이 고개를 쑥 내밀며 춘재에게 말한다.

| 미선 | 중복투표는 안 되죠. 홍반장이에요, 혜진이에요? |

다들 식겁하며 "아, 깜짝이야! 언제 왔대?" 한다.
춘재만 심각하게 "홍반장? 윤선생님?" 고민하는 얼굴이다.

S#15. 해장국집 안 (아침)

카운터 앞의 두식, 주머니에서 구깃구깃한 현금을 꺼내는데
혜진, 사장에게 카드를 내민다.

두식	(만 원짜리 펴며) 왜? 오늘은 내가 살게.
혜진	됐어. 난 아무 남자한테 밥 안 얻어먹어.
두식	돈 굳고 나야 좋지. 그럼 치과가 사는 건가?
혜진	(사장에게) 따로 계산할게요.

S#16. 치과 가는 길 (아침)

혜진, 도도하게 걸어가면 뒤에서 두식이 비닐봉지를 흔들며 따라온다.

두식   잠깐 춘재 형네 들리자. 내가 또 해장커피를 기가 막히게 내리거든.

혜진, 갑자기 덜컥 돌아서면 두식과 부딪칠 뻔한다.
두식, 뭐지 싶은데 혜진, 두식을 빤히 쳐다본다.

혜진   홍반장. 설마 나 좋아해?

그 순간 바람 불어와 혜진의 머리카락이 예쁘게 날린다.
누가 봐도 아름다운 혜진의 모습을 보던 두식의 입에서 나오는 말...

두식   짜증 나, 진짜.
혜진   (예상치 못한 반응이다)!
두식   (성질로) 대체 무슨 뇌 내 망상을 거치면
       커피 마시잔 말이 좋아한단 말로 번역이 되냐? 도끼병이야?
혜진   (발끈) 아니, 나도 혹시나 해서. 나름 합리적 의심이거든?
두식   뭐?
혜진   그렇잖아. 신발도 찾아주고, 치과에 도와주러 온 것도 그렇고.
       홍반장이 자꾸 내 주변을 맴도니까.
두식   신발은 환경보호 차원에서, 바다쓰레기 될 뻔한 걸 주워다 갖다 줬고
       몰카범 그 건은 감리씨가 급하게 전화를 걸길래.
       그리고 뭐? 내가 치과 주변을 맴돌아?
       어젯밤 찾아온 것도, 오늘 아침 해장하자 그런 것도 치과였거든?
혜진   (전부 맞는 말이다) ...아님 됐어!
       혹시 모를 불상사를 막기 위해 확인한 거야.

솔직히 우린 좀 말이 안 되니까.

두식	(보면)
혜진	홍반장이랑 나랑은 소셜 포지션social position이 다르잖아.
두식	소셜 포지션?
혜진	원래 사람은 비슷한 환경일수록 잘 맞는단 말 들어봤지?
	가치관이나 라이프스타일도 비슷하고
	아무래도 부딪히는 일이 적을 테니까. 근데 우리는...

혜진, 말끝을 흐리며 두식을 빤히 보면 두식, 알아들었다는 듯 피식 웃는다.

혜진	(수습하듯) 아니, 내가 홍반장을 평가하려고 하는 말은 아니고,
	그냥 확실히 해두자는 의미에서...
두식	(말 자르며) 나도 나지만, 참 너도 너다.
혜진	무슨 뜻이야?
두식	쉽게 좀 살자. 그렇게 살면 안 피곤하냐?

두식, 획 먼저 가버리면 혼자 남은 혜진, 실수한 것 같고 맘이 불편하다.

S#17. 윤치과, 로비 (낮)

의사가운 입은 혜진, 찜찜한 기분에 로비를 왔다 갔다 하며 자기합리화 중이다.
카운터에서 사탕을 꺼내 먹는 미선, 듣는 둥 마는 둥 하고 있다.

혜진	말이 심했나? 근데 뭐 내가 틀린 말했어?
	나랑 홍반장이라니, 객관적으로 그건 아니지. 안 그래?
미선	(사탕 빨면서) 아, 피곤했는데 객관적으로 정신이 번쩍 드네.
혜진	뭐?
미선	사람들은 홍반장이 아깝대.
혜진	(욱해서) 와, 아무리 팔이 안으로 굽는다지만 너무하네.

나 의사야. 치대 나온 몸이라고!

미선 (바로) 홍반장은 서울대 나왔어.

혜진 (멍하니) 응? 뭘 나와?

미선 서울대 나왔다구. 홍반장.

미선의 말에 혜진의 눈이 휘둥그레진다!

S#18. 보라슈퍼 앞 (낮)

평상에 모인 사람들, 두식에 대한 과거 얘기를 시작한다.

숙자 생각해보면, 홍반장은 어려서부터 범상치가 않았지.

다들 고개를 끄덕이며 하나둘씩 풀리기 시작하는 두식의 과거사...

S#19. 과거. 두식의 성장과정 몽타주

- 두식(6세), 마을 평상에 앉아 천자문을 거침없이 읽는다.
  지금보다 훨씬 젊은 감리, 맏이, 숙자가 기특하게 그 모습을 본다.

감리(E) 언나 때부터 말도 안 되게 똑똑시루웠장가.
천자문을 띤 기 여섯 살이었으니, 차암 난 그런 언나는 본 적이 음따니.

- 두식(14세), 어려운 수학문제들을 거침없이 풀어내려간다.
  강원도 수학 올림피아드에서 금상 수상하고 기념사진을 찍는다.

맏이(E) 쩡일 뛔놀믄서도 시험만 쳤다 하믄 일등은 따논 당상이었장가.

남숙(E) 왜 그 강원도 수학 올림픽인가에서도 금메달 땄잖아요.

윤경(E) 그뿐이에요? 싸움은 또 어찌나 잘했는지. 공진바닥에 적수가 없었다니까요.

       - 두식(18세), 다른 학교 교복 입은 불량배 무리를 단숨에 제압한다.
        긴 다리로 발차기를 날린 뒤 착지하는 두식의 명찰이 반짝 빛난다.

금철(E) 좀 하긴 했지. 근데 쌈박질하고 다닌 게 뭐 자랑인가?
윤경(E) ...당신 맨날 쥐터지던 거 구해준 거잖아.

       멋진 두식 뒤에 금철(18세)이 벌벌 떨며 숨는다.

S#20. 보라슈퍼 앞 (낮)

       다들 금철을 한심하게 쳐다보면 금철, 변명한다.

금철   내가 원래 비폭력 평화주의자야.

       모두들 금철의 말을 무시하고 하던 얘길 마저 한다.

춘재   결국 서울대 공대까지 들어갔잖아. 것도 수석합격으로!
감리   공진으 자랑이라고 마을 어귀에따 헨수막도 걸었장가.
윤경   오빠 매년 장학금도 받지 않았어요?
숙자   그랬지!

S#21. 윤치과, 로비 (낮)

       두식에 대해 들은 혜진, 이해되지 않는다는 듯 미선에게 묻는다.

혜진   근데 지금은 왜 그러고 산대?

말이 좋아 반장이지, 그냥 알바에 반 백수잖아.

미선   (분위기 잡으며) 그게... 공진에는 세 가지 미스터리가 있어.

혜진   갑자기?

미선   (찌릿) 들어봐. 첫째, 여통장님이랑 장동장님이 이혼한 진짜 이유.

혜진   (끄덕이며) 아무도 모른다곤 하더라.

미선   둘째, 홍반장의 5년간의 행적.

혜진   응?

미선   대학 졸업한 다음 다시 공진으로 돌아올 때까지 5년간 뭘 했는지
           정확히 아는 사람이 없어. 소문만 무성하지.

S#22. 과거. 두식의 5년간의 공백 몽타주

- 김일성광장의 열병식 대열 안에 인민군 제복을 입은 두식이 서 있다.

남숙(E)   내가 들었는데, 북파간첩으로 활동했다는 말이 있어.

- 방탄조끼에 고글을 쓴 두식, 어둠 속을 은밀하게 이동한다.
   인기척 느껴지면 민첩하게 권총을 장전해 누군가를 향해 겨눈다.

춘재(E)   아니야. 국정원 비밀요원 출신이라,
           신분을 숨긴 거란 설이 제일 신빙성 있지.

- 백악관 복도를 걸어가는 오바마 대통령 뒤로 슈트 차림의 두식이 서 있다.
   대통령에게 귓속말로 각종 정보를 전달하는 듯한 모습.

윤경(E)   그게 아니라 미국에서 오바마 대통령 비서로 일했대요.
           사진을 본 사람이 있다니까요?

S#23. 보라슈퍼 앞 (낮)

공진 사람들, 평상에 걸터앉아 저마다 두식에 대한 소문을 말한다.
만이, 숙자 격하게 고갤 끄덕이고 감리는 그저 알 듯 말 듯한 표정으로 듣고
만 있다.

남숙   아프리카 동물구호단체에서 야생사자랑 친구 먹었단 얘기도 있지 않았어?
윤경   태평양을 맨몸으로 횡단했다는 소문도 있었구요.
춘재   바다가 아니라 산! 에베레스트에 무산소 등정을 했다 그러던데?
금철   ...다들 너무 좋은 얘기만 하신다.

마치 엄청난 비밀을 알고 있다는 듯한 의미심장한 얼굴.
시니컬한 그의 말에 모두의 시선이 금철에게 가 꽂힌다.

금철   (나지막하게) 소문이 그게 다가 아니잖아요.

S#24. 두식의 집, 거실 (낮)

책장 가득 빼곡한 책들 전부 어렵고 수준 높은 책들이다.
턴테이블에서는 LP가 돌아가고, 장엄한 클래식 흐른다. 그 위로,

금철(E)   5년 동안 정신병원에 갇혀 있었단 얘기도 있고,
           사람 죽여서 감옥 갔다 왔단 얘기도 있잖아요.

테이블 위에 클래식한 라이카(Leica) 필름카메라들 놓여 있고
두식, 카메라에 맞춰 필름을 미리 오리고 있는데 갑자기 귀가 간지럽다.

두식   (귀 후비며) 왜 이렇게 귀가 간지럽지?

S#25. 보라슈퍼 앞 (낮)

금철의 말에 순간 싸해진 분위기...
침묵 속 냉기가 흐르다가 누가 먼저랄 것도 없이 동시에 "에이-" 한다.

숙자 말도 안 돼. 홍반장이 어디 그럴 사람이야?

맏이 이러이, 매핸 놈! 나오는 대로 지껄이믄 다 말인 줄 아나?

춘재 그래. 너는 어릴 적부터 친구란 놈이 그걸 믿냐?

감리 (두리번거리며) 자물때 어디 있나? 이놈아 입으 자물때로 칵 창궈나야 대.

윤경 (찰싹 때리고) 당신은 가만히 좀 있어, 제발!

금철 아, 왜! 그냥 소문이 그렇다고. 왜 나만 갖고 그래요!

모두의 타박에 금철 혼자 억울해한다.

S#26. 윤치과, 로비 (낮)

모든 얘길 들은 혜진, 어안이 벙벙한 얼굴로 미선에게 묻는다.

혜진 넌 그런 걸 다 어디서 들었어?

미선 〈공진 프렌즈〉 단톡방에서.

혜진 (문득) 그 단톡방 말이야. 왜 나는 없고 너만 있어?

미선 몰라. 나만 초대하던데.

혜진 (조금 서운하고) 그래서 넌 나랑 홍반장 중에 누가 아까워?

미선 (괜히 서류 뒤적이며) 예약환자 올 때가 다 된 것 같은데...

혜진 (버럭) 야! 너 내 친구 맞냐? 진짜 내가 홍반장보다 못해?

미선 사람 사이에 못하고 말고가 어디 있어. 맘이 중요한 거지.

혜진 웃기고 있네. 확신의 얼빠 주제에!

미선 응, 난 심플하게 얼굴만 봐. 근데 넌 안 보는 게 있어?

얼굴, 키, 학벌, 직업. 전부 다 따지잖아.

혜진　(변명하는) 그야 아무나 만날 순 없으니까, 최대한 필터링을 하는 거지.

미선　그런 걸로 사람이 걸러지던?

　　　옛날에 이강욱한테 그렇게 데여보고도 몰라?

혜진, 그 말에 멈칫하면 미선, 자신이 실언했다는 걸 깨닫는다.

미선　(말 돌리듯) 저기... 그 공진의 세 번째 미스터리 얘기해줄까?

혜진　(아무렇지 않은 척) 나중에. 나 화장실 좀 갔다 올게.

미선　어어...

혜진, 나가고 나면 미선, 말실수한 자기 머리를 한대 콩 쥐어박는다.

S#27. 윤치과 건물, 복도 (낮)

병원에서 나온 혜진, 복도를 걸어간다.

혜진의 발에는 세련된 구두 신겨져 있고, 구두 소리 또각또각 선명하다.

혜진, 화장실 문을 열고 들어가는데.

S#28. 과거. 클럽 화장실 안 (밤)

셔츠에 청바지, 운동화 차림의 대학생 혜진, 거울 앞에 서 있다.

주변의 화려하게 꾸민 여자들과 비교되는 차림이지만

그래도 자신의 모습을 한 번 가다듬어보는 혜진.

S#29. 과거. 클럽 복도 (밤)

화려한 조명이 번쩍이는 복도를 지나 혜진, 일행이 있는 룸으로 향한다.
문을 열려고 하는데 안에서 들려오는 강욱과 친구들의 목소리.

친구1　야, 이강욱. 너 취향 많이 바뀌었다?

강욱　닥쳐, 새끼야.

친구2　치대에 저 정도면 나쁘지 않지.

강욱　애가 옷걸이는 괜찮은데 스타일이 영... 데리고 다니기 쪽팔려.

문밖에서 듣고 있던 혜진, 그 말에 멈칫한다! 계속되는 강욱의 말.

강욱　오늘은 눈치껏 좀 꾸미고 올 줄 알았더니
　　　아... 아까 보자마자 바로 집에 가라고 할 뻔.

친구2　수수한 게 신선하던데 왜.

강욱　야, 수수한 거랑 빈티 나는 거랑 한 끗 차이야.
　　　옷이고 신발이고 맨날 몇 개로 돌려 입는데 진짜 못 봐주겠어.

그 말에 고개를 떨구는 혜진, 낡았지만 깨끗한 운동화가 내려다보인다.
혜진, 수치심에 입술 꽉 깨문 채 돌아서는데 바로 뒤에 성현이 서 있다.
곤란한 표정의 성현, 무슨 말을 하려고 하는데...

혜진　저 급한 일이 생겨서 먼저 간다고 전해주세요.

혜진, 안간힘을 다해서 웃어 보이고 돌아서면 성현, 차마 잡지 못한다.
저도 모르게 눈물 고이면, 손으로 쓱쓱 닦아내는 혜진이다.

S#30. 윤치과 건물, 화장실 (낮)

물이 쏟아지는 세면대 수도꼭지를 잠그는 혜진의 손.
잠시 옛날 기억에 멈칫했던 혜진, 거울 속 자신을 본다.

그때와는 달리 이젠 누구 앞에서도 항상 당당할 수 있다는 표정으로.

S#31. 바다가 보이는 길가 (낮)

바다가 보이는 길가에 와 서는 차, 고급차종이다.
그 차에서 내리는 성현, 바닷바람 느끼며 주변을 둘러본다.

S#32. 길가 (낮)

보라슈퍼 앞 모임이 파한 뒤, 감리, 맏이, 숙자 함께 걸어가고 있다.

숙자   형님은 홍반장 서울 가서도 계속 연락했잖아.
       그간 뭐 했는지 알지 않아?
감리   (면박 주는) 그기 머이가 중요해. 지끔 두식이가 여어 있는 게 중하지.
숙자   아니, 그래도 궁금하니까.
       (의미심장하게) 왜 그때 다시 돌아왔을 때... 이상하긴 이상했잖아.
감리   (버럭) 시끄루와! 니느 썰데엄는 소리르 차암 지다게 한다!

감리와 숙자 투닥거리는데 맏이, 걸음을 멈춰 서더니 멍하니 말한다.

맏이   차암 꽃이 이쁘게도 폈소...

맏이의 말에 감리, 숙자 돌아보면 길가에 꽃이 한 아름 피어 있다.
누가 먼저랄 것도 없이 꽃을 들여다보는 세 사람. 한순간에 소녀가 된다.

감리   꽃을 마이 싱고노니 이래 좋잖나.
숙자   희한해요. 젊을 땐 꽃 같은 거 쳐다도 안 봤는데.
맏이   그때느 우리덜이 꽃이었장가.

감리	그래게. 인제 더는 필 일이 음쓰니 어여삐 지는 일만 남았싸.

감리의 말에 모두 여운으로 꽃을 보는데 저편에서 들려오는 목소리.

두식(E)	여기 좀 보셔!

감리, 만이, 숙자 돌아보면 두식이 카메라를 든 채 활짝 웃고 있다.

감리	(버럭) 이러이, 니 그 카메라는 왜서 또 들이대나!
만이	(얼굴 가리며) 찍을라믄 꽃이나 찍지 늙은이들은 찍어 뭐해!
두식	걱정 마. 꽃보다 이쁘니깐.
감리	입에 지름칠으 했는가. 빈말으 참 잘도 지껄이.
숙자	난 칠십이 넘어도 이쁘단 말 들으니 좋다! 안 그래요 성님들?

숙자의 말에 감리, 만이 못 말린다는 듯 와아아 웃어버린다.
그 모습 정말 꽃보다 아름답고, 두식의 카메라가 그 찰나를 놓치지 않는다.
뷰파인더 속으로 비춰지는 웃고 있는 숙자... 만이... 그리고 감리의 얼굴.

S#33. 라이브카페 안 (낮)

탁탁탁- 시끄러운 타격음이 균일하게 울린다.
화정, 춘재와 나란히 앉아 나무도마 위에 놓인 북어를 때리고 있다.
남숙, 맞은편에 앉아 서비스용 뻥튀기를 주워 먹는다.

남숙	잘 친다. 난타 구경이 따로 없네.
춘재	내가 박자감각이 좋아. 음악인인 게 이런 데서도 티가 난다니까.
화정	뻥튀기 축내지 말고, 가 장사나 하시지?
남숙	(하고 싶은 말이 있는 듯) 야, 화정아.
화정	왜?

남숙	(입이 간질거리는) 너... 유초희 어떡할 거야?
화정	그 얘기 하고 싶어 앉아 있었네. 아침엔 윤선생, 점심엔 나냐?
춘재	유초희? 이름 익숙한데.
남숙	왜 그 있잖아, 영국 오빠 첫사랑. 15년 전 여기 발령받아왔던 그 학교선생.
춘재	아아, 알아. 기억난다.
남숙	글쎄, 다시 돌아온 거 있지? 내가 알아봤는데 아직 미혼이래.
춘재	그래?
남숙	응. 거기다 애랑 비교도 안 되게 예쁘잖아.

남숙이 얘기하는 동안 화정의 방망이질 점차 거세지다가
예쁘단 말에 북어 대가리와 몸통 뚝 분리되며 대가리 날아간다.

춘재	(움찔하며) 저, 저기 대가리가...
화정	그만해라. 이제 남의 편도 아닌 사람 얘길 뭘 그렇게 길게 해?
남숙	아니, 나는 네가 걱정돼서 그러지.
화정	뭐가 걱정되는데?
남숙	이혼은 했어도 신경 쓰일 거 아냐. 영국 오빠...
화정	(코웃음) 영국 오빠?
	너는 빠른 연생이라고 나랑 맞먹으면서, 왜 장영국은 오빠냐?
	나랑 장영국이랑 동갑인데.
남숙	원래 사회 나오면, 나이 년도로 따지는 거야.
화정	그럼 나도 언니겠네.
남숙	(변명하는) 너랑 나랑은 동창이고! 오빠는 남중 남고 나왔잖아.
화정	(그 말에 인상을 무섭게 핵 찌푸리면)
남숙	(순간 쫄아서) 언니...라고 부를까?

사실 화정, 남숙 때문이 아니라 통증 때문에 인상을 썼다.
오른쪽 뺨을 감싸는데, 아무래도 치통 같다.

S#34. 주민센터 건물 옆 공터 (낮)

영국, 공터 보도블록에 쪼그리고 앉아 문자를 썼다 지웠다 한다.

영국(E)   초희야. 오늘 날씨 좋던데 나와 함께 바닷가를 거닐지 않을래?

영국, 맘에 안 든다는 듯 썼던 걸 다 지우고 다시 쓰기 시작한다.

영국(E)   초희 너 예전부터 커피 좋아했잖아.
          시간 괜찮으면 우리 아이스 아메리카노 한잔 할까?

영국, 그것도 맘에 안 드는지 결국 다 지워버린다.
답답함에 머리를 마구 헝클어뜨리는데 옆에서 낯익은 목소리 들려온다.

용훈(E)   그냥 보내세요.

영국, 갑자기 들려온 소리에 고개 들어보면 용훈이 위에서 내려다보고 있다.

영국   (벌떡 일어나며) 깜짝이야! 야, 너 어디까지 봤어?
용훈   드라이브, 영화, 산책, 커피. 데이트코스를 열 개는 짜시던데.
영국   (버럭) 너 내가 민원 넣을 거야! 공무원이 어! 업무태만이라고.
용훈   문자 보내는 게 뭐 별일이라고 숨어서 그래요?
          3년이면 이혼서류 잉크도 다 말랐겠구만.
영국   그렇긴 하지.
용훈   망설일 게 뭐 있어요.
          첫사랑을 다시 만났는데 마침 동장님도 혼자, 그 분도 혼자.
          이 정도면 운명 아니에요? 타이밍이 기가 막히잖아요.
영국   (생각하는 표정인데) ...
용훈   빨리 보내고 들어오세요. (하고 먼저 가버리면)
영국   (중얼거리는) 그러게. 어떻게 타이밍이 이제야 맞냐.

S#35. 사진 찍는 두식 몽타주 (낮)

계속해서 돌아다니며 공진의 이곳저곳을 찍는 두식.
렌즈에 담긴 풍경들 컷컷으로 보여진다.

insert.
- 공진항의 여유로운 오후 풍경
- 잔잔하고 검푸른 바다에 비친 정박된 배들의 풍경
- 정박된 배 앞에서 제법 능숙하게 그물을 손질하는 러시아 선원의 옆얼굴
- 건조대 위 말라가는 생선들과 그 생선을 노리는 갈매기들
- 방파제 너머로 빛나는 바다... 그러다가 뷰파인더 속으로 들어오는 성현.

S#36. 방파제 (낮)

고가의 카메라*를 든 성현, 방파제에 서서 사진을 찍고 있다.
앵글을 보다가 생각 같지 않은지 조금씩 뒷걸음질을 치며 구도를 잡는다.
성현, 뷰파인더 속 풍경에만 집중하는데 그때 저편에서 들려오는 소리.

두식(E) 스톱, 스톱스톱!

성현, 그 말에 본능적으로 스톱해서 보면 발이 방파제 끝에 반 걸쳐 있다.
발뒤꿈치 반은 바다 쪽을 향해 있고... 너무 뒤로 와버렸다.
자신의 상황을 인식한 순간 성현, 어어- 균형을 잃고 휘청하는데
두식이 재빨리 달려와 성현을 앞으로 끌어당긴다.
두식 덕분에 추락을 모면한 성현, 휘둥그레진 눈으로 겨우 안도한다.

성현 어후... 감사합니다! 하마터면 죽을 뻔했네.

두식	그쪽이 아니라 카메라가 죽을 뻔했지.
	사람이야 물에 빠짐 건져서 말리면 되지만 얜 바로 죽어!
	방진 방적이랑 방수는 다른 개념이라고.
성현	카메라에 대해 잘 아시네요?

성현, 그 말 하며 고갤 들어보는데 두식 역시 어깨에 카메라를 걸치고 있다.
빈티지한 외관이지만 클래식하고 고급스러운 느낌의 카메라**다.

성현	(두식에게 바짝 붙으며) 어? 그거 그 시리즈 마지막 모델...
	소량생산이라 구하기 힘들다던데.
두식	(밀착해오는 성현이 당황스럽지만) 카메라보다도 렌즈가 힘들었지.
	전 세계에서 500대밖에 생산이 안 된 거라.
성현	(탄성으로) 이렇게 희귀한 걸 대체 어떻게 구했어요?
두식	(자랑스럽게) 발품 오래 팔았어. 몇 년 걸렸지 아마?
성현	이거 나한테 팔래요? 아니, 팝시다. 내가 두 배로 쳐드릴게.
두식	와, 물에 빠진 사람 구해줬더니 보따리 내놓으란 게 요새 유행인가?
	그쪽 같음 팔겠어?
성현	그럼 잠깐 만져만 봅시다. 서로 바꿔서. 콜?
두식	(성현 카메라 궁금하고) ...콜!

성현과 두식, 누가 먼저랄 것도 없이 서로의 카메라를 교환해 살펴본다.

두식	이게 바디랑 렌즈랑 합치면 한 이 천쯤 되지?
성현	좀 넘어요. 이 모델 57년엔가 나왔을 건데 관리가 잘 됐네요.
두식	취미로 쓰기엔 만만찮은 가격인데, 혹시 직업?
성현	예, 뭐... 찍는 일을 하긴 하죠.

~~~~~~~~~

* 성현의 카메라: 라이카 M10-P 모델에 APO-SUMMICRON-M 50mm f/2 ASPH 렌즈 장착
** 두식의 카메라: 라이카 바르낙 IIIG 모델에 SUMMICRON 35mm f/2 1세대 L-MOUNT 렌즈 장착
　(이렇게 설정해뒀지만 성현은 고가모델, 두식은 희귀한 구형모델이면 될 것 같습니다.)

두식	뭘 찍길래?
성현	사진도 찍고 동영상도 찍고... 근데 출사 나왔나 봐요?
두식	집 앞에 나오는 것도 출사로 쳐주나?
성현	아, 근처 사시는구나. 그럼 전망대 가는 길이 어딘지 알아요?

S#37. 바닷가 근처 거리 (낮)

두식, 거리 한복판에서 성현에게 길을 가르쳐주고 있다.

두식	저기 저 갈림길에서 일단 우회전을 해. 그리고 한 30m쯤 쭉 따라가다 보면 이용원이 하나 보이거든? 거기서 왼쪽으로 꺾으면 산으로 연결되는 계단이 하나 있는데 쭉 따라 올라가면 나와. 어때, 쉽지?
성현	(웃으며) 네. 여러모로 감사했습니다.
두식	도우며 사는 거지. 그럼 조심히 가셔.

성현, 한 번 더 목례하고 가면 두식, 잠시 보다가 돌아선다.
조금 가다가 잘 가나 싶어 돌아보는데 성현, 갈림길에서 좌회전을 하고 있다.

| 두식 | (소리치는) 이봐! 좌회전 말고 우회전! |

성현, 못 들었는지 좌회전해서 사라져버린다.
두식, "아이... 참." 귀찮다는 듯 머릴 헝클면서도 사라진 성현을 쫓아간다.

S#38. 전망대 (낮)

공진이 한눈에 내려다보이는 언덕 위 전망대.
두식, 난간에 등을 기댄 채 피곤하다는 듯 중얼거린다.

두식	난 대체 여기 왜 올라와 있는 거야?

두식, 못마땅한 얼굴로 옆을 보면 성현, 해맑은 얼굴로 난간에 매달려 있다.

성현	우와, 여기 경치 진짜 좋네요. 바람도 시원하고.
두식	사람이 참 해맑으시네. 공진은 처음?
성현	아니요. 올해만 벌써 네 번쨉니다.
두식	얻다 꿀 발라놨어? 뭘 그렇게 자주 오셨대?
성현	처음 목적지는 원래 공진이 아니었는데 중간에 길을 잃어버려갖고.
두식	문명의 이기를 좀 활용할 생각은 안 해봤나?
	네비도 있고 인터넷 지도도 있고.
성현	걔들도 절 구제 못 하던데. 근데 그 덕에 공진을 발견했으니까.
두식	(피식) 긍정적인 길치네.
성현	좀 헤매도 보고 돌아가기도 하고 그러는 거죠.
	그렇게 사니까 인생이 알아서 재밌는 방향으로 굴러가던데요?
두식	(한심하게 보다가) 하루빨리 자율주행차가 나와야 되는데...

S#39. 혜진의 집 앞 골목길 (저녁)

혜진, 생각에 잠긴 표정으로 걸으면 옆에 있던 미선이 묻는다.

미선	표정이 왜 그래?
	서울대 나온 홍반장한테 소셜 포지션 타령한 게 쪽팔려서 그래?
혜진	(아...) 그건 아니었지만... 그것도 있구나.
미선	나 진짜 궁금해서 그러는데 너 홍반장이랑 정말 안 잤어?
혜진	(작게 버럭) 야...!
미선	하긴. 너 같은 유교걸이 넘기엔 욕망의 벽이 너무 높다.
혜진	(우씨- 하고 보다가) 사실은... 나 어제 필름이 끊긴 것 같아.

미선	아예?
혜진	그건 아니고... 가로등에 매달린 거랑 광년이처럼 질주한 거랑
	띄엄띄엄 떠오르긴 하는데.
미선	알만하다! 야, 됐어. 더 생각하지 말고 그냥 묻어.
혜진	응?
미선	너... 필름이 끊겨서 괴로운 이유가 뭔지 알아?
	그걸 악착같이 붙여넣기 하려고 노력해서 그런 거야.
	기왕 날아간 거 영구삭제 누르고 편해지는 걸 추천한다.
혜진	(혹하고) 그럴까?
미선	어!
혜진	(비장한 결심으로 고개를 끄덕이는데)
미선	...근데 그 끊긴 필름이 19금은 아니었겠지?
혜진	(크게 버럭) 야!

때마침 옆집 문 열리며 초희가 나오면 혜진, 황급히 표정관리를 한다.
초희, 혜진과 미선에게 반갑게 다가온다.

초희	안녕하세요? 저 옆집 사시는 분들이죠?
혜진	(엉겁결에 인사하며) 아, 네. 안녕하세요.
미선	안녕하세요.
초희	이사 온 지 며칠 됐는데 이제야 인사드리네요. 유초희라고 합니다.
혜진	네, 저는 윤혜진입니다.
미선	(틈새 홍보하는) 저희는 저쪽 상가 윤치과에서 일해요.
	이 불편하심 언제든 찾아주세요.
초희	어머, 그럼 내일 교육 오시는 의사 선생님?
혜진	(놀라며) 네? 네에.
초희	(웃으며) 저 청진초등학교 교사예요. 이렇게 먼저 뵙네요.
혜진	(따라 웃으며) 아, 그렇구나. 잘 부탁드려요.
초희	제가 더 잘 부탁드려요.

S#40. 화정횟집 안 (저녁)

두식과 성현, 함께 횟집 안으로 들어선다.

성현   (두리번거리며) 어디 앉을까요?

두식   창가로 가시든가.

성현   (창가 자리에 앉으며) 여기 진짜 맛집 맞아요?

두식   그렇다니까. (서 있는 채로 메뉴판 건네며) 뭐 드실 거야?

성현   (받으며) 앉아서 같이 고르시죠.

두식   (태연하게) 으응, 난 주문 받아야지.

성현   예? (상황 파악 후) 여기... 그쪽 가게예요?

두식   그건 아니고. 잠깐 일 봐주러 온 김에 겸사겸사.
        메뉴는 그냥 내가 알아서 해다 드릴게. 그래도 되지?

성현   (어안이 벙벙한 채) 예?

두식   (성현 손의 메뉴판 걷어가며) 좀만 기다리셔.

성현   (헛웃음) 무슨 호객행위가 이렇게 자연스러워?

cut to.
대광어회, 문어숙회, 섭국 등 성현 앞에 진수성찬 차려져 있다.
두식, 그 앞에 위풍당당하게 서 있다.

성현   (숟가락으로 섭국의 섭을 떠 올리며) 인심 좋네요.
        서비스에다 진짜 섭을 넣어주고.

두식   (제법이라는 듯) 서울 사람들은 다 그냥 홍합인 줄 알던데.

성현   내가 먹는 거에 좀 진심인 편이라.
        (문어를 젓가락으로 들어보고) 이건 왜 이렇게 부드러워요?

두식   (신나서) 낚시로 잡아 그래.
        통발에 잡혀 건진 놈은 스트레스 때문에 살이 단단해지거든.

성현   (진심으로) 와, 이건 진짜 방송에 내놓고 싶은데.

두식	방송? 아, 아까 동영상도 찍는다더니 그럼...
성현	(신분을 밝히려는데) 사실은 제가,
두식	먹방 유튜버구나?
성현	(삐끗) ...에?
두식	진작 말씀을 하시지. 그럼 서비스 더 드렸을 텐데.
성현	(오해했구나) 그게 아니라,
두식	근데 분발하셔야겠다. 내가 먹방 자주 보는데 얼굴이 낯설어.
성현	(황당하지만) 그래요?
두식	방송 계속하시려면 자기만의 무기를 찾아야지. 무난하게 하다간 망해.
성현	그런 얘기 많이 들어요.
	맨날 비슷한 것만 해서 지겹다고. 새로운 거 뭐 없냐고.
두식	그럼. 요샌 콘텐츠 싸움이잖아. 잘 좀 발굴해봐. (쿨하게 가버리면)
성현	(피식 웃으며) 뼈 맞았네.

S#41. 화정의 집, 거실 (저녁)

이준, 좌식 테이블에 놓인 화선지 위에 붓으로 한자를 써내려간다.
글귀는 '회자정리 거자필반'이다. 아직은 '회자정리會者定離'까지만 쓴 상태...

화정	(뿌듯한) 우리 아들 한석봉이 따로 없네. 뭐 쓰는 거야?
이준	회자정리 거자필반.
	만남에는 헤어짐이 정해져 있고, 떠남이 있으면 반드시 돌아옴이 있다.
화정	(생각하듯 보다가) 맞는 말이지...
	참 오늘 이준이 학교 알림장 봐야지. 숙제는 없어?
이준	응, 없어.

화정, e-알리미 앱에 접속해 '충치예방교육'에 대한 가정통신문 본다.

| 화정 | 내일 윤혜진 선생님이 충치예방교육 하러 오시네. |

맞다, 오늘 이준이 새 담임선생님도 오셨지? 어땠어?

이준   좋았어. 예쁘고 친절하시고.

화정   그래? 선생님 성함이 뭐야?

이준   (글씨 쓰며) 유 초 자 희자.

화정   (멈칫하면) !

이준   유초희 선생님.

그 이름에 찌릿- 치통을 느끼는 화정. 그사이 이준이 서예를 완성한다.
화정, 아픈 뺨을 슬쩍 감싸 쥐며 이준이 쓴 '거자필반去者必返' 글씨를 본다.

S#42. 초희의 집, 거실 (저녁)

초희, 노트북으로 학생들 기록(NEIS-교육행정정보시스템)을 보고 있다.
아이들 사진과 이름 꼼꼼하게 보며 외우는 중이다.
페이지 넘기면 이준의 얼굴 드러나는데 '부: 장영국, 모: 여화정' 적혀 있다.
초희, 잠시 생각에 잠기는데 그때 영국으로부터 메시지가 온다.

영국(E)   초희야. 나 영국 오빤데 이번 주말에 혹시 시간 돼?
               괜찮으면 같이 저녁 먹자구.

고민하는 표정의 초희...

S#43. 화정횟집 안 (저녁)

성현, 이것저것 음미하며 식사 중인데 두식, 다가와 곁에 선다.

두식   어떻게 드실 만해?

성현   네. 전체적으로 괜찮네요. 간도 나쁘지 않고.

두식	(떨떠름해져서) 괜찮다랑 나쁘지 않다가 칭찬인가?
성현	(그제야) 아무래도 제가 음식이랑 관련된 작업을 많이 하다 보니 표현이 야박했네요. 맛있어요.
두식	(약간 풀려서) 대광어는 어떤가? 자연산이라 엄청 싱싱한데.
성현	아... 사실 이게 제일 아쉬운데.
두식	(이것 봐라) 아쉬워?
성현	지금 자연산 광어는 산란기라 맛이 떨어질 시기죠. 그리고 이런 대형어종은 활어보단 숙성으로 먹는 게 나아요.
두식	앞에 건 자연의 법칙이니 나도 인정하는데 뒷말은 좀 그렇네. 갓 잡은 생선의 싱싱함을 느끼려면 무조건 활어회지!
성현	(반박하는) 숙성회에 대한 오해가 있으신 모양인데, 바로 잡아 썰어낸 게 활어라면, 잡아서 포만 뜬 다음 냉장고에 대여섯 시간 뒀다 먹는 게 숙성회입니다. 신선도에는 차이가 없다구요.
두식	차이도 없는 걸 왜 뒀다 먹어?
성현	그야 기다림의 미학이 있으니까요. 식감을 높이고 감칠맛을 끌어내고자,
두식	(말 끊으며) 그게 다 갖다 붙인 말이지. 내가 바다서 나고 자란 사람이야. 생선을 먹어도 내가 더 먹었어!
성현	주변에 많아서 먹는 거랑 좋은 걸 찾아서 음미하는 건 다르죠.

의견 대립 중인 두식과 성현 사이에 은근한 불꽃이 튀고!

성현	이렇게 합시다. 백종원 선생님한테 전화해서 물어보죠.
두식	(눈 커지는) 백종원? 그쪽이 백종원을 안다고?
성현	네, 그것도 아주 잘.

성현, 의기양양하게 전화를 걸면 두식, 설마 하며 보는데
신호 가다가 결국 "지금은 고객이 전화를 받을 수 없어..." 흘러나온다.

성현	(약간 당황) 왜 전화를 안 받으시지? 방송 중이신가?
두식	사람 그렇게 안 봤는데, 허언증이 있네.

성현	(억울한) 아니, 내가 도움도 많이 받고. 진짜 잘 알거든요?
두식	응, 나도 그래. TV로 워낙 많이 봐서 지나가다 만나면 인사할 것 같아.
성현	(하! 기막혀) 그게 아니라,
두식	(말 자르며) 숙성회는 모르겠고 저온 숙성한 식혜는 있는데. 갖다 줄게.
성현	(두식 부엌으로 가고 나면) 어떡하지? 나 지금 너무 억울한데?
	...왜 선생님은 전화를 안 받으셔?

성현, 다시 전화 거는데 이번엔 전원이 꺼져 있다. 미치고 팔짝 뛰겠다...

S#44. 혜진의 집, 거실 (밤)

가부좌를 틀고 앉아 있는 혜진, 잠자기 전 마음을 다스리는 요가 중이다.
고요하고 차분한 멜로디와 조용한 목소리의 명상음원이 재생 중이다.

소리(E)	지금부터 몸과 마음에 깊은 휴식을 시작합니다.
	오늘 하루 있었던 일들을 모두 내려놓으세요.

눈을 감은 혜진, 무념무상의 상태에 빠지려 하지만 불현듯 침입하는 기억!

flash cut.
S#16. 혜진의 말. "홍반장. 설마 나 좋아해?" 두식의 말. "짜증 나, 진짜!"

혜진, 당황한 얼굴로 눈을 번쩍 뜬다.

소리(E)	의식을 한 군데 집중하고 온 몸의 긴장을 풀어냅니다.

혜진, 고갤 흔들어 생각을 떨쳐내고 소리가 시키는 대로 다시 눈을 감는다.

flash cut.

S#16. 혜진의 말. "홍반장이랑 나랑은 소셜 포지션이 다르잖아."

혜진, 또 다시 떠오른 기억에 움찔한다.

소리(E)   자연스럽게 호흡합니다. 있는 그대로 내쉬고, 내뱉고...

혜진, 후우... 깊은 심호흡을 하며 평정심을 유지하려고 하지만,

flash cut.
S#16. 두식의 말. "나도 나지만, 참 너도 너다."

부끄러운 기억의 밀물에 무너지는 혜진, 매트에 누워 발버둥을 친다.

S#45. 공진 전경 (아침)

S#46. 혜진의 집, 침실 및 화장실 앞 (아침)

외출 준비를 마친 혜진, 거울 앞에서 가방을 메고 자신의 모습을 점검한다.
그리고 방에서 나와 화장실 문을 거칠게 두드린다.

혜진   표미선! 너 왜 안 나와? 오늘도 변비야?
미선(E)   아니, 그 반대. 극과 극을 경험하느라 내가 좀 바빠.
혜진   너 어젯밤에 혼자 뭐 먹었지?
미선(E)   맥주. 내가 목음체질이라 술을 멀리해야 되는데.
혜진   놀고 있다.
미선(E)   친구야. 미안한데, 난 글렀어. 너 혼자 가...
혜진   장난해? 한 시간짜리 교육을 보조도 없이 어떻게 나 혼자 해!
미선(E)   내가 대타 구해놨어.

S#47. 청진초등학교, 정문 앞 (아침)

혜진, 정문 앞에 다다르면 도착해 있던 두식이 무심하게 손을 들어 보인다.
공적인 자리랍시고 멀끔하게 잘 차려입은 모습이다.

두식   어이, 치과! 여기.
혜진   (울컥) 표미선. 가만 안 둬...

S#48. 청진초등학교, 복도 (아침)

영국, 실내로 들어오는데 걸어오는 초희 보인다.

영국   (반갑게) 초희야.
초희   오빠.
영국   (눈치 살피며) 저기 어젯밤에 내가 문자 하나 보냈는데...
초희   알아요. 시간이 너무 늦어서 답장 못 했어요.
영국   아... 앞으론 밤낮 새벽 가리지 말고 아무 때나 보내. 넌 그래도 돼!
초희   (살짝 미소 지으면)
영국   (괜히 부끄러워 말 돌리듯) 나는 오늘 충치예방교육 참관하러 왔어.
        이 프로그램이 우리 동 차원에서 진행되는 거기도 하고.
초희   아, 정말요?
영국   (머뭇거리다) 그리고 사실... 내가 아들이 하나 있는데...
이준(E) 아빠!

영국, 초희 돌아보면 이준이 저 멀리서 반갑게 달려온다.

S#49. 화정횟집 안 (아침)

남숙, 횟집 안으로 들어서며 화정을 찾는데 안 보인다.

남숙   (직원에게) 화정이 어디 갔어요?

직원   예. 사장님 오늘 이준이네 학교 가셨어요.

남숙   거긴 왜?

직원   애들 뭔 교육인가가 있는데, 학부모 대표로 참관가신다고.

남숙   (눈을 빛내며) 어머야라, 드디어 오늘 1차 대전 터지는 거야?

S#50. 청진초등학교, 복도 (아침)

이준 뒤로 코너를 돌아 등장하는 여자, 화정이다.
풀메이크업에 안 입던 스커트까지 입고 전투적으로 꾸민 화정이 걸어오면
영국, 순간 본능적으로 겁에 질리고... 초희, 그런 화정을 가만히 본다.

이준   엄마, 아빠. 우리 담임선생님이야.

영국   (흠칫하는데) 응?

이준   (초희에게) 선생님, 저희 엄마아빠예요.

영국, 눈에 띄게 당황하는데 화정과 초희는 이미 알고 있는 얼굴이다.

화정   안녕하세요, 선생님. 장이준 엄맙니다.

초희   네, 안녕하세요. 이준이 담임을 맡게 된 유초희입니다.

S#51. 청진초등학교, 교정 (아침)

두식과 혜진, 나란히 걸어가는데

두식, 갑자기 혜진으로부터 한 발짝 멀찍이 떨어진다.

두식 미안. 남녀칠세부동석인데 내가 너무 가까이 걸었지?
혜진 (영문 모르고) 뭐야, 갑자기?
두식 아니, 또 내가 섣부른 행동으로 치과한테 오해를 제공할까 봐.
      내가 자길 좋아한다고.
혜진 (빠직!) 하지 마라.
두식 (능청스럽게) 세상이 각박해지긴 했나 봐.
      사소한 친절마저 호감으로 확대 해석되는 거 보면.
혜진 (어금니 깨물고) 하지 말라고 했다?
두식 (계속 놀리는) 아, 참고로 나 오늘 절대 치과 보고 싶어서 온 거 아니야.
      당일 알바 요청이 들어와서 수락한 거지.
혜진 (버럭) 아, 진짜! 말 한 번 잘못했다고 자꾸 이럴래?
두식 (웃으며) 한 석 달 열흘 사골처럼 우려먹을 계획이야.
혜진 (째려보고) 근데 오늘 보조는 제대로 할 수 있겠어?
      설마 치과자격증까지 있는 건 아니겠지?

S#52. 청진초등학교, 교실 (아침)

두식, 교탁 앞에서 앙증맞은 율동과 함께 치과동요를 부르고 있다.
"아야아야아야 이가 아파요. 초콜릿 사탕 자꾸 먹어서 치과에 갔죠."
이준과 보라를 비롯한 아이들, 신나서 율동을 따라한다.
혜진, 그런 두식을 보며 멍하니 중얼거린다.

혜진 ...레크레이션 강사 자격증이 있을 줄이야.

두식의 율동 이어지는 가운데 교실 뒤편에 화정, 영국, 초희가 앉아 있다.
두 여자 사이에 앉은 영국, 불안한 눈빛으로 둘 사이를 힐끔거린다.
세 사람 사이로 숨막히게 어색한 공기가 흐른다.

- 복도의 창문을 통해 열심히 설명하는 혜진과 두식의 모습 비춰진다.
- 혜진, "여러분, 충치는 왜 생길까요?" 하고 물으면
  이준, 손 들고 "입 안에 서식하는 박테리아가 설탕이나 전분을 분해하며
  산을 발생시키고 그것 때문에 침식이 일어나요."라고 사전적 정의를 정확
  히 말한다.
  혜진, 완벽한 정답이라고 감탄하면 이준, 뒤에 앉은 엄마아빠를 자랑스레
  돌아본다. 영국과 화정 모두 팔불출 모드로 엄지손가락을 치켜세운다.
  영국, 그러다 슬쩍 초희의 눈치를 살피는데
  초희의 옷소매 아래로 손목에 걸려 있는 팔찌가 눈에 들어온다.
  저걸 아직도 하고 있다니… 놀라는 영국! 자기도 모르게 웃음이 새어나온다.
  주체할 수 없는 기쁨에 히죽거리면 화정, 저게 미쳤나 하는 눈빛으로 본다.
- 혜진, 교탁 앞에서 칫솔을 꺼내든다.
  "이번엔 양치질하는 방법을 배워볼 거예요. 홍반장님은 평소에 어떻게 하
  시죠?"
  두식, "저는 이렇게 하는데요." 칫솔을 들고 평소처럼 양치질 시늉하면
  혜진, "여러분, 이렇게 하면 절대 안 돼요." 한다.
  아이들 와르르 웃고 두식, 멋쩍게 웃는다.
  혜진, "이렇게 세게 닦으면 잇몸이 다칠 수 있어요. 진동을 준다는 느낌으
  로…" 하며 두식의 손을 잡고 시연하는데 두식, 잠시 멈칫했다가 금세 따라
  한다. 혜진과 두식, 척척 맞는 호흡으로 교육을 진행한다.

S#54. 청진초등학교, 교실 (낮)

강의를 마친 혜진, 교탁 앞에 서서 아이들에게 묻는다.

혜진   자, 그럼 얘기는 여기까지 하고, 더 궁금한 거 있는 사람!

아이1   (손 번쩍 들며) 둘이 사귀어요?

혜진   네?

혜진, 당황하는데 반 아이들 동시에 와아아- 웃음을 터뜨리고,
"뽀뽀했어요?" "결혼할 거예요?" "뭐가 좋아요?" 봇물 터지듯 질문 쏟아진다.
초희, 뒤에서 "여러분. 선생님 곤란하게 하면 안 돼요." 하지만 아랑곳 않는
아이들.
혜진, 어떻게 좀 해보라는 듯 두식을 보면 두식, 어깨만 으쓱해 보인다.

혜진   자, 조용! 치아에 대한 질문만 받을게요!

보라   (제일 큰 목소리로) 우리 엄마아빠가 그러는데
        선생님이랑 홍반장 아저씨랑 그저께 밤에 뜨ㄱ,

보라, 더 말하려는 순간 이준이 보라의 입을 막는다.
마침 그 타이밍에 수업을 마치는 종소리(E)가 울려 퍼진다.

S#55. 청진초등학교, 복도 (낮)

와아아- 교실에서 나온 아이들 우르르 뛰어나간다.

S#56. 청진초등학교, 교실 (낮)

영국이 자신과 화정, 초희가 앉았던 의자들을 치우려 한다.

영국   이 의자들 어디로 가져갈까요?

초희   (말리는) 그냥 두세요. 이따 제가 치우면 돼요.

영국   이 무거운 걸 어떻게 초희 네가, (하다가 화정 눈치 보고)

	...아니, 선생님께서 어떻게 드세요. 제가 할게요.
화정	(비아냥) 집에선 화분 하나 안 옮기던 인간이 엉뚱한 데서 힘자랑을 하네.
영국	여통장님. 안 가십니까?
화정	(못마땅) 왜요? 제가 갔으면 좋으시겠어요?

영국, 화정 으르렁거리고 초희, 난감한 듯 서 있는데
교실 앞에서 치아모형 및 자료들을 정리하던 혜진과 두식, 그 모습을 본다.

혜진	(작게) 이준이 담임선생님, 우리 옆집에 이사 왔거든?
	근데 어째 저 세 사람한테서 서사 맛집의 향기가 느껴진다?
두식	(속삭이는) 거의 미슐랭 쓰리스타 급이지.

그때 초희가 갑자기 영국을 지나쳐 화정에게로 다가간다.

초희	저기 이준 어머님. 아니, 언니...
	시간 괜찮으면 이번 주말에 나랑 같이 식사해요.
화정	(예상 못 한 말에) 어?
영국	뭐? 내가 아니고 여화정이랑?
초희	(미소로) 오빠두요. 우리 셋이 같이 먹어요.

화정, 당황해서 뭐라 대답하려는데 갑자기 또 턱이 욱신거린다.
심한 통증에 "아" 턱을 부여잡으면 초희, 놀라서 다가간다.

초희	언니 괜찮아요?
화정	(통증에 말 못 하고) !
영국	(그제야) 왜? 뭐 어디가 안 좋아?
두식	(달려와서) 통장님. 갑자기 왜 그래? 어디 아파?
혜진	(보더니) 치아가 불편하신 거예요?
화정	(겨우) 그런 것 같아요...
혜진	(초희에게) 선생님. 여기 양호실이 어디죠?

초희   (다급하게) 이쪽으로 오세요.

S#57. 청진초등학교, 보건실 (낮)

비어 있는 보건실에서 혜진, 화정의 입 안을 살피고 있다.

혜진   (아래쪽 치아 두드려보고) 이것도 안 아프세요?

화정   네.

혜진   (위쪽 치아 두드리는) 이것도요?

화정   네. 개도 아무렇지도 않은데...

혜진   (고개 갸웃하고) 엑스레이를 찍어봐야 정확히 알겠지만,
        일단 육안으론 치아에 문제가 없어 보여요.

화정   예? 근데 왜 이렇게 아플까요?

혜진   (고민하다가 턱 쪽 누르며) 여기 누르면 어떠세요?

화정   (통증 느끼며) 아! 아파요.

혜진   (뺨 쪽 눌러보며) 여기는요?

화정   (자지러지며) 어우, 거기도 너무 아픈데...

혜진   평소에 혹시 이 악무는 버릇 있으세요?

화정   예. 좀 그런 것 같아요. 잘 때도 힘주고 자고.

혜진   제 생각엔 아무래도 근막통증 같아요.

화정   근막..통증이요?

혜진   네. 얼굴에 신경들이 인접해 있다 보니 교근이나 측두근의 근육통이
        어금니 통증으로 혼동될 때가 있거든요.

화정   아아... 그럼 어떡해야 되죠?

혜진   일단 오늘은 냉찜질 온찜질 번갈아하시고 내일 내원해주세요.
        너무 불편하시면 진통제 드셔도 돼요.

화정   감사합니다, 선생님. 난 요새 계속 이래서 이빨이 썩었나 했어요.

혜진   치통이 오면 당연히 치아 때문일 거라고 생각하는데, 의외로 아닐 때도 있어
        요. 그래서 증상이 있을 땐 어디가 아픈지 정확히 찾아내야 돼요.

그래야 제대로 된 치료를 할 수 있거든요.

화정, 혜진의 말을 듣는데 창밖으로 교정에 서 있는 영국과 초희가 보인다.
턱을 감싸 쥔 화정, 두 사람을 멍하니 보며 말한다.

화정   그러게요...

S#58. 약국 안 (낮)

미선, 초췌한 얼굴로 약사에게 말한다.

미선   지사제... 지사제 좀 주세요.
약사   (안으로 들어가며) 잠시만 기다리세요.

미선, 힘없이 멍하니 서 있는데 그때 문 열리며 은철이 들어온다.

은철   (미선 보고) 어? 표선생님.
미선   (당황하며) 최순경님이 여긴 어쩐 일로?
은철   전 치실 사러요. 그때 매일매일 써주라고 하셨잖아요.
            표선생님은 어디 아프세요?
미선   (관자놀이 짚으며) 아... 네에. 두통이 좀 심해서.
약사   (안에서 나오며 미선 보고) 손님 지사제 달라고 하셨죠?
            어떻게 설사가 많이 심해요? 막 주룩주룩?

미선, 쪽팔림에 얼굴 일그러지고 은철, 웃음을 꾹 참는다.

S#59. 약국 앞 (낮)

미선, 비닐봉지 들고 부리나케 도망쳐 나오는데 은철이 뒤따라 나온다.

은철   생활이 힘들 정도 아니면 약 드시지 마세요.
미선   (당황해서 멈칫하는데)
은철   미지근한 물 충분히 드시고, 이온음료도 좋구요.
        억지로 멎게 하는 것보다 자연스럽게 배출하는 게 낫더라구요.
미선   (얼굴 빨개져서) 그런 얘길 뭘 그렇게 대놓고 해요!
은철   저도 경험담인데요 뭘. 창피한 일 아니에요.
미선   ...원래 그렇게 착해요?
은철   네?
미선   난 지금까지 나쁜 남자만 만나봤어요.
은철   (뭔 소린가 당황스럽지만) 아아, 네...
미선   (대뜸) 이상형이 어떻게 돼요? 좋아하는 여자 스타일이요.

S#60. 혜진의 집, 거실 (낮)

미선, 이온음료 마시며 영상을 보는데 드라마 〈왕이 된 남자〉다.
중전 소운의 아름다운 모습을 멍하니 보는데, 떠오르는 기억.

flash back.
S#59에서 이어지는 장면.

은철   (난감하지만) 제 이상형은 ... 외유내강外柔內剛형에
        우아하고 근엄하면서도 말씨가 차분하고
        온화한 카리스마를 갖춘, 특히 한복이 잘 어울리는 여성입니다.
미선   (이상하게 구체적인) ...에?
은철   (수줍게) 개인적으로 사극 마니아입니다.

미선, 화면 속 보료 위에 단아하게 앉아 있는 소운을 보며 멍하니 중얼거린다.

미선   어쩜... 나랑 딱 반대냐... 에이씨!

미선, 거친 말을 내뱉곤 소운과 비교되는 쩍벌 자세로 이온음료를 벌컥벌컥 마신다.

S#61. 청진초등학교 정문 앞 (낮)

화정, 이준의 손을 잡고 걸어간다.

화정   이준아, 엄마 오늘 어때? 눈썹도 그리고 입술도 발랐는데.
이준   (무표정한 얼굴이지만) 예뻐.
화정   그럼 엄마 예쁜 김에 우리 데이트나 할까?
이준   데이트?
화정   응. 남자랑 여자랑 밥 먹고 차 마시고 같이 걷는 거.
이준   (어깨 으쓱하며) 나도 그 정도는 알거든?

S#62. 청진초등학교, 교정 (낮)

혜진, 계단을 내려오는데 아래에서 기다리던 두식이 혜진 향해 손을 내민다.
무도회에서 에스코트를 청하는 왕자님처럼 우아하고 정중한 손놀림이다.
혜진, 그런 두식의 행동에 놀라서 움찔한다.

혜진   뭐야, 이 손은?
두식   쥐야지, 시급.
혜진   시급?
두식   표선생 말이 치과가 일당 줄 거라던데?
혜진   (어이없고) 하! 표미선 월급에서 깐다, 내가.

두식	있는 사람이 더하다더니, 하나뿐인 친구한테 너무하네.
혜진	농담이거든? 현금 없어. 좀 이따 계좌이체 해줄게.
두식	됐으니까 밥이나 사. 배고파. (하며 먼저 앞서간다)
혜진	(의외라는 듯 보고 따라가며) 뭐 먹을 건데...?

S#63. 바닷가 식당 근처 공터 (낮)

혜진, 차에서 내리자마자 재빨리 주변을 살핀다.
보조석에서 내린 두식, 그런 혜진을 유난이라는 듯 쳐다본다.

두식	밥 먹는데 뭘 차까지 타고 옆동네로 오냐?
혜진	(몸을 낮춘 채 두리번대며) 공진은 보는 눈이 많아서 안 돼.
	근처에 아는 사람 없지?
두식	(한심한) 왜? 아주 포복匍匐으로 기어가시지.

S#64. 바닷가 식당 안 (낮)

바다가 보이는 창가 자리, 식탁 위에 하얀 전지 깔려 있다.
두식, 수저를 놓는 사이 혜진, 열심히 메뉴를 살핀다.

혜진	뭐 먹을까? 홍게 먹을래?
두식	싫어. 딴 거.
혜진	그럼 회지 뭐. 바닷가에 별거 있나.
두식	(바로) 사장님. 오늘 참가자미 있나?
	그것 좀 뼈째로 썰어주고 하나는 무침으로도 주셔.
사장	(사투리로) 예에, 좀만 지달레요.

사장님 가고 나면 두식과 혜진, 사이에 잠시 침묵이 흐르고...

혜진, 뭔가 할 말 있는 얼굴로 보다가 결심으로 입을 뗀다.

혜진   미안해. 지난번엔 내가 말을 잘못했어.
두식   (보면)
혜진   왜 그때 그... 소셜 포지션.
두식   (별거 아니란 듯) 아아, 됐어. 네 생각인데 뭘 미안해.
혜진   그래도... (눈치 살피다가) 근데 홍반장 서울대 나왔다며?
두식   그건 또 언제 들었대?
혜진   진짜로 서울대 공대 나왔어?
두식   왜? 안 믿겨?
혜진   (바로) 응.

두식, 피식 웃는데 혜진, 휴대폰 만지작거리더니 두식에게 내민다.
두식, 뭔가 싶어 보면 수학문제다.

혜진   풀어봐.
두식   (어이없는) 이게 뭐냐?
혜진   수능 기출문제. 혹시 학력위조 아닌가 싶어서.

헛웃음을 짓는 두식, 갑자기 식탁 위의 물컵과 숟가락, 젓가락을 확 민다.
혜진, 설마 화났나 싶어 움찔하는데 두식, 주머니에서 매직 꺼내든다.
그러고는 식탁 위 하얀 전지 위에 거침없이 문제를 풀어나간다.

두식   (다 풀고) 답은 5. 이제 됐어?
혜진   (정답이다! 표정 관리하며) 하나만 더 풀어봐.

혜진, 새 문제 내면 두식 또 쉽게 풀어나간다.
그러길 여러 차례... 전지에 숫자와 기호, 그래프 등이 가득 채워졌다.

혜진   (믿을 수 없지만) 정답... 맞았어.

두식	본인이 좀 유치한 편인 건 알고 있지?
혜진	(할 말 없다) 어...
두식	이렇게 확인하니 이제 속이 시원해?
혜진	아니, 더 답답해. 대체 그 스펙을 갖고 왜 그러고 살아?
두식	(피식 웃으며) 그럼 어떻게 살아야 되는데?
혜진	열심히! 정직하게 노력한 만큼 성취를 이루면서.
	난 현실주의자야. 인풋이 있으면 아웃풋이 나와줘야 된다구.
두식	(웃음기로) 그 아웃풋이 돈과 성공이라면,
	치과 눈에 난 대단히 비효율적인 인간이겠군.
혜진	(솔직하게) 부인은 못 하겠네.
두식	(으이그) 그니까 치과가 안 되는 거야.
혜진	내가 뭘?
두식	시야가 좁아도 너무 좁아. 세상엔 돈, 성공 말고도 많은 가치가 있어.
	행복, 자기만족, 세계평화, 사랑... (사랑이란 말에 조금 흠칫한 것도 같고)
혜진	(보면)
두식	(힘주어) 여하튼, 인생은 수학공식이 아니라고!
	미적분처럼 딱딱 계산이 나오지도 않을 뿐더러 정답도 없어.
	그저 문제가 주어졌고, 내가 이렇게 풀기로 결정한 거야.
혜진	(삐죽이며) 그놈의 잘난 척 왜 안 하나 했다.
두식	(휴대폰 내밀며) 그런 의미에서 치과도 하나 풀어봐.
혜진	(코웃음) 나 수리 1등급이었어. 치대를 꽁으로 간 줄 아나.
	(문제 풀려고 하는데 기억 안 난다) 어... 음... 그러니까 이게...
두식	문제 푸는 사람 어디 갔나?

혜진, 끙끙대는데 때마침 밑반찬을 가져 온 사장이 식탁을 보고 버럭 한소리를 한다.

사장	이러이 참! 언나도 아이고, 밥 먹느 상에다 이기 무신 장난이나!
	복장부터 가생이까지 삥 둘러가미 마이도 썼다.

사장님 덕에 구제당한 혜진과 혼나던 두식, 동시에 웃어버린다.

S#65. 하늘 전경 (낮)

하늘이 먹구름으로 급격히 어두워진다.

S#66. 라이브카페, 화장실 (낮)

화정, 계속 통증이 있는지 가방에서 생수를 꺼내 진통제를 먹는다.
그리고 거울 속 자신을 물끄러미 보는데 흰머리가 보인다.

화정   언제 또 여기 흰 머리가...

화정, 흰머리를 만져보는데 문득 초희가 떠오른다.

flash cut.
S#52. 화정 시선으로 보던 초희의 청초한 옆모습.
혼자만 나이를 비껴간 듯 어께 아래로 드리워진 검고 탐스러운 긴 생머리.

화정   시간은 공평하다더니, 세월을 나 혼자 맞았네.

공들여 꾸몄는데도 초라한 기분이고... 화정, 흰머리를 뽑는데, 따끔하다.

S#67. 라이브카페 안 (낮)

이준, 무표정하게 파르페를 먹지만 맛있는지 숟가락질을 멈추지 않는다.
화정, 그런 이준을 귀엽다는 듯 보며 자리에 앉는데 휴대폰에 문자가 와 있다.

초희(E)   언니, 저 초희예요. 치료는 잘 받으셨어요?

화정   (중얼) 예나 지금이나 다정도 병이다.

화정, 문자 목록에서 '장영국' 눌러보지만, 일주일 전 공적 연락이 끝이다.
쓸쓸하게 웃고는 화정, 앞에 있는 이준을 애틋하게 바라보는데.
이준의 잇몸에 하얗게 올라오는 새 이가 보인다.

화정   어? 우리 이준이 이 나네?

이준   진짜?

화정   응. 좀 있으면 전부 영구치로 이갈이 끝나겠다.

이준   얼른 끝났으면 좋겠다.

화정   정말? 엄마는 아닌데.

이준   왜?

화정   (애틋함으로) 아까워서. 우리 아들 크는 게 너무 아까워서.
       (머리 쓰다듬으며) 이준아. 너무 빨리 크지 마.

S#68. 바닷가 식당 안 (낮)

혜진과 두식, 거의 식사를 마쳐 가는데 두식의 입에 초장이 묻어 있다.

혜진   홍반장, 입에 초장 묻었어.

두식   (휴지 뽑아 닦으며) 여기?

혜진   아니, 거기 말고. (두식이 계속 못 닦으면) 아니, 반대편...

그러나 두식이 계속 잘못 닦으면 혜진, 답답하다. 휴지를 뽑아
두식이 그랬듯 팔 뻗어 입가를 닦아주려는데 순간 두식, 움찔하며 뒤로 물
러난다.

두식	내가 해. (다시 입 벅벅 닦고) 다 먹었으면 일어나자.
혜진	(으쓱하며) 왜 저래, 새삼스럽게.

S#69. 바닷가 식당 입구 (낮)

두식과 혜진, 식당에서 나오는데 갑자기 비가 쏟아지기 시작한다.

두식	(하늘 보며) 오늘 비 온다는 말 없었던 것 같은데.
혜진	나 우산 있어.
두식	(보면)
혜진	(자랑스레) 난 비상시를 대비해서 항상 우산을 들고 다니거든. (가방 뒤지는데 우산 안 보이고) ...어? 왜 없지?
두식	(우산 내밀며) 이거 찾아?
혜진	홍반장이 이걸 어떻게?
두식	(멋쩍게) 흘리고 갔더라. 그날.
혜진	(민망함에) 아... 잘 됐네. 차까지 이거 쓰고 가자.

두식, 우산을 펴려는 혜진을 탁 막더니 그녀의 손을 잡고 빗속으로 뛰어든다. 혜진, "꺅! 뭐 하는 거야?" 하면서도 두식에게 이끌려 달린다.

S#70. 바다로 가는 길 (낮)

두식, 혜진의 손을 잡고 바닷가로 뛰어간다. 비가 거세게 쏟아진다.

S#71. 바닷가 (낮)

두식, 바닷물 코앞까지 뛰어와서야 혜진의 손을 놓아준다.

혜진, 어느새 잔뜩 젖은 채 두식에게 소리 지른다.

혜진	미쳤어? 다 젖었잖아!
두식	어때? 좀 시원해진 것 같지 않아?
혜진	축축해. 꿉꿉하다고!
두식	(자유로운) 그럼 어때. 그런대로 그냥 널 놔둬.
혜진	뭐?
두식	소나기 없는 인생이 어디 있겠어!
	이렇게 퍼부을 땐 우산을 써도 어차피 젖어.
	그럴 땐 에라 모르겠다 확 맞아버리는 거야.
혜진	(갈등하듯 보면)
두식	(씩 웃으며) 그냥 놀자. 나랑.

혜진, 그 웃음을 멍하니 보는데 두식, 손을 바닷물에 적셔 혜진에게 튀긴다.
"하지 마!" 뒷걸음질치는 혜진과 계속 물을 튕기며 장난치는 두식.
결국 약이 오른 혜진도 장난에 동참하고 두 사람, 천진난만하게 빗속을 뛰어
다닌다.

S#72. 바닷가 식당 안 (낮)

두식이 수학문제를 풀었던 전지에 초장과 반찬얼룩 묻어 있다.
물컵을 놓았던 자국에 숫자와 기호들도 번져 있다.
식탁을 치우던 사장, 빗방울 맺힌 창 너머 멀게 보이는 두식과 혜진을 본다.

사장	잘들 논다니.

S#73. 바닷가 (낮)

빗속을 신나게 뛰어다닌 두 사람, 머리카락도 옷도 어느새 흠뻑 젖어 있다.
어린 애들처럼 해맑게 풀어진 얼굴들.
혜진, 항복하듯 손을 들어 보이며 두식에게 외친다.

혜진   잠깐! 우리 휴전협정 체결하자. 나 힘들어.
두식   오케이, 접수! 어때? 이깟 비 좀 맞는다고 큰일 안 나지?
혜진   그야 모르지. 이러다 내일 감기 걸리면 어떡해?

두식, 그 말에 한 발짝 앞으로 다가가 손으로 혜진의 이마를 짚는다.
혜진, 두식의 행동에 순간 멈칫한다. 차가운 두식의 손과 함께 기억 속 되살
아나는 목소리.

두식(E)   뜨겁다... 너무.

혜진의 눈이 휘둥그레지며, 끊어졌던 기억의 필름이 이어진다.

S#74. 과거. 두식의 집, 거실 (밤)

4화 S#67에서 이어지는 상황.
두식의 손이 혜진의 뺨을 감싼 채, 두 사람 그렇게 오래 멈춰 있다.
아득한 떨림과 위로 같은 것들이 스쳐 지나간다.
혜진의 열이 내리고 두식의 손이 다시 따뜻해졌을 무렵,

두식   이제 좀 식은 것 같네.

두식, 혜진의 뺨에서 천천히 손을 거두는데...
술기운과 분위기에 모두 취한 혜진, 두식에게 다가가 그대로 입 맞춘다.
그 바람에 술잔이 엎질러지고 혜진의 입맞춤에 놀라 얼어붙은 두식!
두식의 손이 허공에 잠시 멎어 있다가 스르르 떨어진다.

잔에서 흘러나온 술이 테이블을 적시지만... 두식, 자기도 모르게 점차 눈이 감긴다. 깊게 키스하는 두 사람.

S#75. 바닷가 (낮)

갑자기 떠오른 그날 밤 기억에 당혹스러운 혜진, 한 발짝 뒤로 물러난다.

두식 (자연히 손 거두며) 열은 안 나는 것 같은데?
   그래도 혹시 모르니까 그만 가자.

   두식, 혜진의 우산을 펼쳐 머리 위로 씌워준다.
   혜진, 두식이 씌워준 우산 아래서 떨리는 목소리로 두식에게 묻는다.

혜진 (멍하니) 저기, 홍반장.
두식 응?
혜진 우리 그날 밤에 말이야. 진짜 아무 일도 없었어?
두식 (멈칫했다가) 응. 없었는데.
혜진 ...정말?
두식 (담담하게) 응.

   혜진, 부인하는 두식을 보며 그가 자신에게 선을 긋고 있다 느낀다.
   혼란스러운 혜진과 생각을 알 수 없는 얼굴의 두식, 그렇게 우산 아래 서 있다.

S#76. 에필로그. 깊은 잠

  - 신경정신과, 진료실 (낮)
   3화 S#20에서 이어지는 상황.
   두식, 평소와는 다르게 깊고 어두운 얼굴로 의사와 마주 앉아 있다.

의사   요즘도 여전히 같은 악몽을 꾸세요?

두식   ...네.

- 두식의 꿈 (밤)

두식, 밀폐된 암흑 속에 갇혀 있다.

어떻게든 빠져나가려 하지만 사방이 벽이고, 아무것도 보이지 않는다.

그 순간, 피투성이가 된 누군가의 손이 두식을 턱 잡는다!

두식, 형용할 수 없는 공포에 휩싸여 심장이 멎을 것 같은데...

- 두식의 집, 침실 (새벽)

4화 S#67과 5화 S#1 사이 두식과 혜진이 동침한 날.

쿵- 하는 소리와 함께 악몽에서 깨어난 두식의 이마에 식은땀이 맺혀 있다.

심장이 사정없이 뛰고, 가쁜 숨이 내쉬어진다.

두식, 고개를 돌리면 침대에서 떨어진 혜진이 품 안에 굴러들어와 있다.

혜진, 침대에서 떨어졌는데도 깨지 않고 쿨쿨 잘도 잔다.

호흡이 가라앉고 혼자가 아니란 사실에 묘한 안도감을 느끼는 두식.

두식, 혜진을 물끄러미 보다가 잠이 오는 듯 스르르 눈을 감는다.

잠든 두식의 얼굴이 거짓말처럼 평온해 보인다.

6화

선은 방금 홍반장이 넘었거든?

그러니까. 치과도 그렇게 편하게 넘으라고, 선.
초딩처럼 책상에 금 긋고 넘어오지 마! 그러지 말고.
지우개도 빌려주고 가끔은 숙제도 좀 보여주자고.

S#1.　바닷가 (낮)

혜진, 두식이 씌워준 우산 아래서 떨리는 목소리로 두식에게 묻는다.

혜진　(멍하니) 저기, 홍반장.
두식　응?
혜진　우리 그날 밤에 말이야. 진짜 아무 일도 없었어?
두식　(멈칫했다가) 응. 없었는데.
혜진　...정말?
두식　(담담하게) 응.
혜진　(갑자기) 미안한데, 나 갑자기 급한 일이 생각나서. 먼저 갈게!

복잡한 마음의 혜진, 두식이 든 우산 밑을 벗어나 도망치듯 자리를 피한다.
두식, 뭔가의 직감으로 차마 잡지 못한 채 그 자리에 가만히 서 있다.

S#2.　공진 전경 (저녁)

어둑어둑해진 하늘, 거셌던 빗줄기가 점차 잦아들어간다.

S#3.　혜진의 집, 침실 (저녁)

혜진, 불도 켜지 않은 방에서 비 맞은 모습 그대로 우두커니 앉아 있다.
복잡한 얼굴로 가만히 자신의 입술을 만져본다.

혜진　　미쳤어, 윤혜진...

그때 미선이 문을 열고 들어와 벽면의 조명스위치를 누르며 말한다.

미선　　야. 너는 왜 불도 안 켜고,
　　　　(하다가 물에 젖은 혜진 보고 놀라서) 혜진아... 무슨 일 있어?

혜진, 하늘이 무너진 것 같은 얼굴로 고개 들어 미선을 본다.

S#4.　혜진의 집 외경 (밤)

미선(E)　뭐? 키스?

S#5.　혜진의 집, 거실 (밤)

씻고 옷 갈아입은 혜진, 심각한 얼굴로 앉아 있는데 미선은 세상 황당한 얼굴이다.

미선　　너 고작 그것 땜에 나라 잃은 표정으로 앉아 있었던 거야?
　　　　난 또 우리 병원 망한 줄 알았잖아.
혜진　　(그 와중에) 말이 씨 된다? 얼른 퉤퉤퉤, 취소해.
미선　　아, 됐고! 아무리 술김이라지만 천하의 윤혜진이 먼저 키스를 했다고?

혜진	순간 뭐가 씌었나 봐. 연애를 너무 오래 쉬었나? 아니다, 술을 끊자.
미선	홍반장은 뭐래?
혜진	...몰라. 분명 기억하는 것 같은데, 모르는 척하더라.
미선	(꿰뚫듯) 그거네. 그래서 윤혜진 기분이 그렇게 다운돼 있었네.
혜진	(당황해서) 뭔 소리야. 그런 거 아냐.
미선	아니긴! 빤히 보이는구만.
	나 진짜 궁금해서 묻는 건데, 너 홍반장에 대해 어떻게 생각해?
혜진	(멈칫) 뭐?
미선	네가 누구 때문에 이렇게까지 동요하는 거 오랜만이잖아.
	혹시 마음이 있는 거면,
혜진	(말 자르며) 안 되겠다.
미선	응?
혜진	너한테까지 이런 말도 안 되는 얘길 듣는 거 보니 내가 처신을 잘못했나 봐.
	아무래도 여기 내려와서 너무 풀어졌지 싶어.
미선	(혜진의 강경함에) 야, 뭘 또 그렇게까지.
혜진	앞으론 그럴 일 없을 거야. 나 더는 홍반장이랑 안 엮일 거거든.
미선	진짜?
혜진	(단호하게) 응. 절대로.

S#6. 두식의 집, 거실 (밤)

두식, 생각 많은 얼굴로 의자에 기대앉아 시집 읽고 있다.
페이지 넘기는데 하필이면 시의 제목이 「키스」다.

두식	(복잡한 한숨) 하아...

두식, 읽던 시집을 내려놓고 심란한 듯 집 안을 이리저리 걸어 다닌다.
그러다가 문득 두식의 시선이 현관 쪽에 가닿는다.

S#7.　두식의 집, 마당 (밤)

비가 그친 마당, 처마에 맺힌 물방울 똑똑 떨어진다.
현관문 열리며 두식, 밖으로 나오는데 손에는 혜진의 우산 들려 있다.
두식, 접힌 우산을 펼쳐 마당 한 귀퉁이에 잘 펼쳐놓는다. 말리기 위함이다.
그 앞에 쪼그려 앉아 잠시 우산을 보던 두식, 들어가면
마당에 우산만 덩그러니 남아 있고 밤하늘만 속절없이 맑다.

S#8.　혜진의 집 외경 (아침)

S#9.　혜진의 집, 현관 (아침)

혜진, 출근하려는데 현관에 두식이 찾아준 구두가 가지런히 놓여 있다.
그 구두를 신발장 깊숙이 넣어버리는 혜진, 다른 구두 꺼내 신는다.
뒤에서 방금 일어난 몰골의 미선이 슥- 지나가며 말한다.

미선　아이스 라떼 얼음 많이 시럽 듬뿍.

분위기 파악 못 하는 천하태평 미선에 혜진, 잠시 울컥한다.

S#10.　라이브카페 안 (아침)

혜진, 문 열고 카페에 들어서면 앞치마 두른 두식이 커피 내리고 있다.
혜진, 멈칫하는데 두식, 혜진을 보고도 아무렇지 않은 얼굴이다.

두식　(태연하게) 어, 왔어?

혜진	(불편한) 오사장님은?
두식	(평소처럼) 지금 오는 중이래. 표쌤은 라떼, 치과는 아아지?
	어제 원두가 새로 들어왔는데 아주 기가 막혀.
혜진	(쌀쌀맞게) 됐어. 다른 거 마실 거야.
두식	그래. 천천히 골라. 비 맞고 아플까 걱정하더니 몸은 괜찮아?
혜진	(멈칫했다가) 신경 꺼. 내 몸은 내가 알아서 챙기니까.
두식	걱정되니까 그러지.
혜진	(정색하는) 홍반장이 왜 내 걱정을 해?
두식	(우스개로 넘기려) 왜? 이제 걱정도 하면 안 되냐?
혜진	어. 오지랖이 불치병인 건 알겠는데 앞으로 나한텐 자제해줘.
	불편하고 귀찮으니까.
두식	(황당해하며) 치과. 무슨 말을 그렇게 서운하게,

혜진의 반응에 두식 약간 화나려는데 그때 춘재와 주리가 투닥대며 계단을
내려온다.

춘재	아무리 쪽지시험이라지만 성적이 이게 뭐냐?
	이게 다 DOS인가 뭔가 하는 그노무 자식들 때문이야!
주리	욕하려면 날 욕해. 왜 우리 오빠들한테 그래!
춘재	(욱해서) 인마! 걔들 생각하는 반의반이라도 아빠 생각을 좀 해봐라!

춘재가 주리에게 흔들어 보이던 시험지가 혜진의 발밑에 뚝 떨어진다.
혜진, 시험지 들어보는데 맞은 문제보다 틀린 문제가 더 많고...
20점이라 적혀 있다.

혜진	(흠칫 놀라며) ...20점?
주리	아, 주세요! (하며 뺏어들고)
춘재	선생님 보셨지? 나 진짜 얘 땜에 미쳐버리겠어.
	두 사람이 말 좀 해줘요. 학생한테 성적이 얼마나 중요한지.
두식	성적이 뭐가 중요해. 꿈이 뭔지, 앞으로 뭘 하고 싶은 지가 중요하지.

혜진	학생한테 성적보다 중요한 게 어디 있어요. 꿈 좋죠.
	근데 진짜 특수한 경우 빼고 그 꿈 이루려면 대학 가야되잖아요.
	여기 대한민국인데.
두식	(혜진을 보는데)
춘재	이야, 윤선생님 어쩜 이렇게 나랑 생각이 똑같으실까.
	오주리, 선생님 말씀 잘 들었지?
주리	(들은 척도 안 하고 거울 보고 있다)
혜진	(시계 보고) 저 출근해야 되는데 주문부터 좀.
춘재	내 정신 좀 봐. 뭐 드릴까요?
혜진	아이스 라떼 한 잔하구요, 아이스 아메리카노요.
두식	(다른 거 마신다더니, 혜진 힐끗 보는)
춘재	홍반장. 윤선생님 커피 좀.
혜진	(바로) 아니요. 사장님이 직접 내려주세요.
춘재	예? 아, 예에. 그러지 뭐.
두식	...형, 나 먼저 가.
춘재	그래, 들어가. 수고했어!

두식, 인사 없이 혜진을 지나쳐 나가면 혜진, 못 본 척 시선을 돌린다.

S#11. 라이브카페 앞 (아침)

라이브카페에서 나온 두식, 문을 힐끗 돌아보며 중얼거린다.

두식	기억났구나...

생각 복잡한 듯 자기 머릴 헝크는 두식, 답답한 얼굴로 자전거에 올라탄다.

S#12. 라이브카페 안 (아침)

춘재, 신나서 커피내리고 혜진, 두식이 신경 쓰이는 듯 서 있다.

춘재   내가 요새 커피가 많이 늘었거든요. 기대하셔도 좋습니다.
주리   (갑자기 달려와) 아빠, 나 교정시켜줘!
춘재   또 시작이다.
주리   교정시켜주면 공부 열심히 할게. 진짜로!
춘재   안 된다면 안 돼.
주리   (안 통하자 혜진에게로) 언니, 제 덧니 좀 보세요.
혜진   (흠칫) 진짜 언니라고 부르기로 한 거야? ...봤어.
주리   저 교정 엄청 필요해 보이죠?
춘재   안 된다고 했다. 그 덧니가 얼마나 귀여운데. 네 매력 포인트야!
주리   웃기시네. 돈 땜에 그러는 거 내가 모를 줄 알아?
       언니 잘 한 번 봐보세요. 의학적으로. 네? (눈 찡긋하며 어필하는데)
혜진   (보고) 교정... 꼭 안 해도 될 것 같은데?
주리   (짜증으로) 아, 왜요!
혜진   덧니를 교정하는 이유는 보통 음식물이 잘 끼거나 충치 위험성이 높아선데
       배열도 그리 심하지 않고 관리도 잘돼 있어.
       심미적 목적이라면 굳이 추천하고 싶진 않네.
주리   아, 진짜! 언니 그렇게 안 봤는데, 도움이 안 돼! (성질내고 나가면)
춘재   (싱글벙글) 아까부터 선생님 말씀 너무 맘에 든다. 나 오늘 커피값 안 받아!

S#13. 윤치과, 진료실 (낮)

혜진, 엑스레이 사진을 보며 화정에게 설명한다.

혜진   엑스레이도 깨끗하네요. 말씀드렸던 것처럼
       어금니 위로 지나가는 근육에서 통증이 발생한 것 같아요.
화정   그럼 괜찮은 거죠?

혜진	네. 근육이완제랑 항생제 처방해드릴 테니 일주일 꾸준히 드셔보시고,
	당분간은 질긴 음식 피해주세요.
화정	(웃으며) 그럴게요. 내가 치과 선생님 세주길 잘했네.
	이게 다 홍반장이 선생님한테 우리 집 쓰레빠를 벗어준 덕이야.
	암만 해도 인연이었나 봐.
혜진	(두식 얘기에 억지로) 아... 네에...

S#14. 윤치과, 로비 (낮)

화정, 접수대에서 계산 중이고 혜진, 배웅을 나와 있다.

혜진	일주일 뒤에도 증상 있으시면 다시 내원해주세요.
화정	(미선에게 카드 받으며) 그 안에 나아야죠.
혜진	(웃으며) 네. 고생하셨어요.
미선	조심히 들어가세요.

화정, 나가려다 말고 입구 근처에 놓여 있는 화분의 나무를 보고 멈춰 선다.

화정	(들여다보며) 어머, 이거 꽃대가 올라오네. 나무 이름이 뭐예요?
혜진	그게 제가 식물 이름을 잘 몰라서.
두식(E)	행운목.

두식, 어느새 문 열고 들어와 대신 대답하면 혜진, 두식의 등장에 당황한다.

화정	으응. 이게 행운목이었어?
두식	응. (혜진 보며) 물 좀 줘. 이파리 마른 거 안 보이냐?
	그리고 이름도 모르면서 뭔 화분을 키워?
혜진	(쌀쌀맞게) 내가 알아서 하거든? 여긴 웬일이야?
두식	(태연하게) 예약 안 했는데, 당일진료도 보지?

S#15. 윤치과, 진료실 (낮)

두식, 체어에 앉아 있고 혜진, 어색한 얼굴로 들어온다.

혜진   (체어 전동버튼 누르며) 의자 내려갑니다.

두식   오, 진짜 의사 같다?

혜진   (냉랭하게) 환자분, 여기 병원이에요. 공과 사는 구분하시죠.

두식   (장난스럽게) 오, 더 의사 같애.

혜진   (한숨 쉬고 차트 보며) 방문 이유는 검진 차원에서라고 답하셨네요?

두식   응. 원래 치과도 정기적으로 그런 거 해줘야 된다며.

혜진   한 번 볼게요.

혜진, 앉은 의자를 끌어 두식에게 가까이 다가가는데 입술이 눈에 들어온다.
당황스러움에 얼른 초록색 소공포로 두식의 얼굴을 덮어버린다.

두식   (치우며) 나 이거 답답해. 그냥 해.

혜진   (하아) 조명이 셉니다. 눈이라도 감으세요.

두식   오케이. (눈 감고 알아서 입 벌리는 시늉하며) 이제 됐지?

혜진   (조명 끌어와 기구로 입 안 보는) 입 벌려주세요. 앙 다물어보세요.
        다시 아 해보세요. 다무시구요. 치아 상태는 전체적으로 좋네요.
        어디 특별히 불편한 덴 없으시죠?

두식   있어.

혜진   (의아한) 어디요?

두식   (툭) 지금 우리 사이.

혜진   (멈칫하면) !

두식   그날 밤 키스 때문에 그래?

훅 들어온 두식에 당황하는 혜진, 갑자기 사레들린 듯 기침이 계속 나온다.

두식	(일어나 앉으며) 거 봐. 내가 치과 이럴 줄 알고 일부러 모른 척한 거야.
혜진	(반말로) 뭐?
두식	이게 뭐냐? 취해서 실수한 건데, 괜히 불편해지고 어색해지고.
혜진	(보면)
두식	(태연하게) 솔직히 우리나라가 너무 동방예의지국인 거지.
	딴 나라에선 이거 아무것도 아냐.
	지금 지구 반대편에선 장과 끌로에가 뺨을 부비며 봉주르 하고 있을걸?
혜진	(황당하게 보는데) ...
두식	그리고 치과가 잘 모르나 본데, 원래 여자 남자가 진정한 친구가 되려면
	이런 생물학적 위기의 순간을 잘 넘겨야 돼.
	그 말은, 비로소 우리가 진짜 친구가 될 기회를 얻은 거라고.
혜진	(어이없게 보는데)
미선	(들어오며) 나 안 필요해?
혜진	(두식 보며) 치아도 잇몸도 깨끗합니다.
	다행히 환자분 구강 내에는 생물학적 위기가 없는 것 같네요.
	(미선에게) 표쌤, 스케일링만 좀 해주세요.
미선	네.
두식	(당황하며) 갑자기? 왜? 깨끗하다며.
혜진	(그냥 나가버리면)
미선	(기구 들며) 그래도 스케일링은 1년에 한 번씩 받으셔야 돼요.
두식	(창백해져서) ...살살 해주셔.

S#16. 윤치과 건물 앞 (낮)

두식, 만신창이가 되어 나온다. 지쳐 보이고 약간 넋이 나간 것 같기도...

두식	(입맛 다시며) 바람에서도 왜 소독약 맛이 나냐.
	치과랑은 이걸로 된 건가?

(하는데 모르는 번호로 전화 온다) 여보세요? 네, 맞는데요.

S#17. 윤치과, 로비 (낮)

혜진과 미선, 점심으로 샌드위치를 먹고 있다.
야무지게 잘도 먹는 미선과 달리 혜진, 멍하니 저작운동만 하고 있다.

미선   벽돌 씹니? 내 식욕 고취를 위해 맛있게 좀 먹어줄래?
혜진   (영혼 없이) 맛있어...
미선   (절레절레) 어떻게 홍반장이랑은 얘기 좀 해봤어?
       내가 일부러 자리도 피해줬는데.
혜진   ...그냥 없던 일로 하고 친구로 지내재.
미선   (휴대폰 알림 울리면) 진짜로 그럴 생각인가 본데?

미선, 혜진에게 〈공진 프렌즈〉에 올라온 사진을 보여준다.
혜진, 보면 두식이 어떤 여자(지원)와 마주 보며 웃고 있는 사진이다.
순간 울컥하는 혜진, 와 이 자식 봐라? 싶다.

S#18. 두식에 대한 소문 몽타주 (낮)

사람들, 각자 목격한 두식과 지원의 사진을 몰래 찍어
속보를 전하는 특파원들처럼 〈공진 프렌즈〉 단체 채팅방에 올린다.
- 춘재, 공진항을 함께 걸어가는 두식과 지원의 사진을 찍어 올린다.

춘재(E) 홍반장이 지금 어떤 여자와 공진항을 걷고 있다, 오바.

- 금철과 윤경, 바닷가를 거니는 두 사람의 사진을 찍어 올린다.

윤경(E)   이번에는 바닷가에 출몰!
금철(E)   얌전히 걷고 있는 걸로 봐선
          아직 '나 잡아봐라'를 시전할 단계까지 발전하진 않은 듯.

          – 남숙, 전망대에서 등산용 썬캡으로 얼굴을 가린 채 사진을 찍어 올린다.

남숙(E)   여기는 전망대. 같이 서 있기만 해도 케미랑 텐션이 장난 아님.
          아무래도 윤선생님은 새된 것 같음.

          때마침 까악까악– 진짜 까마귀 지나간다.

S#19. 주민센터, 동장실 (낮)

영국, 휴대폰 보면 〈공진 프렌즈〉 단톡방의 안 읽은 메시지가 98개다.

영국   (질색하며) 뭐 이렇게들 할 말이 많아.

영국, 휴대폰 놓고 사무용 수첩에서 사진을 한 장 꺼낸다.
젊은 시절 화정, 영국, 초희의 팔에 같은 디자인의 우정팔찌 채워져 있다.
그리고 떠오르는 며칠 전의 기억!

flash cut.
5화 S#53. 초희의 팔에 걸려 있던 것과 같은 팔찌.

영국, 괜히 혼자 히죽거리는데 용훈, 그런 영국 앞에 탕– 결재판 내려놓는다.

영국   깜짝이야! 너 언제 왔냐?
용훈   (무표정으로) 오 분 전부터 서 있었는데요.
영국   (재빨리 사진 집어넣으며) 그, 그래?

용훈	ovN 방송국에서 온 공문인데, 빨리 확인 좀 해주세요.
영국	아아, 이거. (도장 찍으며) 가요제 끝나고 뭘 할라 그러지?
용훈	모르겠구요, 그럼 전 이만 바빠서. (결재판 챙겨 나가려는데)
영국	(불러 세우는) 반주무관.
용훈	(귀찮은) 왜요?
영국	15년 전 같이 맞춘 팔찌를 아직까지 간직하고 있단 건 무슨 뜻일까?
용훈	되게 맘에 들거나, 엄청 튼튼한가 보죠.
영국	그런 거 말고! 보통 어떤 의미 같은 게 있어야 그러지 않나?
	예를 들면 아직 그 팔찌를 선물한 사람을 못 잊었다던가.
용훈	(못마땅한 혼잣말) 하여간 답정녀...

영국, 꿈꾸는 표정이고 책상 위 휴대폰에 〈공진 프렌즈〉 메시지 계속 뜬다.

남숙(E)	현재 화정횟집 이동 중인 것으로 추정됨. 여화정 특파원 소식 전해주길 바람.

액정에 "여화정님이 나갔습니다." 뜬다.

S#20. 감리의 집, 대문 앞 (저녁)

바다 근처 공터를 걸어가던 두식, 귀가 자꾸 간지럽다.

두식	하루 종일 왜 이렇게 귀가 간지러워?

두식, 감리 집 앞을 지나려는데 담장 안에서 시끄러운 소리 들려온다.
감리의 호통과 타격음, 남자 목소리다!
놀란 두식, 안으로 뛰어 들어간다.

S#21. 감리의 집, 마당 (저녁)

두식, 다급하게 마당 안으로 뛰어들며 외친다.

두식   감리씨, 무슨 일이야!
감리   (때리며) 집에 도둑놈이 들었싸! 이 숭악한 놈이 머이를 훔쳐가려고!
성현   (맞으며) 할머니, 그게 아니라요. 오해세요.
            (하다가 두식 알아보고) 어?
두식   (역시 알아보고) ...어!

성현, 얻어터지면서도 히죽 웃으며 손 흔들면 두식, 그런 성현이 황당하다.

S#22. 감리의 집, 방 안 (저녁)

감리와 성현, 밥상 앞에 마주 앉고 두식, 중재자처럼 근엄하게 말한다.

두식   주거침입, 폭행. 제3자가 보기에 이건 엄연히 쌍방과실이야.
            (성현 보며) 근데 그쪽이 좀 많이 맞았으니깐
            합의의 의미로 할머니가 이 밥상을 제공하기로 했어. 괜찮지?
성현   그럼요. 원인제공은 제가 했는데 이렇게 밥까지 먹여주시고 감사합니다.
감리   (퉁명스레) 떠들긴 냉중에 떠들고, 먼첨 밥부터 잡싸요.
성현   네, 잘 먹겠습니다!
감리   (성현에게) 야한테 들언데 머하느 사람이래드라? 머... 먹...
성현   (대답하려는데)
두식   (우물우물하며) 먹방.
감리   어어, 그기 하느 사람이라고.
성현   (체념으로) 예, 뭐 비슷합니다.
두식   (보태는) 유명한 것 같진 않아.
감리   맞은 덴 아프지는 않소? 그래게 나르 왜 놀래케요.
            말도 엄씨 남으 집에 떡하니 서 있으니 나도 겁을 먹어 그랬장가.

성현	죄송해요. 지나가다 문틈으로 봤는데 집이 너무 예뻐서요.
감리	늙은이 사는 집이 이쁘긴 뭐이가 이뻐.
성현	아니에요. 제가 상상하던 집이에요. 소박하고 정겹고
	시골 할머니 집이 있다면 딱 이렇게 생겼을 것 같아요.
감리	장제이가 말으 차암 이쁘게 하네.
두식	(성현에게) 이거 한 번 먹어봐. 여기가 공진 최고 맛집이야.
성현	(먹어보고) 진짜 맛있어요!
감리	(잘 먹는 거 보니 흐뭇) 장제이들이라 밥이 몬재리겠싸.

감리, 밥통 들고 부엌으로 가고 두식과 성현 둘만 남는다.
성현, 먹다가 뭘 자꾸 흘린다. 앞섶에 반찬 묻히는데도 대수롭지 않아 한다.

두식	턱에 구멍 났어? 뭘 그렇게 흘린대?
성현	제가 원래 좀 그래요. 칠칠치 못하고.
두식	있어 봐. (옆에 놓인 수건을 성현 목에 턱받이처럼 묶어주면)
성현	오, 이거 되게 좋네요. 보송보송하고.

성현, 수건을 턱받이처럼 걸고 해맑게 웃으면 두식, 저도 모르게 피식 웃는다.

S#23. 상가거리 (밤)

제법 어둑어둑해진 하늘. 성현과 두식, 함께 걸어간다.

두식	오늘은 아예 숙소를 잡으셨다고?
성현	네. 파랑게스트하우스.
두식	아아, 거기. 가는 길은... (하다가 성현 보고) ...모르겠구나.
	저기 저 앞 사거리에서 좌회전을 해.
	그리고 열 발짝만 가면 복덕방이 있거든? 거기서 다시 물어봐.
성현	네?

두식	지금 다 얘기해줘봐야 어차피 찾아가지도 못해.
성현	(웃으며) 네. 오늘도 여러모로 감사합니다.
두식	에, 뭐. 난 볼일이 있어 그만 갈 테니 조심히 들어가서.

성현, 꾸벅하고 돌아서면 헤어져 각자의 길로 가는 두 사람.
두식, 혹시나 하는 맘에 돌아보는데 성현, 갈림길에서 오른쪽으로 틀고 있다.

두식	(소리 지르는) 좌회전! 좌회전이라니까!
성현	(오른쪽으로 사라져버리고)
두식	(강적이다) 몰라. 난 아무것도 못 봤어.

두식, 애써 외면하려는 듯 경주마처럼 손으로 시야를 자체 차단하고 간다.

S#24. 혜진의 집, 대문 앞 (밤)

혜진, 미선과 전화하며 어두운 골목길을 걸어간다.

미선(F)	나 오늘 늦으니까 먼저 저녁 먹어.
	선생님이 서비스로 백옥주사 놔준대.
혜진	(웃으며) 그래. 백설공주처럼 뽀얘져서 와라.
미선(F)	참, 네 친구 아까 새로 사귄 친구랑 전망대도 갔다던데.
혜진	(두식 얘기에 빠직!) TMI 사절. 끊는다.
	(전화 끊고 괜히 성질) 아, 뭐 먹어?
	이놈의 시골은 다 싫은데, 배달음식의 폭이 좁은 게 제일 싫어.

혜진, 대문 앞에 도착하는데 어둠 속에 사람의 실루엣 느껴진다. 순간 흠칫
놀라는!

S#25. 라이브카페 앞 (밤)

두식, 라이브카페 쪽으로 걸어가는데 문 열리며 춘재가 나온다.
혼비백산 정신없는 얼굴이다.

두식   형! 그러잖아도 가는 길인데, 뭘 또 마중을 나왔어.
춘재   두식아! 어쩌냐. 주리가 안 보인다.
두식   응? 에이, 곧 들어오겠지.
춘재   (울상으로) 돈통도 같이 없어졌어!
두식   (놀라는) !

S#26. 라이브카페 안 (밤)

두식, 공진 사람들에게 주리의 행방을 묻는 전화를 돌리는 중이다.

두식   못 봤어? 응응. 보게 되면 연락 좀 주셔. 예에. (전화 끊는다)
춘재   (카운터에 앉아 망연자실) 천 원, 이천 원씩 자꾸 가져가길래
            잠가놨더니 그걸 통째로...
두식   와, 오주리. 그 무거운 걸 어떻게 들고 갔냐?
춘재   (미치겠는) 지금이라도 경찰에 신고할까? 멀리 간 거면 어떡해.
두식   (침착하게 생각하는) 아냐. 등잔 밑이 어둡다고, 분명히 공진 안에 있어.

S#27. 혜진의 집, 거실 (밤)

주리, 정신없이 게걸스럽게 치킨을 먹는다.

혜진   (그 모습 보며) 너 영어문제 물어보려고 나 기다린 거 맞아?
            밥 얻어먹을라 그런 거 아니고?

주리	(대답 대신) 언니. 저 이거 모가지 먹어도 돼요?
혜진	그래, 먹어... (하고 보다가) 너 뭐 오늘 굶었니?
주리	(닭 목 뜯으며) 네. 그럴만한 사정이 좀 있어갖고.
혜진	천천히 먹어. 물 갖다 줄 테니까.

혜진, 일어나 부엌으로 향하는데 주리의 가방이 발에 채인다.
가방 옆에 세워져 있던 스케치북도 같이 미끄러진다.
마치 돌덩이나 쇳덩이에 부딪친 듯 통증에 바로 주저앉는 혜진.

혜진	악! 뭐야, 이거. 야, 넌 가방에 대체 뭘 넣어갖고 다니는 거야?
주리	(당황해서) 아, 아무것도 아니에요.

주리, 벌떡 일어나 자신의 체구에 비해 엄청나게 큰 백팩을 뺏으려 들면
수상한 혜진, 주리를 밀어내고 가방 열어보는데 업소용 돈통*이 들어 있다.

혜진	(경악으로) 너 뭐야? 설마 이거 훔쳤어?
주리	훔치다뇨! 우리 아빠 가게 껀데!
혜진	그것도 훔친 거지! (하다가) ...너 혹시 가출했니?

주리, 아무 말도 못 하는데 그때 현관문 초인종 울린다.

S#28. 혜진의 집, 현관 앞 (밤)

혜진, 문을 열면 그 앞에 두식이 서 있다.

혜진	(냉랭하게) 여긴 어쩐 일이야?

~~~~~~~~~~

* 카운터에서 포스에 연결하지 않고 단독으로 쓰는 금전함으로, 30cm x 30cm 사이즈의 소형 금고.

두식	치과 보러 온 건 아니고, 혹시나 싶어 그러는데. 안에 주리 있어?
혜진	(잠시 머뭇거리는) 어? 어, 그게...
두식	(현관의 주리 신발 봤다) 잠깐 실례 좀 하자.

두식, 현관 앞에 선 혜진을 가볍게 돌려세우며 안으로 들어간다.

S#29. 혜진의 집, 거실 (밤)

두식, 성큼성큼 들어와 보면 주리, 금고 든 백팩을 등에 짊어지고 있다.

두식	(발견하고) 오주리! 너 여기 숨어 있으면 내가 못 찾을 줄 알았어?
주리	(망했다) 아씨, 여긴 절대 모를 줄 알았는데.
두식	너 이 자식! 아빠랑 삼촌이 너 때문에 얼마나 속 끓였는지 알아?
주리	(반항하는) 몰라. 알 게 뭐야!

어이없는 혜진, 맹렬히 대치 중인 두식과 주리 사이에 서서 차갑게 말한다.

혜진	지금 둘이 남의 집에서 뭐 하는 거야. 술래잡기해?
두식	치과. 너는 이 시간에 애가 여기 와 있음 연락을 줘야 될 거 아냐. 집에서 걱정하는 건 생각도 안 해?
혜진	(열받는) 왜 나한테 불똥이 튀어? 나도 방금 알았거든?
두식	(손짓하며) 오주리, 너 이리 와. 이리 안 와?

두식, 주리를 향해 돌진하면 주리, 혜진을 방패막 삼는 척하다가
혜진을 두식에게로 확 밀고 도망치면! 혜진, 두식과 함께 뒤로 넘어진다.
두 사람, 바닥에 같이 나뒹구는데 주리, 그사이 화장실로 들어가 문 잠근다.
혜진이 두식의 몸 위로 올라와 있고 키스했을 때처럼 가까운 거리!
혜진, 놀라서 두식을 보는데 심장이 쿵쿵- 뛴다.
그러나 두식, 감정 없는 눈동자로 혜진을 밀어낸 뒤 화장실 문 두들긴다.

두식	오주리. 나와. 안 나와?

바닥에 덩그러니 남겨진 혜진, 민망하고 서운하고 순간 왠지 욱한다.

주리(E)	싫어. 절대 안 나가!
두식	나와. 남의 집에서 이렇게 민폐 끼치는 거 아니야.
혜진	(뒤에서) 민폐는 홍반장이 끼치고 있는 것 같은데?
두식	(돌아보며) 뭐?
혜진	(갑자기) 주리 내 손님이야. 홍반장은 불청객이고.
	오늘 내가 데리고 있을 거니까 그만 가줘.
두식	무슨 소릴 하는 거야? 지금 형이 기다리는데,
혜진	(말 자르며) 내가 오사장님이랑 직접 통화하면 될 거 아냐.
	(핸드폰 꺼냈는데 번호 모른다) ...아빠 번호 불러.
주리(E)	공일공 이사칠 팔삼오구요.
두식	갑자기 왜 이래? 뭐 하자는 건데?
혜진	(전화 걸어 대뜸) 사장님, 오늘 주리 제가 데리고 있겠습니다.
춘재(F)	여보세요? 누구세요?
혜진	(뚝 전화 끊고) 동성 어른이고, 신원 확실하고, 보호자 연락했고.
	왜 아직 뭐가 더 필요해?
두식	(보다가, 문에 대고) 오주리. 너 내일은 집에 꼭 와라. 아빠 걱정해!
	(혜진에게) ...실례 많았다.

두식, 굳은 표정으로 가면 현관문 닫히는 소리에 주리가 고개를 빼끔 내민다.

주리	삼촌 진짜 갔어요?
혜진	응.
주리	아싸! 언니, 땡큐요.

현관문이 다시 열리고 주리, 두식일까 혜진 뒤로 숨는데 다행히 미선이다.

미선, 피부 관리를 받고 와 얼굴에 윤광이 반들반들 흐른다.

미선   나 요 앞에서 홍반장 만났는데, (하다가 주리 보고) 얜 뭐야?

       하아. 혜진, 대답할 힘도 없다...

S#30. 혜진의 집, 대문 앞 (밤)

두식, 불 켜진 혜진의 집을 힐끗 올려다본다.

두식   대체 무슨 생각인 거야? (하는데 춘재 전화 온다)
춘재(F) 두식아! 주리가 어떤 미친 여자한테 납치된 것 같애!

       단단히 오해를 한 듯 흥분한 춘재 목소리에 두식, 머리가 지끈지끈하다.

S#31. 혜진의 집, 침실 (밤)

잠옷으로 갈아입은 주리, 혜진의 방을 구경하고 돌아다닌다.
혜진, 춘재와 통화하는 사이 주리, 혜진의 가족사진을 잠시 들여다본다.

혜진   네. 여기서 잘 재우고 아침에 데려갈게요.
       너무 걱정하지 마세요. 네에... (전화 끊으면)
주리   (긴장으로) 아빠가 뭐래요?
혜진   (무표정으로) 응, 내일 오면 너 죽었대.

       주리, 눈 휘둥그레지는데 혜진, 그러거나 말거나 불 끄고 문 닫고 나간다.

S#32. 혜진의 집, 거실 (밤)

논문 읽는 혜진, 어깨에 둘렀던 담요 흘러내린다.
담요를 주워드는데 바닥에 떨어져 있는 주리의 스케치북이 눈에 띈다.
혜진, 호기심에 펼쳐보면 DOS를 모델로 한 패션일러스트 가득하다.

혜진   (의외라는 듯) 오, 제법이네.

혜진, 스케치북 접는데 그때 휴대폰에서 '카톡' 알림음 울린다. 열어보면,

춘재(E)   선생님. 다시 한번 우리 주리 잘 부탁드려요.
혜진(E)   네, 걱정 마세요.

혜진, 예의상 답장을 보내고 다시 논문 보는데 또 메시지가 온다.

춘재(E)   죄송한데 주리 세수는 했죠?
           애가 어릴 때부터 아토피가 있어서 로션 꼭 발라야 되거든요.

혜진, 한숨으로 "네. 했어요. 로션도 발랐구요." 답장 보내는데 바로 메시지
온다.

춘재(E)   선생님이 어련히 알아서 잘해주셨겠지만, 양치질도 꼭 좀 시켜주세요.

혜진, 이제 약간 피곤해지려고 한다.
답장 안 하고 대화창 닫아버리려는데 메시지 하나 더 날아온다.

춘재(E)   애가 천방지축이어도 잠자리에 예민해요.
           혹시 잠 안 온다 그러면 따뜻한 우유에다 설탕 한 스푼 타주세요.
주리   (딱 그 타이밍에 방에서 나오며) 언니. 저 잠이 안 와요.

내가 쟤를 왜 맡는다고 했을까... 혜진, 단전에서부터 깊은 한숨이 올라온다.

cut to.
어느새 혜진의 담요를 칭칭 감고 거실에 앉아 있는 주리.
혜진, 그 앞에 김이 모락모락 나는 따뜻한 우유를 내려놓는다.

혜진	(앉으며) 얼른 마시고 들어가 자.
주리	(컵을 손에 쥐며) 네. 따뜻하다... 방에 있는 사진 속 여자애, 언니예요?
혜진	응.
주리	살짝 역변하셨네요?
혜진	그건...! 원래 모든 생명체는 다 어릴 때가 제일 예뻐.
주리	(피식 웃고) 언니도 엄마 돌아가시고 아빠만 있다면서요?
혜진	소문 한번 빠르네. 응.
주리	언니는 엄마 기억 많이 나요?
혜진	제법 나지? 근데 어렸을 때라 주로 아팠던 모습밖에 생각이 안 나.
주리	(부러운) 그래도 언넌 기억이라도 나네요.
	우리 엄만 나 태어나고 금방 돌아가셔서, 사진으로밖에 못 봤는데.
혜진	그래?
주리	그래서 나 어릴 때 할머니가 그랬대요. 내가 아빠 신세 망쳤다고.
	울 아빠 엄청 화내고, 그 뒤론 할머니랑 명절 때밖에 안 봐요.
혜진	(가만히 보면)
주리	나 엄청 생각하는 건 아는데, 그래도 답답해요. 짜증 나고.
	아빠는 아빠만 하면 되는데, 가끔 너무 엄마까지 하려는 느낌?
혜진	(연달아오던 문자 생각나 피식 웃는) 뭔지 알겠다.
주리	근데 언니. 오늘 저 왜 받아줬어요?
혜진	그냥... 갑자기 옛날 생각이 나서. 나도 너 같은 적 있었거든.
주리	(눈 커지며) 대박. 언니도 가출한 적 있어요?
혜진	응, 고등학교 때.

S#33. 과거. 공진 바닷가 (낮)

가출한 혜진(18세), 교복 차림으로 버스에서 내린다.
눈앞에 펼쳐진 바닷가를 보는데 금방이라도 울음을 터뜨릴 것 같은 눈이다.
그러나 백팩 끈을 꽉 쥔 채 씩씩하게 걸어가는 혜진.

혜진(E)   학교 땡땡이치고 터미널에서 버스를 탄 다음, 바다에 갔어.

S#34. 혜진의 집, 거실 (밤)

혜진의 예상 밖 얘기에 주리의 눈이 휘둥그레진다.

주리   우와, 장거리! 역시 스케일이 달라. 근데 왜요?
혜진   ...아빠한테 여자친구가 생겼거든.
주리   헐. 그게 이유예요? 이 언니 생각보다 꽉 막혔네.
혜진   (의외의 반응에) 응?
주리   (어른스런) 난 우리 아빠가 다른 여자 만난다 그러면 팍팍 밀어줄 건데.
      불쌍하잖아요. 평생 죽은 사람 그리워하며 사는 거.
혜진   네가 나보다 낫다. 말하는 거 보면 완전 어른인데 집은 왜 나오셨을까?
주리   그야 아빠가 교정을 안 시켜주니까.
      선생님이 우리 아빠 좀 다시 설득해주면 안 돼요?
혜진   (궁금한) 왜 그렇게 교정이 하고 싶은 건데?
주리   (얼버무리는) 그건... 그냥 예뻐지고 싶어서요.
혜진   (진지하게) 그건 교정으로 해결될 문제가 아닌 것 같은데.
주리   와, 언니 팩폭 너무 심하게 날리는 거 아녜요?
혜진   다 마셨음 들어가 자. 나 일해야 되니까 방해 그만하고.
주리   네... (들어가다가) 근데 지인 할인, 뭐 그런 거 없어요?
혜진   (쳐다도 안 보고) 자라.

S#35. 라이브카페 앞 (밤)

두식, 걸어와 보면 카페 안에 불은 켜져 있는데 close 간판 걸려 있다.

S#36. 라이브카페 안 (밤)

두식, 들어가면 테이블에 앉아 있는 춘재의 안쓰러운 뒷모습 보인다.
다가가 보는데 테이블 위에 비싼 양주 놓여 있다.

두식 (장난스럽게) 와, 이 형은 꼭 좋은 술은 혼자 먹더라.
춘재 (눈에 눈물 맺혀 있다)
두식 형... 울어?
춘재 ...울긴 누가 울어...!

춘재, 웅얼웅얼하다가 으앙- 눈물샘 폭발해버리면 두식, 당혹스럽다!

cut to.
테이블에 눈물의 휴지뭉치들 가득하고 약간 진정한 춘재, 히끅거리며 말한다.

춘재 들어오기만 해봐. 내가 아주 머릴 빡빡 깎아놓을 거야.
두식 (안 믿는) 아이고, 픽이나 잘도 그러시겠다.
      주리 이마에 있는 잔머리가 곱슬곱슬한 게 그렇게 이쁘다며.
춘재 그래. 이쁘다고 너무 오냐오냐했어. 금고도둑을 키웠다, 내가.
두식 (웃음기로) 배포가 큰 게 형 안 닮았어. 형수 쪽인가?
춘재 대체 어쩔라 그러는지 자꾸 걱정이 돼.
      내가 천 년 만 년 살 것도 아니고
      나중에 혼자서도 잘 살려면 적어도 대학은 나와야 될 거 아냐.
두식 (짠하고) 그래서 요즘 부쩍 잔소리가 는 거야?

춘재	교정도 그래. 나도 알아봤지. 애가 저렇게 해달라는데.
두식	근데?
춘재	글쎄, 생니를 몇 개씩 뽑아야 된다잖아. 어디 넘어져 무르팍만 까져도
	가슴이 철렁하는데, 발치하다 문제라도 생김 어떡해.
두식	(장난스럽게) 좋겠다, 주리는. 이런 아빠도 있고.
	엄마아빠 없는 사람 어디 서러워 살겠냐?
춘재	그래도 넌 잘 컸어, 인마. 세상천지 너처럼 근사한 놈이 어디 있냐.
두식	(피식 웃으며) 왜 이래. 취했어?
춘재	(뜬금없이) 두식아. 너 윤선생이랑 잘해봐.
두식	응? 에이, 우리 그런 사이 아니야.
	혹여나 치과한테 같은 소리 하지 마라. 바로 단골 잃는다.
춘재	그럼 다른 누구라도 만나. 만나서 너도 좀 기대.
	맨날 이렇게 남 넋두리나 들어주고 네 속엣것들은 어따 털어놓냐.
두식	나 그런 거 없어... (하다가) ...에이, 술 얼마 안 남았네.
	(일어나며) 나 잔 갖고 온다? 한 방울이라도 손만 댔단 봐!

S#37. 두식의 집, 마당 (밤)

마당으로 들어오는 두식, 살짝 취한 듯 눈이 촉촉하다.
마당 한구석에 잘 말려져 있는 혜진의 우산이 보인다.
비도 안 오는데 우산을 한 번 써보면 혜진과의 기억이 떠오른다.

flash cut.
5화 S#75. 우산 아래 함께 서 있던 두 사람.

두식	(괜히) 술이 어우, 엄청 세네...

두식, 우산을 정갈하게 접어 딸깍- 단추까지 채운다.

S#38. 두식의 집, 거실 (밤)

정신을 차리려는 듯 찬물을 따라 마신 두식, 책장으로 향한다.
꽂혀 있던 책 한 권을 꺼내 펼쳐보는데 그 안에 사진 한 장 들어 있다.
돌 지난 아이와 아름다운 여자. 그 옆에 한 남자 서 있는데 얼굴은 보이지 않는다.
사진을 보는 두식의 슬픈 표정에서 암전.

S#39. 라이브카페 외경 (아침)

S#40. 라이브카페 안 (아침)

테이블 위에 돈통 놓여 있고 주리, 불퉁한 얼굴로 춘재와 대치하듯 서 있다.
혜진, 아빠에게 사과하라는 듯 앞에 서 있는 주리의 옆구리를 쿡 찌른다.

주리   잘못했습니다. 앞으로 다신 안 그러겠습니다. 그니까 시켜줘, 교정.
춘재   (단호하게) 안 돼. 괘씸해서라도 안 돼.
    너 얻어내고 싶은 거 있을 때마다 이러는 거, 아빠 더는 안 봐줘.
주리   (작전 실패다) 짜증 나. 아빠 진짜 싫어!

주리, 쿵쾅거리면서 2층으로 올라가버리면 춘재, 한숨 쉬고 혼자 남은 혜진, 민망하다.

춘재   (진심으로) 선생님, 어제는 정말 죄송하고 감사했습니다.
혜진   아니에요 뭘.
춘재   원래 저 정도까진 아니었는데... 딸 키우기 참 쉽지 않네요.
혜진   (망설이다) 저어... 주제넘은 말씀일지도 모르는데요. 주리 이제 애 아니에요.

춘재	네?
혜진	아, 물론 애는 앤데 하나부터 열까지 다 아빠 손이 필요한 어린애는 아니라구요. 자기 세상도 생기고, 자기만의 시간도 중요하고. 그냥 그걸 좀 인정해주시면 어떨까 싶어요.
춘재	(보는데)
혜진	주리 그렇게 생각 없지 않아요. 벌써 꿈도 찾은 것 같구요.

혜진, 주리가 두고 간 스케치북 펼쳐 보이면 춘재, 처음 본 듯 놀란다.
그때 요란한 발자국 소리와 함께 2층에서 내려오는 주리.

주리	아빠가 치웠어? DOS 브로마이드랑 굿즈들 아빠가 치웠냐고!
춘재	(버럭) 그래, 내가 치웠다! 너 쓸데없는 데 정신 팔려서 헬렐레하고 있는 꼴 더는 못 봐주겠어서 다 갖다버렸다. 왜!
주리	그걸 왜 버려! 아빠가 뭔데 버려!

두 사람의 언성 높아지면 당혹스런 혜진, 슬그머니 도망 나온다.

S#41. 상가거리 (아침)

카페에서 나온 혜진, 고개를 절레절레 흔든다.

혜진	그래, 역시 남의 일엔 참견을 하는 게 아냐.

혜진, 서둘러 자릴 피하려는데 저 멀리 두식이 지원과 함께 있는 모습 보인다.
다정한 두 사람을 보는 혜진, 속이 부글부글하는데 마침 뒤에서 오던 미선.

미선	(두식, 지원 발견하고) 오, 홍반장 오늘도 만나나 보네?
혜진	(태연한 척) 그런가 보네. 나 슈퍼 좀 들렀다 갈게.

S#42. 보라슈퍼 안 (아침/낮)

혜진, 어쩐지 열받은 얼굴로 카운터 위 소시지통의 소시지들을 탈탈 턴다.

혜진	(한 뭉텅이 내밀며) 계산해주세요.
윤경	(뜨개질하다가 당황해서) 그걸 다요?
혜진	네.
윤경	소시지 되게 좋아하시나 보다.
혜진	그냥 뭐 간식이에요. 옛날엔 주식이었고.
윤경	아아, 그러시구나. (하며 바코드를 찍는다)

cut to.
윤경이 뜨고 있던 스웨터가 한 뼘은 더 늘어났을 무렵, 성현이 들어온다.

윤경	어서 오세요.
성현	(뭔가를 찾는 듯 두리번거리다가) 혹시 소시지 없나요?
윤경	그게 아까 누가 다 사갔어요.
성현	(아쉬움으로) 아... 저 말고도 좋아하는 사람이 많은가 보네요. 다음에 다시 올게요. 많이 파세요.
윤경	예. 안녕히 가세요. (성현 가고 나면) ...어쩨 낯이 익네. 공진 사람은 아닌 것 같은데, 어디서 봤지?

윤경, 고개를 갸웃하는데 카운터 위 작은 TV에서 〈최초의 맛〉 방영 중이다.
화면 속 출연진들과 대화 중인 성현의 얼굴이 비춰진다.

S#43. 윤치과 건물 앞 (낮)

성현, 공진의 이곳저곳을 다니며 기록용 사진을 찍는다.

아담한 건물과 소박한 풍경들과 함께 뷰파인더 안으로 윤치과 간판 들어온다.

성현   (카메라를 내리며) 여기도 치과가 있네.

성현, 치과를 보고 씩 웃고는 모퉁이 돌아 지나가는데
잠시 후 건물 입구에서 혜진과 미선이 나온다. 그렇게 엇갈리는 두 사람!

S#44. 마을회관 안 (저녁)

공진 사람들 전부 북적북적 모여 서로서로 얘길 나누고 있다.

남숙   (춘재에게) 왜 주리는 안 데려왔어?
춘재   우리 요새 냉전 중이야. 세계 3차 대전 발발이 코앞이다.
영국   (히죽 웃으며 초희에게) 초희 네가 반상회에 나오니까
           공진에 이사 온 거 진짜 실감 난다.
초희   네, 저도요. (옆의 화정 보며) 언니. 몸은 좀 괜찮으세요?
화정   (떨떠름하게) 응, 아무렇지도 않아. 걱정해줘서 고맙다.

남숙, 흥미진진하다는 듯 영국, 초희, 화정을 본다.
그때 혜진과 미선, "안녕하세요." 하며 들어오면 다들 어서 오라며 반겨준다.
미선, 두식과 은철이 나란히 앉아 있는 걸 보고 그 틈에 끼어들듯 앉는다.

미선   어머, 여기 자리가 있네?
두식   (밀려나며) 아, 좁게 왜 이래!

미선, 혜진에게 손짓해 보이지만 혜진, 일부러 멀찌감치 떨어져 앉는다.
두식, 혜진을 보면 혜진, 시선 피하고... 사람들, 의미심장한 눈짓을 주고받는다.
그때 화정이 반상회 시작을 알릴 겸 주위를 집중시킨다.

화정	오늘 반상회 시작 전에 동 차원에서 공지할 게 있답니다. 장동장님?
영국	(초희 의식하며) 안녕하십니까. 공진동 동장 장영국입니다.
감리	펜히 해라, 펜히. 썰데엄씨 힘주지 말고.
일동	(와아아- 웃어버리면)
영국	(민망하고) 2주 뒤에 등대가요제 있는 거 아시죠?
	올해도 많이들 참가해주시고, 신청서는 주민센터에다 내주세요.
일동	(시큰둥한데) ...
영국	(비장의 무기) 지금까진 입상하시면 지역상품권을 드렸는데요.
	올해는 상금이 있습니다. 1등 삼백만 원!
숙자	(놀라서) 돈으로 준다고?
영국	예, 현찰박치기로다가. 2등은 백, 3등은 오십. 그니까 많이들 신청해주세요.

영국의 말에 술렁이는 분위기.
여기저기서 눈을 반짝이기 시작한다.

미선	(찰싹 붙으며) 최순경님은 가요제 안 나가요?
은철	(조금 떨어져 앉으며) 네, 안 나갑니다.
맏이	홍반장 한 번 나가봐라. 노래 잘하장가.
금철	(키득대며) 그래, 윤선생님이랑 둘이 나감 되겠네. 듀엣으로.
두식	(대수롭지 않게) 쓸데없는 소리 한다, 또.
남숙	아이고, 사람 민망하게 다들 왜 이렇게 눈치가 없어.
	둘이 떨어져 앉은 거 보면 몰라? 진즉 끝났단 뜻이잖아.
혜진	(화난) 끝나긴 뭐가 끝나요. 아예 시작을 안 했는데.
	저랑 홍반장 진짜 아무 사이도 아니거든요?
	자꾸 이렇게 말도 안 되는 루머 유포하시면 저 더는 못 참아요.

두식, 혜진을 본다.
그리고 찬물을 끼얹은 듯 반상회 분위기가 싸해지면,

혜진	...먼저 일어나보겠습니다.

혜진, 그대로 벌떡 일어나 나가면 두식, 그런 혜진을 바로 따라 나간다.
침묵도 잠깐, "1등 상금이 진짜 삼백만 원이라고?" 금세 시끄러워지는 사람
들이다.

S#45. 마을회관 앞 골목길 (저녁)

혜진, 화나서 빠르게 걸어가는데 뒤에서 두식이 쫓아가며 말한다.

두식   그러려니 해라. 심심한 양반들, 그냥 재미 삼아 저러는 거야.

혜진   (홱 돌아서는) 왜 내가 남의 재밋거리가 돼야 돼?

        난 기분 나빠. 굉장히 불쾌해.

두식   사실이 아님 됐잖아. 뭘 그렇게 과민반응을 해?

        우리 둥글둥글하게 좀 살자. 친구로서 충고하는 거야.

혜진   (정색하고) 누가 내 친구야?

두식   (황당한) 뭐?

혜진   요새 같이 좀 엮였다고 진짜 나랑 뭐라도 된 줄 아나 본데,

        나 아무나하고 친구 안 해.

두식   아무나?

혜진   이렇게 된 거 할 말 다 할게. 나 홍반장 피곤해.

        자꾸 소문나는 것도 싫고 이제 더는 얽히고 싶지 않아.

        그동안 도와준 건 고마운데, 앞으로 선 좀 지켜줬으면 좋겠어.

두식   (보다가) ..난 너 좀 변한 줄 알았는데... 내 착각이었네.

        가져가라, 이거. (가방에서 우산 꺼내 내밀면)

혜진, 잠시 멈칫했다가 받아들면 두식, 먼저 돌아서서 성큼성큼 가버린다.
혜진도 돌아서고 그렇게 두 사람, 각자의 길로 걸어간다.

S#46. 철물점 안 (낮)

금철, 날계란 하나를 탁- 까먹고는 숨겨뒀던 블루투스 마이크를 꺼내든다.
마이크를 켜는 금철의 눈빛이 빛나고, 아에이오우- 목소리를 가다듬는다.

S#47. 마을회관 안 (낮)

숙자, TV 앞에 서서 〈동백아가씨〉 한 소절을 구성지게 부른다.

감리 야야라, 문데비 난다야! 테레비 앞에서 갈구치지 말고 저리 가.
맏이 왜요. 그래도 자가 이미자 숭내는 잘 내요.
숙자 (쪼르르 옆에 와) 형님. 우리도 다 같이 노래자랑 나가요. 예?
   내가 또 무대체질이잖아. 멍석만 깔아주면 날아다녀.
감리 시끄루와! 니는 차암 씰데읍는 짓을 잘도 벌인다야.
숙자 (맏이에게) 맏이 형님. 그럼 우리 둘이 나갑시다. 상금 노나줄게!
맏이 (어쩐지 혹한다) !

S#48. 주민센터, 민원실 (낮)

선글라스를 낀 춘재, 007작전을 수행하듯 주변을 경계한다.
저 앞에 앉아 있는 용훈 보이고, 그에게 다가가 은밀하게 서류를 내려는데!
그 순간 뒤에서 춘재의 어깨를 딱 잡는 사람... 남숙이다.

남숙 오빠. 설마 노래자랑 신청서 내게?
춘재 (당황해서) 어어?
남숙 (서류 뺏어서 보고) 어머야라, 진짜네. 오빠가 나오는 건 반칙이지.
   어디 프로가 아마추어 노는 데 끼어!
춘재 (매달리며) 아니, 그게 아니라...

남숙   (뿌리치며) 노래자랑 상금이 그렇게 탐이 났어?
       세상에 동네 사람들! 〈가요톱텐〉에서 2위까지 한 가수 오윤이
       등대가요제에 나온답니다. 그게 말이 됩니까?

S#49. 라이브카페 안 (낮)

주리, 용돈을 모은 통장을 열어보지만 교정비용으로는 택도 없다.
그때 문이 열리며 춘재 들어오면 주리, 본 척도 안 하고 2층으로 올라간다.
춘재, 작게 한숨 쉬고... 둘 사이에 찬바람이 쌩쌩 분다.

S#50. 윤치과, 로비 (낮)

로비에 놓여 있는 행운목에 어느새 꽃이 활짝 폈다.

S#51. 등대가요제 무대 (저녁)

가요제를 준비하는 분주한 현장의 모습.
무대가 세워지고, 관객석에 의자 깔리고, 곳곳에 카메라들 세팅된다.

S#52. 등대가요제 행사장 입구 (저녁)

혜진, 가기 싫은 얼굴로 꽃단장한 미선에게 질질 끌려가고 있다.

혜진   싫어. 가기 싫다고! 촌스럽게 누가 노래자랑 같은 걸 봐!
미선   내가 지금 진짜 노랠 들으러 왔겠니? 여길 와야 최은철을 볼 거 아냐!

그때 스태프 조끼 입은 두식, 행사장에서 나오다 혜진, 미선과 맞닥뜨린다.
눈이 마주친 두식과 혜진 불편하고...
혜진, 괜히 시선을 피한다.

미선   (급하게) 홍반장님, 최순경님 어딨는지 못 봤어요?

두식   은철이 지금 주차장 앞에서 교통정리 중일 건데.

미선   (실망으로) 네? 오늘 비번이라던데 왜요?

두식   아, 그 앞에서 접촉사고가 나갖고 난리가 나는 바람에.

            시작 전에 올 수 있을지 모르겠네. 기다려봐.

미선   (시무룩해져) 네...

혜진, 계속해서 딴청 피우는데 두식, 혜진에게 인사조차 않고 가버린다.
남은 혜진도, 성큼성큼 가는 두식의 표정도 좋지 않다.

S#53. 등대가요제 관객석 (밤)

어느새 관객석이 거의 다 찼다.
혜진, 미선을 비롯해 감리, 맏이, 숙자, 영국, 윤경, 금철 등이 앉아 있다.
초희가 어색한 듯 조심스럽게 다가오면 영국, 자리에서 일어난다.

영국   초희야! 이리 와, 여기 앉아. (옆자리 가리키는데)

남숙   (영국 옆자리에 가방 던지며) 거기 내가 맡아놨는데? 화정이 자리야.

영국   뭔 소리야. 빈자리구만. (하는데 남숙의 가방 놓여 있고) ...어? 이게 언제?

화정   (어느새 나타나) 됐어. 난 그 옆에 앉으면 돼.

초희   (반갑게) 언니.

남숙   (작게 구시렁대는) 저건 지 생각해준 것도 모르고.

결국 초희를 가운데 두고 나란히 앉게 된 영국과 화정, 불편하다.
뒷줄에 앉은 혜진, 주변을 두리번거리는데 이상하리만치 카메라가 많다.

혜진	(의아한) 근데 지방 축제에 원래 이렇게 카메라가 많나?
남숙	(혜진의 어깨 퍽 치며) 작년엔 이렇게까지 안 많았어!
혜진	(맞은 곳 부여잡고) 아, 네.
윤경	상금을 걸어 그런가 올핸 좀 다르네요.

혜진, 끄덕이는데 때마침 무대 시작을 알리는 오프닝 음악이 울려 퍼진다.

S#54. 교차편집. 등대가요제 무대 + 관객석 (밤)

무대 위에 MC를 맡은 개그맨이 올라 인사말을 한다.

사회자	안녕하십니까. 등대가요제 MC를 맡은 개그맨 OOO입니다.
숙자	(흥분해서) 어머, 저기 OOO이네 OOO!
감리	야야라! 저 사람 테레비서 본 사람 아이드나?
맏이	맞아요. 막 크다맣고 떠억진 기 잘됐다야.
사회자	(무대 위) 노래자랑을 시작하기에 앞서 축하무대가 준비되어 있는데요. 청호시 공진동의 자랑이죠. 가수 오윤!

무대에 한껏 멋을 부린 춘재 등장하면 사람들, 예상했다는 반응이다.

춘재	산을 좋아하는 줄 알았는데 의외로 바다가 좋아 공진에 정착한 가수 오윤입니다.
남숙	저 오빠는 어떻게든 노래자랑에 발을 담그시네.

전주 나오면 무대 위의 춘재, 〈달밤에 체조〉 부르기 시작한다.

S#55. 등대가요제 무대 뒤편 (밤)

참가자석에서 대기하고 있던 주리, 춘재의 노래에 인상을 찌푸린다.
그리고는 휴대폰만 만지작거리는데 〈21:00 DOS 게릴라 너튜브 라이브〉 공
지 뜬다.

주리   헐. 뭐야? 갑자기 오늘 게릴라 라이브를 한다고?
             (무대 쪽 힐끗 보며) 그 전에 끝나겠지?
두식   (주리 발견하고) 오주리. 너도 나가냐?
주리   (퉁명스레) 나한테 관심 갖지 마!
두식   (웃으며) 틀리지나 마라.

주리, 우이씨- 하며 다른 곳으로 가려는데 발목을 절뚝인다.
태연한 척 걸으려 하지만 퉁퉁 부어 있다.
두식, 놓치지 않고 보는!

S#56. 등대가요제 몽타주 (밤)

- 용훈, 스냅백 쓰고 금목걸이 두른 모습. 힙합 비트에 맞춰 속사포 랩을 한다.
  관객석의 영국, "쟤가 왜 저기서 나와..." 하더니 그 모습 멍하니 본다.
- 금철, 무대에 올라 마이크 잡자마자 강렬한 전주와 "다 포기하지 마..." 시
  작한다. 관객석의 윤경, "하지 마... 제발 하지 마..." 하며 조용히 질색한다.
  신나는 전주와 함께 본격적으로 노래 시작하면 윤경, 체념한 얼굴로 배에
  손을 대며 "밥풀아. 귀 막아." 중얼거린다.
- 남숙, 소찬휘의 〈tears〉를 부르다 '잔인한 여자'라에서 음 이탈 난다.
  관객석의 화정, 박장대소를 하면 초희도 따라 웃는다.
  화정, 민망한 듯 황급히 표정 관리를 한다.
- 만이와 숙자, 함께 〈웃으며 살자〉를 부르는데, 숙자가 가사를 까먹는다.
  결국 만이와 숙자, 무대 위에서 싸우다 끌려 나간다.
  그런 두 사람을 지나치며 무대에 고고하게 등장하는 감리,

임영웅의 〈별빛 같은 나의 사랑아〉를 부른다.

S#57. 등대가요제 관객석 (밤)

혜진, 심드렁하게 앉아 있는데 두식이 인파를 헤치고 나타나 혜진 앞에 선다.

두식   치과, 나랑 잠깐 어디 좀 가.

혜진   (왜 또 이러나 싶고) 어딜?

두식   (잡아끌며) 급해. 얼른.

혜진   (뿌리치며) 또 왜 이래, 진짜!

두식   (강하게) 누가 좀 다쳤어.

혜진   (놀라서 보는) !

S#58. 등대가요제 무대 뒤편 (밤)

두식, 혜진을 무대 뒤편으로 데려가면 주리의 발목이 퉁퉁 부어 있다.

두식   춤 연습하다 발목을 삐었대. 좀 봐줘.

혜진   난 치과의사야. 정형외과 쪽은 잘 모르지.

두식   나보단 나을 거 아냐.

혜진   (발목 보는데 심상찮고) 안 되겠다. 일단 병원으로 가자.

주리   싫어요! 안 가요.

두식   (설명하는) 무대에 서야 된대. 이 상태로 춤을 추겠다잖아.

혜진   제대로 걷지도 못할 것 같은데, 말이 돼? 빨리 부축해.

주리   (버티며) 안 돼요. 저 가요제 나가서 1등해야 돼요.
        상금 받아서 꼭 덧니 교정할 거예요.

혜진   뭐?

두식   인마, 네 덧니가 어때서! 귀엽기만 하구만.

주리   (버럭) 그 소리 좀 그만해! 삼촌도 아빠도. 난 싫어, 진짜 극혐이라고!

혜진   그래, 정 하고 싶음 나중에 해. 근데 지금은 아냐. 일단 치료부터 받고,

주리   (말 자르며) 안 돼요, 당장 해야 돼요!

혜진   그게 뭐가 급하다고! 이렇게 무리하는 이유가 뭔데?

주리   ...좋아하는 애가 있는데, 걔 앞에서 못 웃겠단 말이에요!

두식   (보면)

주리   웃으면 덧니부터 보이니까 자꾸 가리게 되고 자존감도 떨어지고
       그사이에 걔가 다른 애 좋아하게 되면 어떡해요.
       그니까 조금이라도 빨리 교정해야 된다구요.

       주리의 말에 두식과 혜진, 난감한데 그때 주리를 호명하는 소리 들려온다.

사회자(E) 다음 참가자는요, 청진중학교 1학년 오주리!

S#59. 교차편집. 등대가요제 관객석 + 무대 (밤)

       어느새 관객석에 와 있던 춘재, '오주리'란 이름 듣고 어리둥절해진다.

춘재   뭐야. 방금 사회자가 주리라 그러지 않았어?

남숙   (관심으로) 그러게? 어머야라, 주리도 나와?

주리   (시무룩한 얼굴로 절뚝이며 무대 올라오면)

춘재   (걱정으로) 우리 딸 다린 또 왜 저래? 다쳤나?

사회자   오주리 씨의 무대를 시작합니다!

       댄스음악 인트로 나오면 주리, 발목 때문에 춤을 추지 못하고
       노래만 시작하지만 첫 소절부터 음 이탈이 나고 만다.
       춘재, 안타까워하고 주리, 당황해서 노래를 멈추면 MR만 흘러나오는데.

혜진(E) 죄송한데 처음부터 다시 갈게요.

주리 돌아보면, 혜진이 위풍당당하게 걸어와 무대 중앙에 선다.
그 뒤의 두식, 의자를 갖고 올라와 펼친 뒤 주리를 거기에 앉힌다.

주리   (놀라서) 언니? 삼촌?
혜진   (나지막하게) 1등 하자. 나 2등 싫어해.

주리, 고갤 끄덕이면 혜진, 오프닝 자세를 취하는데 두식이 옆에 와 선다.

혜진   뭐야? 홍반장, 이 춤 알아?
두식   (태연하게) 아니, 몰라.
혜진   (황당한) 근데 어쩌려고 안 내려가?
두식   (당당하게) 쪽팔림도 나누면 반이 되지 않을까 싶어서.
         그리고 어차피 이런 무대는 실력보단 흥으로 승부하는 거야!

두식, 음악 다시 한번 틀어달라는 수신호를 보낸다.
음악 처음부터 나오기 시작하면 주리, 이번엔 안정적으로 노래 시작한다.
그 옆에서 춤을 추는 혜진. 안무를 숙지한 것 같긴 한데 어딘지 어설프다.
두식도 곁눈질로 보며 엉성하게 따라 추고 관객들, 멍하니 무대를 본다.

미선   쟤 지금 뭐 하니...
화정   뭐야? 처음부터 같이 준비한 건가?
윤경   모르죠. 근데 윤선생님 저게 잘 추는 거예요, 못 추는 거예요?
남숙   열심히는 하는 것 같은데 묘하게 삐그덕거리는 느낌이야.
춘재   그래도 두식이에 비하면 윤선생은 춤꾼인데?

모두의 시선이 두식을 향하는데, 춤추는 두식의 상하체가 따로 놀고 있다.

영국   홍반장도... 못 하는 게 있었네.

끄덕끄덕... 잠시 수긍의 침묵, 그러나 춤추는 혜진과 두식, 왠지 신나 보이고
어느덧 동화된 사람들 열렬한 환호를 보낸다. 가장 열심인 건 역시 춘재다.
음악 끝나며 혜진과 두식, 엔딩 포즈와 함께 격한 숨을 몰아쉬면
관객석에서 우레와 같은 박수소리가 터져 나온다.

미선   안 엮일 거라더니, 코가 꿰였네.

미선, 피식 웃는데 그 뒤로 누군가 혜진을 지켜보는 듯한 시선 느껴진다.

S#60. 등대가요제 무대 뒤편 (밤)

세 사람 무대를 마치고 내려오는데 혜진, 급격히 현타가 온다.

혜진   어떡하지? 지금껏 지켜온 내 이미지, 사회적 평판...
두식   애초에 그런 게 존재한 적이 있었나.
혜진   (찌릿) 이게 다 홍반장 때문이야!
두식   와, 누가 보면 내가 무대에 갖다 꽂은 줄 알겠다? 제 발로 올라가놓곤.

냉전 중이던 혜진과 두식, 어느새 예전처럼 으르렁거리고 있다.

주리   (신나서) 대박. 아까 반응 봤어요? 우리 진짜 1등 할 것 같아요!
혜진   (눈을 반짝이며) 당연하지. 내 사전에 2등은 없어!

혜진, 승부욕에 활활 타오르는데 그때 무대에서 열렬한 환호성 들려온다.

S#61. 교차편집. 등대가요제 무대 + 관객석 (밤)

무대 위의 보라, 동요 〈꼭 안아줄래요〉를 부른다.

천상의 소리, 한국판 코니 탤벗이 따로 없다. 금철과 윤경이 제일 놀랐다.

금철 (얼빠진 채) 여보. 쟤 우리 딸 보라 맞아?

윤경 (멍한) 그러게. 어릴 때부터 노래 불러보라 그러면
    한 마디도 안 부르고 개다리춤만 춰서 음치인 줄 알았는데.

남숙 어머야라, 굼벵이도 구르는 재주는 있네.

춘재 뭐지, 저 천상의 목소리는? 완벽하게 공기 반 소리 반이야!

감리 (흐뭇하게) 공진에 가수는 따로 있었다니.

그리고 이준, 노래하는 보라를 놀란 눈으로 멍하니 본다.

S#62. 등대가요제 전경 (밤)

행사 종료와 수상을 알리는 팡파레 소리와 폭죽 소리 울려 퍼진다.

S#63. 교차편집. 등대가요제 무대 + 관객석 (밤)

무대 위에 참가자들이 전부 다 올라와 있다.
보라, 1등 300만 원이라 적힌 판넬 들고 주리, 2등 100만 원 판넬 들고 있다.
윤경, 금철 기쁨을 감출 수 없는 표정이고 혜진, 주리는 떨떠름한 얼굴이다.

사회자 자, 열화와 같은 성원 속에 등대가요제 시상식이 끝났구요.
     저희 기념촬영 할 거니까 잠시 좀 그대로 대기해주세요.

윤경 (예뻐 죽겠는) 아우, 장해라. 우리 딸.
    그렇게 노래를 잘하면서 어떻게 한 번을 안 불러줬어?

금철 보라야. 그 상금으로 뭐 할 거야? 아빠 주면 안 돼?

윤경 말도 안 되는 소리! 보라야, 엄마한테 맡겨. 응?

보라 (관객석 맨 앞에 와 있는 이준 발견하고) 나 잘했어?

이준	응, 잘했어.
보라	우리 뽑기하러 가자. 나 300만 원 있어!

보라, 해맑게 판넬 들어 보이면 윤경과 금철, 당황한다.
그 모습 보는 두식, 가라앉은 혜진과 주리의 눈치를 보며 슬쩍 말한다.

두식	보라가 저렇게 노래를 잘하는 줄은 몰랐네.
주리	(시무룩한데) ...
혜진	(갑자기) 이 100만 원 나 줘.
두식	뭐?
주리	(판넬 끌어안으며) 그런 게 어디 있어요? N빵 해야죠.
혜진	(판넬 뺏으려 하는) 안 돼. 그냥 나 다 줘.
주리	(안 뺏기려) 싫어요!
두식	(황당한) 치과! 너는 애 코 묻은 돈을 뺏고 싶냐?
	주리야, 삼촌은 필요 없어. 내 몫까지 너 다 가져.
혜진	(끝내 판넬 뺏고는) 아, 내놔! 이것만 받고, 교정 내가 해줄 테니까!
두식	어?
주리	네?
혜진	(판넬 들고) 교정 내가 해준다고.
두식·주리	(보면)
혜진	공짜로 해주는 거 아니야. 이건 선금이고 나머진
	미래의 너한테 할부로 받을게. 돈 안 떼먹으려면 잘 커라?
주리	(감동으로) 언니...

두식, 혜진의 말에 기분 좋은 뒤통수를 맞은 듯 허! 하고 웃는데
그때 카메라맨이 무대로 올라온다.

사회자	기다려주셔서 감사합니다. 이제 사진 찍을게요.

카메라맨, 사진을 찍으면 무대 위의 사람들 모두 제각각 다르게 웃는다.

쑥스러운 미소의 혜진, 활짝 웃는 두식, 덧니 안 보이게 입 꾹 다문 채 웃는 주리.

사회자	그럼 수상자들은 무대 아래로 내려가주시고요. 마지막으로 깜짝 이벤트가 준비돼 있다고 하는데요.

사회자의 말에 참가자들 이동하는데 인원이 많고 계단이 좁아 정체가 발생한다.
주리, 휴대폰 꺼내보는데 9시 5분 전이다. 서둘러 어딘가에 접속하는데.

두식	넌 인마 이 와중에도 핸드폰을 보냐?
주리	오늘 DOS 게릴라 라이브 있단 말이야. 시간 다 됐는데.

주리 휴대폰 속 라이브 영상, 시작 안 한 듯 카메라가 빈 무대를 비추고 있다.
그 무대에 어쩐지 기시감이 느껴지는 듯 주리, 고개를 갸웃하는데
그때 주리 앞으로 DOS 멤버들이 우르르 지나 무대로 올라간다.

두식	지금 지나간 사람들...
혜진	...설마?

두식과 혜진, 동시에 주리를 보는데 주리, 완전 얼어붙어 있다.
주리 손에 들려 있는 휴대폰 속 DOS 멤버들이 무대에 선 장면 비춰지고
실제 무대 위의 DOS 멤버들, 프로페셔널한 구호와 함께 인사를 한다.

DOS	셋, 둘, 하나! 가요계의 핵심운영체제 DOS입니다!

S#64. 교차편집. 등대가요제 관객석 + 무대 (밤)

무대 밑 관객석 1열로 온 주리, 멍하니 무대를 쳐다본다.

거의 호흡곤란이 올 것 같은 얼굴이다.
그때 갑자기 전주 흘러나오면 무대 위의 DOS, 음악에 맞춰 대열을 정비한다.
공연을 시작하지만, 연령대 높은 어른들 죄다 무반응이다.

감리   자들이 누구냐?
맏이   몰라요. 첨 보는 장제이들이요.
숙자   저, 저, 저... (이름 기억 안 나고) ...뭐라 그러더라.

그때 얼어붙어 있던 주리, "DOS! DOS!" 격하게 응원구호를 외친다.
구호와 함께 파닥파닥- 율동까지 곁들이면 춘재, 그런 주리를 어이없게 본다.

화정   쟤들이 DOS야? 주리가 죽고 못 살만 하네.
남숙   그러게. 어쩜 저렇게 다들 이쁘게 생겼대?
윤경   태교에 좋겠네요. 밥풀아, 잘 봐둬.
미선   (동영상 찍으며 윤경에게) 제가 파일 공유해드릴게요.

무대 위의 DOS, 열정적으로 공연하고 주리의 환호소리 오래 울려 퍼진다.

S#65. 등대가요제 관객석 (밤)

행사가 끝나고 사람들이 떠난 텅 빈 관객석에 노을이 붉게 물든다.
스태프들이 뒤편에서 정리를 시작하고, 빈 의자들 가득한 관객석은 적막하다.
아직 의자에 앉아 있는 혜진, 미선에게 전화를 걸지만 받지 않는다.

혜진   얜 전화도 안 받고 대체 어딜 간 거야?

하는데 불편한 신발 신고 춤을 췄더니 발이 아프다.
슬쩍 신발을 벗고 빨갛게 된 발을 보는데 그때 두식이 다가와 옆에 앉으며
말한다.

두식	오지랖은 불치병이라던데, 누가. 아주 불편하고 귀찮은 거라고.
혜진	(재빨리 신발 신는데)
두식	남의 재밋거리가 되는 것도 싫다 그랬던 것 같은데, 또 누가.
혜진	(내가 했던 말이구나) ...
두식	혹시 좌우명이 언행 불일치야? 말과 행동이 지나치게 다른데.
혜진	(짜증 나서 일어나는) 나 간다.
두식	(놀리는) 아니면 무대 욕심이 있나? 하긴 쇼맨십이 투철하더라.
	그날 술 취해서 봉 탈 때부터 내가 알아봤,
혜진	미쳤어? 입 닫아, 진짜! (하며 두식 때리는 시늉하면)
두식	(장난스레 막으며) 야야, 치과! 너 이거 지금 선 넘는 거야!
혜진	선은 방금 홍반장이 넘었거든?
두식	(툭) 그러니까. 치과도 그렇게 편하게 넘으라고, 선.
혜진	(보면)
두식	초딩처럼 책상에 금 긋고 넘어오지 마! 그러지 말고.
	지우개도 빌려주고 가끔은 숙제도 좀 보여주자고.

혜진, 그런 두식을 보는데 그때 뒤에서 스태프가 "홍반장님!" 하고 부른다.
두식, "예!" 하고 쿨하게 가면 혜진, 괜히 멋쩍어 칫- 코웃음을 친다.

S#66. 등대가요제 무대 근처 길가 (밤)

주리, 절뚝이며 뭔가를 찾아 두리번거리는데 저 멀리 DOS의 밴이 보인다.
매니저가 문을 열자 DOS 멤버들이 밴에 오르려고 한다.
주리, 밴을 향해 달려가다가 발목에 힘이 풀리며 그대로 넘어진다.

주리	...오빠.

이렇게 눈앞에서 DOS를 놓치는 건가 싶어 주리, 울먹하는데

그때 주리 앞에 내밀어지는 등판. 춘재다. 슈퍼맨보다 더 든든해 보이고!

춘재   업혀. 얼른!

주리, 춘재의 등에 업히면 춘재, 온 힘을 다해 전력 질주한다.
주리의 "오빠" 소리와 춘재의 "야, 도스!" 소리가 쩌렁쩌렁 울려 퍼지고
마지막으로 차에 타던 준, 주리 업고 헉헉대며 뛰어오는 춘재 보고 멈칫한다.
춘재, 헉헉대며 주리를 내려주면 주리, 절뚝이며 준에게 다가간다.
할 일을 다 한 춘재, 그대로 바닥에 철퍼덕 주저앉아 숨을 고른다.

주리   (떨리는) 오빠. 저 해컨데요. 열네 살이구요. 오주리구요...
준   (갸웃) 어? 그 덧니. 어디서 봤는데.
주리   네? 저 콘서트 세 번 가긴 갔는데 이층 끄트머리에 앉아서 못 보셨을,
준   (기억났다) 아, 그때 그 카페!
주리   (놀라는) 예?
준   왜 나보고 짝퉁이라고. 나 살면서 그런 소리 처음 들었잖아요.
                근데 귀여워서 봐줬다.
주리   (멍하니 보면)
준   다음에 또 봐요!

준, 씩 웃고 밴에 올라타면 주리, 자신을 알아봤단 사실에 감동한다.
그제야 덧니를 드러내며 활짝 웃는 주리. 행복한 웃음이다.
춘재, 아직도 숨이 거친데 그래도 웃는 주리를 보니 좋다. 따라 웃는다.

S#67. 방파제길 (밤)

어느새 진보랏빛 어둠이 깔린 시간.
주리, 벤치에 앉아 있고 춘재, 파스를 사 들고 온다.
주리 앞에 한쪽 무릎을 꿇은 채 파스를 뜯으면 주리, 괜히 툴툴거린다.

주리	아빠 허리에나 붙여. 디스크도 있으면서 업고 뛰길 왜 뛰냐?
춘재	(파스 붙여주며) 고마우면 고맙다 그래.
	나 아니었음 도스랑 말도 못 섞었어, 너.
주리	도스가 아니라 디오에스거든?
춘재	도스나 디오에스나. (피식 웃고 품에서 봉투 꺼내며) 아빠가 오늘
	행사비 받은 건데, 이거 보태서 시켜줄게. 교정.
주리	...나 교정 안 해.
춘재	응?
주리	필요 없어졌어. 준이 오빠가 덧니 때문에 나 알아봤잖아.
	그리고 귀엽다잖아. (하며 배시시 웃으면)
춘재	(어이없는) 야! 너는 아빠가 귀엽다고 할 땐 귓등으로도 안 듣더니.
	참나, 준이 대단하긴 하네!
주리	(히죽 웃으면)
춘재	(그런 주리 귀엽고) 가자. 저녁 먹어야지.
주리	응! (하고 일어나는데 발목 아프고) 아!
춘재	많이 아파? 업어줄까? (하다가) 아니다, 하루 두 번은 무리다.
주리	됐어. 파스 남았지? 아빠도 집 가서 붙여줄게.

춘재, 웃으며 주리를 부축하고 주리, 춘재에게 기댄 채 다정하게 걸어간다.

춘재	사실 아빠도 옛날에 엄마한테 잘 보이려고
	외모에 엄청 신경 썼었다? 이건 처음 말하는 건데 귀까지 뚫었어.
주리	헐. 진짜? 봐봐.
춘재	지금은 막혔지. 네 엄마가 하도 기겁해서 삼일 만에 뺐거든.

도란도란 얘기하며 걸어가는 춘재와 주리.
혜진, 지나가다 그 두 사람을 본다. 문득 옛날 생각이 난다.

S#68. 과거. 버스터미널 (밤)

혜진(18세), 힘없는 모습으로 막차에서 내린다.
터미널 의자에 홀로 앉아 있던 태화, 혜진을 보고 심장이 덜컹 내려앉은 얼굴이 된다.
태화, 혜진 향해 걸어오면 혜진, 혼날까 겁이 나 고개 푹 숙이는데...

태화   밤엔 아직 쌀쌀하다. 집에 가자.

혜진의 어깨에 얹어지는 태화의 낡은 점퍼와 감싸 안은 팔이 따뜻하다...

S#69. 방파제길 (밤)

등대가요제를 맞아 열린 노점들의 불빛으로 방파제 근처가 환하다.
혜진, 걸어가며 태화에게 전화를 건다.

혜진   아빠. 아직 안 주무셨어요?
태화(F)   이제 막 누우려던 참인데 무슨 일 있냐?
혜진   꼭 무슨 일 있어야 전화하나. 그냥 했어요.
태화(F)   그래.
혜진   ...아빠가 보내준 화분 있잖아요. 꽃이 폈어요.
태화(F)   그래? 행운목은 꽃이 7년에 한 번 핀다던데.
혜진   정말요?
태화(F)   응. 그 꽃을 본 사람에겐 인생에 다시없을 행운이 온다더라.

태화의 말과 함께 저 반대편 인파 속에서 걸어오는 두식이 보인다.
무슨 계시처럼 하필 그 타이밍에!
혜진, 순간 자기도 모르게 홱 돌아선다.

태화(F)	듣고 있나?
혜진	(정신 차리고) 네. 그럼요. 잘 키울게요. 물도 잘 주고.
태화(F)	너무 자주 주진 마라. 뿌리 썩는다.
혜진	네. 그럼 끊을게요.
태화(F)	...별일 없어도 가끔 전화하고.
혜진	(미소로) 네.

혜진, 전화 끊고 서 있는데 어느새 옆까지 온 두식이 혜진에게 말을 건다.

두식	여기서 뭐 하나?
혜진	(움찔) 산책 중이거든? 왜? 내 맘대로 걷지도 못해?
두식	어느 쪽으로 갈 건데?
혜진	(가던 길 가리키며) 이쪽. 그럼 잘 가.

혜진, 다시 몸을 돌려 가던 길 걸어가면 두식, 어느새 따라붙는다.

혜진	왜 따라와?
두식	도끼병 또 도진 거야? 내 진행방향도 이쪽이야.
혜진	(상대하지 말아야겠다는 듯 속도 높이는데)
두식	(따라가며) 나 솔직히 요새 치과 다시 재수 없어질라 그랬거든?
혜진	(멈춰 서서 쩨려보는) 뭐?
두식	근데 오늘은 좀 멋있고... 기특했다.

두식, 그 말과 함께 혜진의 머리를 헝클듯 장난스럽게 쓰다듬는다.

혜진	(질겁하며) 아, 왜 이래! 사람들 또 오해하면 어쩌려고! 하지 마!
두식	(보며) 마지막으로... 나도 아무나하고 친구 안 해. 치과.

두식, 그 말과 함께 씩 웃으면 혜진, 덜컹해서 두식을 보는데...
그때 저 멀리 바닷가에서 폭죽들이 타다닥- 연달아 터진다.

혜진 (깜짝 놀라며) 뭐야? 폭죽이야?

두식 (피식 웃는) 그럼 뭐 총일까 봐?

더 큰 폭죽들이 허공에 무늬를 그리며 반짝인다.

두식 누가 낭만에 불을 붙였네. 쓸데없이, 이쁘게.

그러면 우와… 하며 폭죽을 보게 되는 혜진, 저도 모르게 활짝 웃는다.
두식, 혜진을 보는데 너무 예쁘게 웃고 있다.
그 모습 홀린 듯 멍하니 보는데 지나가던 한 무리의 사람들이 두식을 툭 친다.
무게중심을 잃은 두식의 몸이 "어어!" 휘청대며 바다에 빠질 뻔하고!
놀란 혜진이 두식의 팔을 잡고 동시에 누군가 두식을 뒤에서 안아 지탱한다.

두식 와, 나 하마터면 죽을 뻔했어!
용왕님 뵙고 올 뻔했다니까?

성현 …한참을 찾아다녔는데, 이제야 만나네.

혜진의 시선으로, 두식 너머 두식을 안고 있는 사람!
바로 성현이다.

혜진 성현… 선배?

성현 (투명하게 혜진을 본다)

flash back.
S#23. 상가거리. 두식과 헤어진 성현, 좌회전 하려는데 저 멀리 혜진의 닮은 뒷모습 보인다.
"좌회전! 좌회전이라니까!" 하는 두식의 외침에도 혜진을 따라가는 성현!
그러나 코너 돌고 나면 이미 혜진 사라졌다. 잘못 본 걸까? 성현, 허탈하다…
S#59. 등대가요제 관객석. 무대를 마친 뒤 뻘쭘하게 인사하는 혜진을 보는

시선, 성현이다.
성현, 웃고 있다. 어떻게 여기서 이렇게 만나지? 하는 눈빛이다.

성현   오랜만이다. 윤혜진.

성현, 싱긋 웃으면 두식, 성현에게 안긴 채 이게 무슨 상황인가 싶고
혜진 역시 놀란 얼굴로 성현을 보는... 드디어 세 사람이 만나는 순간이다!

S#70. 에필로그. 두 번째 인연因緣

- 편의점 (낮)
    과거 가출한 혜진, 편의점에서 삼각김밥과 우유를 골라들고 계산대로 간다.

주인   1400원이요.
혜진   (동전지갑 뒤져 카운터에 돈 내려놓는데 1300원 뿐이고) ...잠시만요.

혜진, 우유 갖다놓으려 돌아서는데
뒤에 서 있던 교복 입은 남학생(두식)이 1300원 옆에 100원을 내려놓는다.

두식   여기 100원. 이렇게 더하면 1400원 맞죠?
혜진   (놀라서) 네? 아니, 저기 괜찮은데.
두식   맛있게 먹어. (하고 쿨하게 가버리면)
혜진   (당황해서) 저기요!

그러나 남학생 금세 사라지고 혜진, 카운터 위의 100원짜리 동전을 본다.

- 공진항 (낮)
    혜진, 삼각김밥에 우유를 먹는다. 슬프지만 씩씩하게 잘도 먹는다.
    그리고 저만치 한참 떨어진 곳에 두식이 바나나우유의 빨대를 빨고 있다.

서로 다른 교복에 윤혜진, 홍두식 이름 새겨져 있는 채로.

기억하지 못하지만 두 번째 스쳐지나갔던 그날의 반짝이는 편린^{片鱗}!

7화

가지 마...

나만 두고 가지 마...

S#1.   방파제길 (밤)

연달아 터지는 폭죽을 바라보는 혜진, 저도 모르게 활짝 웃고
두식, 그런 혜진을 멍하니 보다가 사람들의 밀침에 무게중심을 잃는다.
휘청대며 바다에 빠질 뻔한 두식을 붙잡는 혜진과 뒤에서 끌어안는 성현!

두식   와, 나 하마터면 죽을 뻔했어! 용왕님 뵙고 올 뻔했다니까?
성현   ...한참을 찾아다녔는데, 이제야 만나네.
혜진   성현... 선배?
성현   오랜만이다. 윤혜진.

성현, 싱긋 웃고 혜진, 놀란 눈으로 보는데
여전히 불편하게 성현에게 안겨 있는 두식, 몹시 난감한 듯 입을 연다.

두식   저기 무슨 인연인지는 모르겠지만
       일단 나 좀 먼저 일으켜주면 안 될까?
성현   아아, 죄송해요. (하고 놓아주면)
두식   (돌아서 성현 얼굴 보고) 어? 그쪽이 어떻게!
성현   (역시 놀라서) 어! 또 보네요, 우리?
       지금 내가 목숨 구해준 거죠? 그럼 나 빚 갚은 거네?

두식	(허허) 그러게. 그걸 뭘 또 그렇게 일시불로 바로 갚나.
성현	(웃으며) 원래 할부를 싫어하는 편이라.
	근데 진짜 신기하네요. 어떻게 또 이렇게 보지?
혜진	(어리둥절한 채 둘을 보다가) 선배랑 홍반장...

그제야 얽힌 관계가 궁금해진 세 사람의 시선이 오가고, 그와 동시에 나오는 질문!

혜진/두식/성현   두 사람 아는 사이예요?/둘이 아는 사이?/두 사람 아는 사입니까?

그때 누군가 성현의 등을 철썩 때리는 사람, 지원이다.

지원	누가 또 그렇게 혼자 쏘다니래! 미아방지 팔찌라도 하나 채워줘?
성현	(문지르며) 아! 이거 폭력이야. 나야말로 수갑 한 번 채워줘?
혜진	(얼떨떨하게 보고 있는데) ?
지원	(성현 잡아끌며) 시끄럽고 동장님이랑 다 기다리셔. 빨리 가자.
성현	(혜진 보며) 지금?
지원	(두식에게) 뭐 해요! 홍반장님도 얼른 같이 가요.
두식	(초면인) 근데 누구...?
지원	(안경 벗어 보이며) 저예요, 작가 왕지원! 이틀이나 같이 다녀놓곤.

지원의 말에 혜진, 며칠 전 기억 떠오른다.

flash cut.
6화 S#41. 두식과 지원이 함께 있던 모습.

지원의 정체를 알게 된 혜진 놀라고, 두식 역시 벌어졌던 입을 얼른 다문다.

지원	괜찮아요. 내가 원래 원판불변의 법칙을 잘 깨. 〈겟미뷰티〉 오래 했거든요.
두식	(어색하게 고갤 끄덕이는) 아...

지원	그리고 두 사람 인사해요.
	(두식 가리키며) 여기는 공진 가이드 해주셨던 홍반장님.
	(성현 가리키며) 그리고 이쪽은 우리 ovN의 사고뭉치이자,

S#2. 화정횟집 안 (밤)

춘재와 주리를 제외한 공진 사람들 앞에서 영국이 성현을 소개한다.

영국	시청률 보증수표! 지성현 피디님!
성현	안녕하십니까. 지성현이라고 합니다.

"지성현?" "피디라고?" "어디서 들어본 것 같긴 한데."
사람들, 고개 갸웃거리며 성현을 보는데 감리가 제일 먼저 성현을 알아본다.

감리	저 장제이느 우리 집에 왔던 장쟁이장가.
맏이	그기 누긴데요?
영국	(사회자 모드로) 여러분, 오늘 우리는 이곳 공진에 생태탕의 원조,
	대한민국 최초의 생태탕을 찾아 왔습니다! 전국팔도원조탐험대,
	우리는 누구다?!
일동	(홀린 듯 자동으로) 최초의 맛!
영국	그렇지! 자, 패널 여러분. 지금 드시고 계신 음식의 재료 뭐가 들어갔나요?
일동	(제각각) 미나리/부추/두부/무/고춧가루/쑥갓/맛술/국간장?
영국	아직 제일 중요한 핵심재료가 나오지 않았습니다.
감리	(심드렁하게) 생태!
일동	(아… 하는 표정이 되고) !
영국	정답! 이렇게 음식에 뭐 들었는지 맞히는 프로그램 그게 뭐죠?
숙자	(바로) 무엇이든 먹어보살?
영국	그래요! 그거 다 이 피디님이 만드신 거야.
윤경	(꺅 함성으로) 어머, 맞네! 어쩐지! 얼굴이 익숙하다 했어.

금철	아니 근데 그런 분이 여기 공진엔 왜 오셨대?
성현	제가 이곳 공진에서 〈갯마을 베짱이〉라는 예능 프로그램을 찍게 됐습니다.
	여러분들 생활에 불편함 끼치지 않도록 조심해서 촬영할 테니,
	부디 너그러운 시선으로 봐주세요! 감사합니다.
일동	(신기하고 놀라운데) !
영국	(의기양양) 이 말씀인즉슨, 우리 공진이 방송출연을 하게 됐다 이 말이야.
	내가 얼마나 적극협조를 했냐면은,

영국의 말이 채 끝나기도 전에 사람들, 성현에게로 모여든다.

남숙	피디님, 다음엔 여기 말고 우리 중국집으로 오셔.
	내가 인생짜장을 맛보게 해드릴게. 단체회식 하시면 더 좋고!
윤경	이번에 연예인은 누가 나와요? 사인 받아서 슈퍼에다 걸어놔야 되는데.
금철	필요한 물건 있으심 저희 철물점으로 오세요. 뭐든 구해드릴게.

테이블 한쪽의 혜진과 두식, 그 모습을 보는데... 두식, 괘씸하면서도 재미있다.

두식	치과. 저 양반이랑은 어떻게 알아?
혜진	대학 선배야. 홍반장은?
두식	길바닥에서 만났어. 거짓으로 점철된 관계랄까.
혜진	(영문 모르고) 응?
두식	(심각해져서) ...가만, 그럼 진짜 백종원이랑 아는 사이라고?

S#3.   화정횟집 외경 (밤)

S#4.   화정횟집 안 (밤)

성현, 사람들로부터 빠져나와 혜진과 두식에게로 온다.

성현 (혜진 옆에 앉으며) 겨우 빠져나왔네. 미안.

혜진 아니에요. 선배 인기야 뭐 예전부터 장난 아니었잖아요.

성현 (피식 웃고) 우리 몇 년 만이지?

혜진 십 년도 더 됐죠. 십... 삼 년?

두식 (불쑥) 치과. 잠깐 이 사람 좀 나한테 양보해줘야겠어.

혜진 (영문 모르고 보면) ?

두식 (성현에게) 나 그쪽한테 해명을 좀 들어야 될 것 같은데.
      내가 오해하는 거 뻔히 알면서 왜 피디라고 말 안 했어?

성현 그게 하는 일이 크게 다르지 않아서요.
      음식 찾아 여행 다니고, 맛 분석도 하고. 큰 의미론 먹방 맞잖아요.
      게다가 그 덕에 날카로운 조언도 많이 들었고.

flash back.
5화 S#40. 두식의 말. "방송 계속하시려면 자기만의 무기를 찾아야지. 무난
하게 하다간 망해." "요샌 콘텐츠 싸움이잖아. 잘 좀 발굴해봐."

두식 내가 원래 또 틀린 말하는 스타일은 아니라. 어쨌든 반가워.

성현 저두요. 그럼 이제 저 혜진이랑 얘기 좀 해도 됩니까?

두식 얼마든지.

성현 (혜진 보며) 나 안 그래도 얼마 전 여기서
      너랑 닮은 뒷모습 보고 쫓아갔었는데. 진짜 너였네.

혜진 (신기한) 정말요?

성현 (미소로) 응. 근데 여긴 어떻게 있는 거야?

혜진 저 여기 개원했어요. 아직 얼마 안 됐지만.

성현 설마 혹시 윤치과?

혜진 맞아요. 어떻게 알았어요?

성현 지나가다 봤어. 그게 정말 너희 병원이었단 말이야?

두식 (얼굴 내밀며) 그 병원 자리 내가 구해줬잖아. 인테리어도 해주고.

성현 아, 그래서 둘이 아는구나?

혜진	네. 어쩌다 보니...
남숙	(호기심으로 끼어드는) 피디님이랑 윤선생님이 친해 보이시네.
	두 분 원래부터 친분이 있으신 건가?
혜진	아, 대학 선배예요.
남숙	에이, 그냥 평범한 선후배 사이처럼은 안 보이는데.
	둘 사이에 이 묘한 기류를 나만 느끼나?

남숙, 동의를 구하듯 주변에 눈짓을 하는데 다들 끄덕끄덕 궁금한 눈초리고
두식만 아무 관심 없는 척 회를 한 점 집어먹는다.

혜진	(당황해서) 네? 무슨 말씀이세요. 아니에요.
남숙	(까르르) 선생님 지금 놀랐는데 뭘! 왜? 내가 정곡을 찔렀어?
성현	(나서며) 그런 거 아닙니다. 혜진이 제가 많이 아끼는 후배예요.

혜진, 그 말에 성현을 보고 두식 역시 고개를 들어 두 사람을 힐끗 본다.
남숙, 약간 멈칫하는데 그때 화정이 남숙의 앞접시를 치워버린다.

남숙	(괜히 버럭) 야! 너는 왜 먹고 있는 걸 가져가?
화정	(태연하게) 숟가락 놓고 나불거리고 있길래 다 먹은 줄 알았지.
	너 이빨에 미나리 꼈다. 매운탕 맛있었나 봐?

민망한 남숙, 혀로 미나리 빼는 사이 불편해진 혜진, 슬쩍 자리에서 일어난다.

혜진	죄송한데 저 먼저 일어나볼게요. 내일 출근해야 돼서.
두식	새삼스럽게 치과가 언제부터 그런 거 따졌어?
혜진	(어금니 꽉 깨물고) 조용히 해.
성현	(따라 일어나며) 집이 어디야? 내가 데려다줄게.

S#5. 골목길 (밤)

혜진과 성현, 나란히 골목길을 걸어가고 있다.

혜진	(수줍게) 혼자 가도 되는데...
두식	(뒤에서 어슬렁어슬렁 따라오며) 그러게. 엎어지면 코 닿을 거리를 굳이.
혜진	(휙 돌아보며) 그걸 따라오는 홍반장은 뭔데?
두식	치과 때문이 아니라 이분 돌아오실 길이 염려돼서 가는 거야.
	그 코 닿을 거리도 헤매실 분이라.
혜진	(바로 수긍) 그렇긴 해.
성현	(민망한) 나 그 정도는 아니거든?
혜진	아니긴 뭐가 아녜요? 옛날에도 강의실 못 찾고 헤매는 걸
	내가 얼마나 많이 구제해줬는데.
성현	그건... 인정.
두식	(성현에게) 이럴 게 아니라, 치과 데려다주고 우리끼리 한잔 어때?
성현	(흔쾌히) 네! 좋습니다.
혜진	(순간 불안해져서) 뭐야? 갑자기 나만 빼놓고 왜 둘이 술을 마셔?
두식	치과는 내일 출근하셔야 된다며.
혜진	(황급히) 나도 갈래! ...열두 시까진 괜찮을 것 같아.

S#6. 두식의 집, 거실 및 부엌 (밤)

성현, 두식의 집을 신기하다는 듯 둘러보고 혜진, 소파에 앉아 있다.
부엌에서는 두식이 안주로 감바스를 준비하고 있다.

성현	집 잘해놨네요. 감각도 있고.
두식	가구, 조명 뭐 하나부터 열까지 내 손이 안 닿은 게 없어.
	칠하고 붙이고 만들고 구하고 직접 다 했거든.
성현	(선반 위 술과 차를 보며) 그럼 이것도 다 직접 담근 겁니까?
두식	응, 내 컬렉션. 일층엔 담금주, 이층엔 각종 차들이 입주해 있지.

성현	근데 한 칸이 비어 있네요?
두식	(이 꽉 깨물고) 어... 불청객이 하나 다녀가는 바람에.
	무려 1년이나 숙성시킨 인삼주였는데 말이야!
혜진	(말 돌리듯) 선배. 이리 와 앉아요.
성현	응? 나 뭐라도 좀 도우려고 했는데.
혜진	필요 없을 거예요.
	홍반장님이 워낙 꺼야 꺼야 할 꺼야 혼자서도 잘할 꺼야 하시는 분이라.
두식	(칼질하며) 그래, 가 앉아 있어.
성현	예. 근데 실례지만 화장실은 어디...?
혜진	(바로) 저기 저 복도 끝에 있는 문이에요.
성현	어? ...어어.

혜진이 이 집에 와본 적이 있구나... 잠시 표정 있던 성현, 화장실로 간다.
문 닫히는 소리 들리면 혜진, 쪼르르 부엌으로 온다.

혜진	나만 빼놓고 선배를 여기로 데려오려던 저의가 뭐야?
	설마 내 얘기하려던 건 아니지?
두식	중이 제 머리 못 깎고, 의사가 자기 병 모르지.
혜진	뭐?
두식	병원 좀 가봐. 너 그거 자의식 과잉이다?
	사람들이 너한테 그렇게 관심이 많을 거란 망상을 버려야 돼.
혜진	아, 됐고 선배 앞에서 쓸데없는 얘기하지 마! ...특히 그날 밤 일.
두식	(놀리듯) 아아, 우리의 생물학적 위기?
혜진	하지 말랬지! 하기만 해! (하며 때리는 시늉하면)
두식	(칼질하던 중이라 한 손으로 탁 막으며) 어어, 너 그러다 다쳐.
성현	두 사람... 뭐 해?

두식, 혜진의 한 팔을 막고 있고 성현, 부엌 앞에 서서 그 모습 보고 있다.

혜진	아무것도 아니에요.

혜진, 성현 향해 배시시 웃어 보이면 두식, 놀고 있네 하는 표정으로 본다.

S#7. 등대가요제 행사장 입구 및 거리 (밤)

사복 차림의 은철, 쓰레기봉투를 들고 오는데 그를 부르는 목소리! 미선이다.

미선   최순경님!
은철   표선생님?
미선   비번이라며 왜 이렇게 바빠요? 한참 기다렸네.
은철   (의아하다는 듯) 저를요? 왜요?
미선   네? 아니, 그냥 뭐...

하는데 그때 길가에 세워진 전기구이 통닭 트럭이 보인다. 1마리에 7천 원.

미선   ...우리 저거 먹을래요? 저 전기구이 통닭 엄청 좋아하거든요.
은철   죄송합니다. 제가 6시 이후론 일절 뭘 안 먹어서.
미선   아, 식단 관리하시는구나. 하긴 그 몸이 그냥 만들어졌을 리 없지.
         그럼 같이 걸으실,
은철   (미선 말 안 끝났는데) 누가 또 이런 걸 붙여놨어?
미선   예?
은철   (품에서 스크래퍼 꺼내 불법부착물 긁어내는)
미선   (황당한) 뭐 하세요?
은철   이게 불법부착물이거든요. 대체 누군지
         경범죄처벌법 제3조 1항에 해당된다는 걸 모르나 봐요.
미선   (하아) 은철씨는 진짜 경찰하려고 태어나셨네요.
은철   (칭찬인가?) 감사합니다. 왜 이렇게 안 떨어져...
미선   잠깐만요! (가방에서 미스트 꺼내 불법부착물에 뿌려주며) 이러면 어때요?
         젖으면 더 잘 긁힐 것 같은데.

은철	그거 비싼 거 아닙니까?
미선	(사실 그렇다) ...아, 아니에요. 하나도 안 비싸요. 더 뿌릴까요?

S#8. 두식의 집, 거실 (밤)

두식, 혜진과 성현 앞에 감바스 팬과 빵 접시를 내려놓는다.

두식	먹어.
성현	와, 근사한데요? 손도 빠르시고.
두식	모자라면 다른 것도 해줄게. (하며 소주, 맥주 가져오면)
혜진	소주랑 맥주. 왜? 컬렉션은 내놓기 아까워?
두식	(한심하게 보며) 이걸로 시작하잔 뜻이야.
	안주는 소맥이랑 먹고, 술맛을 오롯이 즐기고 싶을 때 담금주를 딱!
성현	좋네요.
두식	(맥주병 오픈하며) 혹시 새우 알러지 같은 건 없지?
성현	태어난 지 34년 2개월쨴데, 아직 못 먹는 음식은 발견 못 했습니다.
두식	(소주병 오픈하며) 서른다섯? 나랑 동갑이네.
성현	(갑자기 손 내밀며) 반갑다, 친구야.
두식	(자연스레 맞잡으며) 그래. 반갑다, 친구야.
혜진	(황당한) 갑자기 이렇게 말을 놓는다고?
두식	그럼 뭐 더 이상 어떻게 격식을 차리나? (하며 소맥을 제조하는데)
혜진/성현	(동시에) 홍반장 지금 뭐 해?/아아, 스톱 스톱!
두식	(영문 모르고 멈추면) ?
성현	맥주를 그렇게 많이 부으면 어떡해?
두식	뭔 소리야. 대국민 선호도 1위의 황금비율 7대3으로 말고 있구만.
성현	에이, 모르시는 말씀! 나처럼 소주의 깔끔한 맛을 선호하는
	사람들한테는 6대4가 최적이거든?
혜진	(놀라며) 어? 선배도 6대4로 마셔요? 나돈데.
두식	아, 그럼 각자 만드시든가.

성현   내가 해줄게. (하고 소맥 만들어 혜진과 자신 앞에 내려놓는다)
두식   다 같이 한 잔 할까? (하며 자기 잔 든다)

성현, 건배하려는 줄 알고 잔 허공에 드는데 두식, 그대로 꿀꺽꿀꺽 마신다.
민망함에 애써 자연스러운 척 마시는 성현과 딱 반 잔만 마시고 잔을 내려
놓는 혜진.

성현   여전히 첫 잔은 꺾어 마시네?
혜진   그걸 기억해요?
성현   워밍업이라며 세 잔까진 항상 꺾어 마셨잖아. 윤혜진 진짜 하나도 안 변했다.
두식   (인상 찌푸리며) 옛날에도 이 모양이었단 말이야?
혜진   (두식 째려보면)
성현   응. 내가 알던 혜진이랑 똑같아. 여기 개원한 것도 그렇고.
혜진   네?
성현   욕심 안 부리고 진짜 널 필요로 하는 사람들 위해 내려온 거잖아.
        서울이랑 지방 의료격차가 심하다던데, 혜진이 너다워.
혜진   (당황하는데) !
두식   (푸흡) 지금 여기 있는 이 치과 얘기하는 거 맞지?
        와... 내가 아는 사람이랑 상당히 다른,
혜진   (의자 밑으로 두식의 정강이를 걷어찬다)
두식   (아프고) 아악! 뭐 하는 거야?
혜진   미안. 실수로 발이 좀 닿았나 봐.
두식   그런 것치곤 되게 고의성이 느껴지던데?
혜진   (말 돌리는) 감바스 잘했네. 맛있다! 여기다간 와인이 딱인데.
성현   (호기심으로) 와인 좋아해?
혜진   네. 좋다는 건 마셔보려고 하는 편이에요.
성현   어떤 거 좋아하는데?
혜진   전 부르고뉴 와인 좋아해요. 피노누아 품종.
성현   진짜? 나돈데. 부드럽고 산도도 적당해서 음식이랑 같이 먹기 좋잖아.
두식   에이, 부르고뉴를 밍밍해서 뭔 맛으로 먹어? 진정한 와인은 보르도지!

까베르네 쇼비뇽에 멜롯을 블렌딩한 풍성한 맛!

혜진   (의아한) 와인 잘 모른다며?

두식   (둘러대는) 아니... 그냥 그렇다고.

성현   (미소로) 세월 무섭다. 꼬맹이 윤혜진은 와인 같은 거 몰랐는데.
　　　　떡볶이랑 만화책이나 좋아했지.

혜진   (웃으며) 아직도 좋아해요. 특히 매운 떡볶이!

성현   (반갑게) 어, 나도 나도! 방송국 근처에 진짜 잘하는 데 있는데.
　　　　편집할 때 맨날 야식으로 떡볶이만 시켜 먹는다니까?

두식   ...난 떡볶이 그거 무슨 맛으로 먹는지 모르겠더라.

혜진·성현 (동시에 믿을 수 없다는 듯 쳐다보면) !

두식   (작아지는) ...왜? 뭐?

성현   (혜진에게) 만화는 요새 뭐 봐?

혜진   최근엔 아무래도 웹툰을 많이 보는데 좀 아쉬워요.
　　　　종이 만화책이 주는 정서가 있잖아요.

성현   그치, 그 냄새며 질감이며... 나 프로그램 쉴 땐 만화방으로 출근하잖아.
　　　　(하다가) 아 맞다. 석훈이 결혼해서 애 낳은 거 알아?

혜진   (놀라는) 석훈 선배가요?

성현   몰랐어? 애기 사진 보여줄까?

성현, 휴대폰으로 석훈의 메신저 프로필 사진 보여주면 혜진, 성현 옆으로
가까이 붙는다.
죽이 잘 맞는 혜진과 성현... 재잘재잘 떠드는데 두식, 대화에 끼질 못한다.
묘한 소외감을 느끼는 두식, 민망한 듯 슬쩍 웃는다.

S#9.   두식의 집 외경 (밤)

S#10. 두식의 집, 거실 (밤)

병 여럿 나와 있고 제법 무르익은 술자리.

성현   (두식에게) 우리 이렇게 만난 것도 인연인데, 부탁 하나 해도 돼?

두식   뭐 들어줄 수 있는 거면.

성현   우리 프로그램 현장 가이드를 좀 맡아줘.

혜진   (경악으로) 네에?

두식   (끔뻑끔뻑 보는데)

성현   왕작가가 가이드한테 도움 많이 받았다고 칭찬 엄청 했거든.
        어때? 나랑 같이 일해보는 거.

두식   글쎄... 내가 워낙 공사가 다망해서.

혜진   (말리고 싶은) 맞아요, 선배. 홍반장이 얼마나 바쁜데요.

성현   그럼 더 오기 생기는데... 아, 내기로 결정하면 어때?

두식   내기?

성현   응. 내가 이기면 그쪽이 가이드를 하고, 그쪽이 이기면 거절해도 돼.

두식   이겨봐야 나한텐 남는 게 없는데.

성현   기다려봐! 내가 준비해올게. (하며 부엌으로 간다)

두식   (보며) 대체 뭘 하려고?

cut to.
테이블 위의 갈색 액체가 든 유리컵 두 잔. 아메리카노와 까나리카노다.
성현, 예능PD의 짬밥이 고스란히 묻어오는 진행을 시작한다.

성현   자, 이제 게임을 시작하지.
        한 잔은 평범한 아메리카노. 다른 한 잔은 까나리를 넣은 까나리카노야.
        둘 중 아메리카노를 고른 사람이 이기는 거지.

두식   (묘한 흥분) 와, 나 이거 TV에서 봤어.

성현   겉으로 보기엔 전혀 구분을 할 수가 없어.
        공평한 진행을 위해 혜진이 네가 뒤돌아서 섞어줘.

혜진   네? 아... 네. (뒤돌아 섞으면서 작게) ...이걸 왜 하는 거야.
        (돌아서며) 이제 됐어요.

| 두식 | (유리컵과 눈 맞추며) 와, 이거 전혀 모르겠는데? |
| 성현 | 너무 가까이 가면 안 돼. 냄새로 알 수 있으니까. |

두식, 아... 하고 또 시키는 대로 한 발 물러나면
두 남자 나란히 바닥에 쪼그리고 앉아 유리컵을 뚫어지게 쳐다본다.

성현	난 왼쪽!
두식	그래? 그럼 내가 오른쪽 하지 뭐.
혜진	(어느새 승부에 진심인) 그럼 두 사람 동시에 마셔요!

두 사람, 동시에 마시는데 긴장했던 두식, 커피인 듯 표정 바뀌며 여유롭다.
반면 성현, 잠시 움찔하지만 아무렇지 않은 척 꿀꺽꿀꺽 마신다.

혜진	뭐야? 두 잔 다 커피일 린 없고.
두식	내가 커핀데... (성현 보며) 설마 그걸 참는다고?
성현	(부들부들 떨리는 손으로 잔 내려놓는다) !
두식	(냄새에) 까나리를 삼만 육천 마리쯤 드셨네. 동해바다를 그냥 들이붰어!
혜진	선배 괜찮아요?
성현	(구역질 참으며) 나 이거 다 마셨으니까, 무승부야. 그럼... 다음 게임!

cut to.
게임 진행 몽타주 느낌으로...
도무지 승부가 나질 않고, 중간 중간 술을 물처럼 마시는 두식과 성현.
- 탕수육 게임. 탕·수·육·탕·수·육·탕·수·육... 하지만 안 끝난다.
- 절대음감 게임. 요크셔테리어, 시베리안허스키, 골든리트리버... 역시 안 끝
  난다.
- 딸기 게임. 딸기 다섯! 딸기 일곱! 무차별 홀수 공격에도 소용이 없다.

| 두식 | (취하고 지친) ...그냥 할게. 내가 가이드 한다고. |
| 성현 | (이미 취해서) 아냐. 그런 식으로 결정하는 건 내가 원치 않아. |

정정당당하게 승부를 내야지! 이번엔 얼굴에 빨래집게 많이 꽂기야!

두식   (진저리) 그만... 제발 그만...

혜진   ...선배의 주사는 예능피디 본캐 그 자체구나.

cut to.

시간 흐르고... 성현, 빨래집게를 머리카락과 옷깃에 꽂은 채 테이블에 엎어져 있다.

취한 혜진, 주변을 두리번거리는데 어디 갔는지 두식의 모습은 보이지 않는다.

완전히 혀가 꼬부라진 발음으로 중얼거리는데.

혜진   턴배는... 취했꼬... 홍반장은... 어디 갔쏘?

(손목시계에 눈 갖다 대고) 엿두 시 넘었나? 지베... 집에 가야 대는데...

혜진, 휘청휘청 일어나 가방을 챙겨들고 현관문으로 나간다!

현관문 잠시 비춰지다가... 잠시 후, 혜진, 의식이 없는 두식을 낑낑대며 끌고 들어온다.

혜진   하아... 왜케 무거워... 홍반장은 왜 바께서 자고 그래...

그러믄 입 돌아간다니까... 내가 홍반장 너... 생명의 은인이다... 알았쏘?

어느새 성현, 바닥에 내려와 잠들어 있고 혜진, 겨우겨우 두식을 성현 근처에 눕힌다.

그리고 온몸의 기운이 빠진 듯 자신도 그대로 털썩 쓰러진다.

S#11. 공진 전경 (아침)

S#12. 두식의 집, 거실 (아침)

눈부신 햇살 속에 혜진, 푹 잔 듯 만족스런 얼굴로 눈을 뜬다.
바로 보이는 익숙하면서도 낯선 천장, 이 상황이 데자뷔처럼 느껴진다.
놀라서 고개 돌려보면 왼쪽엔 성현, 오른쪽엔 두식이 누워 있다. 경악하는
혜진!

S#13. 두식의 집, 대문 앞 (아침)

요구르트를 마시며 아침운동 중인 남숙, 배를 시계 방향으로 문지르며 중얼
거린다.

남숙   아침에 쾌변을 못 하면 하루 종일 더부룩하단 말이지.

남숙, 담벼락을 지나 두식의 집 쪽으로 도는데 그 안에서 혜진이 나온다!
남숙, "또?" 하며 환희에 가득 차 재빨리 담벼락 안쪽으로 몸을 숨긴다.
그런데 두식의 집에서 성현이 나오면, 남숙의 얼굴에 실망의 빛이 어린다.

남숙   에이, 뭐야...
성현   혜진아!
혜진   (민망해하며) 선배. 저 때문에 깬 거예요?
성현   아냐. 어제는 내가 너무 취해서 기억이 잘 안 나네.
혜진   사실 저도 그래요.
성현   저기 번호 좀 줄래? 어제 그것도 못 물어봤네. (휴대폰 내밀면)
혜진   아, 네! (번호 찍어주는)
성현   뒷자리가 그대로네?
혜진   (놀라며) 맞아요. 어떻게 그걸 아직까지 기억해요?
성현   (웃으며) 글쎄. 이상하게 안 잊혀지더라고.

성현, 혜진 쑥스럽게 서로를 보는데 숨은 남숙의 눈이 호기심으로 빛난다.

혜진	저 그럼 먼저 가볼게요. 출근 준비 때문에...
성현	그래, 조심히 들어가. 연락할게.
혜진	네. (하고 종종걸음으로 사라지면)
두식	(대문 열고 나와) 치과 갔어?
성현	응. 나도 이만 가볼게. (하고 가려는데)
두식	저기! (불러 세운 뒤) ...라면 먹고 갈래?

성현, 두식의 말에 돌아보면 두 사람 사이로 아련한 바람 불어오고
오오! 담벼락에서 고개만 내민 남숙의 눈에 더 큰 환희가 어린다.

S#14. 혜진의 집, 현관 및 거실 (아침)

혜진, 현관문 열고 들어오면 또 거실에 미선이 서 있다.
잠이 덜 깬 듯 부스스한 미선, 별로 놀랍지도 않다는 듯 묻는다.

미선	또 홍반장네서 잤니?
혜진	(당황으로) 어? 어어... 근데 또 그냥 잠만 잤어! 둘만 있었던 것도 아니고.
미선	(그러려니) 누가 또 있었는데?
혜진	...성현 선배.
미선	(아... 하고 있다가 뒤늦게) 뭐? 그 지성현?
혜진	(미소로) 응, 선배가 공진에 내려왔어. 여기서 프로그램 찍는대.
미선	헐... 대박!
혜진	(화장실로 가며) 나 먼저 씻는다? 아, 근데 왜 이렇게 삭신이 쑤셔.
미선	(흥미로운) 박힌 돌 홍반장에 굴러들어온 돌 지성현이라... 심플했던 윤혜진 인생이 좀 복잡해지겠는데?

S#15. 두식의 집, 부엌 (아침)

성현, 식탁에 얌전히 앉아 있고 두식, 냄비받침 위에 라면냄비 내려놓는다.

두식   세 개 끓였으니까 실컷 잡숴.

성현   땡큐. (하며 젓가락으로 라면 건지려다가) ...근데 계란 넣었어?

두식   응. 단백질도 섭취해줘야지.

성현   아, 이건 아니지. 계란 풀어지면 국물 맛 버리는 거 몰라?
         라면은 봉지 뒤에 적힌 조리법대로 먹는 게 베스트라고.

두식   기호에 맞게 취향에 따라 먹는 거지. 사람이 왜 그렇게 틀에 박혀 있어?
         먹기 싫음 먹지 마. (하고 라면 덜어가면)

성현   아니, 먹긴 먹을 건데... (하다가) 아, 가이드는 해주는 거지?

두식   (라면 먹으며) 면 분다.

S#16. 라이브카페 안 (아침)

혜진, 문 열고 들어서는데 춘재와 주리, 서로를 마주 보며 웃고 있다.
부녀의 화기애애해진 모습을 혜진, 흐뭇하게 보는데...

주리   (입만 웃으며) 용돈 올려줘. 아빠가 요새 시세를 잘 모르나 본데
         일주일에 2만 원을 누구 코에 붙여?

춘재   (눈만 웃으며) 밥 먹여줘 학용품 사줘 학생이 돈이 뭐가 필요해.
         더 줘봤자 도스 나온 잡지 나부랭이나 더 모으겠지.

주리   나 또 가출하는 수가 있어!

춘재   나가라, 나가! 누가 무서워할 줄 아냐?

혜진, 그럼 그렇지... 싶은데 춘재와 주리, 혜진 발견하고 벌떡 일어나 달려온다.

주리   언니! 그 예능 DOS가 찍는다는 거 진짜예요?

춘재   (주리 앞에 끼어들며) 선생님. 그 피디라는 분이 대학 선배라며?

주리   (춘재 밀치며) 아, 아빠 비켜봐 좀! 언니. 준이 오빠도 오는 거 맞아요?

혜진   (하아) 저 커피부터 주문하면 안 될까요? 주리 넌 학교 안 가니?

주리   아, 학교 개싫어! 언니 이따 톡할게요. (하고 급하게 나가면)

춘재   아이스 아메리카노 맞죠? 내가 금방 만들어드릴게.

       근데 혹시 그 양반 JKBC〈슈가피플〉피디랑은 친분 없을까?

       방송국은 달라도 또 알음알음으로 연이 닿을 수도 있잖아.

       춘재, 주저리주저리 떠드는 사이 혜진, 휴대폰 메시지 확인하는데 성현이다.

       혜진아~~☺ 다시 만나게 돼서 너무 좋당. 조만간 또 보자. 연락할겡☎

       화려한 플래시콘과 애교작렬 메시지에 품- 웃어버리는 혜진.

춘재   ...선생님. 내 얘기 듣고 계셔?

S#17. 공영주차장 (아침)

       두식과 성현, 주차된 성현의 차 앞에서 누군가를 기다리듯 서 있다.

       라마인형 달린 백팩을 멘 성현, 주머니에서 커피사탕을 꺼내 껍질을 까서 두
       식에게 준다.

두식   뭐야?

성현   커피사탕. 아침에 정신 드는 덴 이만한 게 없어.

두식   (받으며) 주머니에 슈퍼 차렸어?

성현   (웃으며) 어지간한 건 다 있지.

       두 남자, 나란히 사탕을 입 안에 넣고 굴리면 어쩐지 잠에서 깨는 것도 같다.

       그때 지원이 걸어오며 한 소리를 한다.

지원   둘이 아주 상태가 똑같네. 밤새 알콜로 간을 셀프 고문시킨 얼굴이랄까?

두식   이 친구는 맞고 난 아냐. 같은 선상에 두면 아주 곤란해.

성현   에이, 뭘 또 그렇게 차이가 난다고.

두식	까나리카노, 양은냄비, 탕수육, 딸기 일곱! 더 해?
성현	(수치스러운) ...아니.
지원	불쌍하게 여겨줘요. 직업병이야. 무의식마저 일에 찌들어 있단 뜻이지.

그때 밴이 주차장으로 들어오고, 도하를 비롯해 스태프 3-4명이 함께 내린다.

지원	자면서 왔나 보다? 눈이 팅팅 부었네.
도하	앞으로 몇 달을 잠죽자 해야 될 텐데 실컷 자둬야죠.
	(성현 보고) 근데 선배 얼굴이 왜 이래요?
성현	(시끄럽단 듯 손 내젓고) 인사부터 해. 여긴 우리 현장 가이드를
	맡아주실 공진동 홍반장님. 앞으로 너랑 제일 많이 소통할 분이야.
도하	(넉살좋게) 안녕하세요. 전 조연출 김도하라고 합니다.
	앞으로 많은 지도편달 부탁드립니다.
두식	나도 잘 부탁해.
도하	(약간 당황하며) 초면에... 반말?
지원	욕쟁이 할머니 같은 거라고 생각해. 이분 컨셉인가 봐.
두식	컨셉이 아니라 철학. 손에 손잡고, 위 아 더 월드,
	우리는 모두 친구, 뭐 그런 거지. 가자! (하고 앞장서가면)
도하	(반한 듯) 오, 쿨해. 멋있어.

S#18. 공진 답사 몽타주 (아침)

- 두식, 성현, 지원, 도하 등 스태프들 공진을 답사한다.
  바닷가를 안내하는 두식과 이쪽에선 물놀이를 해도 좋겠다는 성현.
  도하, 사진 찍고 지원, 끊임없이 메모를 하며 따라다닌다.
- 전망대에서 공진의 전체 풍경을 바라본다.
- 공진항을 둘러보다가 지원, 성현에게 묻는다.

지원	지피디. 제일 중요한 촬영 장소는 어떡할 거야?

성현   그건... 이미 생각해놓은 데가 있어.

S#19. 감리의 집, 마당 (낮)

툇마루의 감리, 마뜩찮은 표정으로 성현에게 역정을 낸다.

감리   싫소! 갠한 헛고상으 하러 왔다니.
        내거 펭생으 산 집인데 여어를 우태 비워주나?

성현   어르신. 비워달란 게 아니라 빌려주십사 부탁드리는 거예요.
        기간도 짧아요. 2박 3일씩 5회 차니까 딱 보름이에요.

감리   그만 가오! 이래 떼르 써봐야 소용엄싸.

두식   (설득해보려) 할머니, 저기 있잖아...

감리   시끄루와! 이번만큼은 니거 아무리 꼬셔도 안 넘어간다니.

성현   지금 결정하시란 건 아니고 충분히 생각을 해보신 다음에,

감리   (말 자르며) 백 번을 생각해도 내 답은 같소!
        지아무리 애르 써도 안 되능 거는 안 되능 기래요.

성현   (깨끗하게) 네, 알겠습니다! 할머니께서 이렇게 싫으시다는데
        억지로 설득하고 강요하면 안 되죠. 실례 많았습니다!

성현, 깍듯이 목례하면 감리도 두식도 예상치 못한 반응이라는 듯 본다.

S#20. 상가거리 (낮)

목적 달성에 실패한 두식, 성현, 지원, 도하 터덜터덜 걸어간다.

두식   감리씨가 생각보다 강경하게 나오네.

지원   (성현에게) 답사 때 봐둔 집 몇 개 더 있는데. 거기 한 번 가보면 어때?

두식   김씨 아저씨네 빨간 대문 집 얘기하는 거지? 그럼 지금 내가 전화를,

성현	됐어.
두식	응?
성현	나 아까 그 집 아니면 촬영 안 해.
지원	(경악하는) 뭐?
두식	(황당한) 방금 전 깨끗하게 물러난 거 아니었어?
성현	(태연하게) 그런 적 없는데? 그냥 강요나 설득을 안 한다 그랬지.
두식	말이야 막걸리야? 그럼 뭐 어쩌겠단 건데?
성현	(대답 대신) ...나 배고파.
두식	갑자기? 지금? 이 와중에?
도하	(다급하게) 홍반장님. 우리 점심부터 먹죠.
지원	(거드는) 우리 지피디 배고픈 거 못 참아요. 걸신 들렸어요.
두식	아침 먹은 지 얼마나 됐다고. 라면에 밥까지 말아 먹었잖아?
도하	그걸로 모자라요! 뱃속에 거지님이 상주하고 계시거든요.
두식	(가지가지 한다는 표정으로 성현을 보는) 하아...

S#21. 화정횟집 안 (낮)

두식과 성현 일행 또 화정횟집에 앉아 있다.
메뉴판을 보는 두식과 달리 성현, 의구심 가득한 표정으로 묻는다.

성현	나 벌써 여기 세 번짼데?
	이 정도면 커미션 받는 거 아니야? 아님 뭐 지분 있어?
두식	잘 먹어놓고 그런다. 그리고 오늘은 내가 요리 안 해.
화정	(엄청난 포스로 앞에 서며) 뭘로 드릴까?

cut to.
가운데 놓인 회를 비롯 테이블에 빈틈이 없을 만큼 화려한 한 상 펼쳐진다.

화정	많이들 드세요.

지원	와, 진짜 맛있겠는데요?
두식	내가 기대해도 좋다고 했잖아.
성현	(화정에게) 이 회는 처음 보는 것 같은데 무슨 생선이에요?
화정	전복치. 앤 양식이 안 돼서 자연산으로밖에 못 먹어요.
두식	이야, 나도 괴도라치는 오랜만인데.
	이거 여기서나 이 가격에 먹지, 서울 가면 키로당 10만 원도 넘어!
도하	잘 먹겠습니다. (넙죽 집어 먹고) 와, 완전 맛있어.
화정	(여유롭게) 피디님도 한 번 드셔보셔. 홍반장도.

성현과 두식, 한 점씩 먹어보는데 완전 味味味味!
거의 〈요리왕 비룡〉의 음식을 먹은 수준의 리액선급 환희가 펼쳐진다.

성현	탱글 쫄깃 달달. 맛의 밸런스가 완벽한 트라이앵글을 이루고 있어.
두식	입 안에서 생선이 되살아나 물속을 헤엄치는 느낌?
성현	거기다 생생한 식감과 신선한 향기까지...
두식	이건 마치...
성현·두식	(동시에) 삼.위.일.체?

통했다! 두식과 성현, 누가 먼저랄 것도 없이 진하게 하이파이브를 하면...

지원	도하! 쟤들이랑 놀지 마.
도하	왜요?
지원	(한심한) 바보는 저 원플러스원으로 충분하거든. 괜히 옮는다.

S#22. 화정횟집 외경 (낮)

S#23. 화정횟집 안 (낮)

여기저기서 숟가락 놓고 식사를 마쳐가는 테이블의 분위기.

도하   배 터지겠어요.

지원   나도.

두식   마찬가지. 근데 한 사람은 아직인 것 같은데?

성현만 계속해서 먹고 있는데 그때 혜진과 미선이 횟집으로 들어온다.

두식   (한 손 들며) 어이, 치과! 밥 먹으러 왔어?

성현   (밥 먹다 말고 돌아보는) 혜진아.

혜진   어? 선배?

미선   (반갑게) 안녕하세요? 저 혜진이 친구 표미선이에요.
          저희 예전에 지나가다 한 번 본 적 있는데.

성현   (벌떡 일어나서) 아, 예. 기억납니다.

두식   뭐야, 나 투명 인간이야? 아무도 아는 척을 안 해줘.

혜진   (그제야 시큰둥하게) 홍반장도 있었네?

화정   선생님 오셨어? 어떻게 저쪽으로 합석하실래?

두식   (바로) 우린 다 먹었어. 그만 슬슬 일어나지?

지원   (도하에게) 법카 갖고 있지? 그걸로 계산해.

도하   네.

지원과 도하, 혜진에게 고갯짓으로 인사하고 계산대로 향한다.

미선   난 메뉴 고르고 있는다? (하고 구석 테이블로 가 앉는다)

성현   (아쉬움으로) 혜진이 너 올 줄 알았으면 우리도 좀 늦게 올걸.

혜진   (밝게) 이렇게 잠깐이라도 봤잖아요.

두식   아침에 그렇게 내빼고 해장은 했냐?

혜진   (퉁명스럽게) 지금 하려고.

두식   오늘 지리 좋더라. 그걸로 먹어.

혜진   내가 알아서 해. 두 사람 같이 있는 거 보니 가이드 하기로 했나 봐요?

두식	공진을 위해 이 한 몸 바치기로 했지.
혜진	어련하시겠어. 그럼 선배, 페이 얘기는 들었어요?
성현	아니? 아직.
두식	귀찮았는데 잘됐다. 치과가 좀 대신 설명해라. 내 임금체계에 대해.
혜진	(발끈) 내가 홍반장 대변인이야? 멀쩡한 입 놔두고 왜 나를 시켜?
성현	(영문 모르고 보면) ?
혜진	(할 수 없이) 그냥 시급제로 법정 최저임금만 주시면 돼요.
	야근이랑 특근수당은 1.5배구요.
두식	(추임새로) 그렇지. 잘한다.
혜진	그 외에 다른 돈은 일절 안 받아요. 원래 사람이 좀 이상하거든요.
두식	얘기가 왜 이상한 데로 튀어?
혜진	아, 그리고 휴일도 있어요. 자기가 쉬고 싶을 때
	무조건 쉬어야 되는 사람이라 일정조율 미리 하셔야 될 거예요.
성현	(어쩐지 재미있는) 그래?
혜진	(진심으로) 근데 선배. 굳이 이 사람을 써야 돼요?
지원	(입구에서) 지피디! 안 나오고 뭐 해?
혜진	얼른 가봐요, 선배.
성현	응. 내가 다음에 꼭 맛있는 거 사줄게.
혜진	(미소로) 네.
성현	(웃어 보이고 먼저 나가면)
두식	(뒤따라가며 놀리듯) 아무 남자한테 밥 안 얻어먹는다더니?
혜진	(찌릿) 가! 안 가?

S#24. 화정횟집 앞 (낮)

두식, 나오면 성현과 지원, 도하 횟집 앞에 서 있다.

성현	오늘 하늘이 기가 막히네. 공기도 좋고.
도하	기분 좋아지셨네. 역시 선배 바이오리듬은 밥이 결정하는 것 같아요.

지원	지피디. 진짜 다른 집 안 찾을 거야?
성현	(뜬금없이) 배도 부른데, 우리 쇼핑이나 하러 갈까?
두식	뭐? 쇼핑?
성현	시장이 저쪽에 있나? (하며 앞장서서 걸어가면)
도하	아, 선배 길도 모르면서 무조건 직진부터 하면 어떡해요? (하고 따라가는)

성현과 도하, 앞서 가면 두식, 황당한 얼굴로 지원에게 묻는다.

두식	나 진지하게 묻는 건데, 저 헐렁이랑은 왜 같이 일하는 거야?
	작가도 프리라며. 선택권이 있을 거 아냐.
지원	(피식 웃고) 그야 내가 지피디 존경하거든요.
두식	(기함하며) 뭐? 존경?
지원	네, 리스펙respect! 말하고 나니 소름끼치네. (하며 팔뚝 쓸면)
두식	(반신반의하는 눈으로 가는 성현의 뒷모습 본다) ...?

S#25. 공진시장 쇼핑 몽타주 (낮)

- 두식, 성현, 지원, 도하 시장 구경을 한다.
- 성현, 진짜 쇼핑 나온 사람처럼 온갖 걸 다 산다. 촌스러운 옷을 고르고 두식에게 대보기라도 하면 두식, 아주 질색을 한다.
- 건어물도 아주 종류별로 산다. 갈수록 손에 든 비닐봉지가 늘어간다.
- 중간에 포장마차에서 문어다리튀김 같은 간식도 먹는다. 지원, 도하는 익숙한 듯 보이고 두식, 엉겁결에 같이 먹긴 먹는데 얘 뭐지? 싶다.
- 성현, 강정, 한과, 옛날사탕 등도 산다. 두식, 성현을 미덥지 못한 눈으로 본다.

S#26. 감리의 집 외경 (아침)

성현(E)	할머니!

S#27. 감리의 집, 방 안 (아침)

다음 날. 성현, 감리와 맏이, 숙자 앞에 선물 보따리를 늘어놓는다.

성현 이건 강정이고 얘는 한과, 색색들이 엄청 예쁘죠?

감리 (못마땅하게 등 돌리고 있는데) 크흠.

맏이 (침 꼴깍) 윤기가 반질반질허니 차암 마숩겠더야.

감리 (버럭) 내거 이런 거에 혹할 사람으로 보이나? 쳐내꾼저버리기 전에 쪼치와
      요!

숙자 에이, 형님 뭘 그렇게까지 말씀을 하셔.

감리 (강경하게) 자꾸 이래 갈구치지 말라니! 내거 어제 분맹히 안 된다 했싸.

성현 알아요. 이건 그냥 지난번 맛있는 밥 먹여주신 보답이에요.

감리 솔갈이치지 마요! 뇌물인 거르 내거 모를 줄 아오?

성현 진짜 아닌데. 할머니 싫다 그러셔서 저 여기서 촬영 안 할 건데.

감리 (미심쩍게 보는데)

성현 그냥 놀러온 거예요. 그니까 편하게 드셔도 돼요. 예?

맏이 (먹고 싶은) 사람 성의를 그렇게 너무 무시하믄 안돼요오.

감리 따악 그것만이요! 내거 피디양반 체멘을 생각해서 받는 거라니.

성현 (웃으며) 네!

S#28. 감리의 집을 찾는 성현 몽타주

성현, 밤낮 할 것 없이 며칠에 걸쳐 감리 집에 들락날락한다.
- 성현, 감리가 힘겹게 장독 옮기는 걸 보고 대신 옮기겠다고 나선다.
  감리, 됐다고 질색하다가 어느새 "이짝으로 앵게." 지시를 내린다.
- 성현, 감리에게 꽃무늬 보닛모자 선물하는데 감리, 관심 없는 척한다.
  성현 가면 거울 앞에서 슬쩍 모자를 써보는 감리, 후다닥 벗는다.

하지만 잠시 후 다시 써보며 "어울리나?" 중얼거리는 감리.
- 성현, 안방 불빛이 깜빡거리는 걸 보고 형광등을 갈아준다.
  감리, 보답으로 식혜 한 사발 건네면 성현, 기쁘게 벌컥벌컥 마신다.
- 그렇게 매일 들락날락하던 성현 보이지 않으면
  감리, 조금 아쉬운 듯 "장제이가 근성이 없다니." 하며 대문을 본다.

S#29. 라이브카페 안 (낮)

춘재, 남숙, 금철, 윤경 넷이서 멸치를 손질하고 있다.

춘재   홍반장네 집에서 윤선생이랑 그 피딘가 하는 사람이 같이 나왔다고?
남숙   그렇다니까? 아주 요새 공진에 삼각관계가 대유행이야.
금철   유행? 누가 또 있어요?
남숙   화정이랑 영국 오빠랑 유초희. 거기가 원조지.
윤경   아, 그 얘기나 좀 해주세요. 전 학생 때라 잘 기억이 안 나서.
남숙   (눈 빛내며) 알았어. 그게 어떻게 된 거냐면, 바야흐로 15년 전
       유초희가 공진에 첫 발령을 받았을 때 화정이네 집에서 하숙을 했어.

S#30. 과거. 화정, 영국, 초희 관계 몽타주 (낮)

화정, 영국, 초희의 과거사가 펼쳐진다.
화정의 옛집. 마당 건너편의 방에 이사 온 초희(24세), 짐을 풀고 있다.
화정(27세), 짐 푸는 걸 돕고 있는데 말린 생선 꾸러미 들고 들어오던 영국
(27세), 초희를 보고 첫눈에 반한다.
생선 떨어뜨린 뒤 "뒤지고 싶나?" 화정에게 맞는.

남숙(E)   다들 알다시피 장영국이랑 여화정은 소꿉친구였고.
         사실 여화정이 성만 여씨지, 여성미라곤 찾아볼 수가 없잖아.

근데 유초희는 바람에 나부끼는 들꽃처럼 하늘하늘.
그러니 영국 오빠가 유초희를 보고 어떻게 됐겠어? ...딱! 첫눈에 반한 거지.

- 화정, 영국, 초희 세 사람 같이 어울리던 즐거운 한때.
  바닷가에서 물장구치고 통닭집에서 맥주 마시고 함께 시간을 보낸다.

남숙(E) 그때부터 셋이 똘똘 뭉쳐 다니는데 걔네만 몰랐어.
         지들이 이미 사랑의 버뮤다 삼각지대에 들어와 있단 걸.
금철(E) 그래서요? 그 다음엔 어떻게 됐어요?

- 캐리어 끌고 떠나는 초희와 배웅하는 화정.
- 고백하려던 날, 편지를 들고 텅 빈 초희 방에 서 있는 영국.

남숙(E) 그게... 유초희네 아부진가 어머닌가? 하여간 누가 편찮으셔서
         1년 만에 갑자기 고향으로 돌아가면서 끝이 났어.

S#31. 라이브카페 안 (낮)

남숙의 얘기를 듣던 윤경, 실망한 얼굴로 말한다.

윤경   에이, 전 또 뭐라고. 별것도 아니었네요.
남숙   그래. 별거 없어. 근데 남자한테 첫사랑 그거 무시할 거 아니다?
윤경   (그 말에 금철 보며) 오빠도 그래?
금철   아니? 난 이젠 기억도 안 나. (테이블 밑에서 초조하게 다리 떨고 있다)
춘재   사실 원래 첫사랑이란 게 다 대단치가 않아요.
         뭘 잘 모르고, 그러니까 보통 안 이뤄지고, 그래서 더 애틋하지.
초희(E) 안녕하세요?

그 순간 문 열리며 들어오는 초희! 춘재만 어색하게 "어서 오세요!" 일어나고

나머지는 다들 딴청 피우며 열심히 멸치 똥만 딴다. 초희, 영문 모르고 본다.

S#32. 화정의 집, 거실 (저녁)

이준, 소파에 앉아 책을 읽고 영국, 그 옆에 딱 붙어 앉아 있다.

영국   이준아. 책 그만 보고 아빠랑 레슬링 할까? 캐치볼은 어때?
이준   저번에 그러다 꽃병 깨서 엄마한테 쫓겨난 거 잊었어?
영국   (맞다) 아... 다음엔 아빠 집으로 와. 거긴 뭐 깨질 것도 없어.
이준   대신 홀애비 냄새나잖아.
영국   (당황해서 냄새 맡아보며) 진짜? 아빠한테 이상한 냄새나?
이준   아니. 아빠 말고 아빠 집. 아빠. 빨래 잘하고 발 깨끗이 씻고
        환기도 자주 시켜. 알겠지? (하고 어깨 토닥여준다)
영국   (뭉클해져서) 으응, 알겠어.
이준   나 화장실 갔다 올게. (하고 화장실 가면)
영국   (뭔가 생각난 듯 자리에서 일어난다)

S#33. 화정의 집, 안방 (저녁)

슬쩍 눈치를 살피고 안방으로 들어온 영국, 화장대를 뒤지기 시작한다.
보석함도 열어보고 서랍장도 차례로 하나씩 열어본다.

영국   옛날에 여기 어디서 본 것 같은데.
        (하다가 초희의 것과 같은 팔찌 발견하고) ...찾았다!
화정   (어느새 뒤에서) 그거 내 거다.
영국   (놀라서 돌아보며) 늦는다더니 일찍 왔네?
화정   도둑고양이처럼 왜 남의 서랍은 뒤져? 내려놔.
영국   아니, 나는 혹시나 해서. 똑같이 생겼으니까. 이거 진짜 당신 거 맞아?

화정	이 집에 네 물건이라곤 양말 한 짝도 없어.
영국	미안... (팔찌 다시 서랍에 넣어놓고 계속 서 있으면)
화정	안 나가고 왜 그러고 섰어?
영국	저기 할 말이 있는데, 나 초희랑 밥을 먹을까 해. 둘이서. 그래도 돼?
화정	(갑자기 영국의 뺨을 철썩 때린다)
영국	(어안이 벙벙한 채) 당신 미쳤어?
화정	미안. 모기가 있는 것 같아서.
영국	(황당한) 뭐?
화정	날파린가? (하면서 때렸던 뺨을 한 대 더 때린다)
영국	(폭발하는) 야!!!
화정	...잡았다. (하는 화정의 손바닥에 날파리 시체 붙어 있다)
영국	그게 왜... 진짜 거기 있냐?
화정	(대뜸) 나도 같이 먹어, 밥.
영국	뭐?
화정	그때 학교에서 초희가 그랬잖아. 셋이 같이 먹자고.
영국	그, 그건... (할 말 없다)
화정	(결투 신청하듯) 내일 모차르트에서 보자.
영국	(받아들이듯) 그래, 좋아!

S#34. 감리의 집, 방 안 (밤)

유선전화기 앞의 감리, 낡은 수첩을 보며 더듬더듬 번호 누른다.
002로 시작하는 국제전화다. 신호 가다가 전화받는 목소리, 잠에서 막 깬
듯하다.

손녀(F)	...여보세요?
감리	(화색으로) 민주냐?
손녀(F)	할머니?
감리	(반갑고) 응, 할머니야. 우태 그래 바로 알아듣는다니! 미국은 지금 몇 시나?

손녀(F)	여기? 아침 6시요.
감리	(놀라며) 어머야라, 공부하느라 애썼을 거인데
	내거 자는 거르 깨워 우태한다니.
손녀(F)	괜찮아요. 근데 할머니 왜 전화하셨어요?
감리	우리 민주 보고 수와서 했지. 인제 방학인데, 한국 안 들어오나?
	여어 공진 오믄 할머이가 니 먹고 수운 거 다 해줄 낀데.
손녀(F)	아, 그게 배케이션vacation엔 친구들이랑 캘리포니아에 가기로 해서.
	상황 보고, 갈 수 있음 갈게요.
감리	(애써 웃으며) 으응. 할머이 신겡 쓰지 말고 니 펜한대로 해애.
	밥 잘 먹고 어데 아프지 말고. 으응... 들어가라니.

전화를 끊은 감리, 손녀가 오지 않을 것을 이미 아는 듯 희미하게 웃는다.
그저 가만히 앉아 있는 감리의 등이 동그마니 쓸쓸하다.

S#35. 공진 전경 (낮)

S#36. 윤치과, 진료실 (낮)

혜진, 체어에 누운 감리의 회복 정도를 체크하고 있다.

혜진	잘 회복되고 있네요. 한 달 뒤에 다시 상태 보고 인상 채득할게요.
감리	(누운 채 끄덕끄덕한다)

S#37. 윤치과, 로비 (낮)

혜진, 치료받고 나온 감리를 자연스럽게 배웅한다.

감리	(시계 보고) 우태 이래 손님이 없나? 내거 마지막이오?
혜진	네. 오늘 토요일이라서요.
감리	아이고. 내거 날짜가 우태 가는지도 모른다니.
혜진	저도 가끔 그래요. 그럼 한 달 뒤에 뵐게요?
감리	내거 잉플라만 끝나믄 맨 먼첨 고기랑 오징어부텀 먹을 끼야.
혜진	(미소로) 네. 그럼 조심히 들어가세요.
미선	들어가세요. (혜진에게) 기공소에서 전화 왔는데
	아까 보낸 의뢰서 체크할 게 있대.
혜진	알겠어.

S#38. 윤치과, 진료실 (낮)

혜진, 통화하며 진료실로 들어온다.

혜진　안녕하세요? 아... 그거요. 임플란트를 뼈에 맞춰 비스듬하게 심을 거라서요.
　　　scrp로 하면 홀이 보일 것 같아서 cement type으로 부탁드린 거예요.

혜진, 통화 중에 체어 아래 떨어져 있는 감리의 손지갑 발견한다.

S#39. 보라슈퍼 앞 (낮)

퇴근 중인 미선, 슈퍼 밖에 놓인 냉동고에서 아이스크림을 꺼내다가
보라슈퍼 벽에 걸려 있는 로또 1등 당첨 판매점 현수막을 본다.

S#40. 보라슈퍼 안 (낮)

미선, 안으로 들어와 뜨개질하고 있던 윤경에게 묻는다.

미선	윤경씨. 그거 진짜예요? 공진의 세 번째 미스터리.
윤경	아, 네. 3년 전, 우리 동네에서 누군가 로또에 당첨됐죠. 수령액이 무려 14억.
미선	대박... 근데 동네 사람이 아니라 외지인일 수도 있지 않아요?
윤경	(고개 저으며) 그 주에 태풍이 강타해서 청호시에 난리가 났어요.
	낙석에 도로 다 끊기고 저쪽 어딘 다 잠기고... 누가 올 상황이 아니었다니까요.
	내가 똑똑히 기억하는 게, 슈퍼도 이틀밖에 못 열었어요.
미선	그럼 누구한테 팔았는지도 기억나지 않아요?
윤경	그게... 그때 웬만한 동네 사람들 다 한 장씩 샀어요.
	때가 울적하니 그런 희망이라도 있어야 된다고.
미선	(흐음, 생각하는 표정이고)
윤경	분명 여기 누가 당첨이 되긴 됐는데, 팔자 고쳤단 사람 하나 없고.
	저도 궁금해죽겠어요.
미선	(비장하게) 5000원짜리 두 장 주세요!

S#41. 상가거리 (낮)

미선, 아이스크림 봉지와 복권 두 장 들고 가는데 맞은편에서 은철이 온다.

미선	어? 최순경님.
은철	(목례하고) 퇴근하시는 길인가 봐요.
미선	(반갑게) 네. 최순경님은요?
은철	전 아직 근무 중입니다. 조심히 들어가세요. (하며 가려는데)
미선	아, 저기 이거 받으세요. 두 장 샀는데, 하나 드릴게요. (하며 복권을 내민다)
은철	네? 아니 전 괜찮습니다.
미선	(웃으며) 그러지 말고 받으세요. 당첨되면 한 턱 쏘심 되잖아요.
은철	(약간 정색하는) 아니요. 진짜 됐습니다.
미선	(왈칵 서운한) 그냥 좀 받아주시면 안 돼요?
은철	예?

미선 　아니, 이게 뭐 김영란법도 아니고 그냥 오천 원짜리 작은 성의인데
　　　그렇게까지 딱 잘라 거절할 필요 없잖아요. 갖기 싫음 버리세요!

　　　마음이 상한 미선, 은철 손에 복권 쥐어주고 홱 가버리면 은철, 난감하다.

S#42. 감리의 집, 마당 (낮)

　　　혜진, 감리의 손지갑을 들고 마당에 들어서는데 마침 두식이 이불을 들고
　　　나온다.

혜진 　여기서 뭐 해?
두식 　보면 몰라? 이불 빨래하잖아.
감리 　(안에서 나오며) 으응? 치과선생이 웬일이나.
혜진 　아, 할머니 병원에 지갑을 두고 가셨어요. (하며 손지갑 내밀면)
감리 　(받으며) 내거 인제 지정신이 아니오. 오시느라 수고해서 어쩐다니.
혜진 　아니요, 괜찮습니다. 그럼 저는 이만...

　　　혜진, 불길한 기운에 재빨리 가려는데 두식이 혜진의 가방끈을 탁- 잡는다.

혜진 　(흠칫) 뭐야? 놔.
두식 　(큰소리로) 할머니! 치과가 이불 빨래 도와주고 간대!
혜진 　(눈 휘둥그레져서 작게) 미쳤어? 내가 언제?
감리 　야야라, 고마워서 우쩐다니. 선생님이 차암 알믄 알수록 사람이 됐써.
혜진 　아..하하하... 아니에요... (억지웃음 지으며 두식 째려보면)
두식 　(씨익 웃으며) 뭐 해? 옷 안 갈아입고?

cut to.
　　　옷 갈아입고 방에서 나오는 혜진, 하의가 꽃무늬 일바지 차림이다.
　　　두식도 이미 일바지 차림으로 고무대야 속 이불을 밟고 있다.

두식	어때? 한결 편하지? 통풍도 잘되고 일할 땐 그만한 옷이 없다.
혜진	(죽일까 하는 눈빛으로 쏘아보는데)
감리	우태 잘 맞소?
혜진	(애써 웃으며) 네, 네에.
두식	뭐 해? 얼른 와서 안 밟고.
혜진	(고무대야로 들어와) 이거 뭐 어떻게 하면 되는 건데?
두식	그냥 꽉꽉 밟아. 치과 쌀 한 가마니의 무게를 실어서.
혜진	한 가마니 아니랬지? 근데 세탁기 놔두고 꼭 이런 원시적인 방법을 써야 돼?
두식	솜이불은 원래 발로 밟아 빠는 게 정석이야.
	그리고 이게 은근 스트레스 풀린다?
혜진	(찌릿) 그럼 혼자 할 것이지 왜 엄한 사람을 끌어들여?
두식	좋은 걸 어떻게 또 나 혼자 하나. 친구한테도 전파해주고 그래야지.
혜진	참나, 뭐래.
두식	발끈할 줄 알았는데 어째 리액션이 약하다?
	그건 이제 나랑 친구하기로 마음먹었단 뜻인가?
혜진	(괜히) 아, 몰라. 이 땟구정물 홍반장한테서 나오는 거 아냐?
두식	아닌데? 네 쪽에서 흘러나오는 것 같은데?
혜진	웃기시네. 땅이 내 쪽으로 기울어져 있거든?

혜진, 괜히 더 꾹꾹 밟다가 순간 앞으로 고꾸라진다.
두식의 어깨에 쿵- 이마를 부딪치는데 순간 혜진의 머릿속을 스치는 기억!
두식이 혜진의 어깨에 머리를 툭- 기대오는 장면. (*에필로그의 상황)

혜진	(두식의 어깨에 이마를 댄 채 떠오른 기억에 흠칫) 뭐지, 이건?
두식	(혜진 내려다보며) 뭐 하나?
혜진	(그 자세 그대로) 아니. 순간 좀 이상한 장면이 떠올라서.
두식	지금 이 상황이 더 이상하진 않고?
혜진	아! (하고 그제야 황급히 떨어지면)
두식	코뿔소냐? 들이받는 힘이 어우, 매머드 급이야.

혜진	(바로 발끈하는) 뭐?
두식	본인 몸이 살상무기란 걸 좀 유념해줬음 좋겠어.
혜진	지금 말 다 했어?
두식	다 못 했어. 왜?

두 사람 투닥투닥 빨래하면 부엌에서 나오던 감리, 그 모습을 흐뭇하게 본다.

S#43. 영국의 집, 화장실 (낮)

휘파람을 불며 샤워를 마친 영국,
수건걸이에 걸린 수건을 잡아당기다가 순간 발이 미끄러지며 휘청한다!

S#44. 영국의 집, 거실 (낮)

테이블 위 영국의 휴대폰에 진동 울리고, 액정에 '여화정 통장'이라고 뜬다.

S#45. 레스토랑 안 (낮)

화정, "고객께서 전화를 받을 수 없어..." 소리에 전화를 끊는다.

초희	오빠 전화 안 받아요?
화정	응. 하여간 약속을 제때제때 지키는 일이 없어. 사람 복장 터지게.
초희	(걱정으로) 혹시 무슨 일 있는 건 아니겠죠?
화정	일은 무슨. 오겠지 뭐! ...메뉴판이나 봐야겠다.
	(괜히 읽는) 해산물 토마토 파스타, 치킨크림리조또, 라자냐, 까르보나라...
초희	(그런 화정을 보며 웃는다)

S#46. 이불 빨래 몽타주 (낮)

혜진과 두식, 고무대야 안에서 겅중겅중 이불을 밟는다.
혜진, 몇 번이고 두식의 발을 밟고 몇 번 참던 두식, 버럭한다.
빤 이불 들어 물기를 짜는데 무게가 장난이 아니다.
겨우 이불을 빨랫줄에 널고 두 사람 좋아하는데
감리, 툇마루에 이불을 또 산더미처럼 내놨다. 좌절하는 두 사람.

S#47. 바다 전경 (저녁)

어느덧 바다 위로 노을이 붉게 물들어 있다.

S#48. 감리의 집, 마당 (저녁)

빨랫줄에 이불들 걸려 있고 혜진과 두식, 툇마루에 앉아 멍하니 노을을 본다.
그때 감리가 옥수수 담긴 양푼을 앞에 놔준다.

감리   고생 많았쌰. 일단 요기라도 하고 있으라니. (하고 들어가면)
혜진   네. (하고 옥수수 베어 물면) ...맛있어.
두식   (역시 옥수수 먹으며) 노동은 좋은 거야. 사람이 단순명쾌해진다니까.

혜진, 두식을 째려보는데 그때 마당 안으로 성현이 들어온다.

혜진   ...선배?
성현   혜진아! ...홍반장도 같이 있네?
두식   (손 들어 보이며) 어! 옥수수 하나 뜯을래?
성현   아니. 근데 혜진이 네가 어떻게 여기 있어?

혜진	(자신의 옷 가리며) 아... 그게 여기 할머니가 제 환자분인데
	어쩌다 보니 이불빨래를 돕느라. 제가 꼴이 좀 그렇죠.
감리	(인기척에 나와 보고는) 왔싸요? ...메칠 안 보이는 것 같드니.
성현	어? 저 없어서 허전하셨어요?
감리	(괜히 역정) 허전은 머이가 허전해!
두식	감리씨 왜 지피디한테 츤데레같이 굴어? 둘이 언제 친해진 거야?
감리	(버럭) 친해지긴! 씰데읍는 소리!
성현	(웃으며) 제가 케이크 사왔는데. 이거 엄청 유명한 제과점 꺼예요.
감리	머이를 그래 자꾸 사와! 즈냑은 자셨소?
성현	아니요. 아는 동생이랑 밥 먹으러 가다 들른 거예요.
	아, 잠깐 인사라도 좀 하라고 할까요? (대문 향해) 들어와.
준	(들어오는) 안녕하세요?
혜진·두식	(놀라는) !

S#49. 영국의 집, 화장실 및 거실 (저녁)

물기 흥건한 바닥을 기어 화장실 문턱까지 온 영국, 겨우 문을 연다.
그리고 문 앞에 놓인 곱게 개어진 사각팬티를 향해 간절하게 손을 뻗는다.

S#50. 감리의 집, 마당 (저녁)

준, 평상에 뻘쭘하게 걸터앉아 있으면 감리, 준을 보며 묻는다.

감리	(못 알아보고) 이 언나는 누구나?
두식	왜 등대가요제 때 춤췄던 가수 있잖아. 거기 멤버. 준이라고.
감리	야야라, 그래 말라 심으 우태 쓰나. 꼴이 매렝이움뜨라니.
성현	(감리에게) 그니까요. 요새 다이어트 한다고 샐러드만 먹어서 그래요.
감리	이러이! 사라다만 먹고 우태 사나! 여서 즈냑 먹고 가요!

성현	(덥석) 그래도 될까요?
두식	(성현의 넉살에 헛웃음 나오는) 하!
감리	서울서 오느라 폭 속았을 거인데 쉬고 있싸.
	머이를 해야 하나... (중얼중얼하며 부엌으로 가면)
준	(성현에게) 맛있는 거 사준다더니?
성현	먹어보면 깜짝 놀란다. 서울에선 구경도 못 할 귀한 밥상이야.
두식	처음부터 여기서 밥 먹을 생각이었지?
성현	(말 돌리듯) 인사해. 여기는 준.
준	(꾸벅) 안녕하세요.
두식	사진을 하도 봐서 그런가 내적친밀감이 느껴지네. 반가워.
혜진	혹시 나 누군지 기억해요?
준	(알아보고) 어? 저 치료해주셨던 치과 선생님 맞으시죠?
혜진	네, 오랜만이네요.
준	우와. 어떻게 여기서 봬요?
성현	(놀라는) 이렇게도 아는 사이라고? 세상 너무 심하게 좁은 거 아냐?

그때 혜진의 휴대폰 진동 울리고 메시지 확인하는데 주리다.
언니 언니. 진짜 DOS 여기서 촬영해요? 준이 오빠 오는 거 맞아요?

| 혜진 | (내적 갈등하다가) 저기... 준이씨? |

S#51. 라이브카페 안 (저녁)

춘재, 섬세하게 라테아트 연습 중인데 휴대폰 보던 주리, 벌떡 일어난다.

춘재	(놀라서 움찔) 깜짝이야!
	(라테아트 망가졌고) 아잇... 하트 찌그러졌네.
주리	(멍한 얼굴로) 아빠... 내 볼 좀 꼬집어봐.
춘재	뜬금없이? 옜다! (하고 꼬집으면)

주리	악! ...꿈 아니네. 현실이네? 꺄아! (절뚝거리며 신나게 나가면)
춘재	쟨 갈수록 내가 알 수 없는 생명체가 돼가는 것 같아.
	(망친 커피 휘휘 저어 마시면) 앗, 뜨거!!!

S#52. 감리의 집, 마당 (저녁)

평상 위에 펼쳐진 상 위로 진수성찬이 펼쳐져 있다.

감리	채린 건 음지만 마이 드오.
성현·준	잘 먹겠습니다!
혜진	할머니도 앉으세요.
두식	그래, 감리씨도 같이 먹어야지. 여기 앉으서.
감리	(앉으며) 배고플 거인데 빨리 먹어요.
준	네! (하며 된장찌개 먹어보고) ...우와! 이거 최곤데요?
	살면서 먹어본 된장찌개 중에 제일 맛있었어요!
감리	(뿌듯한) 이기 내거 맹근 막장으로 끼린 거라니.
준	(흥분으로) 진짜 대박. 와, 이런 집밥 엄청 오랜만이에요.
성현	숙소에서 시켜 먹는 배달음식이랑 차원이 다르지?
준	네! 완전 인정.
혜진	하긴 너무 바빠서 집에 갈 시간도 없겠어요.
성현	할머니. 이 친구 어려서부터 일만 하느라 제대로 쉬어본 적이 없어요.
감리	언나가 우태 그래 빠시게 살았다니. 이기 함 먹어봐. (숟가락에 반찬 놔주면)
두식	왜 나는 안 놔줘? 나도 놔줘!
감리	니가 언나니? 송꾸락은 뒤서 뭐 한다니. (하면서도 반찬 놔주면)
두식	(신나서 먹고) 봐. 감리씨 손맛이 얹어지니깐 더 맛있잖아.
감리	(웃으며) 여 맹태도 먹어봐요. 양념장 넣고 포옥 지진 거라니.

다들 맛있게 잘 먹으면 감리, 흐뭇한데 그때 주리, 대문을 벌컥 열고 들어온다.

주리	언니!!! 진짜 준이 오빠 왔, (준 발견하고 그 자리에 얼어붙는다) ...!
혜진	빨리 왔네?
두식	너네 오빠 실물 본 소감이 어때?
	(준에게) 쟤 방 벽지는 거의 그쪽 얼굴로 발랐다고 보면 돼.
준	(웃으며) 아까 말씀하신 제 팬이 저 친구였어요?
혜진	네. 혹시 알아요?
준	(주리 보며) 완전 구면이죠. 오주리. 열네 살. 맞죠?
주리	(놀라서) 딸꾹! 딸꾹!
감리	아가 니 머 마수운 거 혼자 먹었나? 왜서 깔떼기를 하나?
준	괜찮아요? 물이라도 줄까요? (일어나 주리에게 물컵 건네면)
주리	(물 마시지만 딸꾹질 더 심해지는) 딸꾹! 딸꾹! 딸꾹!
성현	딸꾹질 그치는 데 네가 도움이 안 될 것 같은데?

주리의 딸꾹질이 안 그치자 준, 어쩔 줄 모르고 어른들 모두 웃는다.
환하고 북적북적한 풍경에 감리, 유독 행복해 보인다.
마당 한편 빨랫줄에 널어놓은 이불에선 물이 똑똑 떨어진다.

S#53. 영국의 집, 거실 (저녁)

겨우 사각팬티를 입는데 성공한 영국, 거실까지 진출하는데 성공했다.
가슴을 수건으로 가린 채 벽시계 보는데 약속시간 훨씬 지났다.

영국	아, 우리 초희 많이 기다릴 텐데.
	(현관문 비밀번호 누르는 소리 들리고) 뭐야. 이 상황에 설마 도둑이야?
화정	이 인간 아무래도 처자고 있는 것 같,

화정, 들어오다가 바닥에 반나체로 누워 있는 영국을 보고 기겁한다!

화정	(영국의 몰골에) 아잇, 눈 버렸어. 미쳤어? 거기 왜 그러고 자빠져 있어?

영국	(수건 움켜쥔 채) 말하자면 길어. 초희는 어쩌고 여길 왔,
초희	(화정 뒤로 모습을 드러내는) ...오빠?
영국	(경악으로) 초, 초희야!!!
	(필사적으로 가리며) 그게 내가 허리를 삐었는데... 움직일 수가 없어서...
화정	(신발 벗고 안으로 들어오면)
영국	(꿈틀대며) 오지 마! 다가오지 마!
화정	(화장실에서 목욕타월 꺼내와 영국의 몸 위에 덮으며) 이러니까 좀 낫네.
	초희야. 들어와서 나 좀 도와줄래?
초희	네? 네!
영국	(절규로) 안 돼! 차라리 내가 여기서 미라로 발견되는 게 낫지!
화정	(무시하고) 내가 다리 붙잡을 테니, 초희 네가 팔을 들어.
초희	네! (하며 영국 위쪽으로 와서) ...오빠 괜찮아요?
영국	아니, 안 괜찮아... 제발 날 좀 그냥 놔줘.
화정	(아랑곳하지 않고) 하나, 둘, 셋 하면 드는 거다? 하나, 둘, 셋!

두 여자, 있는 힘을 다해 영국을 번쩍 들면 허공에 들린 영국, 수치스럽다...

S#54. 영국의 집, 침실 (저녁)

침대에 눕혀진 영국, 쪽팔림을 이겨내고자 이불을 꽈악 쥐고 있다.

화정	어떻게 병원 갈래? 옷 입혀줘?
영국	됐어. 내가 알아서 할 테니까 그만 가.
	미안하다, 초희야. 오빠가 못 볼꼴을 보여서.
초희	아니에요. 제가 지금 나가서 파스라도 사올까요?
영국	아니. 거실 TV장 서랍 뒤져보면 약통 있어.
초희	제가 찾아볼게요. (하고 거실로 나가면)
영국	나 거기 있는 그 스프레이 좀.
화정	이거? 이건 왜? (서랍장 위 탈취 스프레이 갖다 주면)

영국	(이불과 허공에 스프레이를 마구 분사한다)
화정	(콜록거리며) 아, 사람한테 대고 뭐 하는 짓이야?
영국	이준이가 홀애비 냄새난다 그랬단 말이야. 초희 우리 집 처음 온 건데.
화정	(한심한) 놀고 앉았다.
영국	말 참 이쁘게 해. 현관 비밀번호는 어떻게 안 거야?
화정	내가 너랑 십 년을 더 살았어. 주민등록번호 뒷자리더만.
영국	어찌 됐든 고맙다. 독거중년 고독사할 뻔한 거 살려줘서.
화정	(약간 짠하게 보는데) ...
초희	(물과 약 갖고 들어오며) 오빠, 파스는 없고 근육이완제 찾았는데.
	일단 이거라도 드세요.
영국	(헤벌쭉) 으응. 나 좀 일으켜줄래?

초희, 영국 일으켜 약과 물을 먹이면 영국, 얼굴에 화색이 돌고 화정, 꼴 보기가 싫다.

S#55. 골목길 (저녁)

화정과 초희, 어색하게 걸어간다.

초희	오빠 그냥 저렇게 혼자 둬도 괜찮을까요?
화정	머리 안 깨졌고 뼈도 안 나갔는데 뭐. 알아서 하겠지.
초희	네... 저기 언니, 식사 같이 하실래요? 점심도 못 먹었잖아요.
화정	그래. 근데 오늘은 말고 다음에. 이준이 저녁 차려줘야 돼.
초희	(미소로) 이준이가 언니를 많이 닮았어요.
화정	그런 얘기 처음 듣네. 워낙 얼굴이 장영국을 빼다 박아서.
초희	성품이요. 이준이 똑똑하고 배려심 깊어요. 친구들도 잘 도와주고요.
	언니도 저 처음 왔을 때 많이 챙겨주셨잖아요.
화정	새삼스럽게 언제 적 얘기를.
초희	전 아직도 그때가 생생해요. 인생에서 제일 따뜻했던 시기였거든요.

...저 언니오빠랑 예전처럼 지내고 싶어요.

화정   (당황스러운) 응?

초희   셋이 같이, 편하게요.

화정   (뭐라고 말해야 할 지 모르겠는) ...

S#56. 감리의 집, 마당 (밤)

상 위에 음식들 깨끗하게 싹 다 비워졌고, 주리 비로소 딸꾹질이 멈췄다.

준   이제 괜찮아요?

주리   (수줍게) 네, 오빠.

두식   와, 오주리 캐릭터 붕괴가 너무 심한 거 아냐?

주리   (예의 바르게) 무슨 말씀이세요, 삼촌. 제가 뭘 어쨌다구요.

두식   (기겁하며) 너 왜 그래 무섭게? 하지 마, 존댓말...

준   (웃고) 할머니 잘 먹었습니다. 진짜 맛있었어요.

감리   마수웠다니 다행이오. 근데 너머 말랐쌰. 살 좀 찌워야겠다니.

두식   (넉살로) 할머니. 우리 지금이라도 식당 내자. 늦지 않았어.

감리   니 자꾸만 헷소리하믄 쫓아낼 끼야.

성현   자, 그럼 설거지는 제가 하겠습니다. 밥값은 해야죠.

혜진   (그릇 정리하려 들며) 내가 도울게요, 선배.

성현   (막으며) 안 돼. 허리도 안 좋은 애가 이불 빨래도 했다며.

두식   치과가... 허리가 안 좋았어?

성현   (대신 대답하는) 디스크 있어. 교통사고 후유증. 고등학교 때랬나?

두식   (순간 힐끗 보는데)

혜진   맞아요. 선배 진짜 기억력이 지나치게 좋네요.

성현   (웃고) 다들 여기 앉아서 놀고 계세요. 나 혼자 다 할 거니까!

두식   정 그렇다면, 굳이 말리진 않을게.

성현, 그릇 챙기고 혜진, 옆에서 정리라도 돕는데 주리, 수줍게 준에게 묻는다.

주리	오빠 여기서 뭐가 제일 맛있었어요?
준	아... 난 이거 찌개?
주리	(감리에게) 할머니! 저 이거 레시피 좀 줘요!

S#57. 감리의 집, 부엌 (밤)

성현, 팔 걷어붙이고 설거지하고 있으면 감리가 들어와 본다.

감리	(설거지더미 보고) 야야라, 식기가 마카 다 나왔구나.
	설거지거리가 개락이라 이래 고상으 시켜 우태하나.
성현	아니에요, 금방 합니다! 저 설거지 되게 잘해요.
감리	(보면) 그라믄 다행이고.
성현	군식구까지 달고 왔는데 오늘도 맛있는 거 먹여주셔서 감사합니다.
감리	됐싸요! 매 먹는 찬에 수저만 몇 개 더 올린 기야.
성현	(숟가락 닦으며) 몇 개라기엔 좀 많은데요?
감리	이 집에 수저가 이래 마이 쓰인 게 을매만인지 모르겠싸.
성현	숟가락들이 간만에 제 구실하느라 즐거웠겠어요. 물론 저도 즐거웠구요.
감리	(보면)
성현	전 그냥 사람들 모여 북적북적 노는 게 좋더라구요.
	같이 밥해 먹고 웃고 떠들고 그게 인생의 다인 것 같아요.

성현, 웃으며 설거지를 계속해나가면 감리, 그 모습을 물끄러미 본다.

S#58. 공진 전경 (아침)

S#59. 우유 배달하는 두식 몽타주 (아침)

두식, 상쾌한 아침공기를 가르며 자전거 페달을 밟는다.
자전거 뒤에는 초록색 우유박스가 고정돼 있다.
대문마다 빠르고 능숙하게 우유를 넣는 두식의 모습.

S#60. 감리의 집, 마당 (아침)

감리, 걸레로 마루를 훔치고 있는데 대문 열고 두식, 들어온다.

두식   (우유 들어 보이며 활짝 웃는) 감리씨!

cut to.
감리와 두식, 툇마루에 나란히 앉아 우유를 마신다.

감리   홍반장 덕에 우유는 잘 얻어먹는다.
두식   무제한으로 공급할 테니 많이 드셔. 그래야 골다공증 안 걸려.
감리   내일은 쪼꼬우유로 갖고 오믄 안 되나?
두식   (단호하게) 안 돼. 치과 단골손님 되고 싶어?
감리   (생각만 해도 싫은 표정) 니 오늘 그 피디 장젱이 좀 데꼬 오라니.
두식   어?
감리   집 빌레준다 해.
두식   (놀라며) 정말? 진짜 빌려주게?
감리   내거 이 집서 오십 년을 살았싸.
          여서 햇아를 낳고 가들이 낭그 자라듯 쑥쑥 커서 출가르 하고
          인제 텅 벼서 나 혼저만 남았다니.
          사람들이 와 시끌시끌 놀더가믄 이 집도 덜 에룹지 않겠나?
두식   (빤히 보며) 할머니 어제는 안 외로웠구나?
감리   (쑥스러움에 역정) 이이, 이기 또 늙은이르 놀쿠지!
두식   오늘 얘기할게! 할머니가 좋으면, 나도 좋아.

감리	(피식 웃으면)
두식	지피디가 작전을 잘 짰네.
	정(情)이 무섭다고, 감리씨의 약점을 정확히 공략했어.
감리	야야라, 나는 그 장젱이 보토이 아닌 것을 하마 알고 있었싸.
	허허실실 속이 빼이 보이는 거 같아도 호락호락한 놈이 아이야.
두식	그래? (하고 웃으며 우유를 마저 마신다)

S#61. 혜진의 집, 침실 (아침)

혜진, 일요일을 맞아 늦잠을 자는데 윙- 휴대폰 진동이 울린다.
더듬더듬 눈도 못 뜨고 확인하는데 성현이 보낸 메시지다.

성현(E)	일어났으면 현관문 좀 열어봐.
혜진	(용수철 튀어 오르듯 벌떡 일어나는) !

S#62. 혜진의 집, 현관 앞 (아침)

혜진, 문 열어보면 라탄으로 된 피크닉바구니 놓여 있다.
두리번거리지만 성현 보이지 않고, 바구니 안에는 브런치상자 들어 있다.

S#63. 교차편집. 혜진의 집, 거실 + 골목길 (아침)

바구니를 들고 들어온 혜진, 성현에게 전화를 건다.
배달을 완료하고 경쾌하게 걸어가던 성현, 전화를 받는다.

혜진	선배!
성현	일어났네? 혹시 내가 깨운 거야?

혜진	아니요. 근데 이거 뭐예요? 선배 왔다간 거예요?
성현	내가 맛있는 거 사주겠다고 약속했잖아.
	일요일은 쉬고 싶을 것 같아서 배달 좀 했지.
혜진	선배... 근처에 브런치 파는 데 없을 텐데. 멀리 다녀왔어요?
성현	걱정 마. 나 아직 시간 많으니까. 오늘은 이 정도로 하고, 다음엔 꼭 같이 먹자.
혜진	(밝게) 네. 그땐 제가 살게요!
성현	나 코스로 먹을 거야. 최소 다섯 개, 시간 엄청 오래 걸리는 걸로.
혜진	(웃으며) 꼭이요. 저 이제 돈 잘 벌어요.
성현	(약간의 애틋함으로) 다행이야.
혜진	네?
성현	가끔 생각했어. 여전히 종종거리며 뛰어다니진 않는지.
	아직도 잠이 모자라는 건 아닌지. 바빠서 끼니를 거르진 않는지.
혜진	(약간 멈칫하는데)
성현	내가 아는 스무 살 윤혜진은 늘 그랬거든.
	근데 지금의 윤혜진은 아닌 것 같아서 안심이 된다.

덤덤하지만 여운 있는 성현의 말에 혜진, 그저 휴대폰만 붙들고 있다.

S#64. 목욕탕 앞 (아침)

목욕하고 나오는 미선, 혜진에게 전화 걸면 통화 중이다.

미선	앤 왜 계속 통화 중이야? 아침 사가냐고 물어볼라 했는데.

미선, 중얼중얼하며 가다가 그 앞에서 딱 은철과 마주친다.

은철	표선생님?
미선	아, 왜 하필 여기서... (얼굴 가리며) ...아, 네에. 안녕하세요.
은철	목욕 다녀오시나 봐요.

미선	(황급히 도망치려는) 네. 그럼 다음에 또 봬요.
은철	잠시만요. 여기서 잠깐만 기다려주세요? (하고 어디론가 간다)
미선	(당황해서) 네? 저기, 최순경님! ...아, 화장품 하나도 안 갖고 왔는데.

cut to.
미선, 민낯이 부끄러운 듯 고개 숙이고 있는데 그때 은철이 돌아온다.

은철	(비닐봉지 내밀며) 이거 받으세요. 전기구이 통닭입니다. 좋아하신다고.
미선	(얼떨떨한) 아... 네! 감사합니다. 근데 이건 왜?
은철	표선생님이 주신 로또, 5천 원 당첨됐습니다. 맛있게 드십시오. (하고 가면)
미선	(또다시 반한) ...이게 더 비싼데. 7천 원인데.

S#65. 감리의 집, 마당 (아침)

두식과 성현, 평상에서 계약조항에 대한 협의를 하고 있다.

두식	집 외관은 현재 모습 그대로 절대 건드리면 안 돼.
성현	(바로) 응. 애초에 만질 생각도 없었어.
두식	내부 인테리어도! 아무리 작은 거라도 변경 시엔 무조건 할머니한테 허락을 받아야 돼. 혹여나 촬영용으로 인테리어가 바뀐다면 조건 없이 양도한단 조항을 계약서에 넣어줘.
성현	좋아! 그쯤이야.
두식	(깐깐하게) 그리고 촬영 이후에 조금이라도 훼손된 데가 있으면 원상 복구해주겠다는 특약조항도 넣는 걸로.
성현	콜!
두식	대관료도 많이 줄 거지?
성현	물론.
두식	(이래도 되나) 아니, 내가 할 말은 아니지만 이렇게 무조건 다 오케이해도 돼?

일처리가 너무 대충인 거 아냐?

성현   (피식 웃고) 혹시 야구 좋아해?

두식   딱히 그렇진 않은데, 룰은 알아.

성현   왜 야구를 투수놀음이라고 하잖아.

        근데 진짜 좋은 투수는 매 순간 전력투구를 하지 않아.

        때론 슬렁슬렁도 던지고 힘 조절을 하다 결정적일 때 승부를 걸지.

        나도 마찬가지야. 중요한 걸 얻는데 사소한 걸로 힘 안 빼.

두식   (장난으로) 본인이 좋은 피더란 얘길 하고 싶은 거야?

성현   (웃으며) 그게 또 그렇게 되나?

        아, 맞다. 나 묻고 싶은 게 하나 있는데... 혜진이 만나는 사람 있어?

두식   (보면) !

S#66. 혜진의 집, 거실 (아침)

혜진, 피크닉바구니 속 예쁘게 포장된 브런치상자를 꺼내기 시작한다.

혜진   선배는... 이 많은 걸 어떻게 다 먹으라고.

혜진, 상자들 꺼내다가 바구니 속 소시지를 발견하고 저도 모르게 웃는다.

S#67. 감리의 집, 마당 (아침)

두식, 약간 멍한 표정으로 성현을 보면 성현, 재차 확인하듯 묻는다.

성현   혜진이 만나는 사람 있냐구.

두식   ...아니? 없는 것 같던데.

성현   (씩 웃으며) 다행이다.

싱긋 웃는 성현과 어쩐지 묘한 기분의 두식, 서로 다른 감정으로 그렇게 마주보는 데서.

S#68. 에필로그. 가지 마

술 취한 혜진, 가방 들고 휘청휘청 나오는데 마당 구석에 앉은 두식 보인다. 고개를 푹 꺾고 있는 두식에게 다가가 그 앞에 눈 맞추듯 쪼그려 앉는다.

혜진   (두식 앞에 쪼그려 앉으며) 여서 머해? 설마 자는 고야?

두식   (미동조차 없으면)

혜진   참나! 술 디게 잘 마시는 척하더니 홍반장도 취했네...

두식   (여전히 반응 없고)

혜진   (횡설수설) 아이, 차암. 나 집에 가야 대는데...
        바께서 자믄 구안와사 온다고... 구안와사가 뭔지 알아?
        〈허준〉 봤어, 〈허준〉? 입이 이렇게 삐뚤어지는 고야...

두식   (힘겹게 고개 들어 혜진을 보면)

혜진   오... 눈 떴다!

두식   (말없이 그저 보는)

혜진   머야. 왜 구렇게 쳐다바?

두식   (어쩐지 눈빛 슬퍼 보이고)

혜진   ...어? 나 이 눈 아러. 이거 디게... 울고 싶은 눈인데.

두식   (투명한 눈물 고이면)

혜진   (빤히 보다가) 홍반장 주사는... 우는 거구나?
        (깔깔 웃다가 뚝 그치며) 근데 요기서 이러고 자믄 앙 돼.
        내가 일으켜주께... 내가 딱 이케 잡으면 빡 일어나야 대! 아라찌? 하나, 둘...

혜진, 두식 일으키려다 마치 안은 듯한 모양새가 되는데 그때 두식에게서 희미하게 흘러나오는 말.

두식   가지 마...

뜻밖의 말에 혜진, 놀라는데 두식의 고개가 혜진의 어깨 위로 툭- 떨어진다.
혜진의 어깨에 얼굴을 묻은 두식, 다시 한번 중얼거린다.

두식   나만 두고 가지 마...

두식의 감은 눈에서 한 줄기 눈물이 흘러나오고 혜진, 눈만 끔뻑거린다.
그러다가...

혜진   ...앙 가. 걱정해지 마. 아무데도 앙 가.

혜진, 뭘 아는지 모르는지 취한 채로 두식의 등을 토닥토닥- 두들겨준다.
두식의 표정, 안심한 듯 부드럽게 풀어지고... 그렇게 안고 있는 두 사람의 모
습에서.

8화

아플 때 혼자 있음 서러워.
누구나 다 아는 걸 홍반장만 몰라?

S#1.　감리의 집, 마당 (아침)

7화 S#65, S#67에서 이어진다.

성현　　나 묻고 싶은 게 하나 있는데... 혜진이 만나는 사람 있어?

두식　　(보면) !

성현　　혜진이 만나는 사람 있냐구.

두식　　...아니? 없는 것 같던데.

성현　　(씩 웃으며) 다행이다.

두식　　(괜히 기분 나빠진) 근데 그걸 왜 나한테 물어?

성현　　응?

두식　　직접 물어보면 될 걸 괜히 귀찮고 입 아프게 말이야.
　　　　(헛기침 해보이며) 흠흠. 아에이오우. 이거 봐. 목소리 가라앉은 거.

성현　　(황당한) 그렇게까지 길게 대답한 것 같진 않은데.

두식　　괜히 계약 얘기하다 삼천포로 빠지고 말이야!
　　　　내가 말한 조건 다 들어준다 해놓고 계약서에 장난치기만 해.
　　　　정의의 이름으로 용서하지 않겠어!

성현, 두식의 엄포에 어이없게 웃는데 때마침 지원과 도하 들어온다.

지원	홍반장님 와 있었네요?
두식	응. 얘기 끝나서 이만 가려던 참이야.
도하	어디 가시는데요?

S#2. 바닷가 (낮)

두식, 바다에서 서핑하고 있다. 파도를 잡아 타며 멋지게 미끄러져 내려오고 한편 성현, 지원, 도하 모래사장에 나란히 앉아 있다.

도하	워라밸 미쳤다! 제 워너비가 저기 계셨네요.
지원	심지어 잘 타. 멋있어.
성현	(생각하는 얼굴로) 우리도 애들 서핑 한번 시켜보면 어때?
도하	(질색하며) 선배 이 와중에 일 생각하는 거 봐요. 저렇게 되기 싫은데.
지원	준이랑 인우 수영은 잘하나?
성현	인우는 모르겠는데 준이는 거의 물개야.
	사주에 물이 없어서 어머니가 6살 때부터 수영 가르치셨대.
지원	뭐 모르는 게 없어. 조만간 같이 궁합도 보러 가시겠어요?
도하	궁합은 두 분이 먼저 보셔야 되는 거 아네요?
	내 보기엔 전생에 최소 부부였을 건데.
성현	(진지하게) 맞선이었겠지? 연애는 아닐 거야.
지원	사기결혼이었겠지. (하면서도 성현을 의식하듯 힐끗 본다)

그때 두식, 바다에서 서프보드 들고 나와 셋을 향해 걸어온다.

도하	홍반장님 완전 멋있어요. 서핑 언제부터 배우셨어요?
두식	한 일 년 됐나? 근데 뭐 구경할 게 있다고 이러고 앉아 있어?
성현	준이랑 인우 서핑을 시키면 어떨까 싶은데, 그거 배우기 어려워?
두식	운동신경에 따라 다르지?
지원	(성현 밀며) 준비됐어요, 우리 마루타.

성현	나?
지원	난 너님 때문에 삼시 세끼 챙겨 먹다 살쪄서 쫄쫄이 못 입어.
도하	(바로) 맥주병입니다.
두식	(황당한) 난 가르쳐준다고 한 적 없는데?
성현	(더 황당한) 난 배운다고 한 적이 없어.
지원	홍반장님 오늘 뭐 다른 일정 있는 건 아니죠?
두식	그건 아니지만...
지원	(대뜸) 14시부터 17시까지 예약!
도하	(가늠하며 보는) 선배 사이즈가... 대략 라지(L)?
	(지원에게) 가시죠! 서핑슈트랑 보드 빌리러!

지원과 도하, 재빨리 가버리면 두식과 성현, 어이없다는 듯 서 있다가 외친다.

두식	롱보드로 갖고 와야 돼. 소프트보드로!
성현	엑스라지(XL)로 빌려와. 딱 달라붙으면 내가 너 죽일 거야!

S#3. 라이브카페 안 (낮)

남숙, 금철, 윤경 세 사람 맥주와 콜라를 마시고 있다.
서비스 안주로 나온 뻥튀기가 바닥나면 남숙, 손 번쩍 들어 춘재 부른다.

남숙	오빠! 여기 뻥튀기 리필 좀!
춘재	(가져오며 못마땅하게) 안주는 따로 안 시켜?
남숙	딱 한 잔만 마시고 갈 거야. 장사해야지.
금철	손님도 없는데 형님도 여기 앉지 왜?
춘재	(혹해서) 그럴까?
윤경	(금철에게) 아, 자기야. 혹시 그 옷 못 봤지?
	나 자주 입는 파란색 원피스. 그 꽃무늬 있는 거.
금철	아아, 그거? 못 봤는데?

윤경	이상하다. 분명 빨아서 마당에 널어놓은 것 같은데 그게 없네.
금철	날아간 거 아냐? 요새 바람이 엄청 불었잖아.
남숙	그러고 보니 나도 없어진 거 하나 있는데.
춘재	뭔데?
남숙	...속옷. 빨간색 브라자가 없어졌어.

누가 먼저랄 것도 없이 다들 에이- 한다. 금철, 먹으려던 뻥튀기 집어던진다.

금철	그건 좀!
춘재	(진심 짜증) 에이, 그딴 걸 누가 훔쳐가!
남숙	(춘재 픽 때리며) 그딴 거라니! 무슨 말을 그렇게 해?
춘재	아오, 아퍼. 또 멍들겠네! 넌 사람을 달마시안으로 만들라 그러냐!
남숙	얼룩말로 만들라 그런다 왜!
윤경	(말리는) 에이, 두 분 그만하세요.
	언니 그 어금니에 신경치료 받는 건 어때요? 안 아파요?
남숙	아프지. 돈 깨질 생각에 심장이 아파.
금철	그래도 윤선생님 엄청 실력 좋다던데.
남숙	(눈을 빛내며) 윤선생님 말이야. 지피디랑 야리꾸리해 보이지 않아?
윤경	네? 그때 원래 친한 사이라고.
남숙	그걸 믿어? 윤선생 그렇게 안 봤는데, 홍반장이랑 자놓고는
	바로 딴 남자랑 양다리라니 재주도 좋아. 심지어 남자들이 아까워!
미선	(뒤에서) 말씀이 너무 심하신 거 아니에요?
남숙	(돌아보고) 앗, 깜짝이야! ...표선생님 언제 왔대?
미선	혜진이 그런 애 아니에요. 걔가 얼굴값 못하기로 유명한 앤데
	왜 말도 안 되는 얘길 하고 그러세요!
남숙	(머쓱하지만) 아니, 내가 보고 느낀 거 내 입으로 말도 못해?
	그걸 뭐 어디다 올린 것도 아닌데 되게 뭐라 그러네.
춘재	(분위기 무마하려 일어나는) 표선생님. 뭐 사러 오셨어? 커피? 치킨?
	뭐든 내가 금방 해드릴게. 이리로 오셔. 응?

미선, 춘재를 따라가며 남숙을 못마땅하게 보는데 남숙, 아무렇지 않게 맥주 마신다.

S#4. 혜진의 집, 거실 (낮)

혜진, 쟁반 들고 부엌에서 나오면 그 앞의 거실 풍경...
주리, DOS의 등대가요제 게릴라라이브 영상 보고 있고 이준, 보라 고슴도 치와 논다.
이게 뭐 하는 짓인가. 혜진, 약간 어이없는 얼굴로 각자 앞에 컵을 내려놓는다.

혜진   주리는 콜라. 보라는 우유. 이준이는 녹차.
주리   뭐야? 다이어트 콕 아니네?
보라   딸기우유는 없어요?
이준   (정좌한 채로) 잘 먹겠습니다.
혜진   ...대체 니들은 왜 다 우리 집에 와 있는 거니?
주리   여기가 우리 집보다 TV가 커요. 화질도 좋구.
이준   저희는 고슴도치 보러요. 일요일에 쉬시는데 죄송합니다.
보라   선생님! 우리 애 이름 지어줬어요. 앞으로 슴슴아, 하고 불러주세요.
혜진   그래... 근데 이 고슴도치는,
보라   (고쳐주는) 슴슴이요!
혜진   (꾹 참고) 슴슴이는 대체 언제 데려가는 거야?
이준·보라 (대답 대신 눈 피하면)
주리   언니 좀 비켜봐요! 화면 가리잖아요.
혜진   (자기도 모르게) 미안...

혜진, 바로 비켜놓고는 스스로도 어처구니없는데 그때 미선이 커피 캐리어를 들고 들어온다.

미선   뭐야? 너 나 몰래 키즈카페 개장했어?

혜진	(커피 꺼내며) 벨 눌렀을 때 아무도 없는 척 했어야 되는데.
	카페인 부족으로 인한 판단 미스야.
미선	나 카페에서 조사장님 봤는데, 그 양반 진짜 해도 해도 너무한 것 같애!
주리	(조사장님이란 말에 미선을 힐끗 본다)
혜진	(커피 꺼내며) 왜 또? 뭐라 그랬는데?
미선	아니, 널더러 홍반장이랑 잤, (하다가 애들 의식해서 작게) ...동침해놓고
	지성현이랑 양다리 걸친다고 뒷말을 하잖아.
혜진	놀랍지도 않다. 너무나 예상 가능해서 진부할 정도야.
미선	화 안 나?
혜진	(대인배처럼) 됐어. 그딴 걸로 화내서 뭐 해. 심지어 우리 병원 환잔데.
미선	너에 비해 남자들이 아깝다던데?
혜진	(바로 버럭) 뭐???
주리·이준·보라	(동시에 쳐다보면)
혜진	(애써 태연한 척) 그렇게 생각할 수도 있지. 취향은 주관적이니까.

말만 그럴 뿐 혜진이 쥔 플라스틱 컵 찌그러져 빨대구멍으로 꿀렁꿀렁- 커피가 분출한다.

S#5. 바닷가 (낮)

서핑슈트로 갈아입고 온 성현, 모래사장의 보드 위에 납작 누워 있다.
두식, 위에서 성현을 내려다보고 지원, 도하 멀찌감치 떨어져 앉아 있다.

성현	(어쩐지 굴욕적인) 바다에 들어가서 배우는 거 아니었어?
두식	방송국 입사하자마자 바로 카메라 잡고 편집기 돌렸나?
성현	좋은 예시였어. 매우 설득력 있어.
두식	서핑은 인생이랑 비슷해.
	때를 기다리고 좋은 파도가 오면 올라타고 또 잘 내려오고.
	파도가 너무 높거나 아예 없는 날은 겸허히 받아들이고.

성현	철학적인 게 나랑 잘 맞을 것 같은 예감이 들어.
두식	(한심하게 보고) 시범을 보여줄게. 일단 시선은 앞을 보고...
	저 멀리 보면서 손으로 패들링.
성현	(모래사장에 팔을 허우적거린다)
두식	(멋지게 일어나며) 그 다음 테이크 오프take off!
	일어날 땐 왼쪽 다릴 앞으로 당겨서 무게중심은 오른쪽 다리에!
성현	(따라하는데 어설프다)
두식	왼쪽 다리 더 당겨야지. 오른쪽 다리 버티고!
성현	(휘청하면)
두식	자, 처음부터 다시!
성현	(그러나 또 균형을 못 잡는다)
두식	그것밖에 안 돼? 다시 해봐!
성현	(또 한 번 해보지만 엉성하다)
두식	(조교 발성으로) 힘주고 균형 잡고! 지금 최선을 다하고 있는 거 맞아?
성현	어! 99% 노력 중인데, 재능이 1%도 없나 봐.
두식	핑계가 많네. 다시!!!

지원과 도하, 저만치서 팝콘과자를 먹으며 구경하고 있다.

지원	지금 지피디 기합 받고 있는 것 같지 않아?
도하	논산훈련소 다시 간 기분이겠는데요?
지원	(갸웃) 어째 감정 실린 것 같은데...

두식의 "다시! 제대로 못해?" 소리가 쩌렁쩌렁 울려 퍼진다.

cut to.
바닷물에 처음 들어간 두 사람. 성현, 보드에 엎드려 있고 두식, 옆에 서 있다.

두식	저기 먼 바다를 봐!
성현	이 대목에서 고백할 게 하나 있는데, 나 수영을 배운 적이 없어.

두식　　(경악으로) 뭐?

성현　　(배시시 웃으며) 그래도 물에 뜰 줄은 알아.

두식　　(버럭) 그걸 왜 이제야 말해!

cut to.

서핑하는 성현. 몽타주 느낌으로 엎어지고 물에 빠지고 수난을 겪는다.

성현, 죽을 듯이 푸드덕거리며 두식에게 매달리지만 일어나보면 수심, 무릎 높이다.

두식　　포기하자.

성현　　안 돼! 지성현이 사전에 포기란 없어!

넘어졌던 성현, 불굴의 의지로 다시 일어나면 두식, 환장하겠다.

한편, 모래사장의 지원과 도하, 그 모습 보며 중얼거린다.

지원　　저건 장르가 스펙터클 재난 블록버스터 뭐 그런 건가?

도하　　무슨 소리예요. 코미디죠! ...새드엔딩 같기도 하고?

저 멀리서 성현의 비명과 두식의 "좀 봐!" 하는 절규가 울려 퍼진다.

S#6.　화정횟집 앞 (낮)

영국, 약국 비닐봉투 들고 허리 부여잡은 채 횟집 근처를 지난다.

영국　　에이, 딴 길로 돌아갈걸. 아무 생각 없이 일로 왔네.

화정　　(때마침 안에서 나오는) ...병원 갔다 오나 봐? 어디 문 연 데가 있디?

영국　　진선동에 정형외과 하나 열어서 다녀오는 길이야.

화정　　뭐래? 멀쩡하대지?

영국　　응. 내가 워낙 강골이라 그렇지 딴 사람 같았음 큰일 났을 거래.

화정	해골이야 딴딴하지. 화장실서 자빠졌는데 대가리 안 깨진 것만 봐도.
영국	참 구사하는 어휘가 거칠어. 사포 80방짜리도 것보단 부드럽겠다.
화정	갈아버리기 전에 가라! (하고 들어가려는데)
영국	(불러 세우는) 저기 얘기 좀 해. 할 말 있어.
화정	들어오든가.
영국	(진지한 얼굴로) 가게 말고 딴 데서.

S#7.   바닷가 벤치 (낮)

영국과 화정, 바닷가 벤치에 앉아 있다. 어색하게 한 칸을 띄어 앉은 두 사람.

화정	(퉁명스럽게) 할 말 있음 빨리해. 더워.
영국	화정아... 우리가 비록 부부의 연을 이어가진 못했지만 그래도 오랜 친구잖냐.
화정	무슨 말을 하려고 그렇게 밑밥을 요란하게 깔아?
영국	너도 알 거야. 옛날에 내가 초희 좋아했던 거.
화정	(멈칫하면) !
영국	고민 많이 했는데 나 이번엔 초희 놓치기 싫다.
	조만간 정식으로 고백할 생각이야. 너한텐 솔직히 얘길 하는 게...
화정	(말 끊으며) 초희는 안 돼.
영국	(당황해서) 왜?
화정	(우격다짐 식으로) 글쎄, 안 된다면 안 돼.
영국	왜 안 되는데?
화정	(버럭) 그야 안 되니까!
영국	그니까 왜 안 되는지 이유를 말하라고!
화정	안 되는 걸 안 된다 그러는데 뭔 이유가 필요해!
영국	(미치고 팔짝 뛰겠는) 너 혹시 전생 같은 거 기억하냐?
화정	뭔 개소리야?
영국	혹시 전생에 내가 너한테 죽을죄 졌어? 부모의 원수 뭐 그런 거야?
	그렇지 않고서야 너 진짜 나한테 왜 이래!!!

화정	(한심하게 보면)
영국	(앙탈과 발광으로) 내가 도대체 너한테 뭘 잘못했냐! 어?
	네가 결혼하자 그래서 결혼했고! 이혼하자 그래서 이혼도 했잖아!
	근데 뭔 배알이 꼴려서 계속 내 인생에 어깃장을 놔!
화정	(두고 그냥 가버리면)
영국	(벌떡 일어나) 야, 여화정! 그냥 가면 어떡해!
	(뒤에 대고) 네가 뭐라든 간에 난 초희 만날 거야! 만날 거라고!

영국, 바닥에 철퍼덕 주저앉아 떼쓰는 어린애처럼 팔다리를 버둥거린다.

S#8. 상가거리 (저녁)

씻고 다시 옷 갈아입은 두식과 성현, 함께 걸어간다.

성현	(만족스러운) 재미있었어. 어렵긴 한데 그래도 또 타고 싶어.
두식	(영혼 털린 얼굴로) 어, 그래. 혼자 타. 내 앞에서 서핑의 ㅅ자도 꺼내지 말고.
성현	'스'파게티, '삼'선짜장, '사'천탕면, '새'우튀김?
두식	(뭐 하냐 하는 얼굴로 보면)
성현	저녁으로 뭐 먹지?
두식	...이런 일차원적인 인간이 우리나라 최고의 예능피디라니.
	대한민국 방송계의 미래가 참 밝다.
성현	(그러거나 말거나) 아, 나 먹고 싶은 거 생각났어! 물냉면!
두식	(질색으로) 그렇게 하루 종일 물을 먹어놓고? 어우, 난 싫어. 혼자 잡숴!
성현	아, 왜! 여름엔 물냉면이지!

두식, 귓등으로도 안 듣고 돌아서서 가는데 뒤에서 들려오는 소리.

혜진(E)	선배!
두식	(멈칫, 돌아보면 혜진과 미선이다) !

성현	(반갑게) 혜진아! 어디 가던 길이야?
혜진	저녁 먹으러 가던 중이었어요. 아까 브런치 진짜 고마워요.
미선	저도 덕분에 잘 얻어먹었어요?
두식	(다시 걸어오며) ...브런치?
혜진	(무심하게) 홍반장 안녕.
미선	(대신) 지피디님이 아침에 브런치 배달을 오셨거든요.
두식	(못마땅한) 아침부터 느끼하게 무슨 빵 쪼가리를!
	한국 사람은 자고로 뜨끈한 국물에 밥을 말아 먹어야지!
혜진	그게 얼마나 나쁜 식습관인지는 알고 그래?
	나트륨 다량 섭취에 소화기 건강까지 위협한다구.
두식	치과 오래 살겠다. 무병장수하시겠어.
혜진	응, 그게 내 궁극적인 꿈이야.
성현	(다정하게) 저녁 뭐 먹으러 갈 건데?
혜진	냉면이요.
두식	(당황하는데) !
성현	진짜? 나도 마침 냉면 먹으러 가던 참인데. 같이 가도 돼?
혜진	그럼요. 당연하죠.
미선	(눈치 빠르게) 아, 맞다. 나 요새 살쪄서 다이어트 하려고 했는데.
	쇠뿔도 단김에 빼랬다고 오늘부터 시작해야겠다.
혜진	뭔 소리야. 너 아무리 먹어도 살 안 찌는 체질,
미선	그럼 두 분 식사 맛있게 하세요? (하고 가버리면)
혜진	(민망함에) 왜 저래...
성현	(내심 좋고) 그럼 우리 둘이 먹으면 되는 건가?
두식	(바로) 왜 둘이야? 셋이지.
성현	(어이없는) 냉면 안 먹는다며?
두식	...물냉면을 안 먹는다고. 비빔 먹을 거야, 비빔! 냉면은 비빔이지!
	가! 내가 앞장설 테니까! (하며 성큼성큼 걸어간다)

S#9. 냉면집 안 (저녁)

냉면집에 들어서는 세 사람.

두식과 성현, 자연스레 테이블 양쪽으로 갈라져 들어가면 멈춰 서는 혜진.

순간 두 남자의 눈빛이 혜진의 방향에 쏠리고... 혜진, 자연스레 두식 옆에 앉는다.

두식, 입가에 씰룩이는 웃음을 감추지 못하고 성현, 실망한 기색이 역력하다.

종업원이 물과 메뉴판 두 개를 가져오면 두식, 선심 쓰듯 말한다.

두식   지피디 메뉴판 정독하는 거 좋아하잖아. 혼자 봐. 우리 둘이 같이 볼게.
혜진   그래요, 선배. 편히 봐요. 우리가 같이 볼게요.
성현(E)   우리...라고 했다!

성현, 두식과 혜진의 입에서 나온 '우리'라는 말이 신경 쓰인다.

혜진   (두식과 함께 메뉴판 보며) 비빔 먹는댔지?
두식   응. 너는 물냉면?
혜진   당연하지. 만두도 시키자. 한 판, 아님 두 판?
성현   (표정 안 좋아져 보고 있는데)
혜진   (성현 보며) 선배, 만두 몇 개 시킬까요?

cut to.
만두 3판이다! 혜진, 두식, 성현 앞에 각각 왕만두 한 판씩 놓여 있다.

혜진   세 판은 너무 많지 않나?
두식   그런 걱정 당치 않아. 어차피 저 입으로 다 들어갈 거야.
성현   (두식을 못마땅하게 쳐다보는데)
혜진   아... 그럼 선배가 제 꺼 더 먹어요!
        저 너무 많아서 그래요. (하며 자기 만두를 성현 접시에 덜어준다)
두식   (못마땅하고) !
성현   (헤벌쭉) 이렇게 많이 줘도 돼?

혜진	그럼요. 난 선배 먹는 모습만 봐도 배불러요.
두식	(그 말에 눈이 휘둥그레진다) !
혜진	한 개 더 드릴게요.

혜진, 만두 집으려는데 두식, 젓가락으로 막더니 그 만두를 자기 입으로 욱여넣는다.

성현	지금 뭐 하는 거야?
두식	(볼 터질 듯 씹으며) 미안. 남의 만두가 더 커 보여서.
혜진	(대수롭지 않게) 뭐야, 홍반장도 식탐 있어?

혜진, 영문 모르는데 성현과 두식, 서로를 보는 눈에 불꽃이 튄다!

S#10. 화정횟집 안 (저녁)

남숙, 들어오면 북어 다듬고 있던 화정, 힐끗 고개를 들어본다.

화정	저녁장사 안 하고 여긴 웬일이냐?
남숙	(떠보듯) 너 엊그제 유초희랑 레스토랑에 같이 있었다며?
화정	(대답 대신 북어 몽둥이질하는)
남숙	둘이 만나서 뭐 했어? 머리끄덩이라도 잡았어? 소금 좀 뿌렸나?
화정	(몽둥이질 멈추고) 밖에 비 안 오니?
남숙	(해맑게) 오늘 날 엄청 좋아. 미세먼지도 없고.
화정	유감이네. 그래도 너는 먼지 나게 맞자. (하며 몽둥이 들고 일어난다)
남숙	(뒷걸음질로) 어머야라, 기집애 성깔하고는!
화정	내 성깔 알면서 건드리길 왜 건드려! 너 잡히기만 해. 가만 안 둬!
남숙	(도망치는) 야아! 무섭게 왜 그래!

남숙, 후다닥 출입구로 도망치고 화정, 몽둥이 들고 쫓아가는데 마침 초희,

들어온다.

화정의 몽둥이가 초희 얼굴로부터 10cm 정도 거리에서 멈춘다!

화정   (팔 내리며) 미안. 너한테 그러려던 거 아니야.

초희   (애써 미소로) 괜찮아요. 언니... 잠깐 시간 좀 내주실래요?

S#11. 화정횟집, 룸 안 (저녁)

화정과 초희, 룸 안에 마주 앉아 있다.

화정   내가 좀 바쁜데, 무슨 일이야?

초희   (종이가방 내밀며) 이거 드리려고. 제 화장품 사다가 생각나서
        언니 꺼 하나 더 샀어요. 링클 크림이에요.

화정   (보다가) 이걸 왜 날 줘? 왜? 너 보기에 내가 주름이 너무 많아?

초희   네? 아뇨. 그게 아니라 제가 써보니까 좋길래. 언니랑 같이 쓰고 싶어서...

화정   (무표정하게) 초희야.
        난 너랑 같은 화장품 쓰기도 싫고 같이 어울리기도 싫어.

초희   ...네?

화정   네가 예전처럼 셋이 편하게 지내자 그랬지?
        근데 안 편해. 어떻게 편할 수가 있니? 난 장영국이랑 이혼을 했는데.
        나 네 그런 철없는 부탁 들어줄 만큼 사는 게 한갓지지가 않아.

초희   미안해요, 언니. 제가 생각이 짧았어요.

화정   (냉랭하게) 유초희 선생님.

초희   (놀라서 보면) !

화정   앞으로 이렇게 불쑥불쑥 찾아오지 마세요.
        특정 학부모랑 따로 만나는 거 주위에서 좋게 안 봐요.

초희   죄송합니다. 제가 경솔했습니다. (목례하고 방에서 나간다)

화정   (초희가 두고 간 종이가방을 보는) ...

S#12. 냉면집 안 (저녁)

냉면을 먹는 세 사람.
혜진과 성현, 마주 보며 화기애애하게 대화하고 두식, 약간 소외돼 있다.

혜진 예능피디는 생각도 못 했어요. 난 당연히 선배 기자 될 줄 알았는데.

성현 인연이 아닌가 봐. 나 대학 때도 보도부 면접 봤는데
      선배가 너 목소리 좋다! 아나운서 해! 하는 바람에 아나운서 됐잖아.

두식 (금시초문인) 아나운서?

혜진 응. 선배 인기 진짜 많았어. 선배 방송하는 날엔 여자애들 죄다 나와
      학관 잔디밭에 앉아 있었다니까? 목소리 들으려고.

두식 (못마땅한) 치과가 과장이 심하네.

성현 (웃음기로) 넌 아니었잖아. 항상 바빠서.

두식 (궁금한) 치과가 많이 바빴어? 왜?

혜진 그게... 학비 때문에 과외랑 알바를 엄청 많이 했거든.

두식 (처음 듣는 얘기다) ...?!

성현 우리 처음 만난 날도 그랬는데.

혜진 와, 내가 선배 기억력에 놀랄 일이 또 남아 있었네.

두식 (떨떠름한) 두 사람... 어떻게 처음 만났는데?

S#13. 과거. 대학 강의실 (낮)

학생들 우르르 빠져나가는 수업이 끝난 뒤의 강의실.
짐을 챙기던 수수한 차림의 혜진(20세)에게 성현(21세)이 말을 건다.

성현 치의예과 윤혜진 맞죠?

혜진 네? 아, 네.

성현 지성현이에요. 우리 같은 팀인데.

다 같이 저녁 먹으면서 팀플 준비하는 거 어때요?

혜진   아, 그게 제가 지금 바로 과외를 가야 돼서... (포스트잇에 번호 적어주며)
      이거 제 연락천데, 역할 정해주시면 발표엔 차질 없게 준비할게요.

성현   (대뜸) 그럼 밥은요? 밥도 안 먹고 어떻게 일을 해요.

혜진   있어요, 밥. (소시지 꺼내 보여주면)

성현   (충격으로) 그걸로 끼니가 돼요?

혜진   네, 충분한데.

성현, 혜진이 번호 적어준 포스트잇을 셔츠 위(심장 위치)에다 붙이고
가방에서 샌드위치, 에너지바, 초콜릿 등을 꺼내 주며 말한다.

성현   나랑 바꿔요.

혜진   네?

성현   (소시지 가져가는) 잘 먹을게요?

혜진   아니... 저기요?

성현   (옷 위의 포스트잇 떼서 흔들어 보이고는 팀원들과 나간다)

S#14. 냉면집 안 (저녁)

첫 만남을 회상한 혜진과 성현, 웃으며 얘기한다.

혜진   생각해보면 선배는 그때부터 밥에 진심이었어요.

성현   그럼 처음 보는 후배가 고작 소시지가 밥이라는데 그걸 그냥 둬?
      내가 가진 건 다 털어 줘야지.

혜진   나 그 가방 화수분인 줄 알았잖아요. 먹을 게 계속 쏟아져 나와.

못마땅한 두식, 즐겁게 대화하는 두 사람 보며 물만 벌컥벌컥 마신다.

S#15. 냉면집 앞 (저녁)

두식과 성현, 혜진 세 사람 냉면집에서 나온다.

혜진   이건 진짜 내가 사려고 했는데. 하루 두 끼는 반칙이죠!

성현   후배한테 밥 사는 건 선배의 자긍심이야. 그걸 뺏으면 곤란해.

두식   (다짜고짜 성현에게 13000원을 내민다)

성현   이게 뭐야?

두식   냉면 6000원, 만두 6000원, 그리고 치과 만두 6개 중 1개는
        내가 먹었으니까 1000원 추가해서 총 13000원.

성현   됐어. 그냥 내가 산 걸로 해.

두식   나도 됐어. 내가 지피디 후배도 아니고 왜 밥을 얻어먹어?

성현   아니 그럼 나중에 밥을 사던가. 이렇게 계산해서 주는 건 너무 정 없잖아.

두식   더치페이가 정 없어 보인다는 것도 편견이야.

혜진   (중재하는) 받아요, 선배. 홍반장 방식도 존중해줘야죠.

성현   (할 수 없이 받으며) 그래, 알았어. 받을게.

두식   (쿨하게) 그럼 난 이만 총총.

두식, 돌아서는데 성현, "갈까?" 혜진, "네!" 하는 소리 들려오고...
가면서도 실은 몹시 신경 쓰이는 두식, 아닌 척 불퉁한 얼굴로 중얼거린다.

두식   지피디 취향도 참. 어떻게 치과가 여자로 보여?

S#16. 윤치과 외경 (아침)

S#17. 윤치과, 진료실 (아침)

혜진, 체어 올려주면 남숙, 물로 입을 헹구고 미선, 못마땅한 얼굴로 서 있다.

혜진	치료는 잘 끝났구요. 파절 위험이 있어서 골드 인레이$^{gold\ inlay}$로
	해야 될 것 같다고 지난번에 말씀 드렸죠? 오늘 본 뜰게요.
남숙	(약간 우물쭈물) 저기, 이만 됐어요.
혜진	네?
남숙	금붙이는 건 안 해주셔도 된다구요.
혜진	수복과정을 생략하시겠단 말씀이세요?
	지금 치아삭제만 해놓은 상태라 굉장히 시리실 텐데.
남숙	(웃으며) 그건 내가 알아서 할 일이고, 암튼 여기까지만 할게요.
	돈은 오늘 치료받은 것까지만 내면 되죠?

S#18. 윤치과, 로비 (아침)

남숙, 미선에게 카드 받으며 대기하고 있던 아주머니 두엇에게 인사한다.

남숙	(손으로 전화 모션 취하며) 연락드릴게!

남숙, 신나서 가면 수납대의 미선이 못마땅한 얼굴의 혜진에게 속삭인다.

미선	어디 더 싼 병원이라도 찾았나 봐.
혜진	그러게. 나도 별의별 환자 다 겪었지만 진짜 신종 진상이다...
미선	하여간 지독해. 왜 탕수육 시켜도 군만두 서비스 한 번을 준 적이 없잖아.
	그뿐이야? 지난번엔 우리 병원 커피믹스도 싹 털어갔어!

S#19. 은행 안 (아침)

'김미영' 명찰을 단 은행원, 상담 창구에서 남숙에게 커피를 내민다.

남숙	땡큐. 근데 여기서 이렇게 커피 얻어 마시고 그래도 되나?
은행원	당연하죠. 우대고객이신데.
남숙	그럼 뭐해. 금리가 바닥이라 요샌 통장 보는 재미도 없어.
	혹시 금리 높은 걸로 새 상품 나오면 나한테 제일 먼저 연락 줘요. 알았지?

S#20. 보라슈퍼 앞 (아침)

두식, 걸어가는데 슈퍼 앞에 새로 들어온 물건 상자들이 쌓여 있다.
윤경, 제법 나온 배로 박스들 쳐다보고 있다.

두식	그 몸으로 이걸 나르면 어떡해. 날 부르지.
윤경	네? 아니 그게,
두식	(바로) 들어가 있어. 내가 옮길게.
윤경	아니요, 안 그러셔도...
성현	(안에서 나오며) 이걸 어떻게 혼자 하려고 하셨어요? ...어? 홍반장?
두식	지피디 여기서 뭐 해?
성현	어. 지나다가 무거운 거 드시면 안 될 것 같아서.
두식	됐어. 내가 할 테니 지피디 그만 가 봐. 바쁘잖아.
성현	아냐. 이 정도 도와드릴 시간은 있어.
두식	(윤경에게) 보라 엄마. 내가 할게.
윤경	(말리는) 아니에요, 오빠. 지피디님이 먼저 도와주고 계시니까...
	따로 도움 필요하면 연락드릴게요.
두식	(예상치 못한 반응에) 어? 어어...
성현	(박스 들며) 이건 어디로 옮길까요?
윤경	아, 네. 그건 냉장고에 넣어야 되는데... 이쪽이요.

성현과 윤경, 안으로 들어가고 나면 두식, 어째 찝찝한 기분이 든다.

S#21. 감리의 집, 방 안 (아침)

두식, 들어서면 맏이, 숙자가 성현이 사온 까눌레, 에클레어 등 디저트 먹고 있다.

두식 (맏이, 숙자 보며) 뭘 그렇게들 맛나게 드셔?

숙자 이거 피디양반이 서울서 사온 빵들인데... 이름이 뭐였더라? 까... 까...

맏이 니는 나보담 나이도 어리믄서 우태 그래 기억을 못 한다니.
(까눌레와 에클레어 가리키며) 이기는 까누레... 그기느 에끄레...

숙자 이름이 뭐가 중요해? 맛만 좋음 되지.

두식 (약간 흥분) 지피디 요새 바쁘네. 아주 동에 번쩍 서에 번쩍 난리가 났어.
뭐 자기가 홍길동이야? 홍씨는 나거든?

감리·맏이·숙자 (왜 저러나 하는 눈으로 보면)

두식 (멋쩍어 말 돌리는) 감리씬 뭔 짐을 그렇게 다 내놓으셨어?

감리 내거 이 집으 한 달 통으로 비워주기로 했싸.
계속 여 있으믄 오가는 사람덜이 을매나 불편하겠싸.

두식 아... 그럼 촬영하는 동안 어디 가 계시게?

맏이·숙자 (동시에 흠칫) !

두식 우리 집으로 오셔.

맏이·숙자 (안도하는데) ...

감리 다 큰 장제네 집에 늙은이가 머이 하러 가 있는다니.
난 오라는 데가 마이 있싸. (하며 맏이, 숙자를 본다)

맏이·숙자 (하하... 억지웃음 짓는데)

감리 두식이 니 나 좀 따러와. 가방으 마카 높은 데따 올레놔서 끄넬 수가 없다니.

두식 어디? 작은방에 있어?

감리와 두식 나가고 나면 맏이, 감리가 싸놓은 보따리를 숙자에게 안긴다.

맏이 행님은 니거 모시라.

숙자 (보따리 맏이에게 떠넘기며) 무슨 말씀이셔. 형님이랑 더 친하시잖아.

맏이   (다시 보따리 주며) 잘못 안기야. 행님은 니르 더 좋아해애.

숙자   (보따리 도로 넘기며) 아니야. 형님이 모시는 게 나아.

맏이   (보따리 주며) 니거 모셔.

숙자   (보따리 또 주며) 형님이 모셔요.

보따리를 주고받으며 맏이, 숙자 서로 모시라며 실랑이하는데
그때 두식과 감리가 들어온다. 눈치를 살피던 맏이와 숙자, 태세를 전환한다.

맏이   (보따리 잡아당기며) 내거 모실 끼야!

숙자   (보따리 안 뺏기려 하며) 내가 모신다니까!

두식   (감동으로) 할머니들이 이렇게 감리씰 원하면 내가 양보할 수밖에 없잖아.

맏이·숙자 (아니라곤 못 하고 또 억지웃음 짓는데)

두식   근데 이렇게 경쟁이 치열해서 어쩌지? 우리 내기로 정할까?

cut to.
두식, 현란하게 화투를 섞고 맏이와 숙자, 초조하게 두식의 손만 쳐다본다.
초록색 담요 위에 화투가 마치 타로카드처럼 착 고르게 펼쳐진다.

두식   자, 한 장씩들 뽑으셔. 밤일낮장 기준
         끗수가 높은 사람이 감리씰 데려가는 거야. 오케이?

비장하게 고개를 끄덕이는 맏이와 숙자, 심사숙고 끝에 화투를 고른다.
그리고 동시에 화투를 뒤집는데 숙자가 흑싸리(4), 맏이가 난(5)이다.

두식   흑싸리가 4, 난이 5니깐... (맏이 보며) 맏이씨 축하해!

숙자   (웃음 감추며) 아유, 내가 져버렸네. 좋겠다 형님.
         둘이 오붓하니 얼마나 재밌을 거야.

감리   (맏이에게) 니 이따 집에 갈 때 저 짐 좀 들고 가라야.

맏이   (울고 싶은) ...예에.

S#22. 윤치과, 원장실 (낮)

목에 파란색 보호대를 한 혜진, 의구심 가득한 얼굴로 차트를 들여다본다.
미선도 생각에 잠긴 표정으로 그 옆 의자에 앉아 있다.

미선 　 강현순 환자도 보철을 안 한다 그러고. 대체 뭐지?
혜진 　 오늘만 벌써 두 번째네... 아, 스트레스 받으니까 당 떨어진다.
　　　 다음 환자 올 때까지 아직 시간 좀 있지?
미선 　 응, 20분 정도.
혜진 　 (일어나며) 그럼 나 슈퍼 좀 다녀올게.

S#23. 보라슈퍼 안 (낮)

혜진, 목보호대 두른 채 슈퍼 들어오면 마침 두식, 카운터 보고 있다.

두식 　 진료 시간에 웬 땡땡이냐? 환자 없어?
혜진 　 예약시간 남아서 잠깐 나왔어. 오늘의 직업은 계산원인가 봐?
두식 　 응. 17시 정각에 은퇴 예정이야.

혜진, 피식 웃고 과자 잔뜩 집어와 카운터에 놓는다. 소시지도 두어 개 두면
두식, 못마땅한 얼굴로 보더니 소시지와 과자 몇 개를 옆으로 빼버린다.

혜진 　 그건 왜 빼?
두식 　 (바코드 찍으며) 이거 다 주워 먹었다간 무병장수의 꿈 박살난다.
혜진 　 (삐죽이며) 되게 생각해주는 척하네.
두식 　 목에 그건 뭐냐? 목도리도마뱀이야?
혜진 　 (카드 내밀며 대답하는) 아아, 보호대. 나 목디스크 있거든.
　　　 (하다가 목 만져보고) 어머, 미쳤나 봐. 이걸 그냥 하고 나왔네!

혜진, 황급히 목 보호대를 푸는데 헤어밴드 빠지며 묶었던 머리가 쏟아진다.
두식의 눈에 그런 혜진이 슬로우 모션으로 보이고... 심지어 예뻐 보인다!
두식, 멍하니 있는 사이 혜진, 헤어밴드 주워 다시 머릴 묶는다.

혜진	뭐 해? 카드랑 영수증 안 줘?
두식	(그제야 정신 차리고) 어? 어어... 치과 목디스크도 있어?
혜진	응, 직업병. 맨날 고개 숙이고 남의 입 들여다보는데 멀쩡하면 그게 더 이상하지. 홍반장은 내가 꿀 빠는 줄 알았지?
두식	(과자들 비닐봉지에 담아 내밀며) 내가 또 언제 그랬냐.
혜진	눈도 자꾸 나빠지고 화학재료도 많이 만지고 나름 쓰리디(3D)다? 갈게!
두식	(혜진 가고 나면) ...뭐야, 왜 이래. 정신 차려, 홍두식!

S#24. 공진시장 내 선술집 (저녁)

초희, 시장 내에 있는 허름한 선술집에서 혼자 술을 마신다.

S#25. 공진시장 및 선술집 앞 (저녁)

장을 보는 화정, 카트를 끌고 가다가 선술집 유리문 안 초희를 발견한다.
우울해 보이는 모습을 잠깐 신경 쓰이는 듯 보다가 그냥 지나쳐간다.

S#26. 두식의 집, 부엌 (저녁)

두식, 선반 이층에 놓인 차들을 고르다가 문득 혜진의 말 떠오른다.

flash cut.

S#23. 혜진의 말. "아아, 보호대. 나 목디스크 있거든."

잠시 멈칫하지만 그러려니 하고 캐모마일 병을 꺼낸다.
캐모마일을 티포트 거름망에 덜던 두식, 결국 손을 멈추며 중얼거린다.

두식　괜한 얘길 들어가지고... 신경 쓰이게.

S#27. 두식의 집, 거실 (밤)

두식, 거실 바닥에서 수북이 쌓인 나무껍데기(오가피)를 약작두로 썰고 있다.
그때 초인종 울리고 두식, 문 열어주면 금철, 들어온다.

두식　이 시간에 웬일이야?
금철　이 나무쪼가리들은 다 뭐냐? 저건 개작두를 대령해라~의 그 작두?
　　　뭔데? 얘네들로 뭐 하는 건데?
두식　(벌써 피곤하고) 방문목적!
금철　나 피신 왔어. 살고 싶음 윤경이 잠든 다음에 들어가야 돼.
두식　왜 또? 무슨 일인데?
금철　아니 신혼여행 때 태국에서 먹은 두리안이 생각난다고 지금 이 시간에
　　　그걸 사오라잖아. 대체 그 구리구리한 방구맛 과일이 왜 먹고 싶을까?
두식　(자연스럽게) 그건 뱃속에 애기가 먹고 싶어 하는 거야.
금철　그래서 더 무서워! 보라보다 더 막강한 애 나오면 어떡해?
두식　보라가 어때서? 귀엽기만 하구만.
금철　그럼 데려다 키우시던가.
　　　맞다! 오늘 또 포스기 고장났었어. 바꿀 때가 됐나 봐.
두식　그래? 근데 왜 나 안 불렀어?
금철　아아, 피디님이 지나가다 보고 고쳐줬어.
두식　(멈칫) 뭐?
금철　방송기계를 만져서 그런가. 뚝딱뚝딱 잘도 고치데?

두식	(성질로) 그래도 너는 나한테 연락을 했어야지!
금철	넌 돈 받잖아! 지피디님은 공짜로 해주던데.
두식	(무표정하게 오가피를 작두에 넣고 누르면 빠각- 절단난다)
금철	(갑자기 정중하게) 두식아. 아니, 홍반장님. 저 두리안 하나
	사다주시면 안 되겠습니까? (얄밉게 덧붙이는) 그건 돈 줄게.
두식	(버럭) 나가. 썩 꺼져!

S#28. 골목길 (밤)

어두운 골목길. 초희, 술에 취해 위태롭게 걸어간다.
그때 모자를 푹 눌러쓴 남자, 껌을 씹으며 초희의 뒤를 은밀하게 따라붙는다.
초희가 휘청거리면, 자연스럽게 연인처럼 팔짱을 껴 부축한다.
마침 반대편에서 행인 지나가지만 전혀 의심 없이 지나간다.
남자, 초희를 데리고 으슥한 곳으로 향하는데 뒤에서 들려오는 사자후!

화정(E)	야! 너 거기 안 서!

남자, 멈칫하는데 저만치 뒤에 위풍당당하게 서 있는 사람 바로 화정이다.

화정	너 누구야, 이 새끼야! 누군데 내 동생을 데려가!

남자, 초희를 홱 밀치고 도망치면 초희, 바닥에 머리를 부딪치며 쓰러진다.
화정, 더는 남자를 쫓지 못하고 쓰러진 초희를 끌어안고 상태를 살핀다.

화정	초희야. 초희야, 괜찮아? 초희야!

의식 잃은 초희를 감싸 안은 화정의 목소리가 골목길 가득 울려 퍼진다!

S#29. 낯선 단칸방 (밤)

남자, 어두운 집으로 들어와 화를 주체할 수 없는 듯 썼던 모자를 던진다.
모자가 떨어진 곳에 전리품처럼 쌓아놓은 여자 물건들 보인다.
그 사이에 윤경의 파란색 꽃무늬 원피스, 남숙의 빨간색 속옷 섞여 있다!
소름끼치는 남자의 숨소리와 함께 암전...

S#30. 공진 전경 (아침)

S#31. 상가거리 (아침)

혜진과 미선, 출근하는데... 윤경, 금철과 동네 사람들 모여 있다.

미선	다들 여기 모여서 뭐 하세요?
윤경	선생님 그 얘기 들으셨어요? 간밤에 완전 큰일 있었잖아요.
혜진	무슨...
금철	글쎄, 어제 유초희 선생님이 괴한한테 납치를 당할 뻔했대요!
혜진	(놀라는) 네에? 선생님은 괜찮으세요?

S#32. 병원, 입원실 (아침)

초희, 눈을 뜨면 병실 정리 중이던 화정의 뒷모습 보인다.

초희	...언니?
화정	깼어?
초희	어떻게 된 거예요? 저 왜 병원에 있어요?
화정	(혼내는) 너는 술을 그렇게 몸도 못 가눌 만큼 마시면 어떡해.

어떤 나쁜 놈이 널 끌고 가려고... 내가 안 봤음 어쩔 뻔했어!

초희   (멍하니) 언니가 저 구해주신 거예요?

영국   (벌컥 문 열고 뛰어 들어오며) 초희야! 초희야, 너 괜찮아?

        어디 다친 덴 없는 거지? 내가 얘기 듣고 얼마나 놀랐는지 알아?

초희   오빠...

영국   그래. 나야, 오빠야... (하다가 화정 발견하고 흠칫하면) ...!

화정   검사했는데 단순 뇌진탕이래. 좀 이따 의사 선생님 회진 오실거야.

영국   (어색하게) 어어...

화정   너 왔으니까 난 간다. 가 장사해야 돼.

영국   그래.

초희   ...언니, 고마워요.

화정, 고개 끄덕여 보이고 두 사람을 남겨놓고 쓸쓸하게 병실을 나간다.

S#33. 파출소 안 (아침)

은철, 파출소장에게 경위보고 하고 있다.

은철   이건 명백한 납치 미수입니다. 철저하게 수사해서 범인 검거해야 합니다.

파출소장   아니, 그건 너무 간 거 아닌가?

은철   예?

파출소장   단순히 부축해주려다가 오해를 받으니까 당황해 도망갔을 수도 있고.

        일 벌어진 것도 아닌데 적당히 덮어. 괜한 분란 일으키지 말자고.

두식, 팔짱을 낀 채 남의 책상에 앉아서 그 모습을 못마땅하게 보고 있다.

S#34. 윤치과, 진료실 (낮)

혜진, 환자를 보는데 S#18에서 남숙이 인사하고 간 아주머니 중 한 명이다.

혜진   인레이를 안 하시고 신경치료까지만 받으신다구요?
아주머니 (눈치 보며) 네에...
혜진   (단도직입적으로) 왜요?
아주머니 (당황하는) 예?
혜진   지금 이런 요구하는 환자분이 최옥분님이 처음이 아니세요.
       대체 뭐 때문에 그러시는데요?
아주머니 (우물쭈물) 그게... 아이, 말하지 말라 그랬는데...

S#35. 상가거리 (낮)

남숙, 걸어가다가 입 댓 발 나온 채 걸어오는 주리를 발견한다.

남숙   (반가움으로) 주리야!
주리   아줌마...
남숙   (다정하게) 왜 또 이쁜 입이 오리주둥이가 됐대? 아빠한테 혼났어?
주리   아, DOS 새 굿즈 나왔는데 아빠가 용돈 안 올려주잖아요.
남숙   (다 알고 있는) 접때 포카랑 그립톡도 사더니. 이번엔 뭐 나왔는데?
주리   (재잘재잘) 티셔츠요. 해커라고 자수 박혀 있는 건데
       색깔도 빨강, 하양, 검정, 노랑 네 개나 나왔어요!
남숙   (5만 원 꺼내 쥐어주며) 빨간색으로 사.
       (눈에서 꿀 뚝뚝 떨어지는) 우리 주리는 그게 제일 잘 어울려. 아빠한텐 비밀!
주리   대박! 아줌마 최고! 바로 주문해야징!
남숙   대신에 아줌마랑 약속 하나만 해.
주리   무슨 약속이요?
남숙   (걱정으로) 유초희 선생님 얘기 들었지?
       위험하니까 밤늦게 돌아다니지 마. 응?
주리   아... 그러잖아도 제가 궁금해갖고 성범죄자 알림e 들어가 봤거든요?

	근데 우리 동네엔 그런 사람 없어요.
남숙	당연하지! 있으면 큰일 나지! 그래도 무조건 조심해야 돼.
	늦게 올 일 있으면 아줌마한테 전화해. 데리러갈 테니까!

남숙, 주리 걱정뿐인데 그때 저편에서 걸어오는 혜진, 화가 잔뜩 났다!

혜진	조남숙 환자분!
남숙	(돌아보고) 나? 나 부른 거야?
혜진	저 진짜 참을 만큼 참았거든요? 저에 대한 헛소문 퍼뜨리고 다니시는 거
	불쾌했지만 그냥 넘겼어요. 근데 이건 아니죠! 어떻게 그러실 수가 있어요?
남숙	(당황스럽다는 듯) 아니, 선생님. 가만있는 사람한테 다짜고짜 이게 무슨 행
	패야?
	말을 좀 알아듣게 하시던가.
혜진	저희 환자분한테 치기공사 소개시켜줬다면서요?
남숙	(움찔하면) !
혜진	치과에선 치료만 받고 자기 아는 치기공사한테 가면 훨씬 싼값에
	본 떠서 붙여준다 그랬다면서요.
남숙	아아니, 그게...
혜진	(강하게) 그거 불법에, 무면허 의료행위예요.
	어떻게 제 환자들을 그런 데로 데려가실 수가 있어요!
남숙	(주리에게) 주리야. 얼른 집에 가. 어른들끼리 얘기 좀 하게.
주리	(눈치 보다가) 네? 네에...

주리, 걱정되는 듯 돌아보고 가는데 마침 오던 두식, 이 상황을 목격한다.
남숙, 주리 가고 나면 혜진에게 언성을 높인다.

남숙	(뻗대는) 불법은 무슨! 솔직히 대학간판만 달았다 뿐이지
	치과의사 뭐 그거 그렇게 기술이 필요해?
혜진	(경악으로) 뭐라구요?
남숙	(괜히 큰소리) 본 떠서 기공소 보내면 거기서 다 만들어주는 거잖아.

그깟 거 하나 붙이면서 돈은 그렇게 받아쳐먹고.

혜진   (열받는) 그깟 거요? 보철물 부착 시 높낮이 조정하고 대합치 확인하고
그런 미세 작업이 치아에 얼마나 중요한지 알지도 못하시면서!

남숙   치과의사들 도둑놈 투성인 거 여기 모르는 사람 없어.
안 그럼 그 환자들이 왜 날 쫓아왔겠어?
쓸데없이 비싸기나 하고, 신뢰가 없으니까 그런 거 아냐.

혜진   지금 그 말씀, 제 직업에 대한 모독이에요!
당장 사과하세요! 사과하시라구요!

두식   (끼어들며) 사과하셔.

혜진   (두식을 보면)

두식   내가 쭉 들었는데 사장님이 잘못했어.
입장 바꿔서 치과가 중국집 욕하면 사장님 기분이 어떨 것 같아?

남숙   (서운하다는 듯) 아니 두식아. 넌 왜 오자마자 선생님 편을 들어?

두식   (난감한) 아니, 그게 아니라...

남숙   그래도 너랑 나랑 안 세월이 더 긴데...
아유, 난 사과 못 하겠고 맘대로 해! 나 너무 서운해!

남숙, 그러고는 도망치듯 자리를 피해버리면 하! 혜진, 기가 막히다.

S#36. 감리의 집, 마당 (저녁)

성현, 지원, 도하 회의하고 있는데 성현, 도무지 집중하지 못하는 얼굴이다.
뭔가 신경 쓰이는 표정, 손으로는 라마인형 만지작거리고 있다.

지원   베짱이처럼 딩가딩가가 컨셉이긴 한데, 가끔은 개미처럼 일도 좀 해야
재밌지 않을까? 벌칙으로 물질을 시킨다던가. 지피디. 내 얘기 듣고 있어?

성현   ...어? 어어.

도하   영 집중을 못 하시는 것 같은데.
그리고 아까부터 라마님은 왜 그렇게 만지작거려요? 귀하신 분 때 타게.

성현	(민망함에) 내가 언제?
지원	오늘 동네 분위기가 뒤숭숭해 그런가. 촬영 앞두고 무슨 일이래?
도하	납치 미수라니, 혼자 사는 여자들은 좀 무섭겠어요.
지원	아무래도 그렇지. 여성상대 범죄들, 뉴스에서 하루가 멀다 하고 나오잖아.
성현	(표정 더 안 좋아지는데) ...
지원	우리 오늘은 저녁 일찍 먹고 브레이크 타임 좀 가질까?
성현	(벌떡 일어나며 큰소리로) 좋은 생각이야!
도하	(놀라서) 앗, 깜짝이야.
지원	(올려다보며) 왜 저래.

S#37. 파출소 앞 (저녁)

은철, 사복 차림으로 파출소에서 나오는데 막대사탕 물고 있는 두식 보인다.

은철	...형?
두식	왜 이렇게 늦게 나와. 한참 기다렸잖아. 바로 순찰 돌러 갈 거지?
은철	네? 네. 형이 그걸 어떻게...
두식	내가 널 모르냐. 위에서 하지 말란다고 참 잘도 안 하겠다. 가자!
은철	같이 가시게요?
두식	(어깨동무하며) 그럼! 범죄로부터 지역 주민들의 안전을 확보하고 순찰을 강화하는 것도 반장의 의무일걸?
은철	(갸웃) 진짜요? 어디 적혀 있어요?
두식	(막대사탕 껍질 까서 은철 입에 물려주며) 출동!

S#38. 윤치과, 로비 (저녁)

미선, 옷 갈아입고 나오면 혜진, 화가 안 가라앉은 듯 씩씩대며 말한다.

혜진   경찰에 신고할 거야.

      그럼 기공사는 바로 구속일 테고, 조사장도 브로커로 잡혀 들어갈걸?

미선   에이, 브로커는 너무했다. 악의가 있어 그런 건 아닐 거야.

혜진   나한텐 대놓고 악이야. 그것도 절대악! 최대 빌런!

미선   그건 좀. 유선생님 납치미수범 같은 놈이 빌런이지.

혜진   맞네. 시골 치안이 더 안 좋단 말 사실인가 봐.

미선   은철씨 더 바빠지겠다... 내 연애 휴식기도 더 길어지고...

혜진   (놀리는) 과연 그것 때문일까?

미선   (가소롭다는 듯) 야, 나랑 은철씨 사이엔 전기구이 통닭이 있어.

혜진   뭔 소리야.

미선   그게 얼마나 로맨틱한 아이템인지 너 같은 연애고자가 알 리가 없지.

혜진   (나름의 항변) 고자는 심했다.

미선   그럼 뭐 고수일까 봐?

      지성현이 저렇게 하트시그널을 날려도 받아먹질 못하는데?

혜진   진짜 그런 거 아냐. 선배는 원래 다정이 체질인 사람이라고.

미선   (한심한) 친구야. 남자는 아무 여자한테나 호의를 베풀지 않아.

      누가 일요일 아침에 그냥 후배 집 앞에 브런치를 갖다놓니?

혜진   (보는데)

미선   다시 만난 것도 인연인데, 한 번 잘 생각해봐.

      어차피 홍반장이랑은 친구 하기로 했다며.

혜진   (뜨끔) 갑자기 여기서 홍반장이 왜 나와?

미선   (갑자기) 있잖아... 다 지났으니 하는 말인데, 홍반장 키스 잘해?

혜진   (당황해서) 야!

미선   아니, 워낙 뭐든 잘하니까 그쪽 방면으로도 숙련됐는지 어떤지 궁금한 거지.

혜진   (얼굴 빨개져서) 아, 기억 안 나!!!

미선   얼굴 컬러를 보니까 기억났는데 이거!

혜진   (버럭) 시끄러워! 나 화장실 갈 거야!

혜진, 출입문을 벌컥 여는데 마침 들어오던 성현과 부딪칠 뻔한다.

혜진	(놀라며) 선배? 연락도 없이 웬일이에요?
성현	(서둘러 온) 그게 잠깐 시간이 나서. 병원 문 닫을 시간이지?
미선	(바로) 네! 전 약속이 있어 마침 칼퇴하려던 참이에요.
혜진	약속? 너 그런 말 없었잖,
미선	그럼 두 분 또 즐거운 시간 되세요? (하고 도망치듯 나간다)
혜진	(민망해져서) 쟤가 자꾸 오버를 하네요.
	선배 이마에 땀... 밖에 많이 더워요?
성현	(땀 닦으며) 아니, 사실 내가 좀 급히 와서. 30분 안에 가야 되거든.
혜진	왜요? 무슨 일 있어요?
성현	그건 아니고. 너한테 줄 게 있어서.

성현, 가방에서 물건들 꺼내는데 삼단봉, 경보기, 페퍼스프레이 등 각종 호신
용품이다.

혜진	(어안이 벙벙한) 이게 다 뭐예요?
성현	개업... 선물?
혜진	(황당한) 애네들이요?
성현	(민망하고) 너무 막 갖다 붙였지? 동네에 일이 있었다면서.
혜진	(그제야) 아... 선배도 들었어요?
성현	응. 걱정이 돼서 일단 시내 마트에 있는 호신용품은 다 가져왔는데...
혜진	(놀라서) 네?
성현	아, 그리고 마지막으로 이거! (하며 라마인형을 내민다)
혜진	(받으며) 인형이네요?
성현	그냥 인형 아니고 부적. 내가 예전에 촬영하러 페루엘 간 적이 있거든?
	거기선 라마 미라를 집 처마에 달면 행운이 온다고 믿는대.
혜진	(눈 동그래져서) 그 동물 라마요?
성현	응. 근데 미라와 함께 비행길 탈 순 없으니
	대신 얠 갖고 다니라고 현지 가이드가 선물해줬어.
혜진	그럼 의미 있는 물건일 텐데, 이걸 어떻게 받아요?
성현	영구소장 아니고 장기 렌트. 당분간만 빌려줄게, 내 행운.

| 혜진 | (웃게 되는) 고마워요. 선배 행운은 꽤 귀엽게 생겼네요. |
| 성현 | (피식 웃고) 이제 25분 남았는데... 가자! 집에 데려다줄게. |

S#39. 골목길 (밤)

두식과 은철, 플래시 들고 골목길 지나는데 빗방울이 떨어지기 시작한다.

두식	비 오네?
은철	오늘 비 온단 말 없었던 것 같은데. 형 먼저 들어가세요. 제가 마저 돌게요.
두식	됐어. 이깟 비 맞는다고 어떻게 안 돼.
은철	그럼 이제 갈라질까요? 그게 빠를 것 같은데.
두식	(흔쾌히) 그래. 내가 저쪽으로 돌게.

S#40. 골목길 및 혜진의 집, 대문 앞 (밤)

비가 거세지고... 어느새 흠뻑 젖은 두식, 혜진의 집 근처 가로등 불이 약한 걸 확인한다.

| 두식 | 불이 아직도 약하네? 시청에 민원 넣은 지가 언젠데! |

두식, 신경 쓰이는 듯 보고 혜진의 집으로 향하는데 창문에 불이 꺼져 있다.

| 두식 | 깜깜해졌는데, 치과 아직 집에 안 들어온 건가? |

두식, 혜진의 집 대문 앞에 서서 잠시 비를 피하며 가방에서 작은 쇼핑백 꺼내본다. 젖지 않았는지 확인해보는데 안에 하얀 삼베주머니 들어 있다.
두식, 걱정으로 골목길을 내다보는데 멀리서 성현과 혜진이 한 우산 쓰고 걸어온다. 두식과 혜진이 함께 썼던, 두식이 말려주었던 그 우산이다.

성현   갑자기 비가 많이 오네?

혜진   그러게요. 선배 좀 이따 이 우산 쓰고 가요. 나도 빌려줄게요.

성현   좋은데? 서로 하나씩 빌려주는 거.

다정하게 한 우산 아래 있는 둘을 보는 두식의 표정...!

혜진   (두식 보고) 홍반장?

두식   (빗속으로 걸어 나오며) 어이, 치과! 지피디!

성현   여기서 뭐 해? 비 오는데.

두식   순찰 도는 중이었어. 아, 치과 마침 잘 만났다.
         이거 오가핀데 집에 너무 많아서 그냥 뒀다간 다 썩겠더라고. 너 먹어.
         (하며 종이가방을 혜진에게 내민다)

혜진   (받으며) 어? 어어... 근데 우산 없어? 비 맞지 말고 이리 들어와.

성현   그래. 나랑 같이 쓰고 가!

두식   (대수롭지 않게) 됐어. 이깟 비가 뭐라고. 저 위만 돌고 바로 갈 거야.

혜진   아니, 그래도! 잠깐만 기다려. 내가 들어가서 우산 하나 더 갖고 올게!
         (하며 집 안으로 들어가려 하는데)

두식   (성큼성큼 가며) 필요 없어! 들어가!

두식, 혜진과 성현을 남겨놓고 가버리면 두 사람, 차마 잡지 못한다.

S#41. 두식의 집, 거실 (밤)

비에 쫄딱 젖은 두식, 빈집에 불을 켜고 들어온다.
집이 유독 썰렁하게 느껴지고. 두식, 보일러를 높이고 화장실로 들어간다.

S#42. 혜진의 집, 거실 (밤)

씻고 편한 옷으로 갈아입은 혜진, 가방에서 라마인형을 꺼내 차키에 단다.
귀엽게 보고 가방에 집어넣는데, 테이블 위 두식이 준 종이가방 보인다.

혜진　(신경 쓰이는) 우산 준다니까, 왜 비를 맞고 가...

혜진, 종이가방 열어보면 삼베주머니 들어 있다.
삼베주머니 입구의 끈을 풀어보면 안에 나무껍질같이 생긴 것들 가득하다.

혜진　이게 오가피라고?

혜진, 휴대폰에 '오가피' 검색해보면 디스크에 좋은 음식이라고 나온다.

혜진　디스크에 좋은 음식? 오, 버리는 거라더니 개이득!
　　　근데 이건 대체 어떻게 먹는 거야?

S#43. 혜진의 집, 부엌 (밤)

혜진, 직접 끓인 오가피차를 컵에 따른다. 그러고는 한 모금 마셔보는데...

혜진　으엑! 이 쓴 걸 무슨 맛으로 먹어!
　　　(꾹 참고 더 마셔보지만) 으으... 그래도 고맙단 인사는 해야겠지?

S#44. 두식의 집, 거실 (밤)

캄캄한 거실 테이블 위 두식의 휴대폰에 위잉- 진동 오며 액정에 '치과'라고
뜬다. 침실 쪽에서 콜록거리는 소리 멀게 들려온다.

S#45. 혜진의 집, 부엌 (밤)

"고객님이 전화를 받을 수 없어..." 메시지 흘러나오면 전화를 끊는 혜진.

혜진　(왠지 아쉬운) 안 받네...

S#46. 공진 전경 (아침)

비 그친 다음 날, 맑게 갠 날씨의 반짝임 느껴진다.

S#47. 감리의 집, 마당 (아침)

스태프들 여럿 와 있고 촬영 준비로 한창인 마당의 분위기.
성현, 지붕과 툇마루 쪽 쳐다보며 머릿속으로 그림을 그리고 있다.

성현　어제처럼 비 올 때를 대비해서 천막 칠 준비를 해놔야 되지 않을까?
　　　이쪽으로 이렇게 치면 되겠지? (하며 두식을 본다)
두식　(창백한 얼굴로) 응. 햇빛도 막을 겸 앞쪽까지 좀 길게 치는 게 낫지.
성현　홍반장 근데 안색이 너무 안 좋은 거 아냐?
지원　내 말이. 아까부터 쉬어야 되는 거 아니냐는데도 꿈쩍을 안 하시네.
두식　(콜록거리고는) 됐어. 아무렇지도 않아.
성현　어? 방금 기침! 어제 비 맞아서 그런 거 아냐?
두식　(괜찮은 척) 날 뭘로 보고! 그깟 비에 사람 안 죽어.
　　　천막이랑 끈만 구해오면 되지?

S#48. 공진반점 안 (아침)

카운터에 앉아 있던 남숙, 전화를 받는다.

남숙   여보세요?
소리(E)   안녕하세요. 저 동해은행...
남숙   (바로) 아아, 김팀장님이구나?
소리(E)   네? 아, 네에...
         저희 이번에 고금리로 프리미엄 상품 나와서 안내 전화드렸어요.
남숙   진짜? 근데 오늘 은행 문 안 열지 않아? 일요일이잖아.
소리(E)   그쵸... 그게 이 상품이 선착순 한정판으로 나온 거라, 월요일 되면
         이미 늦어요. 제가 미리 몰래 사적으로 해드리는 거예요.
남숙   (수긍하는) 아아!

S#49. 해안도로 (아침)

혜진, 운동복 차림으로 아침 조깅을 하고 있다.

S#50. 상가거리 (아침)

조깅을 마친 혜진, 은행 돈봉투 들고 가는 남숙과 마주친다.
두 사람 사이에 찬바람이 쌩쌩 불고 아는 척도 안 하고 지나친다.
혜진, 남숙의 손에 들린 돈봉투를 힐끗 보지만 그러려니 하고 가버린다.

S#51. 바닷가 근처 길가 (아침)

남숙, 어떤 남자(보이스피싱범)를 발견하고 다가간다.

남숙	저기 김팀장이 보낸 분이에요?
피싱범	예, 맞습니다.
남숙	이거 드리면 15% 금리 우대상품 넣어주는 거 맞죠?
피싱범	예, 그럼요.
남숙	잘 좀 부탁드려요. 이게 귀한 데 쓸 돈이라. (하며 돈봉투 건네려는데)
혜진(E)	잠깐만요!
피싱범	(당황하는) !
남숙	(떨떠름하게) 윤선생이 웬일이야?
혜진	(날카롭게) 지금 그거 돈봉투죠? 이 사람이랑 아는 사이예요?
	왜 여기서 현금거래를 하세요?
남숙	그게... (얘기하려다가 쌀쌀맞게) 내가 왜 그걸 일일이 설명을 해야 돼?
혜진	이거 보이스피싱이죠? 뭐라 그랬어요? 검찰청? 대출?
남숙	그런 거 아냐! 알지도 못하면서. 이 사람 은행에서 보낸 사람이에요.
	내가 아침에 내 금융담당자랑 통화를 했다고.
혜진	그 담당자 이름이 뭔데요?
남숙	김미영 팀장.

혜진, 표정 변하는데 그 순간 피싱범, 남숙에게서 돈봉투 낚아채 도망친다.
남숙, "어머야라" 하며 뒤로 넘어지고 혜진, 피싱범을 쫓아 전력 질주한다!

S#52. 거리 일각 (아침)

두식과 성현, 함께 철물점으로 걸어가고 있다.
두식, 계속해서 상태 안 좋아 보이면 성현, 옆에서 걱정으로 잔소리한다.

성현	어, 식은땀... 제발 쉬면 안 돼? 나 복지 중요하게 생각하는 사람이야.
	지금 홍반장이 날 악덕피디로 만들고 있다고.
두식	(무시하고) 금철이한테 전화했더니 차광막이랑 방수포 다 있대.
성현	아, 철물점? 거기 포스기 이제 작동 잘되나?

두식, 그 말에 살짝 못마땅한 표정 짓고, 두 사람 함께 코너를 도는데
두식과 성현 사이를 쏜살같이 지나가는 한 남자.
잠시 어리둥절한데 바로 혜진이 두식과 성현 사이를 뚫고 지나가며 외친다.

혜진   저 놈 잡아!!!!!!!
두식   (혜진 뒷모습 보며) ...치과?
성현   (역시 보며) ...혜진이?

서로 마주 보는 두식과 성현, 누가 먼저랄 것도 없이 총알처럼 튀어 나간다.

S#53. 피싱범 추격전 몽타주 (아침)

혜진, 숨이 차고 속도 느려지면 대신 두식과 성현이 빛의 속도로 튀어나간다.

혜진   (둘의 뒷모습 보며) 하아... 조깅을... 하지 말걸...

그사이 질주하는 두식과 성현, 용호상박 달리기 실력으로 피싱범을 쫓는다.
공진 구석구석 쫓고 쫓기는 추격전이 이어진다.
성현, 우직하게 피싱범을 쫓는데 지형에 빠삭한 두식, 순간 옆길로 확 샌다.
피싱범의 경로를 파악하며 좁은 골목과 골목을 달려 나가는 두식.

성현   (계속 쫓으며) 홍반장은 어디 갔어?

성현의 힘이 빠지고 느려지며 피싱범과의 거리가 벌어지려 할 찰나,
피싱범의 옆 골목에서 튀어나오는 두식! 피싱범 덮치며 바닥에 함께 나뒹군다.
그 바람에 돈봉투가 바닥에 떨어져 만 원권, 오 만원권 지폐들이 허공에 흩
날린다.
두식, 도망치려는 피싱범의 바짓자락을 잡아 넘어뜨린 뒤 위에서 제압한다.

피싱범	(비명으로) 아! 아! 이거 안 놔?
두식	(위에서 누른 채 자기 운동화 끈 풀며) 너 같으면 놓겠니.
	근데 너 무슨 잘못했냐? 절도? 사기?
피싱범	(미치겠는) 알지도 못하면서 나를 왜 잡아?
두식	(운동화 끈 빼내며) 그야... 치과가 잡으라길래.
성현	(뒤늦게 숨 헐떡이며 도착하는) 잡았어?
두식	(운동화 끈으로 피싱범 손목 묶으며) 늦었네?
	아, 지피디 거기 돈 좀 주워줄래? 보시다시피 내가 좀 바빠서.
성현	어? 어어.

성현, 돈을 주우려 바닥을 보는데 하필이면 바닥이 지저분하다.
구정물에 돈 일부가 잠긴. 성현, 찝찝한 얼굴로 물에 손을 넣어 돈을 꺼낸다.

남숙(E)	내 돈, 내 돈 어떡해. 그게 어떤 돈인데!

S#54. 상가거리 (아침)

남숙, 바닥에 주저앉아 버둥거리며 울고 화정, 그런 남숙을 달랜다.
혜진 역시 난감한 표정으로 옆에서 보고 있다.
은철과 이경사도 도착해 있는데 그때 두식, 성현이 보이스피싱범 잡아온다.

은철	어? 형!
두식	얼른 잡아가.
남숙	(벌떡 일어나서) 내 돈, 내 돈은?
성현	(더러운 돈 주며) 여기요. 근데 좀 젖었어요.
남숙	(개의치 않고 돈뭉치 끌어안고) 아이고... 피디님 감사합니다. 감사합니다.
성현	제가 아니라 홍반장이 잡았어요.
혜진	(두식을 보고)

남숙	고마워. 고마워, 홍반장...
은철	(남숙 보며) 그럼 같이 파출소로 좀 가시죠?
이경사	근데 조사장님도 참. 조심하시지 그랬어. 이런 데 속으면 어떡해?
혜진	(발끈) 잘못은 저 새끼가 했는데 왜 피해자한테 뭐라 그래요?
이경사	아니, 그런 뜻이 아니라... (피싱범에게) 너 이 새끼, 하여간 나쁜 새끼야 아주!
은철	(보조석 문 열어주며) 타시죠.
화정	나도 따라가도 되지?
은철	범인이랑 같이 타셔야 되는데 괜찮으시겠어요?
화정	(노려보며) 응. 저 새끼가 안 괜찮을걸?

은철, 이경사, 남숙, 화정, 피싱범 경찰차 타고 가면 혜진, 두식, 성현 남았다.
몸도 안 좋은데 전력 질주로 범인까지 잡은 두식, 눈에 띄게 상태가 안 좋다.

혜진	선배, 고마워요.
성현	아니야. 난 한 것도 없는데 뭘.
혜진	그래두요. (멈칫하다가 두식 보고) ...고마워, 홍반장.
두식	할 일 한 것뿐이야. (하며 머리 쓸어 넘기는데 팔뚝 상처 보이고)
혜진	다쳤어?
두식	별거 아냐. (하는데 콜록콜록 기침 나오고)
혜진	(걱정으로) 감기기운도 있는 것 같은데?
두식	(성현에게) 지피디. 미안한데 나 먼저 들어갈게. 철물점엔 연락해뒀어.
성현	잘 생각했어. 걱정 말고 가서 쉬어!
두식	간다. (하고 돌아서 가면)
혜진	(신경 쓰이는 듯 두식 뒷모습 보는데)
성현	윤혜진 이젠 하다하다 보이스피싱범까지 잡네.
혜진	(보면)
성현	(미소로) 오늘 근사했다구.
혜진	아... 아니에요. (웃으면서도 가는 두식 신경 쓰인다)

S#55. 두식의 집, 침실 (낮)

두식, 콜록거리며 침대에 누워 있는데 초인종 소리(E) 울린다.

S#56. 두식의 집, 현관 앞 (낮)

두식, 파리한 얼굴로 문을 열면 앞에 혜진 서 있다.

두식   치과가 무슨 일이야?
혜진   (구급상자 들어 보이며) 특별 왕진 나왔어.
두식   됐으니까 그냥 가.
혜진   (두식 이마에 체온계 쏘더니) 38.9도가 잔말이 많네. 비켜!

혜진, 두식을 밀치듯이 밀고 들어가면 두식, 하아... 한숨을 내쉰다.

S#57. 두식의 집, 거실 (낮)

두식, 들어오면 혜진, 어느새 소파에 앉아 테이블에 구급상자를 펼쳐 놨다.

혜진   뭐 해? 얼른 안 앉고!
두식   됐어. 그냥 약이나 놓고 가.
혜진   의사 말 듣지?
두식   언제는 그냥 치과의사라더니... (하며 못 이기는 척 옆에 앉는다)
혜진   (빨간 약 꺼내들고) 일단 팔부터.
두식   (질색하며) 빨간 약? 그거 따가운데.
혜진   소독 분야에선 얘가 만병통치약이야. 이리 내.
두식   (할 수 없이 팔 내밀면)
혜진   (빨간 약 바르며) 따가워도 좀 참아.

두식, 따끔함에 인상을 찌푸리면 혜진, 두식의 상처에 호- 하고 입김을 불어
준다. 살갗에 닿는 혜진의 입김에 순간 정신이 혼미해지는 두식이고.
혜진, 연고 바르고 밴드 붙여준 뒤 두식을 보는데 두식, 얼굴이 빨갛고 눈빛
이 멍하다.

혜진   얼굴이 더 빨개졌네?
두식   (더듬더듬) ...열... 열나서 그래.
혜진   (쯧쯧) 여름감기는 개도 안 걸린다는데. 밥은 먹었어?
두식   (정신 차리고) 아니...
혜진   뭐 먹고 싶은 건 없어?
두식   됐어. 치료받았으니까 그만 가. 쉴래.
혜진   아픈 거 핑계로 말이라도 해봐. 누가 알아? 하늘에서 뚝 떨어질 지?
두식   (엉겁결에 대답하는) ...귤?
혜진   (어이없는) 귤?
두식   (멋쩍어져서) 아니, 그냥 입맛도 없고 순간 상큼한 게 생각나서.
혜진   빈속에 산 많은 거 먹었다간 위 다 긁힌다? 아플 땐 죽을 먹어야 돼.
        기다려봐. 배달 어플과 함께라면 안 되는 게 없어. (배달 앱 켜는데)
        이놈의 동네는 죽집이... (없다) ...아플 땐 역시 족발이지?
두식   (보면) ...
혜진   회는 어때? 레몬 뿌려서 상큼하게.
두식   (콜록콜록, 상대할 힘도 없는) 부탁이니까 제발 가라.
혜진   (보다가) 쌀은 있지?
두식   (또 기침하며) 왜? 뭐하려고?
혜진   아플 때 혼자 있음 서러워. 누구나 다 아는 걸 홍반장만 몰라?
두식   (마음을 들킨 듯 멈칫하는데) !
혜진   (강제로 눕히며) 자, 여기 이렇게 누워 있어.
두식   (순순히 시키는 대로 하게 되는)
혜진   (부엌으로 가며) 혹시 뭐 깨지는 소리나 비명소리 같은 거 들려도
        절대 부엌엔 얼씬도 하지 말고! 알았어?

두식   (하아) ...집만 태워먹지 말아줘.

       cut to.
       두식, 소파에 누워 있는데, 처음엔 부엌 소리가 신경 쓰인다.
       우당탕탕 냄비 떨어지는 소리와 혜진의 "어떡해 어떡해" 목소리 등 들려오면.

두식   (계속 구시렁대는) 박살난 것 같은데? 지금 뭐 깨진 거지, 저거?
       치과 진짜 내 부엌을 거덜 낼 셈이야?

       그러다가 이상하게 슬슬 잠이 온다.
       집 안에 사람이 만드는 소음이 있다는 게 따뜻하고 아늑하게 느껴진다.
       눈꺼풀 점점 무거워지고 서서히 잠드는 두식... 표정이 편해 보인다.

       cut to.
       한참의 사투가 끝난 듯 혜진, 헝클어진 모습으로 죽 그릇이 놓인 쟁반 들고
       나온다. 다가가 보면 두식, 소파에서 잠들어 있다.

혜진   진짜 잠들었네. 웬일로 말을 잘 듣는대?

       혜진, 조심스럽게 테이블 위에 죽 그릇 내려놓고 (내용 안 보이게) 메모를 남
       긴다. 그러고는 두식의 잠든 얼굴을 보는데... 순간 미선의 말이 떠오른다.

미선(E) 홍반장 키스 잘해?

       두식의 입술이 보이고... 혜진, 자신도 모르게 홀린 듯 두식에게 다가간다.
       혜진과 두식의 코가 맞닿을 만큼 가까워지고, 그제야 정신을 차리는 혜진!
       놀라서 뒤로 홱 물러나더니 그대로 나가버리는데... 두식, 깊이 잠든 듯 미동
       도 없다.

S#58. 보라슈퍼 앞 (낮)

도망치듯 걸어가는 혜진, 방금 전 자신의 행동을 믿을 수 없다는 듯 중얼거
린다.

혜진   미쳤어. 진짜 미쳤나 봐! 대체 무슨 짓을 하려던 거야! (정신 차리라는 듯
       자기 뺨을 진짜 철썩철썩 때리는데)
윤경   (슈퍼에서 나오다 보고 놀라서) 어머, 선생님. 괜찮으세요?
혜진   (얼빠진 채) 예?
윤경   아니, 방금 전 철썩철썩. 볼이 빨간데...
혜진   아... 그거요. 제가 맞아도 싼 짓을 해서요.
윤경   네에?

혜진, 횡설수설하는데 그때 슈퍼 앞 과일바구니가 눈에 들어온다. 귤이다...

S#59. 두식의 집, 거실 및 부엌 (낮)

두식, 잠에서 깬 듯 소파에서 몸을 일으키는데 혜진이 끓여둔 죽이 보인다.
"남기지 말고 다 먹어." 적어둔 혜진의 메모가 보인다.
두식, 숟가락 들어 혜진이 끓여준 죽을 떠먹어보는데...

두식   (감탄하듯) 이야... 어떻게 이런 맛이 나지? 정말 완벽하게...
       (표정 바뀌는) ...맛대가리 없어! 와... 쌀이랑 물로 뭘 이렇게 망치기도
       쉽지 않은데... 이래놓고 남기지 말라고? 양심이 있어?

두식, 그렇게 투덜거려놓고는 그걸 또 꾸역꾸역 먹기 시작한다.
시간경과. 거의 다 먹었을 무렵, 두 숟가락쯤 분량을 남기고 일어나는 두식!

두식   도저히 더는 못 먹겠다...

두식, 그릇과 숟가락 들고 부엌으로 들어서는데... 아수라장이다.
가스레인지 위의 탄 냄비와 넘친 죽의 흔적과 개수대에 처박혀 있는 그릇들!

두식   치과 너 진짜...!

두식, 잠시 환장하겠단 표정으로 싱크대 앞에 서더니
남은 두 숟가락 분량의 죽을 버리려다가... 결국 못 버리고 서서 먹는다.

S#60. 공진 전경 (아침)

S#61. 두식의 집, 침실 (아침)

잠에서 깨어나는 두식, 침대에서 일어나는데 오늘은 몸이 가뿐하다.

S#62. 두식의 집, 마당 (아침)

두식, 문 열고 나와 보는데 평상 위에 검은 비닐봉지 놓여 있다.
뭐지? 하는 눈으로 열어보면 샛노란 귤이 가득 들어 있다.

두식   (피식) 언제 놓고 간 거야?

두식, 평상에 앉아 귤껍질을 까서는 입에 넣는다.
맛있는지 고개를 끄덕이며 먹는데... 오늘따라 하늘이 유독 더 파랗게 보인다.

S#63. 상가거리 (아침)

혜진, 또각또각 상쾌하게 출근하는데 앞에서 오던 화정과 만난다.

혜진	안녕하세요?
화정	선생님 오늘도 커피 사서 가요?
혜진	네.
화정	오늘 커피는 우리 가게서 마시면 어때요? 십 분이면 되는데.

S#64. 화정횟집 안 (아침)

화정, 혜진 앞에 커피를 내려놓는다.

혜진	블랙이네요?
화정	요즘 믹스들 다양하게 잘 나와요.
혜진	잘 마시겠습니다. (하고 한 모금 마신다)
화정	(마시고) 남숙이 도와줘서 고마워요.
혜진	딱히 조사장님 위해서 한 일은 아니고... 너무 수상해 보이니까. 보이스피싱, 사회악이잖아요.
화정	남숙이가 고맙다고 연락했어요?
혜진	(헛웃음) 아니요. 기대도 안 했어요.
화정	남숙이 얄밉죠? 헛소리도 많이 하고 걔가 좀 매를 버는 타입이야. 나도 알아요. 동네에 그거 모르는 사람이 어디 있어.
혜진	그런 것치곤 다들 너무 봐주시던데. 솔직히 도가 지나치긴 해요. 자꾸 루머 양산하시는 것도 싫었지만 치과 일은 너무 심했어요. 어떻게 보철물을 불법으로, 그것도 다른 사람들까지!
화정	지 딴엔 그게 도움이 될 거라 생각한 거예요. 돈 아껴지니까.
혜진	(기막힌) 대체 그 돈 다 아껴서 뭐 하려고 그러신대요?
화정	남숙이한테 딸이 하나 있었어요.
혜진	(보면)

화정 아람이라고, 주리랑 동갑이었는데...

S#65. 남숙 전사 몽타주 (낮)

- 6년 전. 남숙, 소아 병실에서 모자를 쓴 아람(8세)을 애지중지 보살핀다.
  밤이 되고... 작은 스탠드 불빛 아래, 병실 안 좁은 침대에 함께 누운 모녀.
  아람, 2화 S#1에서 남숙이 들고 있던 요술봉을 쥐고 있다.

남숙 우리 애기 무슨 마법 부려줄 거야?
아람 아픈 거 빨리 다 나아서 엄마랑 천년만년 사는 마법!
남숙 그럼 같이 주문 외워볼까?
아람·남숙 뾰롱뾰롱 뾰로롱 아라미파워 얍!

- 남숙, 그런 아람을 사랑스럽게 보고... 마주한 채 꼭 끌어안고 잠드는 두 사람.
- 하얗게 햇살이 비치는 아침. 딸이 떠나간 병실 침대에 남숙, 혼자 누워 있다.
  비어 있는 자리에 요술봉 덩그러니 놓여 있고...

남숙 (울음 섞인 낮은 소리로) 뾰롱뾰롱... 뾰로롱... 아라미파워... 얍.

- 아무런 마법도 기적도 일어나지 않는다...
  남숙, 작게 등을 웅크린 채 오열한다. 소리 없는 울음이 비통하다.
- 남숙, 동네에서 아무런 기운 없이 넋 나간 표정으로 휘청휘청 다닌다.
  이준(3세)이 탄 유모차를 끌고 가던 영국, 화정 그 모습을 아프게 본다.

화정(E) 딸 잃고 일 년도 넘게 넋을 놓고 있었어요.
그러다가 송아람... 딸 이름으로 소아병원에 기부를 하면서부터 나아졌고.
그걸 지금까지 매년 하고 있어요.

- 봄, 여름, 가을, 겨울이 가고...

시간이 꽤 흘러서야 남숙, 현재의 모습처럼 깔깔거리며 사람들과 얘기한다. 소문을 퍼뜨리기도 하고 투덕거리기도 한다. 거리에서, 라이브카페에서, 식당에서. 주리를 꼭 끌어안고 애틋하게 예뻐도 한다. 사람들, 다행이라는 듯 흐뭇하게 쳐다본다.

화정(E)   한 번 풀 죽은 꼴을 봐서 그런가, 아무리 진상을 떨어도 우린 그게 다행이다 싶어요. 애가 외로워 그러는 걸 아니까. 그렇게 풀어서라도 나는... 남숙이가 괜찮았으면 좋겠어요.

S#66. 상가거리 (아침)

혜진, 출근하다가 남숙을 만난다.
눈이 마주치면 남숙, 먼저 인사도 못 하고 우물쭈물하는데.

혜진   (먼저 다가가) 입 벌려보세요.
남숙   뭐?
혜진   보철물 확인하게 입 좀 벌려보시라구요.
남숙   길바닥에서 남사스럽게 어떻게 그래!
혜진   그럼 병원으로 오시던가요.
        그 야매가 제대로 붙었는지 확인은 해야 될 거 아녜요.
남숙   (멋쩍고) ...
혜진   다음번에 또 그러시면 신고해서 콩밥 먹일 거예요, 둘 다.
남숙   (순순히) 알겠어...
혜진   오늘 오세요 병원?
남숙   알았다니까.
혜진   그리고 탕수육 시키면 군만두 서비스도 좀 주고 그러세요!
        병원에 커피도 그만 가져가시고! ...갈게요. (하고 돌아서서 가면)
남숙   (뒤에서) ...고마워!

가던 혜진, 피식 웃고 우렁차게 "네!" 하면 남숙도 웃는다.

S#67. 감리의 집, 대문 앞 및 마당 (낮)

준과 인우가 대화를 나누며 캐리어 끌고 걸어온다. 프로그램의 한 장면이다!
두 사람을 촬영하는 VJ의 모습, 미리 설치해둔 카메라, 드론 등 보인다.

준   이 집인가 봐.

준과 인우, 마당에 들어서면 보이는 수많은 카메라와 스태프들!
성현, 지원, 도하를 비롯해 두식도 그 안에 있다.

S#68. 감리의 집, 대문 앞 (밤)

시간 경과. 담벼락 너머 마당 안에 하얀 조명 들어와 있고 촬영에 한창이다.
대문 앞과 담벼락에는 동네 사람들 전부 구경와 있다.
주리, 작은 키로 발돋움하면 춘재, 못마땅해 하면서도 벽돌 하나 주워와 앞에 놔준다.
주리, 새침하지만 만족스런 표정으로 올라가본다. 뒤늦게 남숙도 도착한다.

남숙   (큰소리로) 지금 뭐 해? 안에서 뭐 찍고 있어?
주리   (돌아보며 쉿! 해 보이는) 아줌마!
남숙   알았어... (작게 속삭이고 입에 지퍼 닫는 시늉한다)

S#69. 감리의 집, 마당 (밤)

준과 인우, 어설프게 아궁이에 불을 때고 있다.

성현, 카메라 옆에서 그 모습 지켜보고 스태프들과 함께 두식도 서 있다.
주변을 두리번거리던 두식, 담장 너머로 고개 내밀고 있는 미선 발견한다.
미선, 손 흔들어 보이면 두식, 한 손 들어 화답하고. 혜진은 보이지 않는다.

S#70. 윤치과, 원장실 (밤)

영상으로 '디지털 치과학' 관련 공부하던 혜진, 시계 보면 벌써 10시다.
혜진, 그제야 일어나 짐을 챙기기 시작한다.

S#71. 골목길 (밤)

퇴근하는 혜진, 인적 드문 밤길을 걸어가는데 기분이 서늘하다.
바닷바람마저 세게 불어 청각적으로 스산한 느낌이 든다.
혜진, 발걸음 재촉하는데 집으로 가는 골목길 가로등 불이 나가 있다.

혜진　　뭐야. 불이 나갔어? 아, 핸드폰 플래시...
　　　　(휴대폰 꺼내보는데 전원 꺼져있다) 바보같이! 충전 좀 해놓을걸.

혜진, 할 수 없이 골목에 들어서 조심조심 걸어가는데 순간 바람소리 날카로
워지며 그 앞으로 휙 하얀 물체 지나간다.
"엄마야!" 하고 놀라지만, 비닐봉지다.

혜진　　...깜짝 놀랐네.

혜진, 소릴 지른 게 민망한 듯 걸어가는데 그때 뒤에서 뚜벅뚜벅- 발걸음 소
리 느껴진다.
누군가 혜진을 쫓아오는 듯 일정하고 규칙적인 발소리...
혜진, 뒤쪽으로 신경이 곤두서고 긴장한 손에서 휴대폰이 미끄러진다.

바닥에 탁- 떨어지는 휴대폰 소리 요란하게 울려 퍼지고!

멈춘 혜진의 걸음과 함께 뒤에서 쫓아오던 발걸음도 뚝 멈춘다.

혜진, 등골이 서늘해지고 다시 뚜벅뚜벅- 발걸음이 혜진을 향해 다가오는데!

그 순간 저 반대편에서 찰칵- 하얀 불빛이 켜진다.

겁에 질려 움츠러들었던 혜진, 고개를 들어보면 저 멀리 두식이 플래시를 들고 서 있다.

두식   ...치과? 영업시간 끝난 지가 언젠데! 제발 일찍 일찍 좀 다니,

두식의 말이 미처 끝나기도 전에 혜진, 그대로 달려와 두식의 품에 안긴다.

그 순간 두식의 심장이 쿵 내려앉고, 허공에 들린 플래시 불빛 흔들린다.

두식, 갑작스런 혜진의 포옹에 잠시 얼어붙어 있다가...

품 안의 혜진을 한 손으로 꽉 강하게 끌어안는다.

마치 더 강하게 보호하려는 듯, 자신의 감정을 각성한 듯 뜨겁게!

S#72. 에필로그. 숨

S#57과 S#59의 사이. 키스할 듯 다가왔던 혜진, 당황해 뛰쳐나가고 나면 눈을 뜨는 두식. 꾹 참고 있던 숨을 하아... 가쁘게 터뜨린다.

그러고도 모자란지 다시 숨을 깊게 들이쉬는 두식.

아무 말이 없어도 설명이 되는 표정... 심장이 터질 것 같은 얼굴이다!

홍반장에게

안녕? 홍반장. 나야, 혜진이.

어, 음... 우리 방금 전까지 통화를 했잖아?

세계에서 가장 오래되고 깊은 바이칼 호 얘기도 하고.

가족사진 얘기도 하고. 끊고 보니까 우리 두 시간도 넘게 통화했더라.

핸드폰이 뜨거워져서 그런가, 나 아직도 볼이 빨개.

그니까, 그러니까, 지금 내가 뭘 하고 있냐면... 홍반장한테 편지를 쓰는 중이야.

만약에 홍반장이 이걸 읽는다면 윤혜진답지 않다며 배를 잡고 웃겠지?

백만 년짜리 놀림감에, 흑역사로 박제될 거야.

그런데도 이걸 쓰는 이유가 뭐냐면...

왠지 지금 이 기분이 사라져버리면 너무 아까울 것 같아서.

나 몸속에서 자꾸 비눗방울이 퐁퐁 터지는 느낌이야.

탄산음료 기포처럼 뭔가 막 보글보글하고 간지러운 게 올라오는데, 하여튼 이상해.

그럴 법도 한 게 우리 오늘 진짜 많은 일이 있었잖아.

고백도 하고... 다른 행위...도 하고. 뭐 자세히 딸 안 해도 다 알잖아, 그치?

흠흠... 괜히 부끄럽네.

홍반장. 나 살면서 고백 같은 거 처음 해봤다?

무슨 용기가 난 건지 잘 모르겠어.

아까 서울에서 갑자기 소나기가 오는데,

나 내 발로 그 빗속에 걸어 들어간 거 있지.

근데 갑자기 그날이 떠오르는 거야.

홍반장이 내 손을 잡고 빗속을 달렸던 날. 같이 물장난을 했던 날.

왜 그때 그랬잖아. 소나기 없는 인생이 어디 있냐고.

맞아. 사실 나는 어릴 때 소나기를 너무 많이 맞았어.

갑자기 이런 얘길 하게 될 줄은 몰랐는데,

어쩐지 홍반장한테는 얘기해줘도 될 것 같아.

그게 뭐냐면... 우리 엄마 꿈은 내 초등학교 입학식 때까지 사는 거였대.

내 입학식 사진에는 꽃다발도 있고 엄마도 있어.

그리고 졸업식 사진에는 꽃다발만 있어.

엄마가 입학식 하고 일주일 뒤에 돌아가셨거든.

엄마도 참 기왕 꾸는 꿈 좀 더 크게 꾸지.

졸업식 때까지 살아 계셨음 얼마나 좋아.

근데 엄마도 잘 몰랐던 것 같아.

입학하고 나면 엄마가 필요한 순간들이 더 많다는 걸.

소나기 오는 날이 그랬어.

우산은 없고 비는 쏟아지고, 친구들은 하나둘씩 엄마 우산 밑으로 뛰어 들어가는데

나만 혼자 하염없이 서 있었어. 그 기억 때문일까.

난 맑은 날에도 우산을 들고 다녀.

근데 아까 그런 생각이 드는 거야.

앞으로도 홍반장과 함께라면 그 빗속을 첨벙첨벙 뛰어다녀도 좋겠다고.

그럼 춥지도, 쓸쓸하지도 않을 것 같다고.

불확실한 일이 닥쳐도 마냥 무섭지만은 않을 것 같단 생각이 들었어.

그리고 기억나버렸어. 술 취한 홍반장이 나한테 기대 오던 순간이.

아무 데도 가지 말라고 말해 오던 순간이.

그제야 알겠더라. 홍반장도 사실은 나만큼이나 외로웠다는 걸.

우리는 너무 다르지만, 어쩌면 닮은 그림자를 갖고 있을지도 모른다는 걸.

그러니까 우리 앞으로 매일매일 같이 놀자.

세상에 너랑 나랑 둘밖에 없는 듯이 연애질을 하자.

때로는 일곱 살 윤혜진과 여덟 살 홍두식이 되고

또 가끔은 열여덟 살 윤혜진과 열아홉 살 홍두식이 되자.

아무 버스나 타고 목적지 없는 여행을 떠나보자.

늦은 밤 포장마차에서 입천장을 델 만큼 뜨거운 우동을 함께 먹자.

조조영화도 보자. 심야영화도 보자. 놀이공원도 가자.

함께 크리스마스트리를 꾸미자. 제야의 종소리도 듣자.

나는 그렇게 너랑 남들 하는 짓을 다 해보고 싶어.

너무너무 그러고 싶어서 높은 구두를 신고도 너한테로 막 뛰어왔어.

그니까 홍반장!

홍반장이 날 바이칼 호만큼 좋아한다면, 난 에베레스트만큼 좋아해.

홍반장이 있는 북극까지 헤엄쳐 갈 수 있을 만큼 좋아해. (내가 펭귄이거든?)

내가 홍반장을 가장 엄청 매우, 최상급으로 좋아한다구!

그치만... 쑥스러워서 역시 이 편지는 부치지 못할 것 같다.